뉴 걸

THE NEW GIRL

Copyright ⓒ 2020 by Harriet Walker
No part of this book may be used or reproduced in any manner for the purpose of training artificial intelligence technologies or systems. This edition published by arrangement with Ballantine Books, an imprint of Random House, a division of Penguin Random House LLC
All rights reserved.

Korean Translation Copyright ⓒ 2025 by Hankyung Magazine&Book Inc.

This translation is published by arrangement with Random House,
a division of Penguin Random House LLC through Imprima Korea Agency.

이 책의 한국어판 저작권은 Imprima Korea Agency를 통한
Random House, a division of Penguin Random House LLC 와의
독점 계약으로 (주)한경매거진앤북에 있습니다.

저작권법에 의해 한국 내에서 보호를 받는 저작물이므로
무단전재와 무단복제를 금합니다.

The New Girl

뉴 걸

해리엇 워커 지음 | **노진선** 옮김

마시멜로

훌륭하게 키워주신 덕분에
지금의 날 있게 만든 엄마와 아빠에게

○
○
○

 그녀는 마치 하늘에서 떨어진 것 같았다.

 그녀는 사람들 앞 바닥에 누워 있었고, 머리 옆으로 검은 웅덩이가 조그맣게 피어났다.

 우당탕 달려가던 발소리는 사람들이 걸음을 늦추고 멈춰 서면서 잠잠해졌다. 이내 사람들은 떨어진 그녀를 에워쌌다. 분주하던 인기척과 말소리가 가라앉고, 발을 끄는 소리와 숨을 헉들이마시는 소리만 몇 번 나더니 몇 초 뒤에는 그 소리마저도 사라졌다. 연주회장에서 울리던 기침 소리처럼. 재잘대던 입들은 마치 재갈이라도 물린 듯 일제히 조용해졌다.

 그녀 너머로, 이 광경 너머로 그리고 충격으로 인해 정지한 사람들에는 아랑곳하지 않고 세상은 계속 돌아갔다. 창에는 빗방울이 떨어지고, 새들은 휴대전화 벨 소리를 흉내 내며 지저귀었다. 멀리 어디선가 문이 쾅 닫혔다. 틀림없이 바람 때문이리라. 왜냐하면 이 순간은 인간의 모든 활동이 중지됐기 때문이다. 그녀 때문에.

 그녀 옆에 두 여자가 서 있었다. 겁에 질려 말문이 막힌 둘의 모습은 좌우대칭이었다. 둘 다 손으로 입을 틀어막고, 눈동자는 실내를 미친 듯이 두리번거렸다. 모두에게 다급하게 물으며 사방을 둘러봤다. 어느 한쪽만 제외하고.

 여자들은 서로를 보지 않았다.

 그 질문만은 절대 주고받지 않을 것이었다.

 검은 웅덩이가 점점 퍼지면서 옅어지고, 덜 끈적해졌으며, 마침내 본래의 모습을 드러내기 시작했다.

ary.gilbert+ocr@gmail.com
1부

1

마고 존스

내가 처음 태동을 느낀 날, 위니의 아들이 태어났다. 태어났다가 한 시간 뒤에 죽었다.

내가 막 샤워실에서 나와 목욕 수건을 두른 참이었다. 그때 몸속 깊은 곳에서 희미한 움직임이 느껴졌다. 한 바퀴 구르는 동작은 아니지만 그래도 꽤 빠른 움직임이었다. 아래로 쑥 내려갔다가 다시 올라오듯이. 수영할 때 한 번의 발차기, 손가락 튕기기, 자궁 안에서 하프파이프(스케이트보드 등을 탈 때 이용하는 U자형 좌우대칭 구조물-옮긴이)를 타는 듯한 태동이었다.

나는 숨을 헉 들이마셨고 내 안에 뭔가가 살고 있다는 사실에 속이 살짝 울렁거렸다. SF영화 탓이다. 한때는 이런 순간이 생명의 기적이었고, 가난한 자에게나 고귀한 자에게나 똑같이 미소 짓는 신의 얼굴이었다. 하지만 요즘에는 임신한 여성이라면 누구나 에일리언이 피를 뿜어내며 남자의 가슴을 찢고 나오는 장면을 떠올린다.

나는 피식 웃었고 그러자 양팔의 소름이 가라앉았다. 훗날 나는 이 순간에 잠시 느꼈던 역겨움을 떠올리며 부끄러워할 것이다.

같은 시간에 위니의 아들은 자그마한 플라스틱 요람에 누운 채 카트에 실려 병원 복도를 쏜살같이 달려가고 있었다. 자줏빛 팔다리에는 아직 엄마의 피가 묻어 있었다. 내가 의학 용어가 뒤섞인 오랜 친구의 흐릿한 휴대전화 메시지(아기의 심장 박동이 느려졌다가 다시 정상으로 돌아왔다는 내용)를 확인하고 공포와 안도감이 뒤섞인 감정으로 답장하고 있을 때 일이 터졌다.

다음에 온 문자는 간단했다.

"아기가 죽었어."

나는 전화했지만 위니는 받지 않았다. 그때는 내 단짝과 다시는 이야기를 나눌 수 없을 줄은 상상도 못 했다. 하지만 아까 배 속에서 느낀 활기가 공허감으로 대체되면서 불길한 느낌이 들기는 했다. 이 엄청나게 끔찍한 일이 아마도 20년 만에 처음으로 우리 둘이 함께 맞설 수 없는 일이 되리란 느낌. 위로해주던 사람들이 흩어지고 음식을 만들어서 가져왔던 접시도 돌려주고 나면, 시간이 흐르고 계절이 계속 변하다 보면 죽은 아이를 애도하는 일은 외로워진다.

나는 음성 메시지를 남기고 전화를 끊었지만 뭐라고 했는지 한마디도 기억나지 않았다. 그래서 문자를 보냈다.

"마음이 너무 아프다. 사랑해. 내가 필요하면 언제든 연락해."

출근해야 해.

패션 위크에 참석하느라 거의 한 달간 자리를 비우고 오늘 사무실로 출근할 예정이었다. 처음 입사해 말단 직원일 때는 런던 패션 위크에만 참석했는데, 그것도 기껏해야 외풍이 들어오는 홀이나 창고에서 열리는 패션쇼의 뒤쪽 입석 티켓만 받았다. 그런 뒷자리에서는 모델이 입고 있는 별세계 창작물을 잠깐이라도 보려면 목을 늘여 빼야 했다.

그 시절에는 디자이너 작품을 옷보다는 배경음악과 머리 모양으로 기억했다. 옷은 나중에 인터넷으로 봤다. 점차 승진하면서 패션 에디터들이 왜 신발에 집착하는지 알게 됐다. 신발은 첫 줄에 앉아야만 볼 수 있기 때문이다.

이번 시즌에도 뉴욕, 파리, 밀라노를 방문했다. 지난 10년간 1년에 두 번씩 그랬듯이. 다만 이번에는 내 배 속에서 헤엄치고 있는 작은 친구도(우리는 의사에게 아기의 성별을 묻지 않았다. 넉이 알고 싶지 않다고 했다) 함께 데려갔다. 딱딱한 벤치에 앉을 때나 천을 씌운 푹신한 의자에 앉을 때는 배를 감싸안았다. 검은 정장을 입은 도어맨과 벨벳 로프로 만든 저지선을 통과해 디자이너 파티와 명품 브랜드 매장 오픈 행사에까지 데려갔는데, 샴페인이 든 쿠페 잔을 부딪치며 건배를 하면서도 한 모금도 마시지 않았다.

이런 행사에는 절대 동행을 데려올 수 없다는 지침을 생각하며 나는 내 군식구를 향해 웃었다. 특히나 대리석을 깎아 만든 듯한 웨이터들이 은쟁반에 받쳐서 다니는 극소량의 아뮤즈 부쉬(레스토랑에서 메인 식사 전에 먼저 제공되는 한 입 거리 음식-옮긴이)가 어디 있는지 눈에 불을 켜고 찾아내서 게 눈 감추듯 먹어치우는 동행은 절대 금지였다.

하지만 이제 나는 런던으로 돌아왔고 출근해야 했다. 오늘 육아 휴직 기간에 나를 대체할 직원을 뽑을 것이다. 지난 10년간 뼈 빠지게 해온 일을 넘겨줄 사람. 내 일을 넘겨준다고 생각하니 끔찍하게 싫었지만, 지금은 아니었다. 지금은 몇 킬로미터 떨어진 곳에서 새로운 삶을 시작하려다 실패한 어린 생명만 생각났다.

위니와 나는 지난 주말에 만나 수다를 떨고 킥킥거렸다. 사무실에서 해방돼 둘이 각자 조그마한 동반자를 데리고 만나 한낮에 자유롭게 쏘다닐 몇 달간의 계획을 세웠다. 우리 집에서 도보로 몇 분 거리에 새로운 카페가 생겼다. 요즘 카페가 다 그렇듯이 벽돌 건물이고 공업용 케이블에 전구를 달아서 조명으로 썼는데, 위니네 집에서 버스를 타면 바로 그 앞에 정차했다.

위니는 아기가 아들이라는 걸 알고 있었다. 초음파 검사를 받을 때 성별이 확인되는 대로 알려달라고 부탁했기 때문이다. 위니는 아이를 위해 미리 계획을 세워두고, 이름도 지어주고 싶다고 했다. 나는 위니에게 매사를 자기 뜻대로 하려 한다고 놀렸다. 아기는 20주부터 잭으로 불렸다.

한번은 위니의 집 화장실에 갔다가(요새는 걸핏하면 변기에 앉아 있었는데, 늘 방광이 터질 듯해서 30분마다 가보면 겨우 서너 방울 나왔다) 조그만 하얀색 아기 내의를 줄줄이 걸어서 말리는 걸 보고 혀를 내둘렀다. 그뿐만이 아니었다. 새하얀 시트를 씌운 아기 원목 침대, 기저귀를 잔뜩 채워둔 기저귀 갈이대, 탈지면, 잘 알려지지 않았고 소수의 사람만 사용하는 미용 제품에 대해 자주 기사를 써야 하는 나조차도 들어본 적 없는 온갖 로션도 있었다.

위니는 늘 나보다 모성애가 강했다. 더 차분하고 인내심도 더 많으며 더 본능적이고 더 친절했다. 그렇게 타고난 엄마인 터라 나는 내 출산 예정일이 위니보다 다섯 달 뒤라는 사실에 감사했다. 학교 다닐 때 위니의 과학 노트를 베꼈듯이 이번에도 다섯 달 동안 먼저 아기를 키운 위니의 경험을 베낄 수 있었다.

나는 사무실로 가는 버스에 자리를 잡았다. 온갖 물건을 개켜두고 쌓아두고 펴두고 정렬하며 곧 태어날 잭을 위해 했던 그 모든 준비를 생각하니 가슴이 뻐근했다. 지난 주말만 해도 기대감으로 가득했던 그 집으로 돌아갈 위니와 남편 찰스를 생각하니 눈물이 핑 돌았다. 오늘 저녁 셋이 아닌 둘이 다시 들어서는 순간 슬픔으로 축 처질 빨간 벽돌집이 눈에 선했다.

부모가 될 잠재력과 설렘, 긴장된 흥분으로 반짝거리는 두 사람은 만반의 준비가 된 듯했다. 위니가 철저히 둥지를 트는 동안, 찰스는 직장 일을 마무리 지었다. 잭의 생애 첫 6주를 집에서 셋이 함께 보낼 계획이었다.

"그렇게 오랫동안 찰스와 붙어 있다가는 아마도 살인이 날 거야."

지난주 일요일에 위니가 웃으며 말했다.

하지만 둘은 언성을 높이는 일조차 없을 것이다. 한 번도 그런 적이 없었다.

찰스는 우리를 위해 차를 내오고, 출산에 대비해 모아둔 물건을 내게 직접 보여주며 설명하려던 위니가 온갖 아기용품을 가져다 달라고 부탁하는 바람에 부엌을 들락날락해야 했는데도 전혀 짜증 내지 않았다. 찰스는 위니만큼이나 육아에 열정적이었고, 위니의 배가 불러오는 동안 그 역시 자신이 되고자 하는 아버지상을 품고 있었다.

찰스는 단지 아내를 보호하는 남편이라기보다 임신한 주인 곁을 떠나지 않는 반려견을 연상시켰다. 위니에게 잘해주는 정도가 아니라 헌신적이었다. 유튜브에서 발 마사지하는 법까지 배웠다고 했다. 내가 돌아갈 때가 되자 두 사람은 현관 계단에 서서 손을 흔들었고, 찰스는 보호하듯이 한쪽 팔을 위니에게 둘렀다.

그 뒤에 이어질 장면은 이런 비보가 아니라, 찰스가 현관문을 열어주며 내게 새로 태어난 아들을 소개해주는 것이어야 했다.

출근하는 버스 안에서는 주로 휴대전화로 뉴스를 보지만 오늘은 글자가 눈에 들어오지 않는다. 스모그가 뿌옇게 낀 런던 남동부 거리를 따라 이층버스가 달리는 동안 나는 모두가 기다리던 잭, 그리고 그 애가 의미하던 모든 잠재력이 이제는 죽은 아기, 어르고 달래주는 대신 바라보며 눈물을 흘리는 아기, 며칠 전만 해도 위니의 부푼 배 안에서 꼼지락댔지만 지금은 꼼짝도 하지 않는 아기가 됐다는 사실을 받아들이려 했다.

마치 평행 우주에서 눈을 뜨고 샤워하고 옷을 입은 뒤, 40번 버스를 타고 새로운 목적지로 향하는 듯했다. 원래 세상으로 돌아가면 잭은 오늘 아침에 무사히 태어나 엄마의 따뜻한 품

안에서 코를 훌쩍거리고 있을 것이다. 내가 가장 사랑하는 친구이자 의리 있는 전사로서 그동안 나를 여러 번 안아줬던 그 품에서.

하지만 그때 이 대체 현실에서 아기가 움직이며 나와 세상에 자신의 존재를 확실히 알렸다. 그렇게 현실적이고 살아 있는 뭔가를 느낀 적은 처음이었다.

※

사무실에 도착했을 때 두 지원자가 한쪽 벽을 따라 나란히 앉아 손에 든 휴대전화로 반짝이는 머리를 숙이고 있었다. 그들 위에는 대형 플라스틱 글자로 만든 우리 잡지사 이름이 붙어 있었다. 오트(HAUTE). 편집장은 이 간판 아래에 취업 희망자들을 앉혀놓는 걸 좋아했다.

나는 편집장이 삶의 거의 모든 면을 자기 뜻대로 연출한다는 걸 잘 알고 있었다. 기자 정신이 투철한 그녀는 사방에서 기삿거리를 찾아냈다. 촬영, 페이지 레이아웃, 헤드라인을 정하는 일은 그녀에게 매일의 양식이나 다름없다. 영국에서 가장 유명한 패션지에서 일할 드문 기회(비록 내가 육아 휴직으로 회사를 쉬는 짧은 기간이지만)를 두고 서로 경쟁하는 두 여자는 에밀리 모팻 편집장이 아주 좋아하는 실생활 특종감이었다. 편집장은 이번 채용에서 떨어진 지원자에게 다음 호에 그 경험을 글로 써달라는 의뢰를 하고도 남을 사람이다.

나는 지원자들을 자세히 보지 않고 서둘러 지나쳤다. 아직 눈에 띄게 배가 나오지 않았고, 내 자리를 차지하려고 달려온 저 날씬하고 옷을 잘 차려입은 두 여자와 별로 달라 보이지 않는다는 사실에 감사했다. 배고파 보이는 모델들만큼은 아니지만 나는 키가 크고 꽤 말랐다. 그리고 그 사실이 오늘 아침에 있을 면접에서 기싸움을 할 때 귀중한 자산이 되리라는 걸 알고 있을 정도로 냉소적이었다. 고맙게도 아직은 뒤뚱뒤뚱 걸어다니며 이쪽 업계와 어울리지 않는 에디터는 아냐.

편집장 모팻, 일명 모프는 나만큼이나 유능하고 글을 빨리 쓸 대타를 구하고 있었다. 하지만 그와 동시에 지원자들이 카메라와 잡지 표지에서 어떻게 보일지, 복도 저쪽 옷장에 사회단체에 기부된 옷처럼 빽빽이 그리고 뒤죽박죽 걸린, 숨이 멎을 정도로 비싼 명품을 입혔을 때 얼마나 잘 어울릴지 매의 눈으로 지켜볼 터였다.

오래전 내가 이 잡지사에 인턴으로 취직했을 때 모프의 비서는 나를 그 옷장으로 데려가 "정리 좀 해봐"라고 지시했다.

나는 스물두 살에 극장에서 〈악마는 프라다를 입는다〉를 봤는데, 그 기억이 채 사라지기도 전인 한 달 후에 〈오트〉에 입사했다. 〈오트〉에서 일하는 것은 여러 면에서 그 영화와 달랐다. 냉동창고처럼 추운 화장실에는 명품 옷을 배달해주는 퀵 배달원들이 일 없을 때 몰래 숨어들어 잡지를 읽었고, 계단참에 있는 스피로스 카페의 기름진 베이컨 냄새가 사무실에 감돌았으며, 위층에 있는 〈골!(Goal!)〉 잡지사에서 일하는 남자 직원들은 엘리베이터에서 여기저기를 긁적거렸고, 내가 먹다 남겨둔 시리얼을 먹으려고 책상 의자 밑에는 주기적으로 쥐가 나타났다.

하지만 패션 업계 동화인 그 영화와 현실의 가장 큰 차이점은 옷장 상태였다. 당시 나는 다른 사람과 마찬가지로 잡지사의 옷장을 보게 된다는 생각에 눈이 반짝거렸다. 그 염병할 영화를 보고 나서는 누구나 그랬듯이, 그 옷장이 깔끔한 명품 매장 같은 상태일 거라고 상상했으니까. 칸마다 불이 들어오는 선반이 설치돼 있고, 은은한 하우스 뮤직이 흐르고, 벽을 따라 신발과 가방이 판매할 수 있을 정도로 단정하게 진열됐을 거라고.

따라서 처음 옷장을 봤을 때 어찌나 실망했는지 역겨울 정도였다. 작은 욕실만 한 크기의 옷장은 세 벽이 모두 천장부터 바닥까지 선반으로 되어 있었고, 중앙에는 옷걸이를 걸 수 있는 봉 네 개가 설치됐다. 문에서 맞은편 벽 창문까지 뻣뻣한 명품 브랜드 쇼핑백이 허리까지 쌓여 있었는데 당시에는 실물로 구경한 적조차 없는 브랜드들이었다.

쇼핑백에서는 화려한 색의 새틴 스틸레토 힐, 로즈골드로 만든 동글납작한 리벳과 뾰족한 스파이크가 박힌 악어가죽 핸드백, 프린트 무늬의 실크 블라우스, 하늘하늘한 샤 스커트, 가죽, 데님, 광택이 도는 라메(금실과 은실을 섞어서 짠 천-옮긴이), 화려한 반짝이로 만든 옷이 흘러넘쳤다. 모두가 에디터와 스타일리스트에게 보낸 물건이었다. 그들은 그중에서 마음에 드는 것을 선택해 가장 인기 있는 모델에게 입혀서 사진을 찍고, 입어보고, 기사로 쓰고, 광고하고, 영웅으로 숭배하고, 환호하고, 앞잡이 노릇을 한다. 원칙적으로는 업무가 끝나면 어시스턴트가 다시 업체로 돌려보내야 한다.

나는 이렇게 아름다운 옷을 가까이에서 본 적이 없었다. 당연히 이런 옷을 만져본 적도 없었고, (옷장 문이 닫히고 나 혼자 남은 뒤에는) 걸쳐본 적도 없었다. 하지만 내 월급의 세 배 또는 그 이상 나가는 물건들이 이렇게 무심하게 다뤄지는 것도 본 적이 없었다. 나는 어릴 때부터 소지품을 조심스럽게 다뤘다. 깔끔하게 사용하고, 원형을 유지하려 했으며, 물건의 가치를 존중했다. 가격은 말할 것도 없고. 그제야 나는 옷장 문 너머에 있는 여직원들과 나 사이의 엄청난 간극을 깨달았다. 그들에게 아름다움과 돈은 똑같이 일회용이었다. 넘쳐나는 돈으로 얼마든지 아름다움을 살 수 있었기 때문이다(영국의 잡지사는 주로 상류층 자제들을 고용한다-옮긴이).

나는 모프가 톡톡 튀는 문장, 재치 있는 말재주, 지면에서 노래하는 문체 때문에 나를 고용했다고 믿고 싶었지만(모두 그녀가 인정하게 된 내 자질이었다) 사실은 그 창고 세일 현장 같던 옷장을 도서관으로 탈바꿈해놓았기 때문임을 알고 있었다.

당시 나는 옷장 앞에서 심호흡하고 마음을 가라앉힌 뒤, 바닥에 떨어진 화려한 쓰레기들을 치웠다. 어떤 에디터가 요청했고, 언제 도착했는지에 따라 에디터의 이니셜이 적힌 선반에 작은 물건을 정리했다. 옷은 디자이너 이름과 시즌 트렌드에 따라 순서대로 옷걸이에 걸었다. 종종 신발 한 짝이나 귀고리 한 짝이 해변에 떠내려온 쓰레기처럼 나타났고, 나는 이들이 다시 짝을 찾기를 바라며 한쪽에 치워졌다.

편집부 내부에서 진작에 잃어버렸다고 추정해 해당 브랜드의 분개한 홍보 담당자에게 전액 배상했던 물건들도 찾아냈다. 그중에서 모피 코트는 곧장 모프의 사무실로 옮겨갔고, 그 뒤로 그녀는 매년 겨울마다 반정기적으로 그 코트를 입었다. 또 다이아몬드가 박힌 머리핀은 뷰티 에디터 트리나가 결혼식 날 머리에 꽂았다. 바이어스 재단된(천의 가로세로 바탕에 45도 각도로 교차하는 방향의 바이어스로 마름질하는 것-옮긴이), 몸에 달라붙는 실크 원피스는 당시 패션 에디터인 로라의 차지가 됐고, 그녀는 매 시즌 패션쇼에 참석할 때마다 그 옷을 챙겨 갔다. 나를 향해서, 하지만 사무실의 다른 직원들을 의식해 과장되게 윙크하면서.

"고마워요, 존스 양! 당신은 패션 업계 최고의 청소부야!"

로라는 소리 높여 말했다.

나는 그 말에 약간 상처를 받았다. 사실 내 배경은 잡지사의 다른 직원들보다 평범했다. 직원의 대다수는 평범한 중산층이 아닌 상류층이지만 그렇다고 해서 우리 집이 가난한 것은 아니다. 그래도 그들은 내 시골 억양과 내가 청소를 잘해서 모프의 눈에 띄었다는 사실 때문에 나를 신데렐라 취급하며 즐거워했다.

나는 그저 얼굴을 붉히며 어깨를 으쓱했다. 내가 찾아낸 물건 중에는 구깃구깃한 개버딘 트렌치코트도 있었는데, 재클린 케네디가 검은 스웨터에 시가렛 팬츠를 입고 그 위에 걸치면 딱 어울릴 법했다. 하지만 내가 그걸 사려면 몇 년은 돈을 모아야 했고, 옷값으로 그렇게 거액을 지불해야 한다면 극도로 불안했을 터이다.

　직원들은 내게 옷장을 잘 치웠다면서 그 트렌치코트를 가지라고 했다. 10년이 지난 뒤에도 내가 그 잡지사에 다닐 거라고는 예상하지 못한 채. 사실 나는 아직도 가끔 그 코트를 입었다. 다만 이제는 내가 그들보다 직급이 높았다.

)(

　면접 시간이 다 됐는데도 위니에게서는 아직 연락이 오지 않았다. 내가 잭을 위해 사준 신생아 모자와 지난 일요일에 위니와 함께 깔깔거리면서 봤던 말도 안 되게 작은 양말들, 싱크대 옆에 세워둔 플라스틱 아기 욕조가 머릿속에 둥둥 떠다녀서 도저히 그 비극적인 사건을 마음에서 몰아낼 수가 없었다.

　아직 울지 않았다는 게 믿기지 않았다. 임신 중 호르몬 변화로 최근 몇 주 동안은 텔레비전에서 당나귀 보호구역과 생명보험 광고가 나올 때마다 눈물을 글썽였다. 대신 나는 위니의 슬픔을 목과 심장, 떨리는 손, 위장에서 무지근한 신체적 통증으로 느꼈다. 설렘은 사라지고 바위처럼 묵직하고 움직임 없는 슬픔이 그 자리를 차지했다.

　세상에는 너무 고통스러워서 눈물도 나오지 않는 불행이 있나 보네.

　모프에게는 이 소식을 전할 수가 없었다. 나는 어떻게 말해야 할지 몰랐고, 모프는 어떻게 받아들여야 할지 모를 것이다. 싸구려 신파 프로그램에서 나오는 말처럼 들릴 것이다.

죽어가는 아이가 언급되는 곳은 그런 프로그램뿐이야. 아이들은 매일 죽지만 우린 그런 일이 없는 척하며 살아가지.

나는 모프 앞에서 울지도 모를 위험을 감수하고 싶지 않았다. 모프는 감정을 잘 다루지 못했다. 그녀는 충격을 받고 냉담해졌다가 틀림없이 나를 집으로 돌려보낼 것이다. 오늘은 절대 혼자 있고 싶지 않았다.

그래서 책상 뒤에 코트를 걸고, 청바지 위로 내어 입은 헐렁한 셔츠를 쓸어내렸다. 아직 임부복은 입지 않았다. (임신 일지와 임신부 전용 비타민, 생수통, 화장품 가방이 든) 빳빳한 가죽 가방에 손을 넣어 휴대전화와 보안 카드, 노트북이 든 가죽 파우치를 꺼내 모프의 사무실 옆, 벽이 유리로 된 회의실로 향했다.

나를 대신하려고 지원한 두 여성은 이미 내 얼굴을 알고 있었다. 내가 쓰는 기사 위에 이름과 함께 들어가는 사진 덕분이다. 일반 사진에서 내 얼굴만 예쁘지 않게 자른 것으로 나는 그 사진이 끔찍이 싫었다. 또한 패션쇼에서도 나를 봤을 것이다. 패션쇼장에서는 앉을 사람의 이름을 멋진 서체로 쓴 이름표를 의자 위에 미리 놓아두거나 또는 하얀 벤치에 일부러 좁은 간격으로 놓아두기도 한다. 참석자들은 캣워크를 따라 놓인 의자들을 훑어보며 자신의 이름표가 어디에 있는지 찾는 과정에서 다른 의자에는 누구의 이름표가 있는지도 봐둔다. 나중에 자기 패거리들과 이야기할 때 유명 인사를 봤다고 잘난 척하거나 그 사람의 약점을 무자비하게 공격하기 위해서.

나는 모프에게 지원자 둘이 누구인지 대충 알고 있다고 말했지만 사실은 아주 잘 알았다. 훗날 내가 복직해서 아기 맡길 사람을 알아볼 때와 같은 정성으로 내 업무를 대신할 사람을 물색했기 때문이다. 비록 이 일이 아기처럼 배 속에서 태동이 느껴질 정도는 아니라고 해도 틀림없이 내 일부였다. 힘들고 스트레스를 받을 때가 많고 가끔은 화도 치밀었지만, 재미있고 진행 속도가 빨랐다. 나는 내 일을 사랑했다. 다만 능력 있는 자만이 즐길 수 있는 일이었다.

모프의 명령을 수행할 수 있으면서 동시에 1년이 지나면 꺼져줄 여자를 찾아야 해.

첫 번째 지원자는 신문 사회면에서 본 여자로 몇백만 달러 가치의 통조림 회사 상속자와 결혼했다. 그녀에게서 뿜어져 나오는 매력과 머리카락 한 올도 흘러내리지 않게 뒤로 묶어서 한쪽으로 늘어뜨린 머리, 광채 나는 피부와 옅은 베이지색 매니큐어를 바른 손톱, 딱 죽지 않을 정도의 칼로리만 섭취해서 만들어진, 익룡의 날개뼈 같은 가느다란 팔을 본 모프는 그녀에게 급격히 관심을 보였다. 그녀는 인형 같은 몸매에 딱 맞는 검은 바지, 심플한 터틀넥 스웨터를 입었고, 모든 패션지 편집자가 대기 명단에 이름을 올려놨을 명품 로퍼를 신고 있었다.

이 여자가 내 책상을 차지한다고 생각하니 오싹해졌다. 나는 이렇게 부유하고 세련된 사람들과 함께 있으면 늘 불편했다. 과민하고 불안정한 반응이라는 건 알지만(위니는 늘 손가락을 흔들어대고 혀를 차면서 이런 내 태도를 나무랐다. "매력 없어!") 이 여자는 내게 부족한 모든 요소를 가지고 있었다. 만약 그녀가 내 일을 맡게 된다면 모프는 내 결점이 무엇이었는지 깨달을 것이다. 훌륭한 교육에서 비롯된 자신감, 반짝거리고 아름다운 외모가 주는 존재감, 사람들이 듣고 싶어 할 내면의 지식에서 기인하는 편안한 잡담이 그것이었다.

이 여자는 절대 안 돼.

모프가 지원자의 일화를 들으며 킥킥 웃고 둘이 공동으로 아는, 승마가 취미인 사람들에 대해 질문하는 동안 나는 작전을 세웠다. 모프는 전 직원이 헌신적으로 근무하기를 바랐는데 돈이 아쉽지 않은 사람이라면 힘든 업무에 주춤할 것이다. 그래서 나는 그녀에게 힘든 업무의 몇 가지 예를 던져줬다. 마감 전에 기사 작성을 마치기 위해 야근해야 하고, 거리에서 비를 맞으며 휴대전화로 속보를 작성해야 하며, 〈오트〉가 다른 매체를 제치고 가장 먼저 인터넷에 올리기 위해 몇 분 만에 기사를 전송하기도 해야 한다고.

여자의 움푹 들어간 두 눈이 귀족적인 코 양옆에서 휘둥그레졌다. *그럼 그렇지!* 저 여자는 아마 집으로 가는 길에 택시 안에서 지원을 취소한다는 공손한 이메일을 보낼 것이다.

"그럼 이번에는……."

첫 번째 지원자가 회의실에서 바스락거리며 나가고, 두 번째 지원자가 빨간색 투명 아크릴 탁자 맞은편에 앉자 모프는 이력서에 적힌 이름을 읽었다.

"마고?"

"아, 아니에요."

잘 재단된 짙은 색 재킷을 벗으며 두 번째 지원자가 따뜻한 목소리로 정정했다.

"그게 원래 이름이긴 하지만 아무도 저를 마고라고 부르지 않아요. 제겐 너무 딱딱하고 고리타분한 이름인걸요."

구불구불하고 긴 진갈색 머리에 공중전화 부스처럼 새빨간 립스틱을 칠한 여자가 환하게 웃었다.

"매기라고 불러주세요."

2

매기 비처

매기는 자신이 한 말을 깨닫고 쥐구멍에라도 들어가고 싶었다. 너무 딱딱해요! 고리타분해요!

문제는 그것이 바로 면접관의 이름이라는 사실이다. 지난 몇 년간 매기가 〈오트〉를 볼 때마다 찾았던 이름이자 발행인란에서 그녀로 대체될 수도 있는 이름. 하지만 이제는 글렀다.

맙소사, 매기, 이렇게 멍청한 짓을 하다니.

매기는 공사장 인부들이나 펍에서 만난 남자들에게 늘 입이 크다는 말을 들었다. 빨간색 립스틱을 바르면 이목구비 중에서 입이 제일 예뻤다. 하지만 그 입에서 이렇게 엄청난 실언이 튀어나온 적은 한 번도 없었다. 조금 전까지는.

대체 뭐라고 변명해야 하지?

원래 그녀는 긴장하면 끔찍한 실수를 저질렀다.

그리고 이번 면접은 정말로 긴장됐다. 이런 기회는 자주 오지 않는다. 당연하다. 패션 에디터는 상당히 화려한 직업이다.

멋진 물건을 만드는 사람들이 그 물건을 보내주면 그게 얼마나 멋진지 보면서 그에 대한 기사를 쓰는 직업이다. 패션 위크를 비롯해 아름답고 이국적인 장소에서 아름답고 화려한 사람들을 인터뷰하기 위해 여행도 많이 다닌다. 가끔은 돈이 많은 명품 브랜드에서 환심을 사려고 공짜로 여행을 보내주기도 한다.

한마디로 매기가 좋아하고 잘할 수 있는 일이었다. 적어도 마고 존스가 다시 돌려받기를 원하는 1년 남짓 동안은. 매기는 마고를 위해 기꺼이 그녀를 대신할 터였다.

너그럽게도 마고는 기분 나빠 하지 않았다. 매기가 자신이 저지른 실수 때문에 온몸이 움츠러드는 걸 숨기는 동안 마고는 미소를 지으며 도움의 손길을 내밀었다.

"안녕, 매기! 당신 본명이 마고인 줄 몰랐어요. 우린 늘 생각보다 공통점이 많네요? 잘 지냈어요?"

매기는 사과의 뜻으로 이렇게 말하고 싶었다. 나와는 정반대로 당신은 완벽한 마고, 한 치의 어긋남도 없는 마고 그 자체라고. 매기는 자신의 우아한 이름에 부응한 적이 없었다. 키가 작고 가슴이 크며 약간 무신경했고, 사교적인 자리에서 뼈아픈 실수를 저지르는 성향이 있었다.

그에 반해 또 다른 마고는 키가 크고 날씬하며 단정했다. 긴 금빛 직모에 피부는 매우 투명하고 창백했다. 임신 때문에 상태가 좋지 않을 텐데도 늘 그렇듯이 완벽해 보였다. 대체 임신 몇 개월일까? 그렇게 오래되지는 않았으리라. 매기가 그녀보다 더 부어 보였다. 특히나 하우스메이트인 캐스에게 빌린 재킷이 작아서 양팔이 꽉 꼈다.

하지만 매기는 그런 말은 일절 하지 않고 이렇게 대답했다.

"네, 잘 지내요, 고마워요."

그 순간 매기는 에밀리 모팻의 눈에서 흥미가 사라지는 걸 봤고(조금 전까지만 해도 매기의 실수와 마고가 짜증을 낼지 모른다는 기대로 즐겁게 반짝거리던 눈이었다) 늘 그렇듯이 더 활달하고 재미있게 행동하지 못한 자신을 저주했다. 하지만 마고는 매기를 믿는 듯했다.

두 사람은 몇 년 전에 한 니치(대중적으로 판매하지 않고 소수의 고객만 대상으로 하는 제품-옮긴이) 위스키 회사에서 몇몇 기자를 뽑아 보내준, 호화롭고 완전히 쓸데없는 여행에서 처음 만났다. 요즘에는 그런 여행을 보내주는 회사가 거의 없다. 당시 그 위스키 회사는 글쟁이들을 모아 아이슬란드로 사흘간 여행을 보내줬다. 호화 호텔에 투숙하고, 기사 딸린 검은 메르세데스로 순식간에 온천까지 데려다주고, 헬리콥터를 타고 간헐 온천을 둘러보는 투어를 시켜주고, 레이캬비크의 가장 잘나가는 레스토랑에서 와인과 식사를 제공했다. 매기는 지방 신문의 음식과 술을 다루는 칼럼에 위스키에 대해 써주기로 하고 한자리를 얻어냈다. 마고는 〈오트〉의 에디터였고, 니치 보드카를 대중에 적어도 특정 집단에 더 많이 알리는 데 꼭 필요한 인물이었으므로 그 여행에 초대받았다.

기묘한 일행이었다. 비행기에 타기 위해 참석자들이 모두 게이트 앞에 모였을 때 매기는 대다수가 대형 신문사 소속의 중년 남자라는 사실을 알고 가슴이 철렁 내려앉았다. 그 남자들 사이에 검은 가죽 바이커 재킷과 회색 진, 앵클부츠를 신은 금발의 멋진 여자가 끼어 있었는데, 동료 여행객들의 정체를 알고 매기만큼 당황한 듯했다. 두 사람은 어쩔 수 없는 환경 때문에 동지가 됐지만 그 뒤로 돈독해졌다. 남자들은 여행하는 동안 총각처럼 행동했고, 자식이 없는 사람처럼 술을 마셔댔다. 두 여자는 그런 남자들을 지켜보며 낄낄거렸다.

"내가 싱글인 게 다행이다 싶을 정도예요."

여행 첫날 밤에 매기가 마고에게 말했다. 두 사람은 세련된 실험실처럼 꾸미고, 원뿔 플라스크와 시험관을 술잔으로 사용하는 칵테일 바에서 하얀 타일을 붙여 만든 벽에 등을 기댄 채 앉아 있었다. 영국에서는 유행이 지나도 한참 지난 콘셉트였다.

"저 남자랑 결혼할 바에는 평생 혼자 살겠어요."

일행 중 한 남자가 요정처럼 생긴 아이슬란드 여자를 쫓아 그의 나이 절반밖에 안 되는 젊은이들로 가득한 댄스 플로어를 가로지르는 걸 보며 매기가 말을 이었다.

좀 심한 말일 수 있지만, 당시 매기는 체념한 상태였다. 마지막 연애가 거의 6년 전이었고 두 달 뒤면 서른이었다. 중간에 데이트를 몇 번 하기는 했고, 몇 달간 사귄 적도 두어 번 있지만 오래간 적은 없었다. 차이점이라면 이젠 싱글이라는 사실을 편안히 받아들인다는 것이다. 대개는 혼자서도 꽤 즐거웠다.

"저런 남자의 아이를 낳아주는 것보다는 낫죠."

마고는 반쯤 남은 시험관 술잔을 빙빙 돌리며 대답했다. 시험관 안에서 초록색 술이 출렁거렸다.

두 사람은 웃음을 터뜨렸고, 자기들이 만난 최악의 데이트 상대에 대해 이야기했다. 코 파는 남자, 술꾼, 살짝 무서운 남자(마고), 발목까지 내려오는 가죽 코트를 입은 남자(매기).

마고는 그녀도 마음만은 언제나 싱글이라고 주장하는 듯했다. 마고뿐 아니라 남자 친구가 있는 매기의 동갑내기 여자 친구들도 종종 그랬다. 그들 대다수는 자신이 신발로 가득한 싸구려 아파트에 사는 낙천적인 여자이며 어쩌다 괜찮은 남자를 만났을 뿐이라고 굳게 믿었다. 그를 만나지 않았더라면 매기와 같은 처지가 되어 그녀처럼 싸구려 아파트에서 살았을 거라고. 나름 연대감을 형성하려는 시도였지만 나보다 성공한 상대가 그럴 때는 사실 동정이나 마찬가지 아닐까?

그 여행에서 두 사람은 재미있게 지냈다. 아침이면 호텔에서 함께 조식을 먹었고, 어딜 가든 함께 앉았다. 걸스카우트 캠프나 신입생 오리엔테이션에서처럼 기능적이지만 강렬하고, 따뜻하지만 일시적인 우정이었다. 영국으로 돌아온 매기는 마고가 여행하는 동안 입었던 옷들과 비슷한 옷을 구입했다. 다만 구매한 제품을 종이봉투가 아니라 비닐봉지에 담아 주는 훨씬 저렴한 옷가게에서. 그렇게 표현하니 좀 소름 끼치지만, 원래 사람들에게 자기처럼 입고 다니라고 설득하는 게 마고의 직업이 아닌가. 그래도 마고가 알게 되면 약간 부끄럽기는 할 것이다.

그 후로도 매기는 마고를 몇 번 만났다. 브랜드 론칭 파티, 새로 생긴 브랜드나 고급 문구 브랜드에서 가끔 주최하는 저녁 식사 자리에서. 또는 패션쇼 뒷자리에서 저 앞줄에 앉은 마고를 본 적도 있었다. 그리고 만날 때마다 매번 이야기를 나눴다. 마고에게서 그녀가 임신했고, 자신이 휴직하는 동안 대신 일해 볼 생각이 없느냐는 문자를 받았을 때 매기는 이 행운을 믿을 수 없었다. 자신이 꼭 합격할 거라는 확신이 있어서가 아니라(그 정도는 매기도 알고 있다) 마고의 인정을 받았다는 것은 그녀가 훨씬 유리한 입장이라는 뜻이기 때문이다.

프리랜서로 일하며 돈이 떨어진 적은 없지만 원고료는 두둑하거나 아니면 쥐꼬리만 했고, 잠깐씩 일이 끊기거나 없을 때도 많았다. 그런 터라 매기는 고정적인 월급을 받는다는 데에 끌렸다. 월급을 받으면 좀 여유 있게 일할 수 있었다. 부모님에게 들었다고 거짓말한 연금 저축이나 적금도 들 수 있을 것이다. 게다가 〈오트〉 같은 잡지에서 일한다면 케이크 위에 크림을 바르는 격이었다(금상첨화를 나타내는 표현-옮긴이). 하지만 오늘 아침에 보니까 이 사무실에서 일하는 사람들은 절대 케이크 같은 음식은 먹지 않을 듯했다. 크림을 발랐든 안 발랐든.

초반의 불편한 상황을 넘긴 뒤로는 면접이 꽤 순조롭게 진행됐다. 매기는 패션 에디터는 아니지만 계속 기자로 일해왔다. 좋은 이야기가 무엇인지 알아보는 눈이 있었고, 그걸 어디에서 찾아야 하는지도 알았고, 별것 아닌 일을 그럴싸하게 포장하는 재주도 있었다.

매기는 단순한 취향을 트렌드로 만드는 것에 늘 매료됐다. 대중은 그저 다른 사람이 관심을 가질 만한 물건이 무엇인지 알고 싶어 할 뿐이라는 사실을 매기는 일찌감치 깨달았다.

매기의 열정에 에밀리 모팻도 금세 다시 그녀에게 호의적이 되는 듯했다. 매기가 그저 긴장한 아마추어가 아니라는 걸 깨달은 뒤에 말이다. 에밀리 모팻. 매기는 그녀를 이름으로만, 또는 성으로만 부를 수 없었다. 왜냐하면 에밀리 모팻이기 때문이다. 패션지에서 그녀보다 더 인상적이거나 더 영향력 있는 사람은 없었다. 패션 업계 밖에서는 마녀다, 폭군이다, 소문을 의식해서 좀 과장되게 행동한다고 욕을 먹지만 매기가 아는 사람 중에서 그녀와 일해본 사람은 다들 에밀리 모팻이 대단하다고 인정했다. 몇 년간 에밀리 모팻과 사무실을 함께 썼던 사람들은 아직도 그녀를 언급할 때 목소리를 낮췄다.

그런 그녀가 신문에 실린 사진과 똑같은 모습으로 매기 맞은편에 앉아 면접을 보고 있었다. 드라이로 쫙 펴서 말린, 칠흑처럼 검은 직모 단발은 레고 인형처럼 머리에서 떼어낼 수 있을 듯했다. 회색 프린스 오브 웨일스 체크무늬 바지 정장은 어찌나 날카롭게 재단됐는지 당근이라도 깍둑썰기할 수 있으리라. 얼굴은 어찌나 미세하고 흠잡을 데 없이 관리했는지 그녀의 나이를 알아내려면 반으로 갈라서 나이테라도 세어봐야 할 것이다. 그런 에밀리 모팻이 면접관이라니!

매기는 회의실에 들어서는 순간, 편집장이 자신을 바라본다는 걸 시각보다는 느낌으로 알 수 있었다. 에밀리 모팻은 아무 감정도 실리지 않은, 갈퀴 같은 한번의 눈길로 매기를 머리끝에서 발끝까지 뜯어봤다. 머리에서 시작해(그날 아침 매기는 자신의 부스스한 곱슬머리가 이렇게 중요한 자리에서는 협조하지 않으리라는 걸 잘 아는 터라 미장원에 가서 드라이까지 했다) 어제 부랴부랴 구입한, 자수가 놓인 벨벳 슬리퍼까지(매기는 마지막으로 마고를 우연히 만났을 때 그녀가 이 비슷한 신발을 신은 걸 기억했다). 그뿐 아니라 매기가 빌려 입은 재킷과(매기가 버는 돈으로 살 수 있는 그 어떤 재킷보다 천이 훨씬 좋고 재단이 잘 됐다) 패션 에디터들이 쓰는 표현대로라면 "완벽한 흰 티"(매기가 생각할 때 그 완벽함은 거의 100파운드에 달하는 가격에서 나온다), 검은색 바지(믿음직하고 깔끔한 핏을 자랑한다), 가슴 허리 엉덩이 치수까지.

어쨌든 매기는 그렇게 느꼈다. 훗날 상사가 되면 에밀리 모팻이 그녀에게 브래지어 사이즈가 잘못됐다고 말해줄까? 보기만 해도 75C인지 75D인지 아는 고급 속옷 가게 점원들처럼?

매기는 이렇게 차려입는 데에 몇 시간이 걸렸는지 절대 말하지 않을 테지만, 그러느라 다른 기사의 마감을 지키지 못했다. 지금 어떤 스타일이 유행하는지 6개월 전에 이미 예측한 사람과 면접을 봐야 한다면 뭘 입겠는가?

패션 에디터들과 어울리면서(비록 가깝게 지내지는 않았지만) 매기는 그들이 실생활에서 어떻게 입는지 알고 깜짝 놀랐다. 윤기가 흐르는 지면에서는 다음 시즌에 1970년대 복고풍이 유행할 거라느니, 물방울무늬가 유행할 거라고 쓸지는 몰라도 보통 때는 청바지에 스웨터나 흰색 면 셔츠를 입고 다녔다. 물론 그 청바지는 한창 유행하는 스타일일 테고, 스웨터는 늘 100퍼센트 캐시미어일 테지만 요란을 떠는 몇몇 사람을 제외하면 예상과 달리 화려하게 입는 패션 에디터는 거의 없었다.

그들에게 지위와 권력을 보여주는 옷차림이란 "날 봐요" 스타일이 아니다. 지위란 눈에 띄지 않는 것, 자신이 경쟁에서 한 발짝 떨어져 있음을 알리는 데서 비롯된다. 프릴이 달린 화려한 노란색 드레스에 노란색 하이힐을 신는 것보다 은근하게 눈에 띄기가 훨씬 어려운 법이다. 그런 화려한 옷은 SNS 이용자들의 몫이었다.

매기가 한창 냉소적일 때는 패션 에디터들이 그렇게 입는 이유는 자기가 얼마나 아름다운지 자랑하는 침묵의 경쟁에 참여하고 있기 때문이라고 굳게 믿었다. 아주 옅은 화장과 군청색 스웨터, 배기 청바지만으로도 예뻐 보이려면 젊음과 운동, 관리, 무엇보다 예쁜 얼굴형(또는 약간의 시술)이 필요했다. 당연히 마고는 그 모두를 갖추고 있었다. 반면 매기는 화장을 짙게 하고, 허리를 조여주지 않으면 툴툴대기만 하는 남학생처럼 보였다. 이번 면접에도 하이힐을 신고 가고 싶은 걸 꾹 참느라 힘들었다.

하우스메이트인 캐스는 어이없어했다.

"정말로 슬리퍼를 신고 면접에 가겠다고?"

오늘 아침, 면접 준비를 하면서 집 안을 뛰어다니는 매기에게 캐스가 강한 아일랜드 억양으로 말했다.

만약 전철을 타기 전까지 시간이 좀 더 있었다면 매기는 캐스에게 설명했으리라. 자신이 정말로 유행의 첨단을 걷는 사람이라면 슬리퍼에 맞춰서 실크 파자마 바지를 입었을 거라고. 정말이다.

매기가 자리에 앉는 동안 에밀리 모팻이 그녀를 꼼꼼히 살펴본 반면에 마고는 정반대였다. 그녀는 딴생각에 빠진 듯했고,

연푸른색 눈동자는 초점이 잡히지 않았으며, 하얀 이를 살짝 드러낸 채 아랫입술을 씹어댔고, 손에 쥔 볼펜을 흔들어댔다. 매기가 입을 열어 (그 멍청한) 말을 하기 전까지는 그녀가 있다는 사실조차 모르는 듯했다.

사실 마고가 어찌나 넋이 나가 있었는지 매기는 혹시 둘이 모르는 사이인 척해야 하나 하는 생각까지 들었다. 그래야 하는 경우가 있다고 들었기 때문이다. 지원자들에게 공평한 기회를 주기 위해서. 회사 입장에서는 전임자가 추천한 사람을 직원으로 들이는 게 꺼림칙할 수 있다. 곧 엄마가 될 전임자가 안전한 선택이 될 만한 사람, 다시 말해 제대로 일을 못하거나 따분한 사람을 들이밀 수 있기 때문이다.

물론 매기도 마고가 그녀를 전혀 위협적인 존재로 보지 않기 때문에 연락한 게 아닐까 싶기도 했다. 그걸 모를 만큼 어리석지 않았다. 답은 분명해 보였다. 매기는 마고보다 키도 작고, 더 뚱뚱하고, 덜 예뻤고, 덜 성공했다. 스타일리시하고 세련된 마고에 비하면 매기는 다소 평범해 보였다. 마고가 육아 휴직 동안 일을 맡기고 싶을 만한 사람이었다. 하지만 매기는 마고가 자신을 선택한 데에는 다른 이유도 있다고 믿고 싶었다. 그녀가 패션 에디터라는 일에 적합하며, 뒤통수를 때리기보다 의리를 지켜줄 사람이라고 생각했기 때문이라고.

일단 면접이 시작되자 마고는 다시 친절해졌고, 분위기도 화기애애했다. 이후로는 면접이라기보다 잡담을 나누는 자리가 돼서 매기는 농담도 몇 번 했다. 면접이 끝나자 에밀리 모팻은 자신의 비서가 며칠 안에 연락할 거라고 했고, 심지어 마고는 따뜻한 미소까지 지어 보였다. 마치 그녀에게 면접이 아주 잘 됐다고 말하는 듯이. 매기는 크게 안도한 나머지 하마터면 질문하는 걸 잊어버릴 뻔했다.

면접할 때 나만의 질문을 하면 긍정적이고 열정적인 인상을 줄 수 있다는 말을 늘 들은 터였다. 물론 좋은 질문이라는 전제가 따르지만. 매기는 이번 면접에서 할 질문도 준비해뒀다.

"마고가 육아 휴직에서 돌아온 뒤에 제가 〈오트〉의 기고자로 남을 가능성이 있을까요?"

매기는 〈오트〉의 최고 책임자를 똑바로 보며 물었다.

그때 마고가 이상하게 행동했다. 갑자기 휴대전화를 들여다본 것이다. 누가 말을 거는 상황에서 새로 온 메시지를 확인하는 것은 이해할 수 있다. 하지만 이내 마고의 얼굴이 창백해지더니 몸을 떨었다. 입술이 하얗게 질리고 식은땀을 흘리며 다급하면서도 꿰뚫어보듯이 눈을 부릅떴다. 마고는 매기를 바라보는 동시에 그녀를 통과해 그 너머를 바라보고 있었다. 목의 힘줄은 팽팽하게 당겨졌다.

"나중에 연락할 때 알려줄게요, 매기."

마고가 퉁명스럽게 말했다.

"더 할 말 있나요……?"

… 3

마고

처음에 메시지가 도착했을 때는 사진이 뜨지 않았다. 그 끔찍한 소식을 들은 뒤로 아침 내내 휴대전화에 뜨기만을 고대했던 이름만 보였다. 위니.

좀 어때? 얼마나 힘드니? 미래가 사라져버렸는데 어떻게 살 수 있겠어?

친구에게서 온 메시지를 여는 동안 손이 떨렸고, 메시지는 천천히 로딩됐다. 대용량이라서 시간이 걸렸다.

사진 속에는 신생아용 흰 모자를 쓴 잭이 있었다. 저 모자는 지난주 일요일 오후에 보여줬을 때는 위니의 손바닥만 했는데 잭이 쓰니까 엄청나게 컸다. 위아래가 붙은 흰색 내의는 소매와 발목에 각각 싸개가 달렸지만 잭의 조그마한 손은 싸개에 들어가지 않고 삐죽 나와 있었다. 손톱이 달린 길고 작은 손가락은 완벽했다. 비록 유리병에 든 배처럼 믿을 수 없이 작았지만. 나는 잭이 잠든 동안 그 손가락이 눈에 보이지 않는 조류

속에서 해초처럼 흔들리는 걸 상상했다.

다만 잭은 자는 게 아니었다. 흰 내의 앞면은 구겨지고 얼룩져 있었다. 세상에서 마지막으로 지은 표정 위에는 모자가 있었다. 눈은 감겨 있고, 얼룩덜룩한 피부 위로 검은 속눈썹이 보였으며, 입술은 새파랬다. 잭의 몸에는 링거 줄이 감겨 있었다. 한쪽 팔 밑에서 나와 내의 똑딱단추 사이로 사라졌다가 다른 쪽으로 슬그머니 나와 어딘가로 이어져 뭔가를 연결했다. 그게 어디고, 무엇인지는 의료인들만 알 것이다. 잭은 팔다리를 축 늘어뜨린 채 이상한 자세로 받쳐져 있었으며 한쪽에는 토끼 인형이 있었다.

나는 바보가 된 기분이었고, 토끼 인형에 떨어진 작은 핏자국을 본 뒤에야 마침내 눈물이 나왔다.

그때 나는 화장실에 있었다. 매기 비처는 회의실에 남겨두고, 모프는 본인 사무실로 향한 뒤였다. 위니의 메시지를 받고는 두 사람에게 무슨 말을 했는지도 기억나지 않았다. 화장실 칸막이 변기에 앉아 있는 지금, 짐승이 내는 듯한 거친 신음이 내 몸에서 새어 나왔다.

나는 잭이 가여워서 우는 걸까? 그 애를 알지도 못하는데? 아마 내 머릿속에 있는 잭을 위해 우는 것이리라. 머리를 짧게 자른 위니의 아들. 참가하려던 축구 경기는 취소돼버리고 축구화에는 흙이 묻은 적이 없는 일곱 살 잭. 대학 졸업 증명서는 바스러졌고, 결혼식은 녹아버린 셀룰로이드처럼 무너졌으며, 할당된 숨이 바닥나면서 미래의 자식까지 오늘 아침에 함께 죽어버린 청년 잭. 나는 또한 어떻게든 오늘과 내일, 다음 주를 살아나가야 할 위니가 가여워서 울었다. 시간은 비극을 전혀 존중하지 않으니까.

나는 꺽꺽거리고 눈물을 흘리며 마치 나도 상처 입은 사람처럼 울고 있음을 깨달았다. 나는 정말로 몸과 마음이 아파서 울었고, 내가 사랑하는 사람에게 이런 일이 일어날 수 있다는 사실에 분노했으며, 느닷없이 벌어진 폭력에 당황했다. 이렇게 부당한 상황이 살을 서서히 파고드는 칼날처럼 예리하고 끈질기고 갈수록 아프게 느껴졌다.

내가 이런 심정인데 두 사람은 어떨까?

앞으로 몇 달간 이런 자문을 자주 하게 되리란 걸 그때는 몰랐다. 또한 비록 내가 위니와 찰스를 위해 다시는 눈물을 흘리지 않더라도 매일 슬퍼하리란 사실도 몰랐다. 이 뜨거운 눈물과 목이 메는 흐느낌, 회사 화장실 칸막이 안에서 느끼는 이 슬픔으로 인해 앞으로 늘 나를 따라다닐 감정이 탄생했다는 사실도.

사진에는 아무 말도 적혀 있지 않았다. 추후로 오는 메시지도 없었다. 위니는 뭐라고 말해야 할지 모를 것이다. 나도 그랬다. 눈물이 마르고 호흡이 진정되면서 나는 답장을 보냈다.

"정말 예쁜 아기네. 마음이 너무 아프다."

그러고는 닉에게 전화한 다음, 소지품을 챙겨 집으로 갈 준비를 했다. 일은 미뤄도 된다.

그날 저녁 닉이 집에 오자 나는 아무 말 없이 몇 분간 그에게 매달렸다. 닉은 스킨십을 별로 좋아하지 않지만 오늘은 나만큼이나 포옹이 필요한 듯했다.

5년 전 우리가 처음 만났을 때 스킨십이 극도로 잦은 가정에서 자란 나는 경솔하게도 그의 손을 잡고, 무릎을 쓰다듬고, 등을 토닥여줬다. 나중에 닉은 자신도 스킨십이 좋은 의미라는 건 알지만 어떻게 반응해야 할지 모르겠다고 설명했다. 또 가끔은 몸이 간지럽기도 하다고 털어놓았다. 확실히 스킨십에는 어딘가 애정을 구걸하는 면이 있는 듯했고, 그래서 이제는 나도 확실한 평계가 있을 때만 그를 껴안거나 키스를 퍼부었다.

하지만 위니의 아기가 죽은 그날은 내가 닉에게 위로를 받고 싶듯이 닉도 내 위로를 받고 싶어 했다. 그는 180센티미터의 키를 숙여 나를 끌어안았고, 내 금발에 갈색이 도는 자신의 금발을 올려놓았다. 나는 닉이 코트를 벗거나 배낭을 내려놓기도 전에 본능적으로 그의 어깨에 머리를 기댄 터였다. 그러자 심장 박동이 조금 느려졌고, 목구멍에 걸려 있던 단단한 혹이 가슴으로 내려가면서 편안해졌다. 심지어 배 속에 있던 아기도 다시 움직였다. 아기는 오늘 무슨 일이 있었는지 전혀 모르는데도 희한하게 아빠가 집에 왔다는 사실은 아는 것이다.

"맙소사, 마고, 정말 끔찍해. 이런 끔찍한 일이 일어나다니."

닉은 위층으로 올라가는 가파른 목재 계단에 앉았고, 잠시 양손에 얼굴을 묻었다.

"위니랑 통화했어?"

"아니, 전화했는데 안 받아. 메시지를 몇 개 보내긴 했는데……."

나는 말끝을 흐리고 먹던 사과를 찾아 주위를 둘러봤다. 아까 세련되고 현대적인 디자인의 낮은 커피 탁자에 올려뒀다. 요즘에는 손에서 음식을 놓지 않았는데 오늘은 닉이 도착하기 몇 분 전에야 처음으로 허기를 느꼈다. 되살아난 식욕이 어찌나 강렬한지 다른 생각이 거의 나지 않았고, 문장조차 제대로 끝맺을 수가 없었다.

사과는 주의를 딴 데로 돌리려는 전략이자 말하는 동안 집중할 수 있는 대상이기도 했다. 그래야 죽은 잭과 그 부모를 향한 슬픔 뒤에 숨겨진 내 진짜 감정이 드러나지 않기 때문이다.

닉의 질문에 대답하는 동안 나는 오늘 아침에 일어난 이루 말할 수 없는 사건에 대해 내 단짝과 아직 이야기를 나누지 못했다는 사실이 점점 더 수치스러웠다. 그것이 우리의 관계, 우리가 얼마나 가까웠는지, 위니가 날 정말로 필요로 하는지 아닌지에 대한 평가처럼 느껴졌다.

지금 위니에게 저렇게 비극적인 일이 일어났는데 난 이렇게 거부당한 감정이나 느끼다니 정말 한심해. 위니는 너무 상심해서 전화할 정신조차 없을 거야.

하지만 마음 한구석에서는 여전히 이런 생각이 들었다.

나라면 당장 전화했을 텐데.

여자들 간의 우정에서는 늘 똑같은 양의 사랑이 오가지는 않는다. 위니가 나를 필요로 하는 것보다 내가 위니에게 의지하고 충고를 구한 적이 더 많았다. 위니는 늘 나를 지켜줬고, 나를 위해 나서줬으며, 내가 화가 났을 때 머리를 쓰다듬어줬고, 내가 술에 취해 토할 때는 내 머리카락을 뒤로 모아서 쥐고 있었다. 학창 시절의 끔찍했던 한 학기만은 제외하고. 그때는 생각하기도 싫다. 열여섯 살 여학생들은 늘 사이가 틀어지기 마련이다. 우리가 한 번만 그랬다는 게 놀라울 정도다.

나는 위니가 나보다 몇 달 먼저 태어났고 외동딸이기 때문에 우리 관계가 그렇게 설정됐다고 생각했다. 하지만 성인이 되면서 종종 그건 위니가 나와 거리를 두려고 했기 때문이 아닐까, 학창 시절의 여파가 내 생각보다 큰 게 아닐까 하는 의문이 들었다.

닉 때문은 아니었다. 위니는 닉을 좋아했다. 서로 의견이 달라서도 아니었다. 위니와 나는 매사에 의견이 일치했다. 예술과 정치는 물론 새로 유행하는 머리 스타일의 전반적 장점이나 어떤 드라마 DVD를 봐야 할지까지. 나는 단지 위니가 나보다 감정 표현을 덜 하고, 나보다 더 빈틈이 없으며, 누군가에게 위로받고 싶은 마음이 덜할 뿐이라는 결론을 내렸다. 위니가 마지막으로 힘들었을 때가 언제인지 기억도 안 난다. 반면 나는 평균적으로 두 달에 한 번은 힘들었다. 대개는 위니의 집 러그에 앉아 위니의 고양이 클로버를 쓰다듬고, 와인 한 병을 마시며 시시콜콜 털어놓다 보면 해결됐다. 아무리 사소한 문제라도 나는 위니에게 털어놓았다.

그러다 우리 둘 다 임신하면서 다시 우정이 불타올랐다. 예전 학창 시절(그러니까 헬렌이 나타나기 전까지)처럼 낮에는 사무실에서 서로에게 이메일을 보내고, 밤에는 집에서 계속 문자를 주고받았다. 이 유모차 어때? 어떤 비타민을 먹을까? 아무개가 무통분만 안내에 대해 쓴 기사 읽어봤어? 그게 정말 가능할까?

나는 우리가 다시 가까워져서 기뻤다. 20대가 되어 삶이 다른 방향으로 갈리면서 우리는 가까워졌다가 멀어지기를 반복했다. 위니는 찰스와 일찍 결혼한 반면, 나는 닉을 찾는 데 오래 걸렸고 따라서 늦게 자고 늦게 일어나는 생활이 길어졌다.

하지만 우리가 연락을 자주 하게 된 것을 두고 위니에게 어떤 언급도 하지 않으려고 주의했다. 우리가 다시 가까워져서 좋다는 식의 말을 했다가는 위니가 어색해하리란 걸 잘 알기 때문이다. 몇 년 전 위니와 찰스의 결혼식에 내 기분을 허심탄회하게 털어놓은, 지극히 감상적인 카드를 건넨 적이 있었다. 위니는 카드를 열어서 읽었지만 그 내용에 대해서는 한마디도 하지 않았다.

"음."

닉은 바지를 매만지더니 계단을 올라가려고 일어섰다.

"만나자는 연락이 오면 그때 두 사람을 만나야겠네. 당신 메시지에 답장은 없고?"

"하나 왔어."

목구멍에서 치밀어오르는 덩어리를 삼키려 했지만 실패했고, 아기 사진이 기억나는 바람에 나는 울먹거렸다. 작은 몸과 생명력 없는 얼굴의 그 사진을 다시는 보고 싶지 않았다. 하지만 내가 그 사진을 무섭게만 받아들인다면, 그 사진 속 아기를 아름답게 보지 못하고 기괴하다고만 생각한다면 위니가 얼마나 실망하겠는가.

"여기."

나는 닉에게 휴대전화를 건넸다.

사진을 본 닉의 얼굴이 창백해졌다.

"맙소사, 이런 사진을 꼭 당신에게 보내야 했단 말이야?"

닉이 불쑥 내뱉었다.

바보 같지만 자꾸 저 사진을 보게 됐다. 나는 거의 온종일 그 사진을 봤고, 아기 얼굴이 머릿속에서 사라지지 않았다. 하지만 죽은 아기 사진을 임신부에게 보낸다는 게 어딘가 이상하고 공격적이기까지 하다는 생각은 미처 못 했다. 위니가 그런 의도로 보냈을 리 없다. 우리가 워낙 가깝기 때문에 보낸 것이다.

그렇게 가까워서 내 전화는 안 받고?

"위니랑 나는 단짝이야, 닉. 우린 모든 걸 공유해."

나는 무덤덤하게 말했다.

"가여운 위니."

닉은 그렇게 중얼거리더니 다시 나를 끌어당겨 정수리에 키스했다.

"이건 누구에게도 있어서는 안 될 일이야. 둘 다 힘들겠네."

그날 밤 꿈에 인큐베이터와 산소호흡기, 생명유지장치, 들것, 침상, 임종을 맞이하는 사람들이 나왔다. 나는 침상에 누워 도와달라고 외쳤지만 아무도 오지 않으리란 것을 알고 있었다. 가끔은 위니를 내려다보기도 했다. 위니는 일반적인 푸른색 환자복이 아니라 초록색과 회색으로 된 우리 학교 교복을 입고 있었다.

평소에도 총천연색 꿈을 꾸는 재능이 있던 나는 임신한 뒤로 내 생애 가장 선명한 꿈들을 꿨다. 불을 끄고 잠이 들면 아침에 알람이 울리기 전까지 지구를 몇 바퀴는 돌았다. 꿈은 매번 더 생생해졌고, 나는 더더욱 꿈에 빠져들었다.

임신 사실을 알게 된 주에는 거의 10년 전에 돌아가신 할머니에게 그 일을 알리며 오랫동안 이야기하는 꿈을 꿨다. 임신 12주가 지나 사람들에게 임신 사실을 말할 무렵에는 창문 블라인드 사이로 햇살이 새어 들어오고, 내가 우리 부부 침대에서 금발에 분홍빛 피부의 천사 같은 딸에게 젖을 물리는 장면을 보기도 했다. 꿈에서 깨는 게 실망스러울 정도였다.

하지만 오늘 밤 꿈은 어둡고 답답했다. 죽은 아기들, 옷을 입은 작은 시체를 낳고 또 낳았으며 젖을 먹이려 했지만 아기는 입이 없었다. 잠에서 깼을 때는 목이 말랐지만 몸과 얼굴은 식은땀과 눈물로 축축했다. 욕실로 가면서 위니가 자고 있을지, 잠을 잘 수는 있을지 또 생각했다. 병원에서 잠을 자도록 약을 줬으리라. 틀림없이 그랬으리라.

위니와 이야기할 수 있다면 얼마나 좋을까.

마침내 날이 밝아 회색 하늘과 아이가 태어나기 전에 준비해야 할 일들이 기다리는 주말이 됐을 때 잠에서 깬 닉은 침대 옆

자리가 비었다는 걸 알았다. 나는 이미 집을 구석구석 청소하고, 산책을 다녀오고, 아침에 먹을 음식을 사오고, 아이패드로 신문까지 읽은 뒤였다. 닉은 내게 부지런하다고 칭찬했다. 날이 밝기 전의 그 몇 시간 동안 나는 우리 아이가 무사히 태어나리라는 희망을 버렸고, 설사 무사히 태어난다 하더라도 다섯 살을 넘기지 못할 거라고 믿었다. 닉이 그것까지 알 필요는 없었다.

)(

그다음 주에 우리는 첫 육아 수업에 참석했다. 나는 닉에게 이 수업을 들으면 틀림없이 마음이 맞는 초보 아빠들을 만날 수 있고, 그들은 육아 휴직 기간과 나중에 아이를 돌볼 때도 펍에서 다 함께 만나고 싶어 할 거라고 꼬드겼다. 나도 내 동지들과 그러고 싶은 마음이 없지 않았다.

2주 전만 해도 근처에 사는 여자들을 만나 엄마가 되는 이 신나는 소동을 함께할 수 있다는 사실에 잔뜩 들떴다. 하지만 수업이 열리는 장소인 조지 왕조 시대에 지어진 테라스 하우스 거실로 들어서는 순간, 내가 어둠을 몰고 온 듯했다. 웃고 떠들며 전화번호를 교환하는 다른 부부들을 보니 내가 세상 경험이 더 많고, 더 많이 알며, 임신부에게 아무도 말해주지 않는 진실, 임신이 늘 해피엔딩은 아니라는 사실을 나만 아는 듯했다.

사랑으로 잉태돼 불이 환히 켜진 병원에서 태어난 현대 인류의 세 번째 세대에 해당하는 이들은 출산의 자리가 공포와 어둠의 공간이 될 수 있다는 사실을 이해하지 못한다. 우리 조상들은 그 사실을 아주 잘 알았다. 아기가 거꾸로 들어서서 나오지 않는 바람에 출산하는 데 며칠이 걸리기도 하고, 2주 동안 하혈하다가 결국에는 식은땀을 흘리며 의식을 잃기도 했다. 옆에서 갓 태어난 아기가 배고파 울어대는데도. 요즘에는 그런 일을 피하기 위해 초음파 검사를 하고, 미리 살펴보고, 점검하고 또 점검한다. 유도분만을 하고 무통 주사를 맞고 기관 내 삽관을 한다. 하지만 현대 의학의 작은 틈 사이로 종종 과거가 몰래 스며들어 요즘 태어난 아이들도 과거의 아이들과 같은 죽음을 맞이한다.

"번개는 절대 같은 곳에 두 번 떨어지지 않아. 힘들겠지만 우리 아기는 위니의 아기와 달라. 위니 같은 경우는 아주 드물어."

닉은 주차하며 그렇게 말하더니 내 손을 가져가 손등에 키스하고는 미소를 지었다.

"어서 가서 새로운 술친구들을 만나자고."

수강생들은 다 제각각이었다. 우리가 사는 사우스런던을 단면적으로 보여주듯이 교수, 광고 회사 직원, 선생님, 은행원, 음악가, 언론인 등 직업이 다양했다. 그들을 하나로 뭉치게 하는 것은 리본과 끈이 달린, 잘 늘어나는 옷 아래로 자랑스럽게 튀어나와 본인의 그리고 대개는 파트너의 손이 부드럽게 쓰다듬는 배였다.

나는 몇몇 여자처럼 배가 많이 나오지는 않았지만 그들에게 금방 유대감을 느꼈다. 바이올린 연주자인 소피아는 손가락으로 초조하게 머리카락을 꼬았고, 경영 분석가인 아델은 손과 발이 부어서 반지는 느슨하게 빼두고 운동화 끈도 풀고 있었다. 회계사 제마는 바지 정장의 배 부근이 이제 막 조이고 있었다. 다들 허리가 뻐근하고, 잇몸에서 피가 나고, 밤이면 식은땀을 흘리고, 속이 울렁거린다고 토로했다. 이전까지는 위니하고만 공유할 수 있고, 다른 사람은 알고 싶어 하지 않을 거라고 생각한 화제였다.

쿠션이 푹 꺼진 소파와 등받이가 직각인 의자 위에서 종종 자세를 바꾸는 그들은 어딘가 소처럼 보였다. 육중한 몸매의 그들은 다들 부드럽고 상냥했다. 모델이든 다른 패션 에디터든 지금까지 내가 일하면서 대부분 시간을 함께 보낸, 마르고 신경질적인 사람들과 정반대였다. 나는 잠시 매기 비처를 생각했다. 때가 되면(어제 오후에 모프에게서 매기로 결정했다는 메일을 받았다) 나를 대신하게 될 매기를.

나는 매기가 뽑혀서 기뻤다. 위니에게 일어난 일 때문에 마냥 기뻐할 수는 없었지만. 매기는 내 문제의 완벽한 해결책이었다. 모프에게 익숙한 지원자들, 다시 말해 조건 좋고 머리끝에서 발끝까지 세련된 여자들(잘난 아버지와 좋은 학벌 덕분에 이미 경력이 한 다발인)과는 다르지만 누구보다 재능이 있었다.

모프는 그런 여자들이 가져다주는 현란하고 화려한 분위기를 좋아했지만, 나는 나를 대신할 에디터에게 가장 중요한 자질은 기발한 아이디어와 유머 감각임을 알고 있었다. 성실한 일꾼이자 좋은 작가이며 심지어 페미니스트이기까지 한 매기는 1년 동안 일자리를 내준 내게 큰 빚을 지게 될 것이고, 내게서 그 일을 빼앗아갈 생각은 하지 않을 것이다. 내가 처음 대체 직원 자리를 제안했을 때 매기가 얼마나 흥분했는지 떠올렸다. 그렇게 고마워하는 마음이 1년 만에 사라질 리 없다.

낯선 사람들을 마주하고, 나를 대신할 사람까지 구하고 나니 일주일 전보다 더 긍정적인 마음이 들었다. 배 속의 작은 움직임을 슬픔의 전조로 보고 두려워하기보다는 신나는 마음으로 출산을 기대했다. 위니에게 일어난 일은 끔찍했지만(잔혹하고 불필요한 일) 나는 다를 것이다.

차례가 되자 나는 미소를 지으며 나를 소개했다.

"저는 마고 존스예요. 이제 거의 18주차고, 〈오트〉에서 패션 에디터로 일하고 있어요."

4

매기

에밀리 모팻에게서 마고 대신 일해달라는 전화를 받았을 때 매기는 지금까지 살면서 이보다 더 행복한 순간은 없다고 생각했다.

그게 싱글의 좋은 점이었다. 연인의 눈을 바라보거나, 연인과 손을 잡고 해변을 거닐 때만이 인생 최고의 순간은 아니라고 인정할 수 있었다. 가끔은 열심히 일하거나 손에 잡히는 뭔가를 이뤄낼 때가 인생 최고의 순간이 될 수도 있다. 이를테면 돈을 더 많이 벌었다든가, 잡지에 내 이름이 실렸다든가, 옷장 속 옷이 전부 더 비싼 옷으로 바뀐다든가. 마지막 예는 농담이다. 반은 진담이지만.

"면접 볼 때 네 스타일이 정말 마음에 들었어, 매기."

에밀리 모팻이 남서부 지역의 품위 있는 상류층 투로 말했다. 살짝 목이 쉰 듯한 목소리였다. 매기는 옷차림을 말하는 줄 알고 나중에 캐스에게 재킷 덕분에 합격했다는 말을 꼭 해야겠다고 마음먹었다. 하지만 이내 편집장이 말하는 스타일은 태도였음을 깨달았다.

"아주 열정적이고 흥분을 잘하더군."

그녀가 매끄러운 목소리로 말을 이었다.

"이 바닥 사람들은 대부분 이 일에 시큰둥하지. 멋있게 보이려고 안달하지 않는 사람과 이야기를 나눠서 재미있었어."

윽.

매기가 그쪽 업계에서 말하는 '멋있다'라는 단어 근처에도 가지 못하는 것은 사실이었다. 하지만 그걸 걱정하지 않는다는 말은 틀렸다. 매기는 걱정되기 시작했다.

그녀가 합격했다는 말이 사실은 에밀리 모팻의 장난이고, 그녀가 마고의 책상에 앉는 순간 다른 직원들이 웃음을 터뜨리는 건 아닐까? 마고의 판박이 같은 아름다운 여자가 나타나 거식증 때문에 뼈만 남은 팔꿈치로 그녀를 자리에서 밀어내는 건 아닐까? 또는 매기가 밀라노 패션 위크에 참석하면 반짝거리는 머리카락에 클립보드를 든 홍보 담당자가 다가와 그녀를 다른 사람들 눈에 띄지 않는 뒷좌석으로 옮기는 건 아닐까?

그렇게 억지스러운 예를 들 필요도 없다. 당장 출근 첫날에 사무실 의자가 부서질 수도 있다. 제대로 된 엉덩이, 그러니까 뼈만이 아니라 살까지 있는 엉덩이가 거기에 앉는 건 처음일 테니까. 그렇기 때문에 지금부터 출근하기 전까지 매일 헬스장에 가고, 샐러드만 먹고, 물을 몇 리터씩 마셔서 그녀를 너무도 불안하게 만드는 여자들처럼 보이려고 노력할 것이다.

물론 이 모든 것은 내일부터 시작이다. 지금 당장은 와인을 한 잔 마시면서 입사를 축하해야 하니까. 아마도 두 잔.

"물론 나중에 또 얘기하겠지만 우선 기삿거리를 몇 개 생각해보고 내게 바로 보내줘. 가능한 한 빨리 기사를 써줘."

편집장이 속사포처럼 말을 이었다.

그래야 당신이 잔뜩 고칠 수 있을 테니까요.

매기는 생각했다. 다듬어야 할 것은 그녀의 허리만이 아니었다. 글도 그랬다. 그래도 매기는 건설적인 비판을 잘했고, 일단 에밀리 모팻의 기준을 통과한다면 누구의 기준도 통과할 수 있으리라. 이번 취직은 매기 비처 인생에서 일어난 최고의 행운이 될 것이다.

통화를 마친 후, 매기는 집으로 가서 휴대전화에 깐 데이팅 어플을 다 지웠다. 한눈을 팔아서는 안 된다. 그녀에게 평생 함께하고 싶을 정도의 관심은 없는 남자들과 술은 충분히 마셨다. 반면 이런 기회는 자주 오지 않는다. 매기는 이번 일에만 정신을 쏟을 작정이었다.

매기는 부엌에서 유일하게 깨끗한 머그잔에 화이트 와인을 따르고, 소파에 앉아 와인을 마시면서 에밀리 모팻을 위해 쓸 만한 기사가 뭐가 있을지 생각하며 머릿속을 뒤졌다. 다들 그녀를 모프라고 불렀다. 매기는 언제쯤 그녀를 모프라고 부를 수 있을까? 그때가 됐다는 걸 어떻게 알 수 있을까? 그녀가 보낸 이메일에 모프라고 적혀 있으면 그게 신호일지 모른다.

직관에 어긋나는 행동처럼 들리겠지만 매기가 기삿거리를

찾는 방법은 다른 사람들이 이미 쓴 기사들을 보는 것이다. 그걸 보고 있으면 머릿속에 아이디어가 흘러들어왔다. 그래서 매기는 와인을 마시며 느리게 돌아가는 고물 노트북으로 여러 블로그와 뉴스 웹사이트를 훑어봤다. 이번 일 덕분에 새 노트북을 살 수 있을 것이다. 그 생각을 하니 다시 신이 났다.

어떤 기사를 쓸까 고민하던 매기는 마고가 이미 쓴 기사들을 전부 살펴보기로 했다. 검색 사이트에 들어가 '마고 존스'라고 치고 결과를 살펴봤다. 당연히 엄청나게 많은 기사가 나왔다. 모델이 아직 캣워크를 떠나지도 않았는데 재빨리 작성해서 보낸 패션쇼 속보부터 유명 인사와 디자이너들을 인터뷰한, 틀림없이 퇴고하는 데만 며칠이 걸렸을 깊이 있는 기사까지.

가끔 개인적인 기사도 있었다. 마고는 재미있었고, 자신을 놀림감으로 만드는 아주 중요한 능력까지 갖췄다. 마고의 기사 목록을 읽다 보니 매기는 아까 느꼈던 흥분이 가라앉으며 더 무거운 감정으로 바뀌었다. 마고는 이 분야를 속속들이 알고 있었다. 그녀가 어떻게 마고를 따라잡을 수 있을까?

매기는 20대에 자주 하던 짓, 그녀가 상담한 정신과 의사마다 절대 해서는 안 된다고 말리던 짓, 그래서 할 때마다 자신에게 벌금을 물려 침대 머리맡 탁자 유리병에 넣어두는 짓을 했다.

검색 웹사이트의 '이미지'를 클릭해서, 그녀를 약간 긴장시키고 약간 뚱보가 된 기분이 들게 하는 마고와 자신을 무자비하고도 가차 없이 비교할 준비를 했다.

매기는 늘 그런 짓을 했는데 아마 여러분도 그런 적이 있을 것이다. 전 남자 친구의 새 여자 친구들, 현 남자 친구의 전 여자 친구들, 그 여자 친구들의 친구들, 그들의 언니들, 친구이자 적들, 친구이자 동료들 등. 매기는 그들이 자기보다 더 예쁘고 날씬하고 부유하고 행복하고 똑똑하고 성공했다는 확신이 들 때까지 그들의 흐릿한 스냅사진을 계속 보곤 했다. 자신이 세상에서 가장 보잘것없고 외롭고 못났고 지루하고 절박한 사람이라는 느낌이 들 때까지.

놀라운 현대 과학 기술 덕분에 우리는 목욕탕 저울 위로, 전신 거울 앞으로 달려가 우리의 단점을 측정하고 불완전한 면에 집착한다. 과연 우리 할머니들이 이웃의 흑백사진을 골똘히 바라보며 엿같은 기분을 느꼈을까? 매기도 아니라는 걸 알고 있었다.

인간의 정신은 참으로 흥미롭다. 몇 시간 전만 해도 세상을 다 가진 듯했던 매기는 이제 자신이 대신하게 될 여자의 사진으로 가득한 모니터 앞에 앉아 있었다. 매기가 마지막으로 상담한 정신과 의사는 이런 행위를 "자긍심 사보타주(sabotage, 고의적으로 일을 망치거나 방해하는 행위-옮긴이)"라고 했다. 매기는 와인을 한 모금 더 마시고 스크롤을 내렸다.

파리에서 길을 건너는 마고의 사진이었다. 아마 오트 쿠튀르 패션쇼에 참석했다가 다른 패션쇼장으로 가는 길이었을 것이다. 캐러멜색 스웨터에 시어링 바이커 재킷을 입고 화이트 진을 입었다. 화이트 진이라니! 매기는 자신이 레드 와인을 너무 많이 마시기 때문에 얼룩질 확률이 높다는 이유로 웬만하면 흰색 옷을 사지 않았다. 마고는 바이커 재킷 소매에 팔을 넣지 않고 어깨에만 슬쩍 걸쳐 입었는데, 더 많은 와인을 마시고 더 많은 조사를 한 뒤에 매기는 그것이 패션 업계에서 "숄더 로빙(shoulder-robing)"이라고 부르는 스타일임을 알게 됐다.

또 다른 사진에서 한 론칭 행사에 참석한 마고는 회색 바지 정장에 검은색 터틀넥 스웨터를 입었는데, 오버사이즈 핏이 돋보이는 바지와 재킷이 마고를 실제보다 더 날씬해 보이게 했다. 매기는 늘 바지 정장을 입고 멋지게 등장하는 여자가 되고 싶었다. 하지만 마지막으로 바지 정장을 입은 때가 옥스퍼드 대학원 면접이었는데(결국에는 떨어졌다), 온종일 웅덩이를 피해 바짓단을 끌어올리고, 엉덩이 사이에 낀 바지를 잡아당겨야 했다. 바지 정장은 남자를 위한 옷이지 몸매가 곡선인 여자를 위한 옷이 아니었다.

다음 사진에서 마고는 사진 찍히는 게 싫다는 듯 어색한 자세로 계단에 서 있었다. 앞머리를 길렀고, 머리가 지금보다 훨씬 더 긴 것이 꽤 오래전에 찍은 사진인 듯했다. 머리는 가슴을 지나 거의 허리까지 내려왔다. 폭신해 보이는 회색 스웨터는 소매가 손등을 덮을 정도로 길었고, 무릎까지 내려오는 진청색 치마는 허벅지 쪽에 슬릿이 들어갔는데도 교복 같아 보였다. 거기에 낮은 굽의 검은 페이턴트 메리제인 슈즈를 신었고, 무릎 밑까지 올라오는 검은 울 양말을 신었다.

매기는 마고가 교복을 입은 건가 싶어서 다시 들여다봤는데 사진 밑에 이런 캡션이 달려 있었다. 베이비 모니터의 흐릿한 화면 속에 "런던 패션 위크에 참석한 〈오트〉의 마고 존스." 마고 뒤로 그녀가 방금 참석한 패션쇼의 브랜드 로고가 보였다. 패션쇼장에서 나오는 그녀를 거리에 있던 사진작가가 찍은 것이다.

　패션쇼에는 늘 그들이 있었다. 사진작가들. 값비싼 방수복을 입은 이 사냥꾼들은 패션 위크 기간에 모퉁이와 패션쇼장 앞에 숨어 있다가 멋진 옷을 입은 사람이 나오면 DSLR[디지털 일안(단일 렌즈) 반사식 카메라-옮긴이]을 찰칵찰칵 눌러댄다. 패션쇼장 맨 앞줄에 앉은 에디터들은 캣워크에 등장한 다음 시즌 트렌드를 분석하지만, 거리의 사진작가들은 그들을 곧바로 평가한다. 플래시가 터질 때마다 당신을 좋게 평가한다는 뜻이고, 카메라가 아래로 가면서 사진을 찍지 않으면 그것은 바로 이 순간을 염두에 두고 열심히 차려입은 옷에 대한 모욕이 된다.

　패션쇼장 입구까지 걸어가는 동안 사진작가들이 일제히 카메라를 내리는 모습을 보는 것이야말로 가장 고통스러운 일이다. 몇몇 기자는 일부러 과장된 동작으로 카메라를 내리며 작게 한숨까지 쉰다. 상대가 사진작가들을 실망시켰다는 생각에 더 비참한 기분이 들도록. 사실 그보다 더 끔찍한 경우도 있다. 옆 사람을 찍어야 하니까 사진을 망치지 않도록 비켜달라는 부탁을 받는 것이다.

　매기는 사진작가들에게 찍히려면 머리끝에서 발끝까지 명품으로 도배해야 한다고 생각했다. 특히 그 시즌에 꼭 사야 할 가방이나 신발 등을 걸쳐야 한다. 그래야 잡지사에서 그걸 착용한 사람들의 사진을 웹사이트에 올리며 "이거 봐요. 우리가 뭐 랬어요. 이 아름다운 사람들이 지난 호에서 우리가 사야 한다고 했던 물건들을 가지고 있잖아요"라고 말할 수 있기 때문이다. 그렇다고 해서 에디터들이 돈을 주고 그 물건을 산 것은 아니다. 대다수는 패션쇼에 참석할 때 잡지사 옷장에서 그 물건들을 빌려간다. 마치 그 옷장이 세상에서 가장 화려한 비디오 대여점이라도 된다는 듯이.

하지만 매기가 아무리 잘 차려입는다고 해도 결코 사진작가들이 찍으려고 쫓아다니거나, 길 한복판에서 사진작가들을 위해 포즈를 취하는 바람에 차들이 멈춰 서게 만들거나, 휴대전화를 들고 태연하게 통화하는 척하면서 가장 예뻐 보이는 얼굴 각도로 걸어가는 사람은 되지 못할 것이다.

사실 가장 많이 찍히는 사람들의 공통점은 명품 로고나 화려한 옷이 아니었다. 도드라진 광대뼈와 윤기 흐르는 머리카락, 큰 눈, 육감적인 입술이다. 패션에서 중요한 것은 절대 옷이 아니라 그걸 입은 사람이 얼마나 아름다운가 하는 문제이기 때문이다. 당신의 염색체가 충돌해서 어떤 얼굴을 만들어냈는지, 당신의 조부모가 배우자를 얼마나 잘 골랐는지의 문제다. 광대 복장으로 나타나도 아름답기만 하면 사진작가들은 당신을 찍을 것이다.

이상하고 전위적인 교복을 입은 여학생 같은 마고의 사진을 보며 매기가 했던 생각도 바로 그것이었다. 그리고 다시 한번 자신은 결코 마고를 따라잡지 못할 거라는 느낌이 들었다. 패션의 핵심은 옷이 아니라 옷을 입은 사람이다. 옷을 입은 사람이 동경의 대상이냐 아니냐의 문제다. 그때 매기는 에밀리 모팻이 좋아할 만한 기삿거리가 생각났다.

※

매기가 싱크대 옆에 붙은 간이 식탁에 앉아 으깬 아보카도를 바른 토스트를 점심으로 먹고 있을 때 휴대전화가 울리며 발신자 이름이 떴다. 편집장에게 이메일을 보낸 지 몇 시간밖에 안 된 터라 그녀가 메일의 내용을 매우 마음에 들어 했다는 걸 알 수 있었다. 매기가 들은 바로는 에밀리 모팻은 뭔가에 꽂히면, 진짜로 꽂히면 하루에 몇 번씩 전화하고 문자와 이메일을 계속 보낸다고 했다.

"마음에 들어."

매기가 전화를 받자 인사도 생략하고 그녀가 말했다.

"다음 주에 촬영하지. 홀리에게 연락해둘게. 홀리가 의상을 준비할 거야. 그럼 금요일까지 기사를 써줘."

"잘됐네요!"

매기는 씩 웃었다.

"정말 친절하세요. 너무 신나요. 제 아이디어가 마음에 드셨다니 다행이에요!"

"그래, 그래. 다음 주에 봐."

에밀리 모팻이 흥분한 매기의 말을 막으며 말했다.

"알겠습니다."

매기는 그렇게 말하고 이내 덧붙였다.

"정말 감사합니다, 모프."

전화기 반대편에서 잠시 정적이 흘렀다. 기침과 놀란 신음의 중간쯤 되는 희미한 소리가 들리더니 전화가 끊겼다.

잡지 촬영이라니! 그녀가 모델, 유명 인사, 상류층 자제와 함께 잡지에 실리는 것이다. 매기가 오랫동안 그랬듯이 사람들은 잡지를 펼치며 그녀가 누구인지, 이 멋지고 중요한 사람은 누구인지 궁금해하리라. 매기가 열다섯 살쯤에 침실에서 잡지를 보며 그랬듯이 여학생들은 잡지에 실린 그녀를 뚫어지게 보며 그 자리에서 결심할지도 모른다. 이거야말로 자신이 하고 싶은 일이라고. 중고등학교와 대학 시절 내내 목표로 삼았다가 합격하고 나면 친구와 가족에게 자랑스럽게 알리는 직업이 될 거라고.

어젯밤 기사에 대한 아이디어가 떠오른 뒤, 매기는 메모장에 기본적인 내용을 적어두고 와인을 다 마시고 나서 최종 결정은 내일 내리기로 했다. 가끔은 아무리 좋은 아이디어라도 지나치게 파고들면 풀리지 않는 경우가 있었다. 이번에는 꼭 좋은 기사를 쓰고 싶었다.

기본 전제는 간단했다. 매기는 (아직은) 패션 에디터가 아니지만 이 일을 시작하면 그 자리에 어울리는 사람이 되고 싶었다. 어떻게 하면 평범한 사람이 세상에서 가장 스타일리시한 일을 할 수 있을까? 그것이 매기가 〈오트〉에 쓸 첫 번째 기사의 골자였다. 그리고 솔직히 기사를 쓰면서 그 답을 찾을 수 있길 바랐다.

아마도 모프가 말한 '홀리'라는 사람이 많이 도와줄 것이다. 〈오트〉의 스타일리스트로서 홀리가 하는 일은 최신 유행과 모델의 개인적 취향을 고려하되, 무엇보다 모프의 결정에 따라 잡지에 실릴 사람들에게 옷을 입히는 것이다. 에밀리 모팻은 매기가 그런 사진에 어울리는 사람이 되기를 바랄 것이다. 하지만 매기는 주로 엄청나게 매력적인 유명 인사들이 실리는 잡지에 초라한 자신을 드러낸다고 생각하니 겁이 났다.

식탁 위에서 매기의 휴대전화가 진동하더니 메시지가 떴다.

"우리가 널 멋지게 만들어줄 거야. 포토샵을 잔뜩 해서."

에밀리 모팻은 상대의 기분을 배려하는 여자가 아니었다.

＊

촬영 당일, 매기는 드라이어로 머리를 말리고 손톱에 매니큐어를 칠했다. 누구든 카메라 앞에서는 더 뚱뚱해 보이므로(특히 원래부터 약간 통통한 사람은) 일주일 동안 빵을 입에 대지 않았다.

"행운을 빌어, 매기!"

집에서 뛰어나가 잡지사에서 보내준 차에 올라타는 매기를 향해 캐스가 외쳤다. 운전사는 매기를 위해 차 문을 열어주고, 팔걸이에 미리 놓아둔 미네랄 워터를 마시라고 권하며 매기를 중요한 사람처럼 대했다.

매일 이렇게 살면 좋겠다.

매기는 그렇게 생각하다가 이 화려하고 풍족한 생활에는 기한이 있다는(마고가 돌아올 때까지) 사실이 떠올랐다. 그러자 모험은 아직 시작도 안 했는데 갑자기 순간적으로 박탈감이 들었다. 나중에 이 모든 걸 다시 넘겨주려면 고통스러우리라.

촬영장에 도착했을 때 다들 어찌나 반갑게 맞아주는지 걱정스럽던 마음이 즉시 사라졌다. 매기는 비현실적인 상상을 하는 경향이 있어서 촬영장에 오는 동안에도 이 모두가 자신을 모욕하려는 책략이라고 생각했다. 사진은 아주 끔찍하게 나와서 이렇게 입으면 안 된다는 걸 보여주는 것 말고는 아무런 쓸모도 없을 거라고 상상했다.

매기는 치밀어오르는 공포심을 가라앉히려고 온갖 방법을 다 동원했다. 남자 친구가 없다는 사실이 뼈저리게 느껴지는 것도 주로 이런 순간이었다. 저음에 차분한 성격의 남자 친구가 입 닥치고 똑바로 행동하라고 엄격하면서도 다정하게 말해준다면 얼마나 좋을까. 하지만 지금까지 그녀가 만난 남자 중에 그런 말을 해준 사람은 없었다. 적어도 좋은 의도로는.

홀리는 1970년대 화보에서 곧장 걸어 나온 듯한 여자였다. 긴 갈색 직모에 앞머리를 길렀고, 하이웨이스트 나팔바지에 통굽 샌들을 신었으며, 색이 바랜 부드러운 록밴드 티셔츠를 바지 안에 집어넣어 가늘고 호리호리한 허리를 강조했다. 매기는 늘 저렇게 입고 싶었지만 실제로 그렇게 입었다가는 복고 파티에라도 가는 사람처럼 보일 터였다. 매기는 나중에 기사를 쓸 때 참고하려고 수첩에 서둘러 적었다. 패션 에디터에게는 스타일과 코스튬 사이의 경계가 매우 흐릿하다고.

"당신이 입을 옷을 몇 벌 준비했어요."

매기가 메이크업을 받으려고 자리에 앉기도 전에 홀리가 말했다. 마지막으로 누군가에게 메이크업을 받은 것은 언니의 결혼식 때였는데, 파운데이션을 몇 겹은 바른 듯했고 웃을 때마다 얼굴에 금이 쩍쩍 갔다. 게다가 그 메이크업 담당자가 결혼식 부케까지 만들었다. 오늘 매기의 메이크업 담당자는 프랑스 여자였다. 짧게 자른 금발에 곱슬곱슬한 앞머리를 뒤로 넘긴 것만 봐도 얼마나 멋쟁이인지 알 수 있었고, 겸업으로 부케 만드는 일을 할 리도 없어 보였다.

"모프가 원하는 콘셉트는 꽤 구체적이에요. 낮에 입는 캐주얼, 낮에 입는 정장, 저녁에 입는 캐주얼, 그리고 개인적으로 내가 가장 좋아하는 글래머라마요."

홀리는 손가락을 하나씩 꼽아가며 말했다.

매기는 침을 꿀꺽 삼켰고, 메이크업 담당자가 스펀지로 그녀의 얼굴에 파운데이션을 바르기 시작했다.

"글래머라마요?"

"걱정 말아요."

홀리는 작고 하얀 이를 드러내며 웃었다.

"우리가 유명 인사처럼 보이게 해줄게요."

홀리의 말이 맞았다. 사진에 찍힌 여자, 너무 멋지고 잘생겨서 사진 찍는 동안 매기가 제대로 말도 걸지 못했던 남자의 리드를 따르는 이 여자는 처음 보는 사람이었다. 반짝거리고 섹시하고 윤기가 흐르고 거만하지 않으면서도 귀티가 나는 그녀에게서 자신감이 모니터와 스토리보드를 뚫고 나왔다. 비록 허리에 손을 올리고, 턱을 앞으로 내밀고, 카메라 플래시가 터질 때 머리카락이 출렁이도록 카메라 앞으로 한 발짝 나아가는 포즈를 취하는 동안에는 바보가 된 기분이었지만.

서투르거나 어색하거나 손 처리가 잘못된 사진들은 최종 선택에서 모두 떨어졌다. 지금껏 본 중에서 가장 좋은 옷을 입은 매기는 최고로 멋진 모습이었다. 진짜 패션 에디터처럼 보였다. 확실히 온종일 패션 에디터 행세를 하기는 했다. 그렇다면 정말로 패션 에디터가 됐다는 뜻이 아닐까? 집에 돌아와 소파에 누워 매니큐어를 바른 손톱을 감탄하며 바라보고, 다시 노트북으로 촬영장에서 찍은 사진을 보니 확실히 패션 에디터가 된 기분이 들었다.

"어서 빨리 사무실에서 다시 만나고 싶네요."

어시스턴트들이 옷을 챙기고, 매기가 테두리에 알전구가 붙은 거울 앞에서 속눈썹을 떼어내는 동안 홀리가 말했다.

그녀와 다른 팀원들은 새로 온 에디터가 촬영에 타고난 소질이 있다고 농담한 터였다.

"마고는 긴장해야겠어요!"

매기가 그날 두 번째로 택시에 올라타는 동안 홀리가 미소를 지으며 외쳤다.

5

마고

최신 호가 사무실에 도착해 택배기사들이 마치 포커 게임에서 카드를 돌리듯 책상에 앉은 직원들에게 잡지를 나눠주자 나는 갑자기 강렬한 질투를 느꼈다. 이미 잡지에 실린 매기의 기사 레이아웃을 봤고, 지면과 〈오트〉 스타일에 맞도록 글도 교정까지 마친 상태였다. 문제는 손볼 데가 별로 없다는 거지만.

매기가 좋은 기사를 썼다는 사실은 부인할 수 없었다. 재미있고 흥미로우면서 진정성 있고 덤으로 유용하기까지 했다. 표지에 실린, 내가 쓴 문구 덕분에 독자들이 가장 먼저 찾아서 읽는 기사가 될 것이다.

도와줘요! 날 패션 에디터로 만들어주세요, 당장!

모프는 느낌표를 두 개나 넣게 했다.

나는 정말로 매기를 패션 에디터로 만들었다. 내가 매기를 선택한 까닭은 똑똑하고 능력 있고 믿을 수 있으며 근면하고 기회가 필요한 사람이기 때문이었다. 형편이 어려운 사람을 뽑아야 한다고 생각한 적은 없지만, 이건 가치 있는 일이었고 이 일을 정말로 필요로 하는 사람에게 주는 게 옳을 듯했다.

고마운 줄 알고 의리를 지켜서 빚을 갚을 사람.

한 달에 쥐꼬리만 한 원고료로 근근이 살아가고 있던 매기는 재능을 낭비하고 잠재력을 펼치지 못하는 듯 보였다.

이젠 모프가 그 잠재력을 활용했지.

나는 늘 만족스러운 쿵 소리와 함께 잡지를 책상에 놓고 펼쳐 매기의 기사가 시작되는 페이지로 갔다. 첫 장에는 각기 다른 옷을 입은 매기의 사진이 나열되어 있었다. 지금 한창 유행하는 옷들을 입고 마치 패션쇼장 첫 줄에 나란히 앉아 있는 듯한 포즈를 취했다.

한 사진에서는 클래식한 스커트에 하이힐을 신고, 반짝이는 진갈색 머리카락을 목덜미에 동그랗게 말았다. 다른 사진에서는 여러 천을 덧댄 청바지에 하얀 셔츠를 입고, 셔츠 자락을 허리에 묶어 모래시계 같은 체형에 눈길이 가게 했다. 오른쪽에는 자신도 얼마나 우스꽝스러운 차림인지 안다는 듯 반쯤 미소 지은 채 이번 시즌의 최첨단 트렌드인 운동복과 운동화를 신고 있었다. 내게는 너무 어울리지 않아서 설사 임신하지 않았다고 해도 입을 엄두조차 내지 못했으리라. 하지만 매기는 비교적 사랑스럽게, 심지어 예뻐 보일 정도로 잘 소화해냈다.

다음 장에는 매기가 쓴 글과 함께 몸에 딱 붙는 에메랄드빛 초록색 실크 드레스를 입고, 크리스털이 장식된 같은 색 하이힐을 신은 매기의 사진이 있었다. 한 손은 허리에 올리고 입술은 빨간 립스틱을 칠했으며 눈에는 스모키 화장을 했다.

나는 매기의 푹신한 가슴골을 부러운 눈으로 바라봤다. 원래 가슴이 깊게 팬 옷은 자주 입지 않지만 임신하면서 빈약하던 가슴이 살짝 부풀어올랐다. 그렇다고 해서 매일 아침 확인해보면 극적으로 빵빵해진 건 아니고 젖꼭지가 부어오른 정도인데, 지난 주말에 방문했던 속옷 가게 점원의 말에 따르면 맞는 브래지어조차 찾을 수 없었다.

"브래지어 속 철사가 수유선을 누르면 안 되잖아요!"

안경을 쓴 점원은 내 가슴을 살구색 견본 브래지어 속으로 무자비하게 밀어 넣으며 고음으로 말했다. 그 말을 들은 나는 울고 싶어졌다. 전부 바뀌어버린 서랍 속 속옷(평소에 입던 레이스가 달리고 밑위가 짧은 팬티들도 편하다는 핑계를 대며 큼직한 면 팬티들로 바꿔버렸다) 역시 임신한 나를 낯설게 만들었다. 그런 생각이 들 때마다 순간적으로 그것이 명확한 감정이라기보다 몸의 기억이길 바랐고, 위니와 그런 이야기를 할 수 있다면 좋으련만 하고 생각했다.

위니는 늘 나를 보살펴주고 위로하고 내 이야기를 들어줬다. 학창 시절부터 우리의 관계는 그렇게 정해졌다. 우리는 늘 붙어 다녔다. 처음 몇 마디만 들어도 상대가 무슨 말을 하려는지 알았고, 동시에 상대의 왼손에 매니큐어를 칠해줄 수 있는 둘도 없는 친구였다.

하지만 잭이 죽은 지 석 달이 되도록 위니는 딱 한 개의 메시지만 더 보냈다. 내가 사랑과 노파심을 담아 보낸 수많은 메시지에 대한 짧고 차가운 메시지였다.

"미안해. 지금은 안 되겠어."

뭐가 안 된다는 거지? 얘기를 할 수 없다고? 내 친구가 될 수 없다고? 내가 임신한 걸 참을 수 없다고?

학창 시절의 경험을 통해 혼자 있고 싶어 하는 위니에게 가까이 다가가면 더 멀어질 뿐이라는 걸 알고 있었다. 헬렌과의 일이 있은 뒤로 그 사실을 명확하게 알게 됐다. 고등학교 때 우리가 멀어진 일은 별로 생각하고 싶지 않지만 그때 확실히 배운 게 있다. 냉담하고 차갑게 구는 위니를 녹일 유일한 방법은 그녀 스스로 녹게 하는 것뿐이라는 사실.

내 문자, 음성 메시지, 전화에도 아무런 답이 없자 나는 위니의 집을 찾아가볼까 생각했다. 우리 집에서 도보로 겨우 30분 거리지만 우리 사이에 감도는 침묵 때문에 몇 킬로미터는 되는 듯했다. 어차피 찾아가봤자 위니가 고마워하지 않을 게 뻔했다. 닉에게 거기까지 차로 데려다 달라고 한 적도 있었다. 하지만 집 안은 불이 다 꺼졌고, 진입로에는 주차된 차가 없었다. 차를 돌려 곧장 집으로 돌아가는 순간, 나를 휩쓰는 안도감에 온몸이 정화되는 듯했다. 그제야 내가 위니를 만나길 두려워한다는 것을 깨달았다. 나중에야 인정한 일이지만 나는 위니에게 내 부른 배를 보여주는 게 두려웠다. 위니를 화나게 할까 봐 걱정됐고, 어떻게 해야 그 화제를 피해서 이야기할 수 있을지도 몰랐다. 심지어 포옹할 때도 방해가 될 터였다. 내 배는 은근하면서도 확실하게 위니를 책망할 것이고, 위니에게 잃어버린 게 무엇인지 일깨워줄 것이다. 내 단짝을 두려워한 지가 하도 오래돼서 위니가 내게 얼마나 강력한 힘을 휘두르는지 하마터면 잊을 뻔했다. 하마터면.

위니는 준비가 됐을 때 나를 찾아올 것이다. 그때까지는 멀리서 그녀를 사랑하는 사람이 있다는 사실을 알릴 것이다.

그래서 나는 꽃을 보냈다. 처음에는 꽃다발을, 나중에는 씨앗을. 위니의 집 작은 뒤뜰에 피는, 위니가 아주 좋아하는 알록달록하고 탐스러운 꽃들과 똑같이 자라날 것을 약속하는 씨앗이었다. 힘든 시기에 그 씨앗들이 도움이 되길 바랐다. 메마른 땅을 생명력이 넘치게 가꾸는 일은 시간을 올바르게 쓰는 방법일 듯했다. 긍정적이면서도 건설적인 일이자 슬픔의 나날을 색과 낙천주의와 아름다움 속에서 보낼 방법이었다. 위니가 사람들과 거리를 두는 태도를 떨쳐내고 손을 뻗기를 바랐다. 꽃들이 봄의 따뜻한 햇볕을 향해 단단한 겨울 땅을 뚫고 나오듯이.

하지만 지금은 진부한 선물로 느껴졌다. 차라리 음식을 보내고, 집을 청소해주고, 심부름하고, 자질구레한 일을 해줘야 했다. 나는 기꺼이 내 무거운 배가 바닥을 스치는 참회의 자세로 위니의 집 바닥을 솔질했으리라. 깨어 있는 거의 매 순간 느끼는, 살아남은 자의 죄책감을 달래기 위해서. 자면서도 죄책감을 느낀 나머지 패닉에 빠진 피투성이 꿈에서는 병원 모니터와 죽은 아기들이 나왔다.

위니는 내 핏속에서 끊임없이 반복됐다. 위니가 지금 어디에 있을지, 또는 어떻게 하루를 보낼지 생각하지 않을 때는 새로운 미신에 매달렸다. 길을 건너거나 지하철을 타거나 계단을 오를 때마다 내 아기의 심장이 아직 뛰고 있다는 사실에 감사해야만 한다는 미신이었다. 아기가 발을 차는 게 느껴지면 내 기쁨은 즉시 슬픔과 자책으로 희석됐고, 나중에는 공포로 무너졌다. 겁내는 걸 잊어버릴 때마다 위니가 못마땅해하고 배신감을 느낄 것만 같았다.

내가 배를 불룩 내민 채 지나갈 때면 가끔 나와 눈을 마주치며 미소 짓는 여자들이 있었다. 나처럼 임신했거나 어린아이들을 키우는 여자들이다. 다른 여자들은 나를 무시하고, 내게 자리를 양보하지 않았다. 내 존재가 그들이 듣고 있는 팟캐스트나 스트리밍 서비스를 뚫고 들어가지 못했고, 그들의 레이더에 잡히지 않았기 때문이다.

나도 그랬지. 나중에 당신도 임신하게 되면 미안한 마음이 들 거야.

그런가 하면 나를 똑바로 바라보며 입을 꽉 다무는 사람들, 나를 노려보거나 내 얼굴을 보지 않은 채 배만 보는 사람들도 있다. 아기를 낳지 않았거나 낳을 수 없거나 아기에 전혀 관심이 없는 사람들이었다. 임신하려고 노력했으나 그 과정에서 상처받은 사람들도 그랬다. 그중 한 사람은 슈퍼마켓에서 나를 계속 따라다니더니 내가 와인을 집어 드는 걸 보고 혀를 찼다. 내가 민망해서 다시 선반에 내려놓자 여자가 다가와 아기가 아들이라고 말해줬다.

"확실해요. 이 안에 남자아이가 있어요."

여자는 검버섯이 핀 손을 내 부푼 배에 올려놓았다.

나는 그 손을 뿌리쳐야 했다. 내가 아닌 내 배를 두고 하는 말이나 대화를 일축해버리듯이. 임신하기 전에는 낯선 사람들이 내 몸을 평가한 적이 없는데 이제는 늘 사람들의 시선을 받거나 화젯거리가 됐다. 하지만 그 여자의 손길은 낙인 같았다. 저주 같았다. 나는 뒤쪽 선반을 향해 비틀비틀 물러났다. 내가 원치 않고 청하지도 않은 그 손길의 주인 때문에 마녀와 수염 난 노부인들을 두려워하던 중세시대 집단 광기가 이해될 정도였다.

편집증은 점점 더 심해졌다. 하루는 혼자서 집 근처 보도를 걷고 있는데 뒤에서 누가 따라오는 느낌이 들었다. 버스 정류장에서 내려 집까지 가려면 가게와 펍이 있는 대로를 벗어나 조용한 주택가를 몇 블록 지나야 했다. 그 길에는 사람이 숨을 수 있는, 높이 자란 산울타리와 진입로가 있었다. 누가 따라오는지 돌아볼 때마다 당연히 발소리는 바람결에 사라졌고 아무도 없었다.

하지만 분명히 누군가 있었어.

닉은 내가 이상하게 안절부절못하는 걸 알아차렸다.

"진정해, 마고. 계속 이러면 아기에게 좋지 않을 거야."

자려고 침대에 누웠을 때 그가 내 정수리에 대고 중얼거렸다. 배 때문에 이제는 옆으로 누워서 그에게 등을 돌린 채 잤고, 따라서 악몽에 시달릴 때면 한층 더 외로웠다.

"상담 한번 받아볼래?"

상담사에게 뭐라고 해야 할까? 내 단짝이 나와 말을 안 하고, 친구가 나를 미워할까 봐 걱정되고, 내가 뭘 잘못했는지 모르겠고, 이 모두가 내 탓이 아니라고? 고등학교 때 위니와 내가 6주 동안 말을 안 하고 지냈을 때도 이런 기분이었다. 내 생애 가장 힘든 시기였다.

추락하면서 지르던 비명. 바닥에 떨어질 때 나던 소리.

아니, 그 일을 전부 다시 떠올려야 한다면 누구에게도 이야기하고 싶지 않다.

"말해봤자 사춘기 여학생의 고민처럼 들릴 거야."

나는 닉에게 말하며 머리맡 탁자 등을 껐다.

"때가 되면 위니가 틀림없이 연락할 거야. 회사를 그만두기 전에 끝내야 할 일도 너무 많고. 걱정할 시간도 없을 거야."

하지만 나는 직장에서 점점 더 한가해졌다. 기사를 써달라는 요청도 없고, 회의에 참석할 필요도 없으며, 기획안 회의에도 초대받지 못했고, 모프의 짧고 예측할 수 없는 관심 범위에서도 벗어났다. 늘 다음 유행을 다루는 업계에서 나는 한물간 유행이 된 기분이었다. 다시 잡지 속 초록색 실크 드레스를 입은 매기를 바라봤다. "오로지 청바지에 진청색 스웨터만 입는" 대부분의 패션 에디터들과 달리 여성스러운 옷을 좋아하는 그녀의 취향을 강조하기 위한 사진이었다. 나는 특히 저 문장이 내 스타일을 지목하는 듯해서 기분이 나빴다. 매기와 처음 만난 아이슬란드 여행에서 나는 늘 저렇게 입고 다녔다. 닉은 내가 너무 예민하다면서 잊어버리라고 했다.

당신도 자기 정체성을 훔쳐 가려는 사람을 잊으려고 해보시지.

"하지만 매기는 당신과 전혀 달라."

닉은 나를 진정시키려고 논리적으로 말했다. 내가 좋아하는 방식으로 내 어깨를 쓰다듬으면서. 하지만 지금은 그 말도 매기를 칭찬하는 것으로 들렸다. 매기는 우리 잡지사에 신선한 바람을 불어넣고 있었다. 이국적이면서 흥미로운 존재였다.

나는 내 자리가 공석이 되는 건 고사하고, 의자에서 내 온기가 식기도 전에 매기가 내 책상을 차지하려는 듯한 느낌이 들었다. 알람이 울리기 바로 전의 안락한 몇 분간 나는 매기가 사무실에 나타나는 꿈을 꿨다. 그녀는 내 무릎에 앉아 불룩 나온 배를 짓누르더니 내 컴퓨터 자판을 마구 쳐댔다. 나는 이렇게 짜증 나고 수상쩍은 꿈을 꾸다 깨어났지만, 훨씬 더 추운 새벽에 악몽에 시달리다가 식은땀과 눈물범벅으로 깨어나는 것보다는 나았다.

내가 쓴 짤막한 기사는 쳐다보지도 않은 채 이번 호를 덮었다.

처음 매기의 기사가 실린다는 걸 알았을 때 목구멍에 날카로운 유릿조각이 박힌 듯한 느낌이 든 건 그 사실 자체 때문이 아니었다. 아무도 내게 그걸 말해주지 않았기 때문이다. 어느 날 우연히 홀리와 어시스턴트들이 매기의 '패션 에디터 촬영'에 대해 이야기하는 걸 들었고, 나는 그게 무슨 말이냐고 물어봐야 했다.

얼마나 치욕적이던지! 몸집이 커질수록 난 점점 더 투명 인간이 되네. 요즘에는 사람들 눈에 띄지 않기가 더 힘든데.

임신 7개월에 접어들자 배는 더 높이, 자랑스럽게 부풀어올랐고 어디에 들어갈 때면 늘 앞장섰다. 배 이물에 달린 인어 장식처럼. 나는 부푼 배를 위한 옷, 축 처지고 랩 스타일인 임부복은 입지 않았다. 대신 평소 입는 셔츠와 헐렁한 튜닉, 검은 티셔츠와 청바지 위에 입는 실크 기모노 로브를 더 큰 치수로 사서 입었다. 청바지는 엄청나게 많지만 이제는 허리가 겨드랑이까지 올라오는 바지를 입었다. 원래 그런 바지는 끔찍이 싫어하지만 패션 에디터가 된 뒤로 입어본 바지 중에서 가장 편했다.

모프는 임부복을 다룬 기사에 관심을 보일지도 몰라.

모프가 잡지사의 매력을 떨어뜨릴지 모를 글을 의뢰한다고 생각하니 웃음이 났다. 매일 열리는 뉴스 미팅에서 부어오른 내 발을 골똘히 바라보는 모프를 이미 본 터였다. 실수로 스트랩 샌들을 신는 바람에 수분을 머금고 부풀어오른 내 살 속에 끈이 파묻혀버렸다. 신발을 벗었더니 발등 위로 교차한 끈 자국이 생생하게 남았고, 모프가 지나가며 그걸 보고 킥킥 웃은 뒤로는 발을 온종일 책상 밑에 숨겨뒀다.

너도 함께 웃어. 사람들이 널 불쌍한 소라고 생각하지 않도록.

"안녕, 매기. 기사가 정말 재미있을 것 같아요! 얼른 읽고 싶네요!"

매기가 촬영한다는 사실을 알게 된 뒤 나는 그녀에게 문자를 보냈다. 느낌표가 너무 많아. 그래도 나는 이 감정을 떨치고 싶었다. 그 감정은 밤낮으로 나를 짓눌렀고, 그 과정에서 정당한 분노가 치밀었다. 내가 동료들의 의식 속에서 희미해질수록 매기는 점점 더 또렷이 자리 잡는 듯했다.

사무실에서는 앞으로 발간할 다음 호를 계획하고 있었다. 내 아기가(만약 죽지 않는다면) 태어나고 한참 뒤에도 집집이 배달하고, 잡지 진열대에 진열될 다음 호들. 매기가 내 후임이 됐다는 사실은 널리 알려졌고, 매기는 사무실에도 몇 번 다녀갔다. 내 책상 전화번호가 매기의 새로운 연락처였기 때문에 새로 올 패션 에디터에게 제품을 보내고 싶어서 안달을 떠는 홍보 담당자들의 전화가 하루에도 몇 통씩 걸려왔다. 나는 매기의 개인 비서가 된 기분이었다. 정작 내 인생은 폐업해야 하는 업무를 맡은 비서.

"아, 감사합니다! 전부 모프의 아이디어였어요. 너무 흉하게 나오지나 않았으면 좋겠어요!"

매기는 곧장 내 문자에 답했다.

요새 여자들은 어색하면 느낌표를 사용하나 봐.

그날 아침 잡지 무더기가 카트에 실려 사무실로 배달되고, 엘리베이터에서 모프가 위층 잡지사 남자 직원과 그 기사에 대해 이야기하는 걸 들은 뒤에야 나는 매기가 거짓말했음을 알았다.

"이번 호에 매기 비처라는 새 기자가 훌륭한 기사를 썼어요. '평범한 여자가 어떻게 하면 패션 에디터가 될 수 있을까'라는 주제죠."

모프가 설명했다.

"그 친구가 정말 재미있는 아이디어를 냈어요. 우리 잡지사에 딱 맞는 인재가 될 것 같아요. 육아 휴직 하는 동안 마고를 대신할 거예요."

모프는 내 부른 배를 향해 고갯짓했고, 나는 임신과 상관없이 속이 메스꺼웠다.

　매기는 왜 내게 거짓말을 했을까? 불편한 마음이 독선과 합쳐져서 눈물이 핑 돌았다. 너무 부당하다! 나는 임신한 여자의 전형이 되어 상황이 어떻게 돌아가는지도 모르고, 나약해지고, 의심 많은 사람이 돼버렸다. 게다가 이제는 대놓고, 민망할 정도로 화가 났다.

　이런 상황을 피하려고 매기를 택한 건데 참 고맙게 됐네.

　그날 저녁 나는 닉에게 이 이야기를 하면서 울었다.

　"내 꼴이 너무 우스워. 사무실 돌아가는 상황도 모르고 이젠 누구에게 물어볼 수도 없어. 나한테 알려줬어야 하지 않냐고 따질 수도 없고. 그랬다가는 임신한 독재자처럼 보일 테니까."

　"사실이 그런데 뭐."

　닉은 씩 웃으며 팔을 뻗어 내 손을 쓰다듬었다.

　"그래, 맞아."

　나는 울먹이며 인정했다.

　"하지만 사람들이 그렇게 만들었기 때문이야. 이 일로 매기에게 정말 화가 나."

　"그러지 마. 거짓말한 건 잘못했지만 그 아이디어가 어색해서 그랬을 수도 있어. 자기가 당신을 밀어내는 것처럼 보일 수 있으니까. 모프가 당신에게 알려줬어야 해. 근데 모프도 그냥 잊어버린 게 아닐까?"

　닉의 말이 맞았다. 하지만 매기가 거짓말했다는 사실은 그날 저녁 내내 나를 힘들게 했다. 매기는 패션 에디터로서 얼마든지 일에 욕심낼 권리가 있었다. 근데 왜 내숭을 떨었을까? 나를 불안하게 하거나 속이려고 일부러 그랬다고는 생각하지 않지만, 너그럽지 못한 마음 한구석이 자꾸 나를 그 방향으로 이끌었다. 나는 호르몬이 미치는 영향을 생각하며 내가 과민반응을 하는 건 아닌지 의아했다. 닉은 육아 휴직 기간에 자신이 하던 그래픽 디자인 일을 다른 사람에게 맡기는 걸 전혀 개의치 않는 듯했다.

그거야 겨우 3주니까 그렇지. 회사에 다른 직원이라고는 둘뿐이잖아. 휴직 기간이 끝나면 당연히 복직할 거고. 또한 어릴 때부터 같은 남자를 믿어서는 안 된다는 가르침을 받지도 않았어.

나는 여자들이 대다수인 업계에서 일하는 내 처지를 또다시 한탄했다.

이 바닥은 여자와 동성애자 남자뿐이지.

이 집단은 술을 퍼마시고 자식이 없을 때는 뜨거운 동지애를 느끼며, 함께 어울리면 정말 재미있고, 남녀 간의 경쟁이나 지루한 알파 메일에 의해 오염되지 않았다. 하지만 시간이 흐르면 의식적으로든 아니든 이른바 '양육자'라 불리는 사람들을 몰아내고 작당했다. 내게서 동료들의 야비한 행동을 전해 들을 때마다 위니는 늘 어이없다는 표정으로 눈을 치떴다. 위니는 영리하지만 독설가는 아니었다.

그래도 이런 일을 당하면 화를 냈을 거야.

나는 이번 사건을 들은 위니가 어떤 반응을 보일지 상상했다. 아마 내가 매기에게 정말로 실망한 이유를 하나씩 나열하고 결국에는 그게 전혀 중요하지 않은 이유를 설명해줬을 것이다.

그 모습을 상상하니 마음이 진정됐지만 사실이 아니라는 생각에 슬퍼졌다. 나는 휴대전화를 집어 들고 페이스북으로 들어갔다. 눈에 익은 푸른색과 하얀색 포맷이 화면에 나타나자 위안이 되면서 동시에 무의식적으로 스트레스를 받았다. 닉은 페이스북 계정을 폐쇄했는데 나는 그러지 못했다는 사실에 늘 그렇듯 죄책감이 들었다. 원래 개인적인 포스팅은 하나도 올리지 않지만 페이스북에 자주 들어가지 않은 뒤로는 SNS를 하면 나 자신에게 은근히 불만이 생기고, 포스팅을 올린 사람들에게 짜증이 난다는 걸 깨달았다.

페이스북은 혐오를 조장해.

최근에는 늘 포스팅을 올리던 사람들을 덜 생각하게 됐다. 지난주에 매기 비처의 친구 요청을 승낙한 뒤로 그녀가 놀랄 만큼 포스팅을 많이 올린다는 걸 알았다. 나는 예전 동료들과 미용사가 올린 포스팅 아래로 스크롤을 내렸다.

이제는 다 모르는 사람들이고 원래 잘 모르던 사람들이야. 그저 이렇게만 연락하고 지내야 하는 사람들.

피드의 절반쯤 내려갔을 때 위니의 사진이 있었다. 잭이 죽은 뒤로 처음 올린 포스팅이었다. 위니를 중심으로 양옆에 두 여자가 앉았는데, 다들 옆 사람과 팔짱을 꼈거나 옆 사람 어깨에 팔을 걸치고 있었다. 한쪽은 위니의 엄마와 이모이고, 나머지 둘은 위니의 대학 친구였다. 검은 상복을 입었지만 그들의 미소가 사진을 따뜻하게 해줬다. 그들의 슬픔은 힘으로 변해

지금 힘이 가장 필요한 여자를 지지하고 있었다.

위니의 눈은 반짝거렸지만 얼굴은 홀쭉했다. 임신으로 인해 찐 살은 다 빠져서 다시 턱선이 날렵해졌다. 더 나이 들어 보이는 동시에 더 어려 보였다. 분홍 팬지 꽃다발을(내가 보낸 씨앗에서 핀 꽃일까?) 움켜쥔 손가락은 마르고 붉고 거칠어 보였지만 얼굴은 맑고 환하게 빛났다.

지난 석 달간 내가 상상하던 위니는 얼굴이 창백하고, 등이 굽고, 눈 밑에는 다크서클이 생기고, 머리는 부스스한 모습이었다. 슬픔이 신체장애처럼 겉으로 드러나 있을 거라고 생각했다. 그리스 비극의 여주인공처럼. 하지만 이 사진 속 여자는 모퉁이 가게 계산대 앞에 늘어선 줄에서 내 뒤에 서 있을 법한 여자, 그런 일을 겪었으리라고는 전혀 짐작되지 않는 여자였다.

"나와 가장 가깝고 사랑하는 사람들과 오늘 잭을 추모할 수 있어서 행복하다. 우린 절대 잭을 잊지 않을 것이다. 지난 석 달간 친구들에게 받은 도움도."

포스팅 밑에는 이렇게 적혀 있었다.

장례 또는 적어도 추모식이라도 치른 모양이었다. 위니와 찰스는 사람들을 만나는 걸 감당할 수 있을 때까지 그 일을 미뤘을 것이다. 처음에는 가족끼리만 하려고 했다가 나중에는 잭의 짧은 삶을 기억하며 세상으로 다시 돌아오게 됐으리라. 잭이 태어났다는 사실 자체를 축하하기 위해. 나는 위니를 잘 아는 터라(예전에 트라우마를 겪은 위니가 어떻게 나오는지 직접 봤다) 아직 상처가 아물지 않았을 때는 사람들과 어울리려 하지 않는다는 걸 알고 있었다.

닉과 나는 아무런 소식도 듣지 못했고, 초대도 받지 못했다. 이메일 수신함과 스팸 편지함, 청소부가 우편물을 놓아두는 현관 옆 홀스탠드(거울이 달린 가구로 옷을 걸 수 있는 고리와 우산꽂이, 물건을 넣어둘 서랍 등이 있다─옮긴이)를 미친 듯이 뒤지는 동안 점점 숨이 막히는 듯했다. 내 몸을 넘어 존재의 중심에서 길게 고동치는 맥박이 느껴졌다.

나는 망연자실했다. 하지만 예전에 이미 화가 나서 실컷 운 터라 더는 눈물이 나지 않았다. 대신 차가운 분노 비슷한 감정을 느꼈고, 몸 전체 근육이 조이는 듯했다. 양손을 배에 올리자 아기가 팔꿈치나 앙상한 작은 엉덩이를 움직여 반응했다.

내겐 네가 있어.

"정말 유감이네."

포스팅을 보여주자 닉이 얼굴을 찌푸리며 말했다.

"그거참…… 슬픈 일이네. 위니가 우릴 보고 싶어 하지 않는다니. 틀림없이 너무 힘들어서 그럴 거야."

닉은 한쪽 팔로 나를 끌어당겼다. 나는 그가 이해해줘서 고마웠다. 점점 더 여고생들 편 가르기(누가 더 우위에 있는지 보여주려고 운동장에 자기편을 집합시키는 전형적인 수법)처럼 느껴지는 이 상황 때문에 또다시 겁에 질린 아이가 된 기분이라고 설명할 필요가 없어서 고마웠다. 예전처럼 사람들이 다 나를 싫어하는 것 같아서 겁이 났다.

나는 불안한 내면의 아이를 진정시키려 했다. 우리 둘 중에서 지금 누가 더 슬프고, 괴롭고, 돌이킬 수 없는 상태에 있는지 생각해보려 했다. 나를 무시하고, 넌지시 내가 뭔가 잘못했다고 암시하는 위니에게 화를 내기보다는 그녀를 가엾게 여기려고 했다.

나 때문에 그러는 게 아니야.

나는 한번 더 사진을 봤다. 휴대전화를 어찌나 꽉 잡고 있는지 케이스에 손자국이 남을 정도였다. 다른 사진을 찾아보고 싶은 마음이 들기 전에 얼른 창을 닫았다.

그랬다가는 미쳐버릴 거야.

6

매기

기사가 나가면 사람들에게서 연락이 올 거라고 예상은 했다. 친구 서넛에게서 문자가 오거나 엄마가 친구들에게서 받은 문자를 보내줄 거라고. 하지만 이 정도일 줄은 몰랐다. 이렇게 많은 사람의 연락을 받은 건 태어나서 처음이었다! 매기는 학교에서 가장 인기 있는 여학생이 된 기분이었다.

우선 각 브랜드 홍보 담당자에게 엄청 큰 꽃바구니를 대여섯 개는 받았다. 마고 대신 일하게 된 것을 축하하며 기사를 잘 읽었다는 카드와 함께. 흰 장미와 꽃잎에 초록색 줄이 보이는 수국, 분홍색 반점이 있는 크림색 난초로 이뤄진 꽃다발이었다. 고급 잡지 인테리어 섹션에서나 보는 꽃다발, 메이페어에 본사가 있고 이름이 아닌 성으로만 활동하는 플로리스트들이 만들며, 대리석 탁자 위 꽃병에 흘러넘칠 정도로 풍성하게 꽂아뒀다가 매주 바꾸는 그런 꽃다발이었다. 한 다발에 족히 150파운드는 될 것이다.

그다음에는 잡지가 서점에 깔리고 첫 일주일 동안 끊임없이 메시지를 받았다. 친한 친구들은 그녀의 사진이 잡지에 실린다는 걸 알고 있었으므로 주로 매기가 아주 예쁘게 나왔다(당연하지!), 잡지에 그렇게 실리다니 정말 멋지다는 내용이었다. 하지만 친구 외에 몇 년간 보지 못했던 사람들, 예전에 사귄 남자들, 동창들, 예전 술친구들에게서도 연락이 왔다. 뿐만 아니라 파티에서 만난 사람들, 몇 번 잔 남자들, 당시에는 별로 마음에 들지 않았지만 그쪽에서 친구로 추가했을 때 '승낙'을 누를 정도로 재미있게 사는 지인들까지 페이스북으로 "축하해!"라는 메시지를 쏟아냈다.

당연히 매기는 페이스북에도 잡지 링크와 함께 사진을 몇 개 올렸다. 〈오트〉는 발행물이지만 온라인으로도 소문을 내야 했다. 요새는 다들 인터넷만 보니까. 게다가 원래 매기는 자기 홍보에 아주 열심이었다. 그게 패션 에디터 업무의 일부이기도 하고. 비록 마고와 친해진 뒤로 그녀는 SNS를 거의 하지 않는다는 걸 알게 됐지만. 가끔 자기는 너무 잘나서 SNS 따위는 하지 않는다는 사람들이 있는데 그들도 결국에는 하게 된다.

매기는 트위터에도 사진을 올렸고, 팔로워들이 그 사진을 리트윗하며 퍼뜨리는 걸 지켜봤다. 팔로워 수가 엄청나게 많지는 않지만 그래도 그녀의 글에 관심이 있는 사람들이었다. 매기는 프로필에 프리랜서라고 된 자기소개를 아직 바꾸지 않았다. 이제야 〈오트〉 패션 에디터로 바꾸자 살짝 웃음이 났고 자부심으로 가슴이 벅찼다. 패션 에디터라고 쓴 뒤에는 @와 함께 잡지사 메인 계정을 썼다.

그다음에는 숭배자들이 나타났다. 그녀의 휴대전화는 모르는 사람들이 보내는 트윗으로 밤낮없이 진동했다. 그들은 잡지에 실린 매기의 사진을 좋아할 뿐 아니라 사진 속 그녀가 예쁘다는 찬사를 쏟아냈다. 물론 좀 소름 끼치기는 했지만 이런 관심을 받는다는 건 기분 좋은 일이고, 아무도 지나친 말은 하지 않았다. 게다가 당분간 데이트를 안 한다는 결심을 지키기가 생각보다 힘들었다. 누군가와(알고 보니 좋은 사람이든 나쁜 사람이든 흥악한 사람이든 내게 무관심한 사람이든) 술을 한잔하는 것은 인간 접촉의 기본 형태였다. 따라서 그런 만남을 포기하고 나니 인맥이 3분의 2로 줄어들었다.

그리고 마지막으로 패션 업계 종사자들에게서 연락이 왔다. 처음에는 한두 개였다가 이내 쇄도했다. 매기에게 기사를 청탁했던 다른 잡지사 에디터들이 그녀의 입사를 환영하고 기사가 훌륭하다는 메시지를 보냈다. 이제 매기는 다음 시즌부터 그들의 세 줄 뒤가 아니라 그들 옆에 앉게 될 테니 친절하게 대하는 게 이해가 갔다. 몇몇 사진작가와 스타일리스트는 그녀의 눈에 들어 〈오트〉 촬영을 따내기 위해 포트폴리오를 보여주고 싶어 했다.

하지만 가장 많이 연락한 사람은 브랜드의 홍보 담당자들이었다. 그들은 기사를 보고 매기 비처가 자기들 상품을 잡지에 소개하는 데 유용한 연락책임을 깨달은 것이다. 그들은 만나서 아침 또는 점심, 저녁을 먹거나 애프터눈티, 또는 칵테일을 마시자고 했다. 밤에 집에 와서 그녀를 침대에 누이고 재워주겠다는 사람이 없는 게 신기할 정도였다.

그들은 매기를 "대접하고", 손톱을 손질해주면서 "수다나 떨고", 짧은 잡담을 나누며 드라이를 해주고 싶으니 가게를 찾아 달라고 했다. 비용은 당연히 공짜였다. 매기는 시간만 맞으면 그런 제안을 가능한 한 많이 받아들였다. 다음 주에 출근하기 전까지 스타일을 좀 바꿔야 했다. 어쨌든 패션 에디터 같은 차림으로 나타나야 했다.

홀리가 사무실로 배달 온 꽃바구니를 집으로 보내줬고(마치 피자라도 배달하듯이 오토바이 택배로), 매기는 집에 있던 꽃병 몇 개를 찾아내 플라스틱 이케아 커피 탁자, 중고 가게에서 구입한 수납장과 간이 식탁에 올려뒀다. 특히나 우아한 꽃다발을 그녀 또는 캐스가 동네 펍에서 훔쳐 온 파인트 잔 몇 개에 나눠서 꽂으려니 크나큰 죄책감이 들었다. 앨버말 가에 꽃집이 있는 포사이스라는 성의 플로리스트가 처음 이 굵은 줄기들을 정돈해 실크 끈으로 묶었을 때는 절대 이렇게 나눠서 꽂힐 것을 염두에 두지 않았으리라.

"맙소사, 누가 죽기라도 했어?"

퇴근하고 집에 돌아와 꽃을 본 캐스가 외쳤다. 아름다운 꽃이긴 했지만 좁아터진 아파트에 너무 많다 보니 거실이 약간 장례식장처럼 보이기는 했다.

"나도 너만큼이나 네 새 직장이 마음에 든다, 매기. 이런 건 얼마든지 적응할 수 있어."

나도 그래, 캐스, 응, 나도.

매기는 생각했다. 마고는 이런 일에 익숙해졌을까? 이렇게 호화로운 대접과 온갖 보살핌, 지나친 감사 표현, 장례식장을 운영해도 될 정도로 많은 꽃을 받는 걸 당연히 예상할까? 아니면 꽃을 받을 때마다 여전히 기뻐서 꺄악 하고 비명을 지를까? 입 밖으로는 아니더라도 마음속으로. 틀림없이 마고도 매기만큼 신날 것이다. 이것은 세상에서 제일 좋은 직업임이 틀림없다.

매기는 그녀가 대체 누구길래 이런 대접을 받는지 의아해할 택배기사에게서 꽃다발을 건네받을 때마다 가지 위에서 인사하는 묵직한 꽃송이들이 지켜워지는 날은 절대 오지 않으리라 생각했다. 또는 자신의 이름이 적힌 도톰하고 고급스러운 봉투를 열어 멋진 황금색 필기체로 런던에서 극소수의 사람들만 출입하는 주소로 그녀를 초대하는 초대장을 받는 일도. 거기에는 그녀의 참석을 요청한다고 적혀 있었다!

모프가 뭐라고 했더라? "이 바닥에 있는 사람들은 대부분 이 일에 시큰둥하다"고 했다. 아니, 그녀는 절대 이런 일에 시큰둥해지지 않을 터였다.

)(

모프. 매기는 출근 첫날 아침 회의에서 그녀를 다시 마주해야 했다. 기사가 대박이 나고 편집장이 그 아이디어를 무척 마음에 들어 한 터라 매기는 둘 사이가 약간 친밀해졌다고 생각했다. 하지만 씩 웃으며 손을 살짝 흔드는 매기에게 모프는 그저 눈을 잠깐 부릅뜰 뿐이었다. 마치 아주 멀리 떨어진 뭔가를 보려는 듯이. 그러더니 아트 디렉터와 계속 이야기를 나눴다.

매기의 옷차림이 세련되지 못해서 그러는 걸까? 그녀는 걱정이 됐다. 아니면 너무 세련돼서? 어제 매기는 로지라는 여자와 커피를 마신 뒤 미용실에서 드라이를 받았다. 로지는 접히는 신발을 제작하는 회사를 운영하고 있었다. 꽤 괜찮은 아이디어지만(구두를 신고 나갔다가 발이 아플 때를 대비해 가방에 접히는 신발을 넣어둘 수 있다), 엄청나게 섹시한 신발은 아니었다. 매기는 이 접히는 신발에 대해 쓰자고 제안할 때 모프가 어떤 표정을 지을지 상상했고, 그러자 웃음이 나왔지만 동시에 몸이 떨렸다.

오늘 매기가 입은 옷은 새 셔츠 원피스였다. 자신의 부티크를 소개하고 싶다며 연락해온 여자에게서 선물로 받았는데, 도저히 거부할 수가 없었다. 풀 스커트에 8부 소매인 꽃무늬 원피스로 무릎 바로 밑까지 내려왔고 앞쪽에 단추가 달렸다. 신발은 이번에도 자수가 있는 슬리퍼를 신었다. 모프의 반응을 보건대 구두를 신고 와야 했나?

매기가 고개를 숙이고 앞을 바라보며 모프의 사무실을 나가 그날 아침 마고가 알려준 자리로 돌아가려는데 그녀의 이름이 들렸다.

"매기?"

모프가 대화할 때처럼 전혀 크지 않은 소리로 불렀다. 의자가 뒤로 밀리는 소리와 사람들 말소리 때문에 잘 들리지 않을 정도였다.

"좀 남아주겠어?"

다른 사람들이 줄지어 나가고 마지막 사람이 조심스럽게 회의실 문을 닫는 동안 매기는 새 상사를 마주했다. 관자놀이에서 맥박이 뛰는 게 느껴졌다. 입이 바싹 말랐다. 노트에 재미있는 아이디어는 하나도 없었다. 잠깐 떠오른 단편적인 아이디어가 몇 개 있었는데 대충 쓸 만한 재료로 만들어볼 수 있었다. 모프가 불러 세운 이유가 그 때문이라면.

"내가 권위적인 사람은 아닌데 말이야."

편집장이 갈색 매니큐어를 칠한 긴 손톱으로 책상을 톡톡 두드리며 말했다.

"지난번에 나한테 한 말 말이야."

맙소사, 내가 전화를 제대로 안 끊었나? 뭐라고 했지? 모프가 무슨 말을 들었지? 맙소사, 매기, 그 큰 입 좀 잘 단속해!

"다른 직원들이……."

모프는 불투명한 유리창 너머를 향해 고갯짓했다.

"날 모프라고 부르는 건 나도 알아."

그러더니 입을 삐죽 내밀었다.

"하지만 사람들이 정말로 면전에서 날 그렇게 부를 거라고 생각했어?"

매기는 부끄러워서 귓불이 빨개졌고 그 홍조가 뺨과 가슴으로 빠르게 퍼졌다. 손바닥이 축축해졌다. 전용 운전기사가 있고, 명품 가방을 들고, 17.5센티미터 힐을 신고, 차갑기로 유명한 에밀리 모팻 면전에서 "모프"라고 부르는 사람은 없을 것이다. 당연했다! 매기는 죽을 것만 같았다.

"정말 죄송……."

편집장은 웃음을 터뜨렸다. 배를 잡고 웃는 격한 웃음은 아니지만, 어깨를 우아하게 흔들며 목구멍에서 허스키한 소리를 내는 웃음이었다.

"괜찮아."

호흡이 진정되자 모프가 말했다.

"기사를 그렇게 잘 쓰지 않았다면 훨씬 더 짜증 났을 거야. 하지만 기사가 마음에 들었고, 너도 마음에 들어. 다신 그러지 마."

모프는 다시 휴대전화로 주의를 돌렸고, 얼굴은 평상시와 마찬가지로 맹렬히 집중한 표정이었다.

매기는 뛰다시피 자리로 돌아갔다. 지금 그녀의 자리는 마고 옆이고, 마고가 그만두면 그 자리에 앉을 예정이었다. 민망해서 제대로 걷기가 힘들고, 웃느라 눈물이 나올 지경이었다. 하지만 얼음여왕 같은 편집장의 마음을 녹여 웃게 했다는 일종의 자부심으로 가슴이 벅찼다.

매기가 의자에 털썩 앉자 마고는 어리둥절한 표정으로 그녀를 올려다봤다. 매기의 체중이 실리자 의자 바퀴가 뒤로 굴러갔고, 이 때문에 매기는 더욱 박장대소했다. 그녀는 마고에게 방금 일을 들려줬다. 자신이 저지른 실수를 말할 때는 괴로운 표정을 지었다가 모프가 그 일을 웃어넘겼다고 말할 때는 완전히 충격받은 표정을 지었다.

매기의 말을 열심히 듣는 동안 마고의 표정은 매기를 똑같이 따라 했다. 흥미롭다는 표정에서 혼란스러웠다가 사실이 밝혀지자 완전히 겁에 질렸다. 하지만 그 뒤에는 반응이 갈렸다. 매기는 미소를 지으며 이야기를 마친 반면에 마고는 짜증스러운 표정이었다.

"괜찮아요! 모프는 개의치 않았다니까요! 재미있어했어요!"

매기는 마고를 안심시켰다.

"네, 네, 그랬겠죠."

마고는 표정이 부드러워지더니 몸을 돌려 다시 모니터를 바라봤다. 마고가 검색창을 바꾸기 전에 페이스북의 푸른색 휘장이 살짝 보였다.

"다행이네요!"

마고는 내가 실수를 저질러서 걱정하는 게 아냐. 매기는 불현듯 깨달았다. *모프가 웃어넘겼다는 사실에 짜증이 난 거야.*

아주 짧은 순간에 스쳐간 표정이었고, 이내 매기와 함께 웃었지만 마고의 진심을 알기엔 충분했다. 마고는 그녀를…… 질투하고 있었다. 매기로서는 전혀 예상치 못한 일이었다. 자신의 전임자가 마냥 차분하다고만 생각한 터였다. 그리고 자신이 저렇게 완벽한 마고를 짜증 나게 했다고 생각하니 놀랄 정도로 만족스러웠다.

매기는 예전부터 마고 존스가 서식지, 다시 말해 〈오트〉 사무실에서 어떻게 행동하는지 보고 싶었다. 처음 마고를 만났을 때 그녀는 말 없는 카리스마로 가득 차 있었다. 그리고 이후에 만났을 때는 약간 자의식이 넘치긴 했지만, 묘하게 단단한 면이 있어서 사무실 직원들이 마고를 영웅처럼 숭배할 거라고 반쯤 예상했다. 어쨌거나 마고는 패션 에디터니까. 아름답고 성공했으며 현재는 아주 건강한 임신부로 르네상스 시대 그림에 나오는 님프 같았다. 마고야말로 모든 여자의 이상형이 아닐까?

하지만 흥미롭게도 마고는 직장에서 고립돼 보였다. 적도 동지도 없는 듯했다. 매기가 출근한 날 사람들은 마고에게 다가가지 않았고, 마고는 몇몇 직원과 이야기를 나눌 때도 수줍어했다. 어쩌면 육아 휴직 전이라 일이 줄어서 그럴 수도 있다. 함께 아이슬란드를 여행할 때 마고는 전혀 긴장하는 사람이 아니었다. 생각이 많을 수는 있지만 절대 내향적인 성격은 아니었다.

그날 오후에 두 사람은 매기에게 꽃다발을 보내준 홍보 담당자 중 한 명을 만나기로 되어 있었다. 일정표에는 인수인계 회의라고 적혀 있었지만 전혀 공식적인 자리는 아니라고 마고는 설명했다. 페니는 친구였다. 두 사람은 오랫동안 알고 지내왔고, 오늘은 그냥 술 한잔하면서 매기와 페니를 소개해주는 자리가 될 거라고 했다. 매기는 상관없었다. 그들은 5시에 사무실을 나섰고, 모프가 회의에 참석하는 동안 그녀의 운전사 제임스가 그들을 약속 장소까지 데려다줬다.

가는 길에 매기는 문득 이런 생각이 들었다. 패션계에서는 자신이 유명 인사거나 왕족의 먼 친척쯤 된다는 태도로 행동하는 게 중요했고, 그러면 다른 사람들도 그에 맞는 대접을 해줬다. 돈이 썩어나고 할 일이 없는 사람이 아니고서야 누가 화요일 오후 5시 15분에 울슬리에서 술을 마시겠는가.

하지만 바로 그게 문제다. 자신이 원하는 만큼 돈을 많이 버는 사람은 없다. 그리고 매기가 목격한 바에 따르면 저렇게 비싼 술집에 드나드는 이유는 법인 카드가 있기 때문이다. 그래서 사람들이 지나칠 정도로 잘난 척하고, 자신이 고귀한 태생인 척하고, 매사를 당연시하며 "이런 것쯤이야" 하는 귀족적인 태도를 보이는 것이다. 왜냐하면 신나서 호들갑을 떠는 행동은 이 일이 신날 가치가 있으며, 매일 누리는 일이 아님을 암시하기 때문에 당신을 감사할 줄 아는 촌스러운 사람, 심지어 (소곤) 가난한 사람으로 만든다. 패션에서 가난은 최악이다.

매기는 울슬리에 딱 한 번 가봤다. 엄마의 쉰 살 생일에. 반면 마고는 차분하면서도 당당하게 더 좋은 자리를 달라고 웨이터와 협상하고, 화장실 가는 길까지 잘 아는 걸 보니 단골인 듯했다. 또한 웨이터들의 정중한 태도, 그리고 실크 드레스 아래로 배를 내민 채 탁자 사이를 지나가는 마고를 바라보는 손님들의 만족스러운 표정으로 볼 때 그녀가 울슬리에 완벽히 어울리는 사람임을 알 수 있었다. 자신도 언젠가 그렇게 될 수 있을까? 매기는 의아했다.

마고는 그런 사실을 전혀 눈치채지 못한 채 천장이 높은 실내를 가로질렀다. 마고를 따라 들어가 긴 가죽 의자에 앉은 매기는 무늬가 있는 대리석, 도리아 양식으로 만든 기둥, 탁자 표면에 바른 검은 광택제, 도드라진 광대뼈, 미용실에서 손질한 머리, 샤넬 재킷, 주름 제거술을 받은 얼굴을 시골 사람처럼 바라봤다. 그러고는 다른 사람들의 시선을 살짝 의식하며 휴대전화를 들어 올려 거대한 황금색 바를 배경으로 셀카를 찍었다. '나 같은 사람이 이런 데를?' 하는 표정으로.

매기는 트위터에 그 사진을 올린 다음, 서둘러 휴대전화를 내려놓았다. 구릿빛 피부에 아주 날씬한 여자가 그들 자리로 와서 매기 옆에 앉았기 때문이다.

"매기! 난 페니예요. 먼저 한잔하죠."

목이 쉰 듯한 소리로 여자가 말했다.

페니는 붙임머리를 한쪽 어깨 뒤로 넘기더니 웨이터에게 손짓해 샴페인 한 병을 주문했다. 매기가 미처 인사를 건네기도 전에.

나중에 집에 돌아가 술이 깬 뒤에야 매기는 왜 마고가 울슬리에서 약간 짜증을 냈는지 이해할 수 있었다. 그녀와 페니는 마고가 소외감을 느끼지 않게 하려고 노력했지만 마고는 술을 마시지 않았고 두 사람만 마셨다. 그것도 꽤 오랫동안. 게다가 마고는 싱글이 아니고 두 사람만 싱글이었다.

매기에게 자신처럼 오랫동안 싱글인 사람을 만나는 건 흔치 않은 일이었다. 페니는 이혼했고 어처구니없을 정도로 끔찍한 데이트를 천 번은 했으며 그 이야기를 상세히 들려주고 싶어 했다. 두 사람은 금세 친해졌다. 매기가 자신은 당분간 데이트를 안 하기로 했다고 설명하자 페니는 자신과 데이트하자고 했다. 각자 가장 좋은 옷을 차려입고 불타는 밤을 보내자고. 그 대목에서 페니는 샴페인을 한 병 더 시켰다.

마고는 약간 말이 없었지만 대부분 두 사람과 함께 웃었다. 그러고는 자신도 마음만은 여전히 싱글인 척했다. 하지만 배가 수박만 하게 나와 있으니 예전보다는 훨씬 설득력이 없다고 매기는 생각했다.

아니다. 마고를 짜증 나게 한 건 두 사람만 싱글이어서가 아니었다. 임신에 관한 이야기 때문이었다. 그들은 몸 안에 다른 생명체가 산다는 게 어떤 기분인지 물었다.

"아기가 움직일 때 이상하지 않아요? 영화 〈신체 강탈자의 침입〉처럼 외계 생명체가 몸에 들어온 듯한 기분이 들지 않아요?"

매기가 물었다.

그 말에 마고는 웃음을 터뜨렸다.

"처음에는 당연히 그렇죠. 사실 약간 역겹기도 했어요."

마고는 멋쩍은 표정을 짓더니 말을 이었다.

"하지만 그러다 익숙해져요. 배 속에서 아기가 자고 있는지 깨어 있는지 알 수 있죠. 가끔은 딸꾹질도 해요."

역시나 시간이 지나 맨정신으로 생각해보니 매기는 이때 그들이 그거참 귀엽다는 식으로 반응해야 했다는 생각이 들었다. 하지만 이미 몇 잔 마신 터라 페니와 매기에게는 그 말이 꽤 불쾌하게 들렸다.

"윽! 내가 딸꾹질하는 것도 짜증 나는데."

매기가 말했다.

"야간 버스에서 뒷자리에 술 취한 사람이 탄 거랑 같네!"

페니가 고성으로 외쳤다.

"그러다 태어나면 트림하고 토하겠지!"

둘은 신나게 낄낄거렸다. 평소 임신부를 대하는 정중한 태도는 아니지만, 두 사람은 자기들의 농담이 재미있어서 사려 깊지 못한 말이라는 생각을 미처 못 했다.

마고는 옅은 미소를 띠더니 그만 가야겠다고 했다. 마고가 소파에서 몸을 일으키는 동안 페니는 일어나서 화장실에 갔고, 매기는 마고가 몸에 딱 맞는 검은 드레스를 입은 페니의 잘록한 허리를 뚫어지게 보는 걸 알아차렸다. 마고는 아까 매기에게 모프와의 일을 들었을 때처럼 살짝 짜증스러운 표정이었다.

마고가 떠나고 페니가 화장실에서 돌아오기를 기다리는 동안 매기는 휴대전화를 확인했다. 아까 그녀가 올린 셀카에 댓글이 더 달려 있었다.

Maggie_B @itsmaggiebetches: 오늘 저녁 울슬리에 있으니 유행의 첨단을 달리는 기분.

Jenna Smith @hiheelshun이 @itsmaggiebetches에게 답장: 오오 부럽! 좋은 시간 보내.

Amy Carroll @acl이 @itsmaggiebetches에게 답장: 화장실에 꼭 가봐. 진짜로 좋음.

Mark Stanley @markie가 @itsmaggiebetches에게 답장: 새 직장이 너한테 잘 맞네!

Fashion Bot @fashionbot이 @itsmaggiebetches에게 답장: 명품을 구입하고 싶으면 여기를 클릭하세요.

Cocktail Guy @sexpest89가 @itsmaggiebetches에게 답장: 가슴 좋네.

Helen Knows @HelenKnows가 @itsmaggiebetches에게 답장: 드디어 당신이 @hautemargot를 쫓아낸 거야? 잘했어! 당신이 훨씬 재미있어 보여.

이런.

7

마고

울슬리에서 나오는데 또 누가 나를 따라왔다. 택시를 타려고 걸어가는데 매일 저녁 집에 갈 때마다 들리던 그 끈질긴 발소리가 났다. 이번에는 조용한 골목길을 걷는 동안 바로 뒤에서 들렸다. 마치 내 다리 사이로 자기 다리를 집어넣으려는 듯이 점점 다가왔다.

마음의 준비를 하고 돌아보니 반소매 차림의 술 취한 남자가 서늘한 저녁 기온 탓에 몸을 부르르 떨며 나를 팔꿈치로 치고는 내 앞에 대기 중인 택시에 올라타려 했다.

운전사가 손을 휘휘 저으며 남자를 쫓아냈다.

"이 여자는 임신부야, 친구. 꺼져."

운전사가 내 편을 들어준 것만으로도 눈물 나게 고마웠다.

나는 택시 뒷자리에 앉아 휴대전화 속에서 조그만 프로필 사진을 확대했다. 모르는 여자가 얼굴을 거의 다 가리는 엄청나게 큰 선글라스를 쓴 채 맥주캔을 들고 정원에 있었다.

이 여자는 대체 뭐지? 〈오트〉의 패션 에디터가 누구든 자기가 무슨 상관이야?

이 일은 저녁 내내 나를 괴롭혔다. 아까 매기와 페니가 나를 무시하고 놀리고 잘난 척하고 결국에는 내가 먼저 일어나게 만든 일은 이제 별로 중요치 않게 느껴졌다. 잭이 그렇게 된 뒤로 위니가 나를 멀리하는 것은 대충 이해할 수 있었다. 비록 그로 인해 나의 임신에 죄책감이 들고 불안해졌다는 사실에는 화가 치밀었지만. 아직 마음이 아프기는 해도 아들에게 작별 인사를 하는 자리에 왜 위니가 배부른 나를 부르고 싶어 하지 않았는지도 이해했다.

하지만 이 트위터 트롤은 그냥 악의적이고 도를 넘었다.

왜 하필 나지? 왜 저렇게 무례할까?

위니와 나는 부엌 식탁 앞에 앉아 지금까지 우리가 쌓아온 커리어를 다른 사람에게 넘겨주는 게 얼마나 힘든 일인지, 내 자리를 지키고 싶은 마음에 대타가 누구든 일을 아주 못하기를 바라는 충동이 들기도 하는데, 이런 악한 본능을 잘 관리해서 회사를 비우는 동안 질투심에 불타지 않도록 해야 한다는 등의 이야기를 나눴다.

위니는 내 취약점이 무엇인지 정확히 알아.

내가 말릴 사이도 없이 그 생각이 머릿속으로 들어왔다. 내가 듣기에도 말이 안 되는 생각이었다.

헬렌도 알지.

하지만 그것은 불가능했다.

트롤의 나머지 트윗은 언론 매체에서 일하는 다양한 여자들(칼럼니스트나 텔레비전 진행자로 대부분 나보다 훨씬 유명한 사람들)에게 보냈는데, 모두 상대에게 상처를 주고 걱정하게 만드는 말들이었다. 트윗은 몇 달 전까지 거슬러 올라가 위니가 임신하기 전부터 있었다. 똑똑하고 박식하고 사교적인 내 친구가 이런 악취미에 빠졌을 가능성은 없다는 사실을 인정해야 했다. 그럴 시간도 없었을 것이다.

이튿날 아침, 나는 매기의 트윗에 잠에서 깼다.

Maggie_B @itsmaggiebetches가 @HelenKnows에게 답장: 무례하시네요. 훌륭한 에디터인 @hautemargot는 출산을 위해 자리를 비웠고, 난 잠시 그분을 대신할 뿐이에요.

적어도 매기의 이 트윗은 고마웠다.

내 단짝 친구가 그 메시지를 보냈을지 모른다고 그렇게 빨리, 그렇게 쉽게 의심했다는 사실이 한심하게 느껴졌다. 트롤의 댓글을 다시 보니 별로 기분 나쁜 말도 아니고 너무 유치했다. 삶이 불행한 외톨이 백수의 짓일 것이다. 피드 맨 위에 있는, 결백해 보이는 하얀색 편지봉투 아이콘으로 사람들에게 메시지를 보내 그들의 성취감과 자긍심을 깎아먹는 것이 그녀의 전공이었다. 그러니 현직 패션 에디터라는 매기의 프로필을 본 뒤에 구글에서 전임자를 검색해봤으리라.

나는 페이스북에 로그인하자마자 그 트롤 일은 잊어버렸다.

요즘에는 위니의 포스팅을 확인하려고 매일 페이스북에 들어갔다. 포스팅은 많지 않았지만(가끔은 그냥 알통 이모티콘만 올라오기도 했다), 빠짐없이 키스 이모티콘을 줄줄이 남겼다. 내 친구에게 내가 아직 그녀를 생각하고 있으며 무거운 짐을 함께 나눌 준비가 되어 있다는 사실을 알리기 위해서. 물론 지금까지 내가 계속 보낸 그 많은 문자와 음성 메시지만으로도 위니는 그 사실을 충분히 알 테지만.

위니는 사진 한 장을 포스팅했다. 그녀의 서재에 있는 돌출창 앞에 놓인 중고 나무책상 사진이었다. 책상에는 가죽 장정의 새 수첩이 펼쳐져 있는데, 줄 쳐진 속지 위에 볼펜이 놓여 있고, 그 옆에는 '잭(Jack)'이라는 알파벳 장식이 달린 로즈골드 빛 팔찌가 놓여 있었다.

"잭을 위한 팔찌, 내 감정을 탐색하기 위한 수첩과 펜. 수즈와 리디아에게 받은, 나를 살게 해준 귀중한 선물. 두 사람은 최고의 친구이며 지난 몇 달간 내 심장을 뛰게 해줬다."

사진 아래에는 그렇게 적혀 있었다.

그 두 사람은 나도 아는 위니의 대학 친구였다. 몇 번 만난 적이 있지만 위니는 늘 친구들을 따로따로 만나는 편이었다. 그 둘을 "평범한 친구들"이라면서 내가 좋아하지 않을 거라고 했다. 볼 때마다 재미있는 사람들 같았는데도.

좀 치사하지 않니, 위니?

나도 모르게 그런 생각이 들었고, 머릿속을 재빨리 스치는 그 생각이 나를 어떤 사람으로 만드는지도 알고 있었다. 하지만 그게 위니가 바라는 바일 것이다. 내가 나쁜 년이 되는 것. 또다시. 내가 다른 사람의 슬픔을 나 때문이라고 착각하게 만드는 것. 또다시.

저 포스팅은 위니가 슬픔을 떨쳐냈다기보다는 자기주장을 한 것이다. 적어도 잭이 죽기 전이라면 위니가 저 선물들을 어떻게 생각했을지 나는 정확히 안다.

"허접하다, 진짜(Lame with a double L)."

학창 시절에 우리는 그런 농담을 하곤 했다. 우리가 만들어낸 엉터리 말 중에서 가장 좋아하는 구절이었다(원래 Lame with a capital L인데 마고와 위니는 'with a double L'로 바꿔서 사용했다-옮긴이). 하지만 헬렌이 온 뒤로는 저 말을 쓰지 않게 됐다. 알고 보니 헬렌이 좋아하는 것들 대다수가 허접했기 때문이다. 하지만 위니는 그런 말을 듣고 싶어 하지 않았다.

저 포스팅이 진짜로 의미하는 바는 이것이다.

내가 가장 힘들 때 넌 날 도와주지 않았어. 넌 내 곁에 없었어. 난 네가 옆에 있는 걸 원치 않고, 그 사실이 널 속상하게 했으면 좋겠어.

기억 하나가 떠올랐다. 내가 위니에게 제발 우리 삶을 영원히 바꿔놓을 짓은 하지 말라고 사정하며 애걸복걸하는 기억이었다. 나는 그 기억을 다시 저 아래로 밀어 넣었다.

나는 잘못 없어.

거의 다섯 달간 기괴하고 무거운 침묵을 지키는 위니를 지나치게 분석 가능한 SNS 사진을 통해 지켜보면서 나는 편집증과 의심에 시달리게 됐다. 직장에서의 인수인계, 매기의 출근, 달라지는 내 몸, 수면 부족, 나를 기다리는 엄청난 변화들, 이 모두가 적응하기 쉽지 않았다. 내가 긴장했다는 사실은 몸에서도 느껴져서 이마에는 힘이 잔뜩 들어가고, 이를 꽉 물고, 어깨는 굽었다. 팽팽하게 당겨진 줄을 튕기듯 몸 안에서 긴장이 계속 진동했다.

첫아기의 출산을 몇 주 앞둔 지금은 인생에서 가장 신나는 나날이 돼야 마땅했다. 그런데 내 마음이 자꾸 나를 골탕 먹이며 이 날들을 망쳐버렸다. 꿈에서 나는 끝이 보이지 않는 계단을 올라갔다. 계단 꼭대기는 구름에 가려져 있었다. 내려다보면 아직 배가 불룩 나와 있는데도 나는 저 계단 꼭대기에 내 아기가 있다고 확신했다. 부른 배 때문에 동작이 굼떠서 넘어지고 또 넘어졌지만 계단에서 떨어지지 않았다. 보지 않아도 계단 아래에서 사람들이 입을 벌린 채 나를 기다리고 있다는 느낌이 들었고, 그러다 탈진한 상태로 잠에서 깼다.

나는 닉에게 위니가 보내준 잭의 사진을 지워달라고 부탁했다. 내가 직접 지우려니 위니를 배신하는 것만 같았다. 시간이 남을 때면 그 사진을 보면서 뱃속에서 꼼지락거리는 아기를 사진 속 움직이지 않는 아기와 동일시하고, 조그마한 이목구비와 손을 보면서 이제는 내 삶에서 큰 자리를 차지하게 된 아기의 부재를 받아들이곤 했다.

배 안에서 자라는 아기의 성별을 몰라서 다행이었다. 닉과 나는 나중에 알고 싶었다. 성별을 알게 되는 것이야말로 출산의 궁극적 보상이라고들 했다. 딱히 아들을 선호하지도, 딸을 선호하지도 않았지만 가끔 미친 듯이 가려울 때처럼 성별이 궁금했다. 그러다 출산일이 가까워지면서 딸이기를 간절히 바랐다. 잭과 정반대가 될 여자아이. 끝이라기보다는 시작이고, 위니의 어둠에 빛이 되어줄 아기.

만약 아들이라면 위니는 그 아이를 볼 때마다 잭을 떠올릴 거야. 우리가 다시 연락하게 된다면 딸인 편이 훨씬 낫지.

하지만 택배가 도착하면서 과연 우리가 다시 만나게 될지 의심스러웠다. 택배를 받아 반쯤 뜯어보던 닉은 그게 나에게 온 물건임을 알았다. 나는 위니의 손글씨를 대번에 알아봤다. 어떻게 알아보지 못할 수 있겠는가. 위니는 온갖 명절과 생일 때마다 거의 20년에 걸쳐 내게 카드를 써줬다. 헬렌이 나타나기 전까지 우리는 서로에게 편지를 써서 부쳤다. 모퉁이만 돌아가면 상대의 집이 나올 정도로 가깝게 살았는데도. 또 일기도 공유해 매일 밤 서로 돌아가면서 썼고, 이튿날 아침 수업이 시작되기 전에 건네줬다. 아이러니하게도 정말로 일기장에 써야 할 사건이 터지자마자 우리의 공동 일기는 중단됐다.

위니의 동글동글한 필체는 내 필체만큼이나 익숙했고, 갈색 마분지 상자 속에 든 물건은 추억을 불러일으켰다. 그것은 잭이 태어나기 전에 내가 사준 하얀색 신생아 모자였다. 편지는 없었다. 여섯 개가 세트였는데 하나가 없었다. 병원에서 잭이 썼던 모자가 그 하나일 것이다.

상자 안에는 다른 물건들도 있었다. 위니에게 줬다는 사실조차 잊어버린 물건들. 몇 년 전에 한 홍보 담당자에게 받은 고급 와인오프너. 파리 패션 위크에 갔다가 서점에서 발견한, 위니가 좋아하는 실비아 플라스의 시집 초판본. 밀라노에서 받은 크림색 가죽 가방. 지금은 두 동강 난 예쁜 세라믹 그릇. 위니는 이 물건들을 집에서 몰아냈다. 이것은 위니가 더는 원치 않는 우정의 기념물이었다.

마치 누군가에게 한 대 맞은 기분이었다. 갑자기 배가 무거워졌다. 배 안에 있는 아기와 상관없는 무게였다. 내가 사랑으로 준 물건들을 위니가 비난과 함께 다시 내게 내던지니 속이 울렁거렸다. 차라리 위니가 그냥 버렸더라면 좋았을 텐데. 하지만 나는 위니가 왜 이러는지 정확히 알았다.

위니는 내가 상처받기를 바라는 거야. 나를 벌주는 거야. 지금까지 이미 충분히 벌을 줬는데도.

하지만 한편으로는 이 물건들을 몰아내어 후련해지고 싶었을 위니의 마음도 이해가 갔다. 나도 잭의 사진을 지운 뒤에 마음이 한결 가벼워졌다. 죄책감이 더 커지기는 했지만. 마침내 지금까지 미뤄온 아기방 꾸미기에 착수할 수 있었다. 회사에서 할 일이 갈수록 줄어들어서 또는 마음이 급해서가 아니라 몸이 그러라고 재촉했다. 위아래가 붙은 신생아용 작은 속옷을 몇 바구니씩 빠느라 팔이 아팠다. 새하얗고 자그마한 속옷은 완벽했다. 또 빨래가 마르면 개킨 다음, 아기방 서랍장에 정리해 넣었다.

아직은 아기방이 아니라 그냥 작은방이지.

우리는 그 방을 푸른색이 도는 회색으로 칠했다. 내가 결혼식 날 입은 드레스와 비슷한 색이었다. 닉은 그 순간을 로맨틱 코미디 영화의 한 장면으로 만들려고 했는지 내게 페인트를 튕기고, 내 볼에 키스하고, 셀카를 찍었다. 나는 흥분하지 않고 어쩔 수 없이 해야 하는 일처럼 대했다. 혹시라도 너무 신났다가 신들의 눈 밖에 나서 비극적인 일을 겪게 될 수도 있으니까.

"정말 세련됐네요."

사무실 직원들이 감탄했다.

"핀터레스트 사진 같아요!"

매기가 씩 웃으며 말했다. 엄지와 검지를 동그랗게 맞대어 완벽하다는 손짓과 함께.

"너무 아기방 같아 보이진 않지? 그러니까 나중에 서재로도 쓸 수 있어."

내가 대답했다. *혹시라도 아기가 잘못되면.*

마침내 고대하던 마지막 출근 날이 됐다. 나는 외부인 취급을 받는 게 지겨웠고, 그렇게 지겨운 게 또 지겨워서 더는 불안하지도 않았고 화가 나지도 않았다. 기사 한두 개를 짜낼 의욕도 없었고. 회사 옷장과(여전히 깔끔했다) 책상 사이를 날렵하게 뛰어다니는 활기찬 대학생 인턴들과 비교하면 나는 무거운 짐을 나르는 노새 같았다. 그들은 한층 더 복잡하고 불편해 보이는 옷을 입고 다녔다.

쟤들 눈에 난 틀림없이 백 살로 보일 거야.

나는 매기의 발걸음이 활기차게 변한 것도 알아차렸다. 당분간 데이트는 안 한다고 했으니 남자 때문은 아닐 것이다. 그렇다면 틀림없이 일에 적응했기 때문이다. 나도 입사 초기에 일이 엄청 재미있던 기억이 났다. 또한 매기의 옷차림에서 살짝 달라진 부분도 알아차렸다. 그것을 보니 나도 모르게 흐뭇하면서도 질투 섞인 경멸과 의심이 들었다.

매기는 늘 신고 다니던, 끝이 뾰족하고 점잖아 보여서 신으면 약간 대기업 비서처럼 보이는 펌프스를 벗어버리고 매력적인 여자가 신을 법한 남성적인 브로그 슈즈와 꼭 신어야 할 로퍼, 뛰는 용도가 아닌 고급 스니커즈, 사각 굽이 달린 앵클부츠를 신었다. 옷을 입은 실루엣은 아직 날렵하지 못하지만(아마 가슴이 커서 그럴 것이다), 내가 심술궂게도 촌티라고 생각한 분위기는 사라졌다. 요즘 매기는 더 세련되고 더 우아하며 더 자신감이 넘쳤다.

아침 회의에서 말문을 열 때마다 긴장하던 목소리도 사라졌다. 모든 문장을 "미안하지만……"으로 시작하던 버릇도 사라졌다. 여기저기서 푼돈을 받고 글을 써주던 여자는 사라졌다. 오늘부로 전임 패션 에디터도 사라지고 훨씬 더 활기찬 직원이 그 자리를 대체했다.

나는 매기에게 잘된 일이라고 생각하려 했다. 이런 직책에서 누리는 호화로운 삶을 알아가는 매기를 응원해주고 싶었다. 패션 에디터 초창기에 내가 그랬듯이 호사스러운 대접을 받는 매기를 보며 같이 신나고 싶었다. 하지만 내 눈에는 그저 내게 없는 활기와 아이디어, 내게 없는 허리, 내가 기꺼이 포기한 퇴근 후의 만남, 그리고 내 자리를 대신하는 여자가 사무실에서 누리는 인기만 보였다.

 매기와 다른 직원들은 옆에 유령처럼 숨어 있는 내가 사라지고 자기들끼리 새롭게 시작하기를 간절히 바라고 있었다. 그런 사실이(내가 1년간 대타로 선택한 사람이 완전히 달라져서 눈동자는 반짝거리고, 피부는 촉촉하고, 매력적으로 변한 건 말할 것도 없고) 나를 불편하게는 했지만, 마침내 배 속의 작은 심장 박동이 가장 불안하고 편집증적인 생각보다도 더 중요해지는 단계에 이르렀다.

 우리 회사에 특별한 일이 있을 때마다 먹는, 애벌레 모양의 케이크를 자르기 위해 직원들이 내 책상 주위로 모였을 때 나는 매기가 없다는 걸 몰랐다. 하얀 초콜릿으로 만든 애벌레의 바보 같은 얼굴은 언제나 모프 몫이었다. 모프는 케이크의 냄새를 맡고, 모퉁이를 조금 떼어서 먹고, 나머지는 버리곤 했다.

 모프는 손에 들고 있던 프로세코 와인을 플라스틱 컵에 나눠서 따른 뒤, 모인 사람들에게 하나씩 돌렸다.

 매기가 모프라고 부르는 걸 당신이 가만뒀다니 믿을 수가 없네요.

 나는 편집장과 내가 보낸 모든 시간, 밀라노와 파리에서 단둘이 저녁을 먹은 때를 떠올렸다. 에밀리 모팻은 사람들, 심지어 자기가 좋아하는 사람이라고 해도 그들의 호기심 어린 눈길로부터 자신을 보호하기 위해 늘 철벽을 쳤고, 나는 한 번도 그 벽을 깨지 못했다.

 그런 그녀가 최근에는 사무실 사람들에게 매기의 실수를 들려주며 애정 어린 웃음을 터뜨렸고, 매기는 얼굴을 붉히며 사람들의 관심을 한 몸에 받았다.

내가 그랬으면 당신은 저 잘난 여자들 앞에서 내 목을 매달았을 거예요. 나를 모욕하고 놀림거리로 만들었지 절대 공모자처럼 웃지는 않았겠죠.

지금은 그런 생각을 할 때가 아니었다. 머릿속에서 위니의 분별 있는 훈계가 들렸고, 나는 속에서 치미는 분노를 애써 누르고 직원들을 향한 모프의 연설에 다시 주의를 기울였다.

"이제 우린 너 없이 어떻게 하니, 마고? 네가 여기서 일한 지 너무 오래돼서 꼭 20대 초반일 때부터 만났던 것만 같아."

킥킥거리는 웃음소리가 들렸다.

"지금까지 열심히 일해줘서 정말 고맙다. 앞으로 네가 가야 할 힘든 길에 그 경험이 큰 도움이 될 거야. 너무 육아에만 빠지지 말고 네 건강도 잘 챙기고."

모프는 자신의 플라스틱 컵에 와인을 따른 뒤 높이 들어 올렸다.

"마고가 잘되기를 기원하며 세 번의 건배를 합시다. 마고가 세상에서 가장 훌륭하고 정리정돈을 아주 잘하고 아주 깔끔한 엄마가 될 거라는 데 다들 동의할 거예요. 비록 마고는 술을 마시지 않지만 마고를 위하여, 위하여!"

모프의 마지막 '위하여'는 문가에서 시작돼 파도타기처럼 안쪽으로 번지며 부산한 분위기 속에서 사라져버렸다. 사람들은 웅성거리며 뒤를 돌아봤고, 그 중심에는 옅은 갈색 머리의 여자가 있었다. 그녀는 사람들에게 조용히 하고 다시 건배에 집중하라는 의미로 손사래를 쳤지만 이미 늦었다.

패션 잡지사에서는 아무리 사소할지라도 새로운 스타일이 늘 하나의 사건이다. 애초에 스타일을 뜯어보고 칭찬하기 위해 모인 여자들의 집단이기 때문이다. 따라서 할리우드 배우 뺨치는 이런 변신은 그 자체로 축제였다.

길고 구불구불한 머리는 사라지고 끝을 일자로 자른 머리가 어깨까지 내려와 있었다. 진갈색이던 머리카락은 고급스러워 보이는 옅은 캐러멜색으로 바뀌었다.

내가 다니는 미용실에 다녀왔네.

"매기, 아주 멋지네."

모프가 플라스틱 컵을 계속 들어 올린 채 말했다. 다른 직원들도 동의의 뜻으로 고개를 끄덕였다.

✕

"그래, 당신과 약간 비슷하긴 하네."

인스타그램에 올라온 매기의 셀카를 보며 닉이 인정했다. 아마 오늘 오후에 사무실로 돌아오는 길에 찍었을 것이다.

내 송별회를 망치려고 오는 길이었지.

"약간?"

나는 화가 났다. 그것은 내 마지막 근무일에 내게 쏠린 사람들의 관심을 빼앗으려는 노골적이면서도 매우 성공적인 시도였을 뿐 아니라, 매기가 나와 똑같은 자수 슬리퍼를 신었을 때처럼 소름 끼치는 일이었다. 영화 〈위험한 독신녀〉가 따로 없었다. 슬리퍼 정도야 얼마든지 넘어갈 수 있지만 하필 내 송별회가 열리는 날에 완전히 새로운 모습으로 등장한 건 우연이라기에는 너무 지나쳤다.

"그래, 우연이라고 하긴 힘들겠어."

늘 이성적인 닉도 이번에는 동의했다. 그러고는 따뜻한 손을 내 배에 올리고 목 안쪽에 얼굴을 묻더니 목을 따라 키스하며 올라와 다시 나를 바라봤다.

"하지만 기분 나빠 하지 말고 좋게 생각해, 마고. 당신에게 듣기로는 매기는 당신 일을 대신하게 돼서 굉장히 긴장하고 있어. 어떻게든 당신과 비슷해져야 한다고 생각해서 머리 모양도 바꿨을 거야."

닉은 팔꿈치로 내 옆구리를 쿡 찌르며 바보처럼 웃어 보였다.

"몰라. 저리 가."

나는 투덜거렸다. 여전히 화가 났지만 닉의 품에 안겼다.

"당신은 왜 그렇게 늘 망할 이해심이 넘치는 거야?"

하지만 닉의 말이 맞았다. 이것은 가슴에 담지 말고 털어버려야 할 일이었다. *그래도 좀 슬프기는 해.* 만약 매기가 나와 너무 달라서 우리 둘이 아예 비교 대상이 될 수 없다면 마음이 좀 더 편했을까? 아니면 내가 없는 동안 매기가 나의 조잡한 모조품이 되길 바라는 걸까? 어쩌면 나는 그저 일이 최대한 잘 처리돼 육아 휴직이 끝난 뒤에 평온한 회사와 기회를 줘서 고마워하는 대체 직원에게 돌아가기를 바라는 것인지도 모른다.

나는 오랫동안 내 안의 승부욕을 조심스럽게 눌러왔는데, 요즘 들어서 내 허락도 없이 그 승부욕에 자꾸만 발동이 걸렸다. 어릴 때 나는 야심만만했고, 필요에 따라서는 계층 사다리를 올라가고 싶은 충동에 사로잡혀 열심히 노력했다. 하지만 정상에 다가갈수록 또래 친구들, 또는 경쟁자와 비교하며 더 스트레스를 받았다. 어떻게 하면 상대를 이길 수 있을지, 내가 그들만큼 열심히 하는지, 잘하는지를 걱정하는 게 아니라 언젠가 상대가 나를 따라잡을까 봐, 그들이 곧 내 자리를 빼앗을까 봐 불안했다.

임신하면 그런 목소리들이 잠잠해질 줄 알았다. 따라서 출산 예정일이 다가올수록 사춘기 이후로 사라졌다고 생각한 그 예리한 불안감이 다시 나를 괴롭히자 놀라지 않을 수 없었다. 다시…… 여고생이 된 기분이었다.

엄마도 나를 임신했을 때 이런 기분이었을까? 임신하면 마침내 그런 걱정에서 벗어날 줄 알았는데.

오히려 일이 줄어들수록 불만은 계속됐다.

나는 송별회 때 직원들에게 받은, 리본 장식이 달린 바구니를 뒤져봤다. 출산이 얼마 남지 않은 몇 주 동안 최대한 호사스럽게 보낼 물건이 들어 있었다.

어쩌면 직원들이 조금은 내 생각을 해주는지도 몰라.

나도 몇 주 전에, 그러니까 위니가 내게 받은 물건들을 돌려보내기 전에 위니에게 비슷한 바구니를 보냈다. 뷰티 에디터 책상 옆에 놓인 나무상자에 들어 있던, 황금색 글씨가 쓰인 물

약과 향긋하면서 끈적한 연고를 멋지게 포장한 바구니였다. 상자에는 카드도 넣었는데 "널 생각하며, 사랑을 듬뿍 담아"라고만 적었다.

정말 바보 같은 짓이었지. 위니는 민간요법으로 사용할 약초와 아몬드 냄새가 나는 울퉁불퉁한 비누를 더 좋아했을 거야.

그 물건들 모두 이번에 위니가 보낸 상자 밑바닥에 들어 있었다. 상자 안은 분노의 현장이었다. 유리 단지는 뚜껑이 열려 있었고, 연고가 삐져나와 상자 안의 물건들이 모두 끈끈한 세럼과 로션으로 뒤덮여 있었다.

설사 멀쩡했다고 해도 어차피 버렸을 테지만.

나는 닉이 보기 전에 상자 안의 물건을 곧장 쓰레기통에 버렸고, 내게 친구가 없다는 사실에 남몰래 수치심을 느꼈다. 가끔은 내가 정말로 나쁜 짓을 한 기분이 들었고, 생각이 깊어질 때면 위니의 행동을 지극히 고통스러운 여자의 행동으로 이해하려 했다.

욕조에 물을 받는 동안 작은 보라색 유리병을 열고, 떨어지는 물줄기 바로 밑에 라벤더 오일 몇 방울을 떨어뜨리자 거품이 일었다. 오늘을 기념하고 싶었다. 일을 잘 마무리했고, 출산일까지 겨우 일주일 남았다. 행운을 빈다고, 지금까지 정말 잘해왔다는 말을 누군가에게 듣고 싶었다. 예전이라면 위니에게 문자를 보냈을 테지만 지금은…….

그래서 SNS가 있는 건가? 요즘에는 다들 진짜 친구가 없기 때문에?

나는 휴대전화로 트위터에 들어가 새 포스팅을 작성했다.

Margot Jones @hautemargot: 마지막 근무가 끝났다! 당분간 @hautemagazine에서 물러나 사이드 프로젝트에 착수해야지. #빨리와라아가 #너무빨리오지는말고 #우선밀린드라마정주행부터

휴대전화를 세면대 옆에 내려놓기도 전에 벌써 '좋아요' 몇 개가 떴다. 임신 기간 내내 SNS에 임신을 언급할 때면 늘 그랬듯이, 저 포스팅으로 위니가 상처받을까 봐 걱정됐다. 하지만 위니는 트위터를 하지 않으니 괜찮을 것이다. 나는 욕조에 손을 넣어 물의 온도를 확인했다.

그런 다음 머리카락을 뒤로 모아 묶고 욕조로 들어갔다. 한때는 뜨겁고 깊은 물에 몸을 담갔지만 임신부는 기절하거나 쓰러질 경우를 대비해 반드시 미지근하고 깊지 않은 물에 들어가야 한다. 예전에는 목욕이 아주 소중한 혼자만의 시간이었고, 한 주를 곱씹으며 마음을 정리하고, 몸에 남은 피로를 하나씩 흘려보내는 순간이었다.

지난 몇 달간은 한 번도 혼자라고 느낀 적이 없었다. 배 속의 아기는 예전에는 텅 비었던 극장의 맨 뒷줄에 앉아 있는 사람이자 장거리 여행에서 우연히 계속 눈이 마주치는 사람이었다. 아이의 존재가 짜증 나지는 않았다. 오히려 위로가 됐다. 나는 이미 이 아기가 유머 감각이 있으며, 버릇이 없고, 적절한 순간에 농담을 던지는 걸 즐긴다고 결정한 터였다. 내 안에서 헤엄

치는 아이에게 그 정도의 애착은 갖도록 허락했다.

완전히 혼자는 아니지만 인생에서 가장 외로운 나날이었다. 직장에서는 소외되고, 위니에게는 거부당했다. 닉은 늘 그랬듯이 좋은 남자고 앞으로도 그럴 테지만 그런 닉조차도 내가 앞으로 몇 달간 집과 직장, 나, 아기, 위니, 매기에게 닥칠 변화에 대해 머릿속에서 끊임없이 속삭이는 온갖 추측을 털어놓을 때면 오래 집중하지 못했다. 가끔은 그 속삭임이 요란한 소음처럼 커지기도 했고 그렇지 않을 때는 희미한 허밍처럼 작아졌지만, 어쨌거나 그것은 감정적 이명이었고 그리스 비극에 등장하는 코러스인 터라 너무 오래 귀를 기울이다 보면 내가 그 속삭임의 인질이 되어 아무것도 할 수 없는 기분이 들었다.

나는 태동을 처음 느꼈던 그 자리에 서서 속에 북이 들어 있는 것처럼 튀어나온 배 위로 향긋한 오일을 문질렀다. 그때 휴대전화 불빛이 반짝거리며 메시지가 도착했다고 알렸다. 위니의 이름 옆에 카메라 아이콘이 있었다. 나는 나쁜 짓이라도 하다가 들킨 사람처럼 가슴이 철렁 내려앉았다.

나는 네가 무슨 짓을 했는지 알아.

나는 잘못 없어.

그것은 사진을 찍은 사진이었다. 사진사가 소프트포커스로 찍은 잭의 사진인데, 주름 잡힌 하얀색 새틴을 덧댄 떡갈나무 관 안에 누워 있었다. 막 태어났을 때는 찡그렸던 얼굴이 부드럽게 펴졌고, 장미꽃 봉오리 같은 입술은 희미한 미소를 띠었으며, 처진 볼은 누르스름하지도 붉지도 않은, 이제는 완벽히 살아 있는 색이었다.

핏자국도 다 사라졌네.

숱 많은 갈색 머리는 양막을 닦아내고 뒤로 납작하게 빗어넘겼다. 이번에도 위아래가 붙은 하얀 속옷을 입고 있었다. 작고 완벽한 두 손은 배 위에 포개졌고, 한쪽 팔 밑에는 친구가 되어줄 작은 토끼 인형이 있었다.

그 사진을 보자 다시 마음이 아팠고, 그 순간 양수가 터졌다.

)(

참을 수 없는 통증은 나중에 왔다. 처음에는 허리에서 조용하고 끈질긴 통증이 느껴졌다. 그 뒤로 몇 시간 동안 통증이 점점 심해져서 마침내 형체는 보이지 않고 주위의 색만 보이는 지경이 됐다. 그로부터 12시간 뒤에 우리는 병원에 갔고, 그때쯤에는 강철로 만든 거들이 골반을 조이는 듯한 통증에 시달렸다. 차가운 주삿바늘이 들어와 하반신이 무감각해지자 반갑기 그지없었다. 나는 하루를 꼬박 침대에 누워 있었고, 이튿날 닉과 여자들로 가득 찬 방에서 라일라가 첫 숨을 쉬었다.

8

매기

마고가 찍은 사진이 인스타그램에 올라온 지 몇 시간 뒤에 매기는 그걸 봤다.

"정말 완벽한 아기네요!"

매기는 사진 밑에 댓글을 달았다. 정말로 그랬다. 복숭앗빛 뺨, 두피를 살짝 덮은 머리카락, 통통한 볼, 주먹을 꼭 쥔 손, 작은 토끼처럼 위로 치켜든 두 다리. 그리고 작은 별을 수놓은 회색 내의를 입고 있었다. 마고가 어련히 예쁜 옷을 입혔을까.

매기는 점심을 먹고 사무실로 가는 길에 댓글을 작성했다.

"축하해요! 정말 사랑스럽네요. 이름도 예뻐요. 이제 다른 사람이 된 기분이에요?"

사실 그 질문을 쓰면서도 답은 기대하지 않았고, 일단 사무실에 돌아가 메일 수신함을 연 순간 그 일은 까맣게 잊어버렸다.

패션 위크까지 한 달이 남았다. 다들 입을 모아 그녀 인생에서 가장 힘든 시간이 될 거라는 그 기간에 대비해야 했다. 하이힐을 신은 사람의 입에서 패션 위크가 극기훈련이나 다름없고, 참가자들은 다들 집에 가고 싶어 한다는 말이 나오면 어떻게 들리는지 매기도 알고 있다. 그게 심장 수술도 아니고, 석유 굴착기를 운전하는 일도 아닌데 뭐가 힘드냐는 반박이 나올 테고 그 말도 맞기는 하다.

하지만 예전에 런던 패션 위크에 참석했을 때 매기는 매일 밤 집에 돌아갈 때면 스틸레토 힐을 신고 마라톤을 달린 것처럼 피곤했고, 하얀 빵이 미친 듯이 먹고 싶었으며, 이튿날 아침에 일어나면 머리를 맞은 듯이 골치가 아팠다. 아마 온종일 제공되는 샴페인을 계속 마셨기 때문일 것이다.

첫 패션쇼는 오전 9시에 시작한다. 싸구려 티켓을 가지고 있다면 8시 15분부터 줄을 서야 한다. 마고 같은 사람들은 5분 전에 도착해 우아하게 입장할 수 있다. 그때부터 오후 8시까지 매시간 패션쇼가 열리고, 그 중간에는 화장실에 다녀오거나 샌드위치를 먹을 정도의 짧은 휴식 시간밖에 없다. 절대 두 가지를 다 할 수는 없다. 그리고 다음 쇼가 시작되기 전에 조금 전에 본 쇼를 정리해서 써야 한다. 그래야 잡지사 웹사이트를 운영하는 직원이 다른 잡지사보다 먼저 글을 올릴 수 있기 때문이다. 그러니까 생사가 달릴 정도로 힘들지는 않지만, 그래도 스트레스가 매우 심한 일이다.

매기는 패션 위크까지의 한 달을 정말 눈코 뜰 새 없이 바쁘게 보냈다. 기본적인 업무를 배우고, 다른 직원들 이름을 전부 외우고, 기사가 될 만한 제보와 이야깃거리를 취재해 모프에게 전달하고, 편집장이 마음에 들어 하면 말없이 안도의 한숨을 쉬었다. 일은 잘돼가는 듯했다. 약간 불안할 정도로.

매기는 일이 즐거웠다. 그녀는 늘 글쓰기를 좋아했다. 단어를 조합해 문장으로 만드는 일은 재미와 정보로 가득 찼을 뿐 아니라 문법에 맞아야 하고, 구조가 잘 짜여 있어야 하며, 묘사와 동작이 조화를 이뤄야 했다. 매기에게 글쓰기는 놀이였고, 매기는 그 점을 늘 감사하게 생각했다. 어떻게 써야 할지 자연스럽게 떠올랐고, 글쓰기는 한 번도 그녀를 실망시키지 않았다. 사실 글쓰기야말로 그녀가 가장 오래 한 연애였다.

따라서 매기에게 힘든 것은 업무의 다른 면, 바로 패션이었다. 매일 아침 옷을 차려입는 과정은 회사 정치의 일부가 됐다. 처음에는 자신도 마고처럼 별로 애써서 꾸미지 않았는데도 늘 세련돼 보일지 걱정이었지만, 이제는 매일 회사 사람들의 검열을 통과하는 옷을 차려입느라 골치가 아팠다.

의도적인지 아닌지는 몰라도, 사무실에 들어가려면 엘리베이터에서 내린 다음 벽이 유리로 된 모프의 사무실 앞을 지나 한쪽에는 간이 부엌이 있고 반대편에는 여러 개의 책상이 있는, 이른바 '런웨이'라고 불리는 통로를 지나야 했다. 매일 아침 눈에 확 띄는 예쁜 옷을 입은 동료들이 그 런웨이를 걸어갔다. 마치 런웨이 양쪽에 그들의 옷차림을 지켜보는 에디터들이 있다는 듯이. 사실이 그랬다.

그 평가는 악의적으로 이뤄진다기보다(물론 어울리지 않는 옷을 입었을 때는 나직이 부정적 견해를 속삭이기도 하지만) 그렇게 입으니 예쁘다고 칭찬하는 쪽에 가깝다. 왜냐하면 정말로 다들 그랬기 때문이다. 고급스러워 보이면서 늘씬하고, 멋지면서 세상 물정에 밝아 보이고, 우아하면서도 당당했다. 그런 사람들 사이에 매기가 있었다. 다른 직원들은 치타처럼 런웨이를 어슬렁어슬렁 걸어오는 반면, 매기는 고개를 숙이고 눈은 휴대전화에 고정한 채 종종걸음으로 또는 쿵쾅쿵쾅 걸었다. 그녀를 머리끝에서 발끝까지 훑어보는 동료들의 시선을 느끼며.

퇴근 후에 처음으로 홀리 그리고 그녀의 어시스턴트 아마와 함께 술을 마시러 갔을 때 두 사람은 그 일로 매기를 놀려댔다.

"우리는 패션지에서 일해요, 매기! 적어도 옷을 입는 게 즐거운 것처럼 보이려고는 해야지."

매기도 옷을 차려입는 게 즐겁기는 했다. 전보다는 훨씬 더. 아마도 지금 입는 옷들이 예전 옷들보다 훨씬 좋고 비싸기 때문일 것이다. 이 옷들은 몸의 튀어나온 부분이 조이지 않았고, 5분마다 매무새를 가다듬을 필요도 없었다. 이탈리아산 가죽 구두를 신고 몇 걸음 걸어보고, 프랑스산 실크를 잠깐 만져보고, 노란색 금속이 잔뜩 박힌 투박한 핸드백을 딱 한 번 메어 보는 것으로도 충분했다. 매기는 그동안 자신이 얼마나 조악한 옷과 가방을 입고 들었는지 깨닫고 부끄러울 지경이었다.

와인을 한 병 정도 마신 뒤에 홀리와 아마는 캣워크 여신이라는 모델들의 유튜브 클립을 보여주며 이 멋진 여자들이 관중 사이를 어떻게 걸어가는지 보라고 했다. 그러더니 매기에게 이들처럼 골반을 튕기며 걷거나 어깨를 뒤로 젖히고 걸으라고 조언해줬다. 그들은 배경으로 깔리는 테크노 음악에 맞춰 발을 씩씩하게 쿵쿵 내딛는데도 이상하게 부드럽게 걷는 것처럼 보였다.

그 후로 매기는 사무실 런웨이를 걸을 때 좀 더 노력했고, 새로 산 옷이나 소품을 자랑하고 매일 옷을 바꿔 입는 데서 즐거움을 느끼기 시작했다.

새로 바꾼 머리 모양도 도움이 됐다. 매일 밤 모르는 남자를 만나서 술을 마시지 않은 덕분에 몸무게도 줄었다. 사춘기 이후 처음으로 얼굴에서 광대뼈가 도드라졌고, 허리는 더 가늘어 보였다. 회사 옷장에 걸린 옷들 대부분은 여전히 그녀에게 작았지만(이건 그 옷을 가장 간절히 원하고, 음식은 입에도 대지 않는 듯한 인턴들을 제외하고는 다른 사람들도 마찬가지였다), 기사를 쓰려고 옷을 입어볼 때는 한 치수 작은 것으로 달라고 했다.

머리맡 탁자에 놓인 자긍심 단지에 마지막으로 돈을 넣은 지가 언제인지 기억도 나지 않았다.

패션 위크에 뭘 입고 갈지는 별로 걱정하지 않았다. 각 브랜드에서 견본으로 보내준 옷이 워낙 많기 때문에 마고를 처음 만난 뒤에 산 옷들은 이미 돌아가며 몇 번 입은 뒤에 캐스에게 줬다. 캐스는 뒤바뀐 처지에 그저 행복해했다. 매기의 옷장은 새롭게 반짝이는 공간이 됐고, 두둑이 오른 월급으로 산 명품 핸드백과 구두도 갖춰졌다. 가끔은 퇴근하고 곧장 집으로 가서 침대에 옷과 가방을 펼쳐놓은 다음, 그걸 입고 대리석이 깔린 이탈리아의 광장과 조약돌이 깔린 파리의 거리를 거니는 상상을 했다.

 마고도 여전히 이렇게 옷을 미리 맞춰볼까? 아니면 옷을 맞춰 입는 타고난 능력이 있을까? 매기에게 그 일은 피아노 연습과 같았다. 연습하면 할수록 실력이 늘었고, 미묘한 차이를 알아내는 것을 즐기게 됐다. 이제는 거울에 비친 자신의 모습을 피하지 않고 친구처럼 대했다. 만나면 등을 툭 치며 좋아 보인다고 말해줄 친구.

 뉴욕으로 떠나기 일주일 전, 매기가 화장실에서 나와 턱을 들고 어깨는 뒤로 젖힌 채 런웨이를 걸어가고 있을 때 홀리가 회사 옷장에서 머리를 내밀더니 오라고 손짓했다. 이제 그 옷장에는 매기의 선반도 생겼다. 라벨에 붙어 있던 MJ는 MB가 됐고, 매기는 기사를 써달라는 청탁과 함께 받았거나 빌린 물건들을 거기에 보관했다. 그중에서 자신의 옷차림을 돋보이게 만들 옷과 소품을 가져갈 생각이었는데 홀리가 한발 앞섰다.

 "마음에 드는 거 골라봐."

 옷들이 걸린 행거에 긴 팔을 올린 채 홀리가 말했다.

 "제대로 된 옷도 없이 너를 패션쇼장 맨 앞줄에 앉힐 순 없어. 대신 나중에 반드시 돌려줘야 해."

 홀리는 행거에 걸린 실크 셔츠, 자수를 놓은 보머 재킷, 꽃무늬 원피스, 화사한 색깔의 니트 스웨터를 향해 고갯짓했다. 매기는 홀리에게 키스라도 할 뻔했다. 그들은 퇴근 후에 몇 번 더 술을 마시면서 약간의 우정을 쌓았다. 저녁에 약속이 없는 또 한 명의 싱글인 홀리는 무서울 정도로 세련돼 보이는 외모와 달리 굉장히 털털한 성격이었다. 두 사람은 한 시간 동안 옷장에 처박혀 매기가 이미 가지고 있는 옷과 행거에 걸린 옷을 조합해 출장 기간 중 매일 갈아입을 옷을 정했다.

가장 마음에 든 옷은 하운드투스 체크무늬의 강청색 하이웨이스트 펜슬 스커트였는데, 홀리는 소매통이 좁고 길이가 짧은 검은 스웨터와 입어서 허리 위로 맨살이 살짝 드러나게 하라고 했다. 그 옷차림에 신을 신발로 매기는 본능적으로 하이힐을 선택했지만, 홀리는 고개를 저으며 "너무 바비인형 같다"는 판결을 내렸다. 그러더니 투박한 흰색 러닝화를 가져왔다.

"다리에 틴트 바르는 거 잊지 말고 양말은 신지 마."

마치 어린아이에게 말하듯이 홀리가 지시했다.

다시 책상으로 돌아왔을 때 메일 몇 통이 그녀를 기다리고 있었는데, 그중에는 마고와 함께 만났던 홍보 담당자 페니의 메일도 있었다. 페니가 관리하는 디자이너 마크 모로에 관한 일이었다. 매기는 그를 꼭 인터뷰하고 싶었다. 마크는 어둡고 우울한 분위기를 풍기는 남자로 세련된 파리지앵의 전형이었다. 무엇보다도 유명 인사들은 전부 그의 옷을 입었고, 그는 무례하기로 유명했다. 모프가 딱 좋아하는 기삿거리였다.

페니의 이메일은 짧고 용건만 간단히 적혀 있었는데, 다음 달 패션 위크 때 파리에 오면 마크를 인터뷰할 수 있다는 내용이었다. 그는 바쁠 테지만 〈오트〉를 위해서는 언제나 시간을 낼 수 있다고 페니는 썼다. 오랫동안 프리랜서로 일하며 기자 회견장을 나가는 유명 인사를 붙잡고 또는 차에 오르는 그들에게 매달려 기사에 인용할 말을 하나라도 더 얻어내려고 노력하던 매기로서는 이런 메일을 읽으니 가슴이 벅찼다. 취재원을 쫓아 복도를 달려가며 그들의 등에 대고 질문을 던진 적이 한두 번이 아니었다. 매기가 인터뷰한 사람들은 그녀가 누군지 몰랐고, 관심도 없었다. 그녀에게는 명망 있는 매체의 타이틀이 없었기 때문이다.

메일 말미에 페니는 이렇게 덧붙였다.

"올드 본드 가에 있는 마크의 부티크에 들러서 패션쇼에 입고 갈 정장을 한 벌 맞출래요?"

이런 제안을 어떻게 거절할 수 있겠는가.

※

3주 동안 패션쇼에 참석해 맨 앞줄에서 쇼를 관람하고, 리넨 식탁보가 깔린 식당에서 식사하고, 자신의 이니셜이 수놓인 빳빳한 베갯잇에 머리를 뉘면서 매기는 뉴욕과 런던, 밀라노에서 패션 에디터 놀이를 하는 데 익숙해졌다고 생각했다. 하지만 파리의 호텔에서 담당 직원이 방을 보여줬을 때는 입이 딱 벌어졌다.

지난 3주간 머무른 호텔들도 하나같이 흠잡을 데 없었다. 특색은 없지만 편안한 체인 호텔로 중대한 회의를 앞두고 숙면해야 하는 중간급 이상의 직장인들을 위한 숙소였다. 방은 기능적으로 설계돼 꽤 어둡고, 꽤 정사각형에 가깝고, 깨끗한 리넨에 한결 더 깨끗하고 눈이 시릴 정도로 불이 환하게 켜지는 욕실이 딸려 있었다. 사람들이 보통 휴가 때 묵는 호텔보다는 훨씬 비싸지만 〈오트〉에 청구하는 가격에 비해서는 아주 소박했다.

하지만 파리에서 그녀가 묵게 될 스위트룸(무려 스위트룸!)은 완전히 차원이 달랐다. 제복을 입은 벨보이가 그녀의 낡은 여행가방을 들고 문을 통과해 분홍색 실크 브로케이드(무늬가 떠 있는 것처럼 보이도록 짠, 무늬 있는 직물을 통틀어 이르는 말-옮긴이)와 황금색 소용돌이 장식이 정교하게 뒤섞인 방에 내려놓았을 때 매기는 흥분해서 하마터면 비명을 지를 뻔했다. 거실에서 광장이 내려다보였는데 저 멀리 에펠탑이 있었다. 침실에는 그녀가 지금껏 본 중에서 가장 큰, 기둥 네 개가 달린 침대와 금테를 두른 서랍장이 여러 개 있었다. 대리석으로 마감한 욕실에는 백조 모양의 수도꼭지가 달렸는데 눈에 반짝이는 보석이 박혀 있었다. 매기는 여행가방에서 명품 옷을 꺼내고 신발을 일렬로 늘어놓으며 인생에서 가장 멋진 시간을 보냈다. 파리에서 머무는 일주일 내내 베르사유 궁전에 정기적으로 출입하는 귀족처럼 살았다.

매기는 뉴욕에서의 첫날을 생각했다. 이달 초였는데도 벌써 아득히 멀게 느껴졌다. 잔뜩 긴장한 채 이번 취재를 망칠 거라고 확신하며 뉴욕에 도착했던 자신도 낯설게 느껴졌다.

매기는 모프보다 먼저 맨해튼에 도착했다. 모프는 최정상급 디자이너들의 쇼가 열리는 주 중반에 도착할 예정이었다. 따라서 첫날 밤은 매기 혼자서 보내야 했다. 길고 따뜻한 여름이 갑자기 끝나버린 런던과 달리 뉴욕은 늦여름이라서 아직 더웠다.

덕분에 시폰으로 만든 헐렁한 셔츠 원피스를 입고 근처 레스토랑 테라스에서 저녁을 먹을 수 있어서 기뻤다. 평생 이렇게 옷을 잘 차려입고 휴일을 보내기는 처음이었고, 그 대가로 돈을 받는다는 사실을 믿을 수 없었다.

이튿날 첫 번째 패션쇼가 시작되자마자 미친 듯이 바빴기 때문에 그 기분은 오래가지 않았지만 신기한 느낌은 계속 남았다. 매기는 햇살이 가득 들어오는 호텔 방에서(런던에 있는 그녀의 방보다 네 배는 컸다) 일찍 눈을 떴다. 넓은 샤워실과 푸짐한 아침 식사를 마음껏 즐기기 위해서였다. 매기는 현지인처럼 보이려고 남몰래 지도 어플을 확인하면서 걸어갔는데, 당시에는 아무도 패션쇼장까지 걸어가지 않는다는 걸 몰랐다. 그것은 내가 소속된 잡지사가 너무 가난해서 운전사가 딸린 차를 제공해줄 수 없다는 뜻이기 때문이다. 나중에 모프를 데리러 공항에 갈 때가 돼서야 그들이 탈 차가 나타났는데 엄청나게 긴 링컨 타운 카였다.

매기는 새 상사와 단둘이서 아주 많은 시간을 보내야 한다는 사실이 긴장됐다. 패션쇼장을 이동할 때는 차 안에서, 그다음에는 저녁 식사를 함께하며 온종일 붙어 다녀야 했다. 그래서 저녁 식사 때 나눌 대화까지 미리 준비해뒀다. 하지만 칵테일 파티나 다섯 가지 코스가 나오는 저녁 식사 자리에서(모프는 접시를 옆으로 밀어두고 먹지 않았다) 모프를 찾는 사람이 워낙 많은 터라 해가 진 뒤로는 그녀를 거의 볼 수 없었다.

매기의 일정 역시 빡빡했다. 매장 오픈 행사, 칵테일 파티, 뷔페, 명품 브랜드에서 제공하고 그 브랜드의 마케팅팀과 함께하는 식사까지. 마케팅팀은 그 주에 뉴욕을 가득 채운 에디터들과 바이어들에게 그들의 옷을 자랑할 기회를 놓치지 않았다. 밀라노에서는 어떤 건물을 들어가든 아름다운 프레스코화가 천장을 수놓았고, 무늬를 새겨 넣은 유리로 만든 샹들리에가 달려 있어서 들어갈 때마다 고개를 젖히고 천장을 바라보는 게 습관이 됐다. 다행히 다른 초청객들도 그녀와 똑같이 행동하며 휴대전화를 꺼내 들어 천장을 찍었다. 그들도 아름다운 주위 환경을 무시할 정도로 세련되지는 못했다.

하지만 친해지기에는 너무 세련됐다. 뉴욕에서 처음 마고의 자리에 대신 앉았을 때 매기는 이런 패션쇼가 순회공연하는 서커스와 같다는 사실을 몰랐다. 무역 박람회와 수학여행의 중간쯤 됐다. 에디터들은 나라별로 모여 앉았는데 서열에 따라 자리가 정해졌다. 따라서 모프가 첫 줄에 앉고, 매기는 가끔 그녀 옆에 앉기도 했지만 대개는 바로 뒷줄에 앉았다. 이런 배치는 매기가 한 달 내내 같은 에디터와 작가 옆 또는 근처에 앉는다는 뜻이었다.

그것을 깨닫자마자 매기는 사람들에게 자기소개를 하고 다녔다. 그러자 쌀쌀맞고 거만하던 그들이 미소를 짓고 농담을 건넸다. 급기야 패션쇼장을 가로질러 그녀의 이름을 부르고, 손을 흔들며 자기들 옆에 있는 그녀의 자리를 가리켰다. 그들이 먼저 자기소개를 안 한 것이 수줍은 성격 탓인지, 자기가 누구인지 매기가 당연히 알아야 한다고 생각했기 때문인지는 모르겠지만, 매기가 그들에게 말을 걸고 질문하자마자 그들 사이의 벽은 금세 녹아버렸다. 이 일을 하기 전에는 매기도 자신이 불안정한 성격이라고 생각했지만 패션 업계 사람들과 비교하면 아무것도 아니었다.

패션쇼를 통해 만나게 된 에디터들, 그리고 계속 그녀에게 술을 함께 마시거나 식사하자고 청하는 홍보 담당자들 덕분에 지난 몇 주 동안 매기에게는 함께 다니는 패거리가 생겼다. 신나면서도 피곤한, 이상한 삶이었다. 어떤 날은 밤에 개인이 소유한 저택 마당에서 열리는 칵테일 파티에(바 주위로 포세이돈 조각상이 여러 개 놓여 있고, 쥐똥나무로 된 산울타리는 하이힐 모양으로 다듬어져 있었다) 다 함께 가기도 하고, 이튿날은 파스타 접시에 대고 하품하기도 했다. 또 한번은 오전 11시에 파티용 드레스를 입은 모델들이 걸어 다니는 동안 르네상스 시대에 지어진 콜로네이드 아래에서 프로세코 와인을 홀짝거리기도 했다.

매기는 호텔로 돌아가 입고 있던 원피스는 주름이 생기지 않도록 벗어버리고, 브래지어와 팬티 바람으로 앉아 살라미를 접시에 담지도 않고 포장 용기에서 그대로 집어먹으며 패션쇼 관람 후기를 썼다. 매기와 함께 패션쇼를 관람하는 여자들은 전용 미용사를 데리고 다닐 정도로 부자였다. 반면 그녀는 매일 아침 호텔 욕실 벽에 부착된, 꼭 진공청소기처럼 생긴 드라이어로 이제는 금빛이 된 머리를 말렸다.

각 도시에 익숙해질 때쯤이면(뉴욕의 새벽, 밀라노의 깊은 밤) 떠나야 했다. 뉴욕과 밀라노 패션쇼를 마치고 잠시 런던에 다녀왔는데 몇십 년 만에 고국을 방문하는 기분이었다. 5성급 호텔 연회장,

왕궁, 펜트하우스. 패션 위크 동안의 런던은 매기에게 익숙한 런던이 아니었다. 비록 집에서 나흘 밤을 자는 기회였기는 해도.

밀라노에서 돌아와 유로스타를 타고 다시 파리로 가기 전까지 24시간의 여유가 있었다. 그 시간에 매기는 짐을 풀고, 다음 호에 실릴 기사의 교정을 보고, 팬티를 빨고, 다시 짐을 쌌다. 파리에서 일주일을 보낸 뒤에야 이 지겨운 짐을 다시 싼다니 그나마 다행이었다.

그렇기는 해도 파리에 도착한 첫날부터 저녁에 마크 모로를 만나기 위해 서둘러야 했다. 인터뷰는 며칠 뒤지만 페니가 술자리에서 먼저 둘을 소개해주겠다고 우겼다. 매기는 그 자리에 새 정장을 입고 가는 게 좀 촌스러울까 고민했지만, 택배기사에게 그 옷을 받은 뒤로 입고 싶어서 몸살이 날 지경이었다.

평생 그렇게 아름다운 옷은 가져본 적이 없었다. 재킷의 각진 어깨 덕분에 당당하게 걷는 것처럼 보였고, 위쪽은 좁고 아래로 갈수록 부드럽게 퍼져 손가락 관절까지 내려오는 소매는 그녀의 움직임을 나른하면서 우아해 보이게 했으며, 허리의 가장 가느다란 부분에 단추 하나를 채워서 여몄다. 상의와 같은 가벼운 검은 모직으로 만든 바지는 그녀의 땅딸막한 다리도 한없이 길어 보이게 했다. 매기는 그 정장에 홀리가 빌려준 투박한 흰색 스니커즈를 신었고, 약속 장소인 술집에서 빨간색 벨벳 커튼이 쳐진 화장실에 갔을 때 거울에 비친 자신의 모습을 보며 슬쩍 웃어줄 수 있었다.

그들은 파리에서 잘나가는 사람들은 모두 모인 듯한 레스토랑 정원에서 식사했다. 줄을 서지 않고도 레스토랑에 들어갈 수 있었고, 모든 사람이 그들을 볼 수 있도록 구석 탁자로 안내됐다. 이제 매기는 아름다운 사람이었다.

그다음에는 여기, 몽마르트르 언덕 꼭대기의 저택을 개조해 만든 프라이빗 클럽에 왔다. 저택 앞면의 테라스를 따라 캐노피가 달린 탁자가 늘어서 있었다. 페니와 마크 그리고 그들이 각각 대동한, 세심하게 주의를 기울이는 검은 옷의 어시스턴트 군단에 합류하기 전에 매기는 잠시 서서 빛의 도시라 불리는 파리의 야경을, 그녀의 발아래서 반짝이는 빛을 감상했다. 에펠탑, 앵발리드, 라데팡스, 사크레쾨르 대성당.

매기는 머리카락을 만지고, 있지도 않은 먼지를 재킷에서 털어냈다. 너무나 만족스럽고 행복해서 발코니까지 둥둥 떠서 갈 수 있을 듯했다. 이번 시즌 첫 번째 패션쇼에서 조명이 켜지고 첫 모델이 런웨이를 걸어 나온 이후로 계속 이런 감정이었다. 밀라노에서 머무는 중에 어느 순간부터 매기는 패션쇼 티켓을 마고의 것이 아닌 자신의 티켓으로 생각하게 됐다. 이제 파리에서 마침내 더는 무시할 수 없는 감정을 세상에서 가장 멋진 도시 위로 내뱉었다.

"절대 이 일을 돌려주지 않을 거야."

9

마고

지난 며칠간 내가 머물렀던 비눗방울 속으로 위니의 메시지가 침투했다. 영혼까지 차가워지는 얼음물을 양동이째 붓는 듯한 메시지였다.

내 세상은 연속극 배경처럼 부엌과 거실, 욕실로 좁혀졌고, 낮에는 나와 아기의 필요에 따라 이 세 공간 사이를 끊임없이 불시에 돌아다녔다. 나는 소파에 앉아 라일라에게 젖을 먹이고, 머리털로 뒤덮인 정수리를 바라보고, 통통한 분홍색 뺨 위로 뻗어 있는 진한 검은색 속눈썹을 보고, 이제 더는 내 것으로 여겨지지 않는 가슴에서 모유를 빨아대는 장미꽃 봉오리 같은 입술의 움직임을 지켜보며 시간 가는 줄 몰랐다.

한 손으로는 라일라 목덜미의 깊고 옴폭 팬 자리의 부드러운 살갗을 쓰다듬고, 다른 손은 조그맣지만 힘은 엄청나게 센 아기의 작은 주먹에 손가락이 잡힌 채 한없이 앉아 있었다. 잠든 아기의 아늑한 무게를 느끼며 그렇게 오래 앉아 있는 게 가능할 줄 몰랐을 정도로. 처음 2주 동안은 숨이 조금만 얕아지거나 조금만 뜨거워도 아이의 코밑에 손가락을 댔다.

한밤중에 우리 침대 옆에 놓인 바구니에서 아기가 배고프다고 울어대면 나는 본능적으로 일어나 수유할 준비를 했다. 갑자기 상황이 바뀌면 순간적으로 종종 어리둥절해지기 마련인데(지금이 어떤 상황인지 다시 기억나기 전까지 아무 생각도 안 나고 멍하다), 나는 정신없이 잘 때도 라일라의 존재를 잊은 적이 없었다.

위니도 잭의 죽음이 다시 기억나기 전에 잠시 저렇게 멍한 순간이 있었을까? 아니면 라일라가 아직 내 세포 속에 살아 있듯이 위니도 그랬을까?

다른 사람의 몸 안에서 내 심장이 뛴다는 게 신기했다. 마치 실로 연결된 두 개의 플라스틱 컵처럼 우리 둘도 끈으로 연결된 듯했다. 비록 지금까지는 라일라가 멀리 간다고 해봐야 아침에 출근하는 닉의 품으로 갔다가 퇴근하고 돌아오는 그의 품에 다시 안기는 정도지만. 닉은 라일라에게 푹 빠져서 정신을 차리지 못했다. 우리 둘은 바구니 너머로 잠든 라일라를 들여다보며 어깨가 흔들릴 정도로 나직이 큭큭거렸다. 라일라는 곤히 자고 있는데도 세상에서 가장 심각한 표정이었다. 밤에 라일라가 깨면 나는 아기를 다시 안을 이유가 생겨서 기뻤다.

그렇게 한 달이 지났는데도 여전히 우리 딸을 보면 가슴이 아팠다. 라일라를 볼 때마다 머리가 어지럽고 목이 멨다. 새 남자 친구를 만나는 것처럼 안절부절못했다.

넌 내 인생 최고의 데이트 상대야.

따라서 위니에게서 문자가 왔을 때 나는 무방비 상태였다. 병원에서 집으로 가는 길에 카시트에서 잠든 라일라의 사진을 찍어서 아무 생각 없이 인스타그램에 올린 터였다. 라일라를 낳기 전에는 SNS에 아기 사진을 공유하는 사람들을 이해할 수 없었는데, 막상 낳고 보니 내 팔로워들은 라일라의 완벽한 아름다움을 흠모할 기회가 생겨서 고마워할 거라는 생각만 들었다. 매기를 포함한 50명 남짓의 팔로워가 멋진 댓글을 써줬다.

내가 아기띠를 이용해 라일라를 앞으로 안고 있을 때 휴대전화가 진동했다. 이번 주에 라일라는 통통한 뺨을 내 명치에 대고 엄마의 심장 박동을 더 잘 느껴야만 울지 않고 진정했다. 나는 허리를 흔들며 문자를 열었다.

"축하해. 사진 올리기 전에 내게 미리 경고해줄 수 있었잖아. 다시는 연락하지 마."

병원에 갈 때는 둘이지만 혼자가 되어 퇴원하는 여자들이 있다는 걸 깜빡했어.

나는 그 뒤로 며칠간 속이 울렁거렸다. 당연히 위니에게 경고해야 했다. 어떻게 라일라의 사진을 올리기 전에 위니에게 라일라가 태어났다고 알리는 걸 잊었을까?

이번에도 역시 너무 내 생각만 했어.

하지만 내가 정말 잊어버렸을까? 아니면 내 행운에 죄책감이 들어서 무의식적으로 연락하는 걸 회피했을까? 아니면 몇 달 동안 우리 사이에 침묵만 흐른 터라 문자를 보내봐야 위니가 적대적으로 나오리라는 걸 느꼈을까? 어느 쪽이든 나는 비겁하고 나약했다. 그리고 위니를, 자식 잃은 엄마이자 불행한 위니를 한층 더 힘들게 했다.

위니가 다른 무엇보다, 그리고 누구보다 나를 불안하게 할 수 있다는 사실도 잊고 있었다. 하지만 위니가 라일라를 경계해야 할 대상, 피해야 할 대상, 파티의 불청객 취급을 하는 데 약간 짜증이 나기도 했다.

경고라고? 친구의 아이에게 쓸 표현은 아니지. 잭이 그렇게 된 뒤로 내 임신에 관심을 보인 적도 없으면서.

계속 이 생각을 하다 보니 속 좁은 인간이 된 기분이었다.

위니와 나는 이제 친구가 아니었다. 여자들의 관계는 사랑으로 만들고 거기에 의리를 입힌 유대감인 터라 불가피한 분노와 질투를 견뎌내지 못한다. 충성심이 사라지고 헌신이 침식되면 질투와 비난이 물처럼 스며들어 부패하게 된다.

우리가 머물고 있던 안전하고 아늑한 비눗방울이 터지자 라일라와 함께하는 날들은 패닉과 공포의 시간이 됐다.

나는 라일라를 가질 자격이 없어. 자격이 없으니까 라일라를 잃게 될 거야. 라일라를 어떻게 돌봐야 할지 모르겠어. 나는 끔찍한 실수를 할 거고, 라일라를 잃게 될 거야.

하루에도 몇 번씩 라일라는 내 눈앞에서 죽었다. 차가 너무 빨리 또는 너무 큰 소리를 내며 지나갈 때마다, 넘어질지도 모를 계단을 올라갈 때마다. 나의 모든 행동에서 아기가 끔찍한 죽음을 맞이하는 결말이 보였고, 내 몸은 무기가 됐다. 날카로운 팔꿈치, 묵직한 손바닥, 아기를 질식시킬 수도 있는 풍만한 가슴.

나는 잘못 없어.

나는 네가 무슨 짓을 했는지 알아.

"초보 엄마들에게 아주 흔한 증상입니다."

닉의 권유로 내가 느끼는 공포를 설명하자 의사가 말했다.

"실제로 그건 다 위험한 상황이에요, 마고. 그저 당신 마음이 경고하는 겁니다. 지극히 정상이에요."

하지만 사고가 나고, 아기가 울고, 더 잘할 수 있었던 사소한 일들을 마주할 때마다 그것이 위니가 보내는 경고처럼 또는 협박처럼 느껴졌다. 밤마다 잠을 설치고 신생아를 돌보는 게 아무리 힘들어도 라일라가 울거나 변덕을 부릴 때 짜증 내면 안 되는 건 물론, 절대 피로를 느끼거나 감정적이 되거나 심하게 긴장해서는 안 됐다. 그런 행동은 내가 감사하지 않는다는 뜻이기 때문이다.

아기가 살아 있다는 사실에 늘 감사해야 해.

그런 생각은 며칠 동안 밤잠을 설치며 수유하는 것보다 나를 더 지치게 했다.

우리 딸이 모유뿐 아니라 위로를 얻기 위해 내 품으로 파고드는 둘만의 시간이 되면 나는 닉을 방해하지 않으려고 자궁처럼 캄캄한 아기방으로 가서 흔들의자에 앉았다. 한번은 꾸벅꾸벅 졸다가 정신이 번쩍 들면서 드디어 올 것이 왔다고 확신했다.

내가 라일라를 질식시켰어!

하지만 라일라는 쪽쪽 소리를 내며 젖을 빨고 있었고, 나는 잠에서 깨려고 휴대전화를 집어 들고 여러 SNS 앱으로 들어가 소리 없이 스크롤을 내렸다.

작정하고 매기를 스토킹한 건 아니었다. 심지어 일부러 닉 앞에서 '스토킹'이라는 단어를 썼고, 자기비하적인 태도로 어깨를 으쓱하며 내 집착을 인정하기까지 했다. 그 일은 어느 날 새벽 3시에서 5시 사이, 잠을 자지 않고 깨어 있으면 누구든 온전한 정신에 무리가 가는 시간에 우연히 일어났다.

라일라가 태어난 뒤로 일과 사무실, 모프, 지금 나를 대신해서 일하는 매기를 놀라울 정도로 쉽게 잊어버렸다. 내 머릿속은 사랑스러운 패닉으로 가득 찼고, 마음은 오로지 라일라의 생존에만 집중하다 보니 다른 일에 신경 쓸 여력이 없었다. 한때 내가 자랑스럽게 사용하던 어휘들은 모두 나를 떠나버렸고, 나는 필요한 물건이 있을 때마다(볼펜, 물 한 잔) 그저 닉에게 소리를 내며 손가락으로 가리켰다. 그걸 뭐라고 부르는지 잊어버렸기 때문이다.

하지만 동이 트기 전, 내 동반자는 젖을 먹느라 바쁘고 나 혼자 어둠 속에 앉아 화려하고 신나게 사는 매기의 사진을 넘겨볼 때면 질투가 밀려들었다. 저건 원래 내 삶이었다. 예전의 내 삶. 매기는 탈의실에서 옷을 입고 찍은 사진을 올렸는데, 휴대전화 각도 덕분에 허리는 잘록하고 가슴은 더 커 보였다. 또 예전에는 나를 초대했다가 이제는 충성의 대상을 재빨리 바꿔버린 홍보 담당자들과 함께 최고급 레스토랑에서 저녁을 먹으며 찍은 사진도 있었다. 그런가 하면 쉽게 구할 수 없는 명품이 가득한 진열장을 둘러보며 핸드백이나 화려한 색의 스틸레토 힐을 찍어서 올리기도 했다.

"구두 사진이 SNS에서 가장 인기가 많죠. 사람들은 구두를 좋아하거든요."

웹사이트 담당자가 여러 번 그렇게 말한 기억이 났다.

사람들은 멍청해.

나는 매기가 맨 마지막으로 올린 구두 사진에 형식적인 '좋아요'를 눌렀다. 매기의 사진은 수천 개의 '좋아요'를 얻었다. 나는 한 번도 그렇게 많은 '좋아요'를 받아본 적이 없었다.

그거야 매기는 틈만 나면 포스팅을 올리니까. 나는 적어도 아직 신비한 면이 있지.

매기는 팔로워들이 그녀의 일상에도 관심을 가질 거라고 생각했는지 저녁 식사 사진이며 메이크업 가방 사진, 심지어 말리려고 널어놓은 빨래 사진까지 포스팅했다. 나는 에디터의 날카로운 눈으로 사진 배경을 훑어보며 벗어 던진 양말이나 휴지 뭉치가 있는지 살폈고, 조금이라도 격이 떨어지거나 민망한 물건들을 족집게처럼 찾아냈다. 매기의 미치광이 팬이라도 된 양 사진에 찍힌 파편들을 모아 매기의 아파트 내부를 짜맞췄다.

어둠 속에서 모유가 얼룩진 닉의 잠옷 바지를 입은 채(배에 바람 빠진 스페어타이어 같은 살이 붙은 탓에 내 바지는 작아서 입을 수가 없었다) 과연 내게 신비한 면이 얼마나 남았을지 생각했다. 머리는 지저분하고 페디큐어는 벗겨졌다. 피부는 임신 전과 달리 축 처졌고 옷은 꼭 끼었다.

단지 매기의 포스팅이 얻은 '좋아요' 숫자가 많기 때문만은 아니었다. 그 아래 적힌 회사 동료, 내가 아는 디자이너와 홍보 담당자, 독자들의 댓글을 보며 수면 부족과 끊임없는 의심에 시달리던 내 마음은 확신하게 됐다. 나와 달리 매기는 그들과 두터운 친분을 쌓고 있다는 사실을. 이번에도 운동장에서 나를 보며 쑥덕거리는 소리, 초대받지 못하는 기분, 내게 말을 걸기보다 바라만 보는 시선이 느껴졌다.

낮에는 이런 기분이 약해졌다. 라일라의 울음소리와 코를 훌쩍이는 소리, 꼼지락거리는 손가락과 고양이처럼 움직이는 입 등 온통 아이에게만 정신이 팔리기 때문이다. 아니면 유모차를 밀고 공원을 거닐며 늦여름의 태양에 일광욕을 시키거나, 육아 수업을 함께 들은 소피아, 아델, 제마를 만났다. 그들과는 대화를 나눈다기보다 정보를 교환했다. 언제 자고 언제 깨는지, 몇 시간 간격으로 수유하는지, 기저귀를 몇 번이나 갈아주는지.

한번은 그들 중 한 명의 집에 모여 앉았다. 부엌 식탁 주위는 똑같은 흔들침대와 유축기, 몇몇 아기가 누워 있는 양털 러그로 꽉 찼다. 우리는 그렇게 식탁에 모여 거기 없지만 늘 우리와 함께하는 여자들, 우리가 분만실에 들어가면서 남겨두고 온 일을 대신해주는 여자들 이야기를 했다.

"우리 회사에서는 내 일을 내 어시스턴트에게 맡겼어요. 인턴이던 애한테요."

수유를 하던 제마가 앞머리를 후 불어서 날리며 말한다.

"나보다 여덟 살이나 어리죠. 그 애가 출근 마지막 날에 나더러 물건이 없어질 수 있으니 재고품 찬장 열쇠를 넘겨달라는 거예요. 마치 내가 휴직 기간에 물건을 훔쳐 가기라도 할 것처럼요!"

우리는 혀를 차고 어이없다는 표정으로 눈을 치떴고, 비스킷이 놓인 접시를 한 바퀴 더 돌렸다. 이번에는 아델이 끼어들었다.

"우리 회사에서는 내 동료의 육아 휴직 때 들어온 대타를 계속 쓰고 있어요. 그래서 그 직원이 내 일까지 맡아서 하죠. 어찌나 아부를 잘하는지 상사가 아주 예뻐해요. 정말 역겹다니까요. 내 출근 마지막 날에는 나한테 항의하더라고요. 내가 앉을 때마다 끙 소리를 내서 일에 방해가 된다고요."

다들 웃으면서도 얼굴을 찡그렸다. 임신으로 육중해진 몸의 기억은 아직 좋은 기억이 될 정도로 먼 과거가 아니었다.

"내 자리는 상사의 여자 친구에게 갔어요."

소피아가 한숨을 쉬었다.

"어서 내가 나가기만 바라더라고요. 복직하면 둘이 어떻게 됐는지 알 수 있겠죠."

"당신 대타는 어때요, 마고?"

제마가 물었다.

"패션 업계는 인정사정없을 텐데. 그래서 44사이즈 머저리를 구했대요?"

다들 흥미와 기대가 가득한 표정으로 나를 돌아봤고, 그 순간 매기에 대한 비난이 혀 위에서 증발해버렸다. 막상 그 말을 입 밖으로 내뱉을 기회가 생기자 너무 치졸하게 들릴 것 같았다.

"내 대타는…… 내가 직접 뽑았어요."

나는 더듬거렸고, 그들은 아하 소리를 냈다.

"친구나 마찬가지예요. 그래서 좋죠."

나는 그들이 실망하는 걸 느꼈지만 한편으로는 그 화제에서 한발 물러설 수 있어서 기뻤다. 매기에게 너무 예민하게 굴지 말아야 했다. 매기는 그저 자기 일을 할 뿐이다.

이제 여자들은 최근에 시작한 드라마 이야기로 화제를 돌렸다. 대타로 뽑힌 여자가 선임자를 죽이려 하는 내용이었다. 나는 1회만 보고 너무 불편해서 더는 보지 않았다.

"당신이 그 드라마를 보지 않는 이유가 너무 현실적이라서가 아니라 막장이기 때문이길 바라."

내가 채널을 돌리자 닉이 말했다.

나는 그의 이성적인 마음이 원하는 대답을 해줬다.

〉〈

일주일 뒤 내 인스타그램 피드가 대부분 뉴욕에서 오는 걸 알고 깜짝 놀랐다. 예전에 학창 시절에 그랬듯이 이제는 1년에 두 번씩 열리는 패션쇼의 리듬을 알게 됐다. 9월마다 새 필통 대신 구두를 샀고, 2월마다 스키를 타러 가는 대신 한 달간 떠날 여행의 짐을 챙겼다. 이번 시즌은 나 없이 시작됐고, 나는 아직까지 지난 12주 동안 입은 레깅스와 데님 셔츠를 입고 있었다.

패션 위크 기간에는 매기의 행보를 더욱 면밀히 추적했다.

라일라를 남겨두고 패션쇼장으로 달려가 첫 줄에 앉고 싶은 마음은 전혀 없지만(지금의 달덩이 같은 얼굴과 부은 몸으로 동료들을 만난다는 생각만 해도 끔찍하다!), 그래도 패션 위크에서만 느낄 수 있는 재미가 그리웠다. 패션쇼가 열릴 장소, 도심 한복판에 만들어진 금박을 입힌 연회장이나 곧 부촌으로 바뀔 동네에 있는 먼지투성이의 세련된 창고로 줄 서서 들어가고, 이번 시즌에는 디자이너가 무엇을 보여줄지 추측할 때의 그 설렘. 쿵쾅거리는 음악, 내가 아는 음악이 나올 때 사춘기 소녀처럼 짜릿하던 기분, 처음으로 등장하는 모델의 구두, 라인, 실루엣, 헤어, 메이크업. 처음으로 보게 되는 다음 시즌 유행 아이템.

나는 패션쇼를 볼 때마다 늘 놀랐다. 그들이 패션쇼에 투자하는 예산과 제작비는 웨스트엔드 뮤지컬에 맞먹지만 이것은 소규모로 진행되는 의상 드라마라서 15분을 넘지 않는다. 15분 동안에 분위기, 전후 맥락, 감정을 불러일으키는 것이다. 나는 등줄기를 따라 소름이 돋고 에디터들이 눈물을 글썽이게 하는 패션쇼에도 가봤다.

처음 〈오트〉에 입사했을 때는 긴장한 탓에 경직되고 메말라 있었다. 내가 옷을 보고 우는 일은 절대 없을 거라고 생각했다. 이후로 향수를 자극하는 사랑스럽고 여성스러운 옷이나 여성성의 조용한 힘을 보여주는 옷, 평범한 옷을 예술의 경지로 끌어올린 사소한 디테일을 보며 숱하게 눈물을 글썽였다. 특히 예전에 엄마가 입었던 코트를 연상시키는 옷을 보며 가장 많이 울었다. 더블버튼이 달린 검은색 롱코트인데, 엄마는 늘 모성애가 넘치는 미소를 지은 탓에 코트의 우아한 분위기가 약해졌다.

매기는 이해하지 못할 것이다.

매기는 패션쇼가 그냥 현란하고 유명 인사가 우글거리고 그런 사람들과 하룻밤 섹스할 수 있는 기회라고 생각할 거야. 패션의 아름다움을 보지 못할 거라고. 나르시시즘만 보겠지.

확실히 패션쇼에는 나르시시즘이 넘쳐나기는 했다. 얄팍하고 거만하고, 움찔할 정도로 머리가 텅텅 빈 사람들 천지다. 패션 위크에는 나쁜 의미로 소름 끼치는 사람이 많다.

매기가 파리에 도착했을 무렵에는 틈만 나면 그녀의 인스타그램과 트위터, 페이스북 계정을 방문했다. 휴대전화는 점점 심해지는 내 신경증의 기록을 보관해 내가 인터넷에 접속할 때마다 친절하게 링크를 보내줬다. 그런 식으로 SNS는 내게 점점 더 영향력을 미쳤다. 나는 다이어트 중에 디저트를 보게 된 사람처럼 그 링크를 도저히 밀어낼 수 없었다.

한 번만 클릭하면 라일라의 일과만큼이나 내가 잘 아는 패션쇼 일정을 파악할 수 있었고, 매기가 정확히 어디에서 어떤 카나페를 먹고, 어디에(내 자리) 앉을지 떠올릴 수 있었다. 매기를 통해 나는 아기방 의자에서 패션쇼 첫 줄에 앉아 모델이 슬로모션으로 지나갈 때 펄럭이는 드레스를 보고, 매기의 이름이 아닌 내 이름이 적혀 있어야 할 이름표를 오랫동안 촬영한 동영상을 보고, 파리의 캐비어 카스피아에 가면 꼭 먹어야 하고, 그것도 꼭 나눠서 먹어야 하는 200파운드짜리 요리인 벨루가 캐비어를 올린 구운 감자를 봤다.

  오늘 나는 서서 시리얼 한 그릇 먹은 게 전부인데.

  나는 라일라가 모유를 먹는 동안, 라일라가 자는 동안, 닉이 자는 동안, 나도 자야 할 시간에 SNS를 확인했다. 그러고는 가끔씩 환한 액정에서 눈을 돌려, 내가 무슨 생각을 하는지 가늠하려고 나를 올려다보는 라일라의 푸른 눈동자를 바라보곤 했다. 흰자보다 홍채가 더 큰 라일라의 눈에는 상대에게 전적으로 의존하는 데서 비롯된 헌신의 기색이 어려 있었다.

  매기는 아주 좋아 보였다. 자신의 성공에 들떠 있었고, 신이 났으며, 놀라울 정도로 옷을 잘 입었다. 크롭톱을 입은 매기의 셀카를 봤을 때는 쥐구멍에 들어가서 죽고 싶었다. 상대적으로 도리언 그레이의 초상화가 된 기분이었다. 나는 피곤하고 촌스럽고 추했다. 라일라가 태어났을 때 나는 내 안에 심어둔 새로운 감정의 무게에 짓눌렸을 뿐 아니라 가장 오래 사귄 친구와의 우정이 깨지면서 다시 벌어진 옛 상처로 인해 정신과 육체 모두에서 지독한 통증을 느끼고 있었고 힘들었다.

  매기의 행보를 계속 확인하듯이 위니가 올리는 피드도 자주 확인했다. 내 정체성의 두 가닥을 손에 쥔 듯한 두 여자 사이에서 오후 내내 SNS에 빠져 있다가 요람 바구니 안에서 라일라가 우는 소리에 다시 깨어나 나 자신으로 돌아왔다.

  나는 페이스북에 있던 위니와 나의 옛 사진을 훑어보는 습관이 생겼다. 새벽 4시에 귀가하고 아기는 생각지도 않던 시절에 찍은 사진들이었다. 이 새로운 습관 때문에 슬픔과 상실감이 줄어들지는 않았지만 매기에 대한 생각을 멈출 수 있었다. 또한 요즘에는 지금까지 위니와 내가 친하게 지내며 행복한 시간을 보냈다는 기억이 모두 나의 착각이라는 느낌이 점점 강해졌는데 거기서도 빠져나올 수 있었다.

어느 날 아침 동트기 직전, 위니가 페이스북에서 나를 친구 끊기 했다는 걸 알게 됐을 때 나는 놀라지 않았다. 엄마가 됐다는 게 아직 낯선 내 몸이 움찔하기는 했지만. 이제 페이스북에 우리의 히스토리는 없었고, 위니 클로를 검색해도 이름 옆에 섬네일과 친구 추가 기능만 나왔다. 위니의 메시지는 분명했다. 슬픔이 차올랐고 그와 함께 짜증도 올라왔다.

내가 나쁜 짓이라도 한 것처럼 구네. 난 그저 아기를 낳았을 뿐인데.

하지만 그게 꼭 사실은 아니었다.

)(

화요일에 동네에서 처음으로 위니를 봤다.

나는 유모차를 끌고 집 근처에 드문드문 생긴 상점가를 거닐고 있었다. 날씨가 좋기도 하고, 아침 시간을 달리 어떻게 보내야 할지 몰라서였다.

매기는 마크 모로 패션쇼에 참석 중이었다. 마크 모로가 디자인한, 2천 파운드는 되어 보이는 정장을 입고서.

임신하기 전에 페니가 내게 주겠다고 약속한 옷인데.

심지어 내가 팔로우하는 패션 업계 관계자들이 올린 똑같은 포스팅을 숱하게 보면서, 마크가 패션쇼장의 금박을 칠한 의자마다 자기 브랜드에서 유명한 상품인 캐시미어 카디건을 놓아뒀다는 사실을 알게 됐다. 카디건 라벨에는 그 자리에 앉는 사람의 이름과 의자 번호가 적혀 있었다. 패션쇼에 참석한 그들의 존재가 역사에 새겨진 것이다.

그건 가보로 물려줄 만한 물건인데! 그런 걸 놓치다니!

나는 길을 걸으며 생각했고, 아무도 그 말을 듣지 못해 다행이었다. 정말 한심하네. 닉에게 불평을 털어놓는 데도 한계가 있었고, 이제는 닉도 내가 매기 이야기를 꺼내면 괴로워했다. 패션 위크가 끝나고 매기가 다시 컴퓨터 앞에 매여 있게 되자 닉이 기뻐하는 걸 느낄 수 있었다. 나도 기뻤다. 그런 나 자신이 넌덜머리 나게 싫었지만.

라일라가 잠이 들었다가 깰 때까지 걸리는 시간에 맞춰서 세심하게 설계된 산책 코스를 따라 상점가를 지나고, 벌써 수준이 떨어질까 걱정되는(만약 라일라가 죽지 않는다면) 몇몇 초등학교를 지난 다음, 빅토리아 시대에 지은 낡은 공동묘지를 향해 언덕을 올라갔다.

잡초가 무성하게 자라 황폐해진 공동묘지는 고딕 양식 분위기가 물씬 풍겼다. 관이 묻힌 자리에 놓인 석판은 마치 죽은 사람이 튀어나온 듯 금이 간 채 비스듬히 놓여 있었다. 유골 단지는 두 무덤 사이에 떨어져서 깨져 있었다. 후드를 쓴 조각상들은 산성비를 맞아 작은 구멍이 뚫린 손을 들어 하늘을 가리키고 있었다.

이렇게 공들여서 무덤을 만들었는데 지금은 이름조차 읽을 수 없네.

이 묘지에는 최근에 죽은 사람들이 묻힌 구역도 있는데, 그곳은 잔디가 더 푸르고 더 밝은 분위기였으며, 비석에 적힌 글은 테니슨의 시 〈인 메모리엄〉의 인용구보다는 애인이나 친구를 구하는 광고 같았다. "사랑하는 스티브", "늘 농담을 즐기던 사람", "이제는 하늘나라의 훌륭한 아마추어 연극 협회로 떠났다". 이 구역의 죽음은 따뜻하고 애정이 넘쳤으며 19세기의 신비로운 장엄함은 찾아볼 수 없었다. 그리고 그녀가 있었다.

위니가 한 무덤의 널돌 앞에 무릎을 꿇고 있었다. 길을 따라 물든 단풍과 똑같은 색인 빨간 머리가 널돌 위로 또렷이 보였다. 얼굴을 보지 않아도 내 친구라는 걸 알 수 있었다. 마치 전류를 느끼듯 위니가 가까이 있음을 느꼈다. 나는 발걸음을 재촉해 비뚤어진 무덤 옆 잡목림에 도달해 가장 가까운 출구로 빠져나가 곧장 집으로 갔다. 그날 내내 라일라를 어찌나 꼭 안고 있었는지 아이가 퇴근한 아빠 품으로 가게 됐을 때 안도했다.

그 뒤로 집을 나올 때마다 누가 지켜보는 느낌이 들었다. 길을 걸을 때는 옆을 보지 못하게 눈가리개를 씌운 말처럼 오로지 앞만 보고 걸었다. 고개를 돌릴 때마다 위니의 곱슬거리는 빨간 머리카락이 보이는 것 같아서 아예 고개를 돌리지 않는 습관을 들였다. 거기에 정말로 위니가 있었는지 없었는지, 조금 전까지 있었는지 없었는지는 상관없었다.

위니는 내가 뭘 하는지 알고 있어. 내가 언제 잘못하는지도 알아. 라일라가 언제 우는지 알고, 그게 내 잘못인 것도 알아.

"크리스마스에 파티를 열면 어때?"

통 사람을 만나지 않는 내가 염려됐는지 닉이 제안했다.

6주 뒤면 크리스마스였고, 나는 라일라에게 호랑가시나무(초록색 뾰족뾰족한 이파리에 빨간 열매가 달려 크리스마스 장식으로 많이 사용하는 나무-옮긴이) 무늬로 뒤덮인 코듀로이 점퍼스커트를 사주는 것 말고는 딱히 계획이 없었다. 크리스마스 때는 대개 위니를 만났는데 우리가 자란 고향이 아닌 런던에서 만났다. 비록 우리 부모님들은 아직도 걸어서 갈 수 있는 거리에 살았지만 거기에는 무시할 수 없는 추억이 너무 많았다.

올해는 닉과 나, 라일라 셋이서만 런던에서 크리스마스를 보낼 작정이었다. 새로 태어난 아기가 있다는 완벽한 핑계 덕분에 나는 고향에 갈 필요가 없었다. 게다가 위니가 고향에 올 수도 있었다. 위니에게도 올해가 엄마로서 보내는 첫 크리스마스일 것이다. 우리의 삶이 완전히 달라졌고, 크리스마스가 아이들을 위한 명절이라는 사실을 생각하니 마음이 아팠다.

"사람들을 다 부르자. 매기도 초대하는 게 어때? 당신도 사실은 매기 좋아하잖아."

남편이 말했다.

나는 초대받은 매기가 예측할 수 없는 위니보다 다루기 쉬울 거라는 결론을 내렸다.

10

매기

 패션 위크(week)가 끝나고 한 달 동안, 매기는 발이 떠 있다는 표현이 무슨 뜻인지 실감했다. 매기는 완전히 녹초(weak)가 돼버렸다. 밀라노의 대리석 바닥과 파리의 마룻바닥 위를 또각또각 잘 걸어 다녔을지 몰라도 실은 자신의 열정을 원료로 삼고, 아드레날린과 알코올 덕분에 버틸 수 있었다.

 집에 도착한 다음 날, 살면서 가장 지독한 감기에 걸렸고 그저 소파에 누워서 텔레비전만 보고 싶었다.

 캐스는 매기의 삶이 180도 바뀌었다며 낄낄거렸다.

 "200파운드짜리 구운 감자를 먹더니 이젠 집에서 감자를 구워 먹네? 거기에 토핑으로 뭘 올릴 거야? 캐비어?"

 "콩이랑 치즈. 그리고 꺼져."

 매기가 쏘아붙였다.

 그 뒤로는 한 달가량 사람들을 거의 만나지 않았고, 패션 위크 기간 함께 떠들썩하게 술을 마셨던 홍보 담당자들의 저녁 식사 초대도 거절했고, 그녀에게 이야기를 듣고 싶어 하는 회사 동료들과의 술자리도 거절했다. 앞으로 에밀리 모팻에게 잘 보이려면 에너지를 비축해둬야 했다.

매기가 다시 사무실에 출근한 첫날 책상에 가보니 컴퓨터에는 노란 포스트잇을 역삼각형 모양으로 잘라 붙여놓은 가랜드(긴 줄에 천이나 종이 따위의 조각을 규칙성 있게 이어붙인 장식-옮긴이)가 보였고, 그 옆에는 피로와 과음으로 인한 비타민C 결핍을 보충할 수 있는 오렌지가 한 망 놓여 있었다. 포스트잇에는 "돌아온 걸 환영해, 넘버원!"이라고 적힌 홀리의 메세지가 남겨져 있었다. 그걸 본 매기는 웃음을 터뜨렸다.

〈오트〉 미국 지사에는 퉁명스럽게 말하기로 유명한 에디터가 있는데, 그녀는 직원들에게 늘 자신을 '넘버원'으로 부르게 했다. 이번 패션 위크에서 매기는 런웨이 반대편에 앉은 그녀를 우연히 봤지만 말은 걸지 않았다. 술 몇 잔을 마신 뒤에 직원들은 농담 삼아 매기에게 똑같은 별명을 붙여주기로 했다. 엄밀히 따지면 매기는 그들의 상사였지만 현실에서는 친구였다.

매기는 동료들이 애써서 이런 준비를 해줬다는 사실에 살짝 들떴고, 그래서 사진을 찍어서 인스타그램에 올렸다. 몇 분 뒤 마고가 그 포스팅에 '좋아요'를 누른 걸 보고는 어떤 마음으로 분홍색 하트를 눌렀을지 궁금했다. 마고는 그들의 동지애를 질투할까? 자신을 대신해서 들어간 직원이 동료들과 친하게 지내서 짜증이 나거나 불안할까? 아니면 매기가 마고의 팀원들과 잘 지내서 그냥 기쁘기만 할까?

솔직히 말하면 매기는 그 포스팅의 '공유'를 누르기 전에 자신이 일종의 기싸움을 하고 있음을 알았다. 마고의 동료들이 매기를 위해 꾸며놓은 마고의 책상(비록 이제는 시간이 흘러 자신의 책상이라 생각하지만) 사진을 올리는 것은 마고의 영역을 급습하는 것이며, 아마 약간 공격적인 행동이기도 할 것이다. 별로 자랑스럽지 않은 마음 한구석으로 매기는 선임자에게 후임인 자신이 여기서 아주 잘하고 있으며 잘 적응하고 있다는 걸 알리고 싶었다. 그녀는 마고가 불안해하기를 바라는 걸까? 아마 그럴 것이다.

마고에게 여전히 고맙기는 했다. 정말로 그랬다. 하지만 대타로 일한 지 6개월 정도 되자 분노가 밀려들었다. 파리의 야경 위로 속삭인 비밀 때문에 가슴이 불타는 듯한 느낌은 조금도 수그러들지 않았다. 마고가 다시 사무실로 들어와 이 모든 걸 빼앗아간다고 생각하니 역겹고 화가 났다.

그래서 가끔은 마고가 미웠다.

원래 그런 조건으로 계약서를 썼고, 마고가 돌아올 준비가 되면 허리 숙여 우아하게 인사하고 물러나야 한다고 계약서에 적혀 있음을 매기도 잘 알았다. 하지만 감정은 계약서에 작은 글씨로 쓰인 조항까지는 읽지 않는 법이다.

그래서 홀리가 '넘버원'이라고 쓴 사진을 올린 것이다. 마고는 언제 떨어질지 모르는 다모클레스의 검처럼 늘 매기의 머리 위를 맴돌았고, 이 행복한 생활의 옥에 티이자 매기에게 늘 자신이 부족하다고 느끼게 만드는 존재였다. 매기는 그런 마고에게 상처를 주고 싶었다. 매일 자신이 마고를 따라잡을 수 있을지 걱정했고, 그렇게 하루가 지날 때마다 그녀가 점점 더 사랑하게 된 이 일을 할 날이 줄어들었다. 매기는 마고가 자신의 삶에서 빠져주기를 바랐지만 여전히 그녀에게 잘 보이고 싶은 마음도 있었다. 그리고 여전히 마고와 친구가 되고 싶었다. 좀…… 복잡한 감정이었다.

이 상황 전체, 그리고 마고와 매기의 유대감은 아주 밀접하게 얽혀 있었다. 매기는 마고가 사라져야만 이 일을 계속할 수 있었고, 마고는 매기가 떠나야만 복직할 수 있었다. 그들은 잘못된 방향으로 작동하는 이 마음의 빚에 매여 있었고, 서로가 서로에게 필요한 동시에 불신으로 묶여 있었다. 설상가상으로 둘은 비슷했다. 둘의 비슷한 유머 감각과 세계관을 생각하면 친구가 됐어야 했다. 다른 상황이었더라면 그랬을 것이다. 하지만 예전에 사귄 한 남자를 두고 몸싸움을 벌이며 내가 더 낫다고 우기는 여자들처럼 그들 사이에 흐르는 이 무언의 어색함 때문에 그럴 수 없었다. 친근한 정도를 넘어서 서로를 경멸하지만 그걸 인정하지 않는 친구와 같았다.

패션 위크가 끝나고 조용하게 지낸 몇 주 동안 매기의 관심을 끄는 유일한 초대는 마고의 크리스마스 파티였다. 올 수 있냐고? 당연히 가야지. 비록 그들이 공유하는(비록 지금 그 일을 하는 사람은 매기 혼자지만) 일 문제에 관해서는 아무리 좋게 표현해도 그녀와 마고의 이익이 양립할 수 없다는 유감스러운 결론을 내릴 수밖에 없지만, 그 때문에 라이벌의 집과 남편을 엿볼 좋은 기회를 마다하지는 않을 것이다.

그렇다고 매기가 배은망덕한 사람은 아니었다. 그녀는 마고가 자신에게 큰 호의를 베풀었다는 걸 너무도 잘 알고 있었다. 게다가 마고와 아기를 만나면 정말 반갑기도 할 것이다. 다만 마고의 대타로 일을 하다 보니 그녀에 대한 관심이 부쩍 더 커졌다. 마고를 파헤치다 보면 그녀 역시 다른 사람들과 마찬가지로 부패하는 육신을 가진 인간이라는 사실을 알게 될 것이다. 마고의 일을 대신하는 건 마고와 동거하는 것과 비슷했고, 마고처럼 되려고 애를 쓰다 보면 어느 순간 더는 진짜 자아를 감시할 필요가 없는, 관계의 필연적인 변화가 일어날 터였다. 말하자면 동거 초기에는 방귀를 안 뀌려고 조심하다가 나중에는 방귀를 뀌는 사이가 되듯이. 물론 마고는 그렇게 저속한 짓을 할 리가 없지만.

하지만 마고는 수수께끼 같은 존재였다. 사무실 직원들은 마고가 커피를 주문할 때 디카페인 차(그게 대체 뭐지?)를 시킨다는 것 말고는 아는 게 없었다. 또한 매기가 만난 패션 업계 종사자들도 마고를 그저 "좋은 사람이지" 또는 "프로답고 멋져"라고만 평가했는데, 매기조차도 그 말이 마고를 잘 모르기 때문에 대충 둘러댄 것임을 알 수 있었다. 패션 업계 사람들은 아주 멋지거나 극도로 불쾌하거나 둘 중 하나였다. 그 중간이라면 별 볼일 없는 사람이다.

분명 마고 존스는 절대 별 볼일 없는 사람이 아니었다. 그녀는 글을 잘 썼고 예쁘고 유머 감각이 넘쳤다. 하지만 뭔가가 빠진 듯했다. 그녀에게는 친구나 업계 사람들과의 친분이 없었다.

아무도 그녀의 과거를 몰랐다.

따라서 매기는 마고의 파티 초대장을 받고 신이 났다. 초대장은 겉면에 엠보싱 스탬프로 주소가 볼록하게 찍힌 봉투에 담아 우체통으로 배달되지 않고 그냥 이메일로 전달됐다. 간략하지만 재미있게 쓴 서너 줄의 글은 "닉과 마고"라는 문구로 끝났다. 이 초대장을 쓴 사람은 분명 마고인데, 닉의 이름이 먼저 오는 게 흥미로웠다. 자신들을 "유난 떠는 부모"라고 칭한 자기비하적 표현에서 매기는 그 글을 쓴 사람이 마고라는 걸 알 수 있었다.

패션 에디터의 집에 초대받으면 뭘 입어야 할까? 지난 몇 달간 엄청나게 많은 새 옷을 입어본 결과 예전보다는 잘 입을 테지만, 마고라는 존재가 매기에게 예전과 똑같은 불안을 불러일으켰다. 몸이 굳어 있고, 움직임이 어색하며, 화장은 너무 진하고 전반적으로 촌스러울지 모른다는 불안.

매기가 무슨 옷을 고르든 마고는 그것을 뜯어볼 것이다. 소믈리에가 와인을 마시며 품질과 산지를 찾아내려 하듯이 눈으로 그녀의 옷을 마실 것이다. 매기는 미각에 좋은 여운을 남기는 옷을 입고 싶었다. 마고가 그녀를 동정하지도, 훈계하지도 않을 옷.

모로에게 받은 정장을(이제는 그런 정장을 르 스모킹이라 부른다는 것도 알게 됐다) 또 입을까 고민하기도 했다. 마크 모로 로고가 찍힌 더스트백을 씌워 집에 배달된 뒤로 매기는 거의 그 옷만 입었고, 입은 뒤에는 매번 다시 더스트백에 넣고 지퍼를 채워 보관했다. 하지만 가벼운 파티에 입고 가기에는 너무 힘을 준 느낌이었다. 일반인들은 요즘 유행하는 바지 정장의 개념을 이해하지 못한다. 그저 그녀를 은행 직원이거나 마고가 고용한 파티 플래너로 알 것이다.

초대장에는 드레스 코드가 적혀 있지 않았다. 마고는 첼시에 사는 사람들과는 달랐다. 사실 마고는 런던 남동쪽 어딘가, 대출받아 집을 사고 아이를 키우는 사람들이 주로 모여 사는 멋진 동네에 살았다. 틀림없이 대중교통이 닿지 않을 것이다. 매기는 파티 분위기가 잘 차려입는 스타일과 꾸민 듯 안 꾸민 듯한 스타일 사이의 딱 꼬집어 말할 수 없는 어딘가쯤 될 거라고 생각했다. 한마디로 평소에 그렇게 입고 다닌 사람이 아니라면 그런 분위기를 내기 불가능했고, 아무렇게나 입으면 투명 인간이 될 터였다. 남자들은 청바지나 면바지를 입을 테고, 여자들은 괴로워하다가 결국에는 청바지를 입으리라.

매기는 연푸른색 청바지 위에 빨간색 실크 랩 원피스를 입기로 했다. 잘 차려입은 듯하면서도 편안해 보이게. 패션 위크 때 여러 도시의 거리에서 보고 감탄했던, 멋지게 차려입은 여자들의 옷차림이기도 했다. 재미있게도 이제 그녀는 트렌드를 파악하거나 패션쇼 앞줄에 앉는 집단에 아주 자주 등장하는 특이한 스타일링에 익숙해진 나머지 그게 이상하다고 생각하지 못하게 됐다. 하지만 그녀가 그렇게 입고 밖으로 나가면 사람들은 마치 그녀를 다른 행성에서 온 사람처럼 바라봤다. 일주일 내내 정장 차림으로 출근하고, 주말 내내 똑같은 스웨터에 청바지를 입는 대다수 사람에게 몸에 착 붙는 원피스에 청바지를 입는 건 약간 과감하고, 아버지가 보면 도저히 이해할 수 없는 옷차림이라는 사실을 매기는 거의 잊어버렸다.

흑인 택시 기사가 템스강 남쪽으로 가는 걸 거부한 터라 어쩔 수 없이 우버를 이용한 매기는 목적지에 도착해 호기심 어린 마음으로 눈앞의 적벽돌 저택을 올려다봤다. 빅토리아 시대에 지은 테라스 하우스로 창문에 달린 덧문 사이로 불빛이 환하게 새어 나왔고, 집 앞에는 깔끔하게 손질된 작은 정원이 있었다. 인도에 낙엽뿐 아니라 햄버거 상자가 뒹구는 동네에 있는 집치고는 눈에 띄게 깔끔했지만(회색 현관문, 같은 색 창틀, 직사각형 모양으로 자른 산울타리) 꽤 평범해 보였다.

마고의 이웃은 어떤 사람들일지 궁금했다. 그들은 바로 옆집에 패션 에디터가 산다는 걸 알까? 매기는 버스에서 가끔 그런 기분이 들었다. 다른 사람들에게는 그저 그림의 떡이나 다름없는 꿈같은 직장에 자신이 다닌다는 사실을 알게 되면 옆에 앉은 사람은 뭐라고 할까?

매기는 한쪽 귀 뒤로 머리카락을 넘기고 원피스를 쓸어내렸다. 나직한 적벽돌 담 사이 널빤지로 만든 대문을 통과해 흑백 타일이 깔린 길을 따라가 현관문 앞에 서서 황동 버튼으로 된 초인종을 눌렀다. 사람들이 와자지껄 떠드는 소리 너머로 집 안에서 초인종이 띠링 울리는 소리가 들리자 매기는 긴장돼 가슴이 조였다.

한 박자, 두 박자가 지났을 때 잠금장치 돌아가는 소리가 나더니 문이 활짝 열렸다. 어서 들어오라는 듯이 안쪽으로.

"매기, 맞죠?"

웃음을 머금은 남자의 목소리, 닉이었다.

닉은 한눈에 봐도 키가 매우 컸다. 매기보다 훨씬 컸고 아주 날씬했다. SNS에 올라오는 마고의 피드를 다 뒤져도 남편 사진을 찾을 수 없던 터라(그걸 찾아본 대가로 머리맡 유리병에 벌금을 넣었다) 닉이 살집 좋고 턱에 보조개가 생기는 럭비 선수처럼 생기지 않았을까 반쯤 짐작한 터였다. 대학교 때 길쭉한 다리와 얼굴이 완벽히 좌우대칭인 여자를 쫓느라 매기는 거들떠보지도 않던 부류들.

사실 닉은 매기의 예상보다 훨씬 더 세련된 블랙 진에 추상적인 휘장이 그려진 티셔츠를 입고 있었다. 레코드 레이블이거나 수제 맥주 공장 상표일 것이다. 일부러 난해하게 소수의 사람만 알도록 만든 상표. 그의 검은색 명품 뿔테 안경과 고급 운동화를 보면 알 수 있었다. 매기는 닉 같은 남자들을 잘 알았다. 그들은 매기의 아파트 근처 공원에서 유모차를 밀며 팟캐스트를 듣거나 아기띠 안에서 잠든 아기를 안은 채 펍에서 술을 마셨다.

다시 말해 닉은 그녀가 상상하던, 우락부락하고 소매를 걷어 입은 초보 아빠라기보다 키만 큰 대학생 같아 보였다. 아마 그가 들고 있는 맥주캔 때문일 것이다.

게다가 미남이었다. 조각 미남과 소년 같은 얼굴의 중간쯤인데 잘생긴 성인 남자 특유의 거만한 구석이 전혀 없었다. 매기는 자기도 모르게 매일 밤 닉과 함께 침대에 누우면 어떤 기분일까 생각했다. 딱 거기까지만 생각했다. 닉은 한쪽 입꼬리를 올려서 미소 지었고, 그 때문에 눈가에 주름이 생겼다. 그 미소를 본 매기 역시 따뜻하게 웃지 않을 수 없었다.

"맞아요."

매기는 문지방을 넘었다.

"만나서 반가워요, 닉. 크리스마스 장식이 정말 예쁘네요."

복도에는 다양한 크기의 유리병과 촛대에 꽂힌 초들이 희미하게 반짝거리며 해가 진 오후를 따뜻하게 밝혀줬다. 복도 한쪽 선반에는 호랑가시나무와 미슬토, 유칼립투스가 꽂힌 작은 유리병이 일렬로 놓여 있었다. 대리석 콘솔에는 작은 정향이 콕콕 박힌 오렌지들이 우묵한 황금색 그릇에 가득 담겨 방향제 역할을 했다. 거기서 풍기는 진하고 달콤한 오크 향이 어찌나 완벽한 크리스마스 분위기를 만드는지 매기는 부러워서 짜증이 날 지경이었다. 그녀가 가족들과 만나 텔레비전이나 보고 말다툼만 하던 크리스마스와는 전혀 달랐다.

당연히 마고 존스는 다른 사람들처럼 평범한 크리스마스 장식은 쓰지 않을 터였다. 집 안은 호텔 같았다. 손님을 반갑게 맞아주는 따뜻하고 호화로운 호텔. 매기라면 이런 호텔에서 체크아웃하기 싫을 것이다.

"고마워요."

닉은 그렇게 말하고는 양손을 들어 올렸다.

"물론 내가 한 건 하나도 없지만요."

"알아요. 마고는 정말 취향이 세련됐죠?"

매기가 웃으며 한 말은 진심이었다. 비록 그 말을 입 밖으로 내뱉으니 가슴이 아팠지만. 집 안 풍경은 모프가 꼼꼼하게 지시해서 꾸민 촬영장처럼 놀랍도록 완벽했다. 복도(바닥에는 헤링본 무늬 쪽마루가 깔리고, 회반죽 벽은 페인트를 칠하지 않고 요즘 유행하는 대로 은은한 분홍색이 돌게 됐다) 한쪽 끝에는 부엌이 있고, 매기의 오른쪽에는 거실(떡갈나무 마룻널, 장작 난로, 두툼한 모직 러그)이 있었는데, 아이들이 부엌과 거실 사이를 뛰어다녔다. 부엌은 음식을 먹는 사람들로 북적거렸고, 거실에서는 사람들이 어슬렁거리며 이야기를 나눴다.

닉과 매기는 다시 한번 미소 지으며 서로를 바라봤다. 마고의 훌륭한 취향 앞에서 두 사람은 그저 아마추어 예술 애호가나 다름없었다. 복도에 걸린 알전구 형태의 펜던트 조명에 미슬토 가지 하나가 달려 있었다.

"자, 이쪽으로 가서 사람들과 인사하세요."

닉이 몸을 돌려 길을 안내하며 말했다.

매기는 불현듯 자신이 너무 차려입고 온 느낌이 들었다. 마고의 지인들은 틀림없이 세련된 도시인이라서 지방에서 막 올라온 사람처럼 눈을 휘둥그렇게 뜨지는 않았지만, 이상하다는 시선으로 그녀를 바라봤고 그 시선은 한동안 그녀에게 머물렀다. 평가하는 게 아니라면 분명 호기심에서였다.

패션 계통 사람들은 아니었다. 회사에서 초대받은 사람이 자신뿐이라는 걸 알았을 때 그 정도는 짐작했다. 마고의 친구들, 그리고 매기가 짐작하건대 닉의 친구들은 디자인, 출판, 건축 업계에서 일하는 사람들로, 창의적인 직종에 종사하는 듯 보였고 얼룩덜룩한 뿔테 안경을 썼다. 한때는 노동자를 위해 만들어졌으나 이제는 지식인의 레저 유니폼이 돼버렸고 그에 걸맞은 가격표가 달린, 비싸고 실용적인 옷을 입은 깔끔하고 단정한 사람들이었다. 여자들은 허리에 주름을 잡아서 조여 입는 면바지와 능직으로 만든 멜빵 치마를, 남자들은 오버 셔츠와 샴브레이 셔츠를 입었다.

그들은 치즈와 샤퀴테리(염장, 건조, 훈연한 육가공품-옮긴이)가 잔뜩 놓인 식탁 주위에 서서 이야기를 나눴다. 몇몇은 식탁과 한 세트인 퀘이커 풍 의자에 앉아 있는 임신 막달의 여자들이 뭐라고 하는지 들으려고 허리를 숙였다. 이 파티에는 어쩔 수 없이 임신부가 많았다.

"매기, 어서 와요!"

체크 셔츠를 입은 남자의 어깨 뒤에서 마고가 나타나더니 사람들 사이를 비집고 나와 매기의 볼에 키스했다. 닉은 왼쪽에 있는 다른 남자와 이야기하기 시작했다. 마고는 발목이 드러나고 아랫단 통이 살짝 퍼지는 청바지에 은은하게 반짝이는 푸른색 스웨터를 입었다. 매기는 그 스웨터가 최근 대대적으로 광고하는 벨기에 신진 디자이너의 옷임을 단번에 알아차렸다. 마고는 틀림없이 미리 주문했을 것이다. 유모차를 끌고 매장에 직접 갔을 리가 없다. 매기는 불안해졌다.

"크리스마스 분위기 좀 내봤어요!"

마고가 장난스럽게 어깨를 으쓱이며 말했다. 긴장을 숨기기 위한 몸짓이라고 매기는 생각했다.

"패션 에디터라면 반짝이는 옷은 저녁에만 입을 필요가 없다는 건 알지만요!"

마고는 너무 진부한 표현이라 한심하다는 듯이 눈을 치떴다. 하지만 이 상황에 아주 잘 맞는 표현이었다.

"어떻게 지냈어요, 매기? 일단 술 한잔 줄게요. 그런 다음에 전부 다 말해줘요!"

마고는 그녀를 부엌으로 안내하더니 국자로 뱅쇼를 떠서 금테를 두른 머그잔에 따라줬다. 매기는 마고가 임신했을 때 찐 살이 아직 그대로 남아 있는 걸 보고 좋아했다가 곧바로 그런 자신이 싫어졌다.

"모프는 어때요? 홀리는요? 패션 위크에서 살아남았더군요. 재미있었어요?"

마고는 파티 안주인 노릇만큼이나 말재간도 뛰어났지만, 눈으로는 통풍이 잘되고 탁 트인 부엌을(천장에 채광창을 내고 확장 공사를 한 게 보였다. 매기는 부러워서 머릿속으로 적어뒀다. 바닥에 깔린 복고풍 코르크 타일도 함께) 둘러보더니 마침내 자신이 원하는 걸 발견했다. 아기였다. 줄무늬 티셔츠를 입은 키 큰 남자가 아이를 위아래로 흔드는 걸 본 마고의 얼굴은 눈에 띄게 느긋해졌다.

"다 좋아요!"

매기가 말을 쏟아냈다.

"사무실 사람들 모두 잘해줘요. 패션쇼는, 정말이지, 힘들기는 했지만 최고였어요. 참가할 수 있어서 정말 좋았어요. 그리고 모프는…… 모프죠."

매기는 마고의 얼굴에 불안한 기색이 있는지 살폈다. 몇 달 전 매기가 모프를 모프라고 부른 일로 혼나지 않았을 때 마고의 얼굴을 슬쩍 스치던 심술궂은 표정이 있는지 살폈지만, 마고는 계속 행복한 미소를 지을 뿐이었다. 마치 이제 엄마가 됐으니 회사 정치처럼 덧없는 일은 자기 소관이 아니라는 듯이. 어쩌면 정말로 그럴지도 모른다. 매기도 그런 생각이 들기는 했다. 남자 친구에게 차이고서 그를 다시 유혹하려는 여자처럼 마고에게 질투심을 불러일으키려고 인스타그램에 사진을 올리고 트윗을 보낼 때마다, 이제 마고는 더 고차원적인 삶을 살게 됐으니 이렇게 악의적인 사소한 행동 따위는 안중에도 없을 거라고. 그것을 깨달아도 기분이 좋아지지는 않았.

"어쨌거나 정말 엄청난 일을 해낸 사람 앞에서 내가 일 이야기나 하고 있네요. 그 예쁜 공주님은 어디에 있죠?"

매기는 마치 라일라를 한 번도 본 적이 없다는 듯이 주위를 두리번거렸다.

"실물이 훨씬 더 예쁘네요! 나에게도 안길까요?"

매기의 말은 진심이었다. 라일라는 정말로 예뻤다. 곱슬거리는 황금색 머리카락이 머리둘레를 헝클어진 후광처럼 감쌌고, 눈은 디즈니 만화 영화 주인공처럼 크고 푸른색이며, 통통한 볼은 분홍빛이었다. 그런 라일라를 보니 딱히 난소가 움찔거릴 정도는 아니지만 뭔가가 울컥 치밀었다. 그녀의 몸이 아이를 낳고 싶다는 생각을 아직 포기하지 않았다는 뜻이다. 비록 언제 어떻게 그렇게 될지는 알 수 없지만.

"팀 삼촌이랑 아주 잘 놀고 있네요."

마고는 줄무늬 티셔츠를 입은 남자의 팔을 토닥였다.

"안녕, 아가야!"

매기는 남자에게서 꼼지락거리는 아기를 데려가려고 양팔을 뻗었다. 라일라는 개구리처럼 두 다리를 차면서 잇몸이 환히 드러날 정도로 미소 지었다.

"나랑 있을 때는 한 번도 이렇게 웃지 않았는데."

팀 삼촌이 풀이 죽은 척하며 말했다.

넓은 어깨에 숱이 많은 머리, 진갈색 눈동자, 날카로운 턱, 발음이 또렷한 바리톤 목소리로 말하는 남자는 지금껏 매기가 만난 남자들 중에서 가장 잘생긴 외모였다. 지금껏 한 번이라도 데이트한 남자들, 데이팅 어플을 통해 만난 그 어떤 남자들보다도 훨씬 잘생겼다.

"그럼 당신이 닉의 동생인가요?"

매기가 물었다. 현재 마고의 인생에서 두 번째로 중요한 일을 대신하는 처지에 마고의 가족은 건드리면 안 된다는 생각에 낙담하면서.

"아뇨, 그냥 친굽니다."

닉이 씩 웃으며 말했다.

"가장 친한 친구죠."

마고가 따뜻한 눈으로 팀을 올려다보며 말하더니, 뒤에 있는 사람에게 술을 더 따라주겠다는 손짓을 하고는 다시 사람들 속으로 사라졌다.

그게 2주 전 일이고, 이후로 매기는 팀 프리처드를 세 번 더 만났다. 자주 만난 셈이었다. 매기는 데이트를 안 하기로 했지만 그건 어디까지나 데이팅 어플에 한정된 만남이었다. 싱글에 지극히 정상이고 온기가 느껴지는 진짜 인간이자 그보다 더 따뜻하게 미소 짓는 남자가 눈앞에 나타났는데, 이를 거절한다면 그 여자는 제정신이 아니다.

친구의 친구이고, 파티에서 이뤄진 영화 같은 첫 만남은 싱글에게 성배와도 같다. 매기처럼 오랫동안 싱글로 지내다 보면 그런 만남이 정말로 존재하는지, 아니면 싱글들을 계속 허위의식에 머무르게 해서 자식을 낳을 유일한 선택지는 자기 프로필에 관심사로 '피자'를 쓰는 남자들밖에 없다는 사실을 깨닫지 못하게 하려는 사람들이 지어낸 이야기인지 헷갈리게 된다.

팀도 피자를 좋아하긴 했지만(첫 번째 데이트에 사워도 피자를 먹으러 갔다) 그게 전부는 아니었다. 그는 친절하고 재미있고 성숙한 어른이었다. 사이클링을 좋아하고 빨래는 직접 손으로 빨았는데 이건 언제나 좋은 신호였다. 처음 그의 집에서 잔 날, 빨래건조대에 널린 빨래를 보고 매기는 팀에게 몰래 사귀는 여자 친구나 여자인 하우스메이트가 있는지 의아했지만 팀은 둘 다 아니라고 했다.

짜증 나게도 그는 마고와 닉이 사는 동네, 런던 남동쪽에 살았다. 사실상 마고의 집에서 모퉁이만 돌면 팀의 집이었다. 그들이 가깝게 살아서 짜증 나는 게 아니라 런던 북쪽 캠던에 있는 매기의 집에서 거기까지 가려면 힘들었고, 노스런던에 사는 사람들은 자연히 사우스런던에 사는 사람들을 무시했기 때문이다. 사실은 잘된 일이었다. 팀은 이미 임신부 요가 교실과 초등학교가 있는 지역에 살았으므로 가정을 이루고 싶어 할 것이다. 하지만 매기 혼자 너무 앞서가고 있었다.

타이밍이 좋지 않았다. 바로 지난주에 모프에게 기사 하나를 제출했는데 싱글로 지내는 게 얼마나 멋지고 기분 좋은 일인지, 혼자서도 얼마든지 행복해질 수 있다는 내용이었다. 모프는 그 기사를 아주 마음에 들어 했다. 매기는 팀에게 이 일을 먼저 말해야 할지(사귄 지 이제 겨우 2주밖에 안 된 터라 너무 앞서 나가는 것 같기는 했다), 아니면 잡지가 나왔을 때 팀이 기사를 보고 매기가 아직도 자신을 싱글이라고 생각한다고 오해해 화낼지 모를 위험을 감수해야 할지 알 수 없었다. 하지만 잡지가 나오려면 아직 한 달이나 더 있어야 하니 이 역시도 너무 앞서가는 걱정이었다.

크리스마스 파티 이후에 매기는 마고에게 팀이 전화번호를 물어봤다는 사실을 알렸고, 마고는 매우 기뻐하는 듯했다. 하지만 매기에게 답장하는 동안 지난번처럼 살짝 짜증 나는 표정이었을까? 만약 매기가 팀과 사귄다면 마고가 복직했을 때 매기를 쫓아내기가 훨씬 더 힘들지 않을까?

물론 그게 팀과 사귀는 주요한 이유는 아니지만 그래도 분명 도움이 될 것이다.

11

마고

 나는 〈오트〉 최신 호가 배달되고 며칠이 지나서야 잡지가 든 셀로판 봉투를 뜯었다. 크리스마스가 지나고 배달부가 우리 집 현관에 〈오트〉를 던지고 간 뒤로 수면 부족과 걱정에 시달렸는데, 그 원인이 내 머릿속 망상에 기인한 불안이라기보다 라일라의 발달 단계에 따른 것이기에 오히려 반가울 지경이었다.
 우리 딸은 한밤중에 깼을 때 혼자 자는 법을 잊어버렸다. 몇 주 동안 새벽 수유는 한 번만 한 터라 동이 트기 전까지 세 번씩 깨서 라일라를 앞뒤로 흔들며 다시 재우려니 몇 걸음 후퇴한 기분이었다. 인터넷을 찾아보니 매우 자연스럽고 일시적인 현상이라고 했지만 그 현상이 지속되는 동안에는 혼란스러웠다. 무엇보다 지금은 라일라에게 내가 만들어낸 모유 말고 이유식을 먹여야 할 때였다. 그 때문에 주위 환경이 안전하고 위생적인지, 내가 제대로 하고 있는지 아니면 완전히 망치고 있는지에 대해 끊임없이 의문이 들었다.

위니라면 알 텐데.

마음의 목소리가 불쑥 올라오자 얼른 눌러버렸다. 오후에 유모차를 끌고 산책하러 나갈 때면 생각하는 시간을 줄이려 했다. 그렇게 하면 옆에 누가 있었으면 좋겠다고 울려 퍼지는 생각 속으로 빙글빙글 빨려들어가지 않고, 신선한 공기를 마시며 다른 데 정신을 팔 수 있었다.

그래도 위니는 어떻게 해야 할지 알았을 거고 내게 말해줬을 거야.

나는 위니가 그리웠다. 위니의 목소리를 듣고 함께 웃거나 시간을 보낸 지 9개월(배 속에서 아기가 다 자랄 만한 기간이다)이나 지났는데도 매일 위니의 존재를 느꼈다. 내가 라일라를 제대로 돌보고 있다고 확인해줄 사람이 필요한 순간뿐 아니라 라일라가 우스꽝스러운 표정을 짓거나 요즘처럼 공룡이 끽끽거리는 듯한 소리를 낼 때면 내가 창조한 이 삶의 사소한 것들의 진가를 알아줄 누군가와 나누고 싶었다.

내가 어떤 사람이었는지, 라일라를 낳기 전에 어땠는지 기억이 나지 않을 때, 그리고 내가 예전에 어땠는지 누가 일깨워줬으면 하는 순간마다 위니가 그리웠다.

예전의 나라면 이런 일을 웃어넘겼을까? 아니면 화를 냈을까? 아니면 이건 '새로운 나'가 하는 행동일까?

별일 없이 조용한 날이면(요새는 거의 그랬지만) 누군가와 이야기하고 싶어서 몸살이 나면서도 사람들을 피했다. 잘 모르는 여자들과 만나 어울리고 싶지 않았다. 편안하고 한참 전으로 거슬러 올라가는 관계, 오랫동안 알고 지내면서 남들에게는 말 못 할 속내를 서로 털어놓으며 만들어진 관계가 그리웠다. 위니를 만나고 싶었지만 그녀는 나를 만나고 싶어 하지 않았다. 한동안 그 기분을 잊어버렸는데 이제 생생히 기억났다.

그 뒤로는 다시 위니를 보지 못했고, 공동묘지에서 내가 얼핏 본 사람이 정말로 위니가 맞는지 미심쩍었다. 예전에 남자 친구와 헤어진 뒤로 몇 주 동안 정기적으로 그가 보였는데, 군중을 헤치고 따라가 보면 아주 살짝 닮은 다른 남자였다. 마치 내 머릿속을 끊임없이 맴돌던, 단조롭고 집요한 허밍 같은 생각이 만들어낸 유체이탈한 환영 같았다. 마음속 독백 덕분에 위니가 라일라처럼 늘 곁에 있는 듯해서 정말로 그녀를 봤다고 착각한 걸까? 이제 위니의 페이스북 프로필에는 사진이 삭제돼 있고, 모르는 사람의 계정처럼 들어갈 수조차 없는데도?

그래서 1월이 몇 주 지나고, 현관문을 빠르게 두드리는 소리가 났을 때 나는 아기용품을 배달하러 온 택배기사일 거라고 생각했다. 당장 필요할 것만 같은 물건이 너무 많아서 한밤중에도 주문했는데 도착하자마자 거의 매번 돈 낭비였음을(라일라의 요구가 계속 변하기 때문에 무용지물이 된다) 깨달았다. 물건을 주문한 다음 날에는 늘 어제의 나를 저주했다. 집에 혼자 있을 때 택배기사에게 문을 열어주는 게 싫기 때문이다. 닉이 옆에서 자고 있을 때는 그 사실을 자꾸만 잊어버렸다.

내가 현관문을 열자 찰스는 움찔했다. 마치 우리 집 현관에 그가 있다는 사실이 나만큼이나 놀랍다는 듯이. 위니는 남편이 우리 집에 온 것을 알까? 아니면 위니가 보냈을까? 아니면 찰스가 위니에게 알리지 않고 온 걸까? 이런 생각들이 맨 먼저 들었다.

"사과하러 왔습니다."

찰스가 말했다. 그는 부엌 식탁 의자에 앉아 코르크 타일 위에 흩어진 장난감들과 빈 흔들침대를 훑어보며 왜 라일라가 없는지 의아한 표정을 지었다.

"2층에서 자고 있어요."

내가 설명하자 찰스는 고개를 끄덕이더니 전자레인지의 시계를 봤다. 오후 1시였다.

"그렇겠네요. 낮잠 잘 시간이죠."

찰스가 긴장한 목소리로 대답했다.

그의 갈색 머리카락은 마지막으로 봤을 때보다 더 길었고 앞머리도 자라 있었다. 얼굴은 전보다 야위었지만 그래도 깔끔한 차림새였다. 세련된 검은 코트 안에 입은 연푸른색 옥스퍼드 셔츠와 진청색 면바지는 얼룩 하나 없이 깨끗하게 다려져 있었다. 나는 그의 옷차림을 평가하는 내가 못마땅했다. 찰스는 실성한 게 아니라 아이를 잃었을 뿐이다.

"그럼 빨리 말해야겠네요. 이맘때는 쉬는 시간이 얼마나 소중한지 아니까요."

찰스는 미소를 지으며 말하더니 식탁에 있던 스푼을 만지작거렸다. 스푼은 더러웠는데 나는 그걸 치울 시간조차 없었다.

"인내심을 가져주세요."

침묵이 흐른 뒤에 찰스가 말했다. 그는 내 눈을 보지 못했고,

나는 이 일이 그에게도 매우 힘들다는 걸 깨달았다. 잭이 죽은 지 거의 열 달이 됐다.

"위니에게요. 최근에 위니가 당신을 어떻게 대했는지 압니다. 당신도 상처받았을 거예요. 둘이 오랫동안 얼마나 친하게 지냈는지 압니다."

나는 담담한 척하려 했지만 과거 이야기가 나오자 마음이 차갑게 식었다.

찰스도 그 일을 아나? 위니가 말했나?

"하지만 지금이 위니에겐 아주 힘든 시기예요."

찰스가 고개를 들며 말했다.

"물론 저도 힘들지만 위니는…… 위니는 아이를 잃은 엄마예요. 이 일을 정리할 시간이 필요합니다. 그래서 위니가 당신에게 한 짓을 사과하고 싶어요. 그리고 조금만 더 위니를 기다려주세요. 당신도 그 일을 슬퍼한다는 거 압니다."

나는 찰스에게 아들을 잃어서 슬픈 상황일 텐데 내 마음까지 헤아려줘서 고맙다고, 그들이 겪은 끔찍한 비극이 내게도 영향을 미쳤다고 말하고 싶었다. 위니와 찰스가 겪은 일에 비하면 내 감정은 아무것도 아니라고 늘 되뇌던 터라 그가 내 마음을 알아주니 상처가 치유되는 듯했다.

"그리고 축하합니다!"

찰스는 그렇게 덧붙이더니 한쪽 입꼬리를 올리며 미소 지었다.

"잠깐 아기를 볼 수 있을까요?"

그 질문을 제대로 생각해보기도 전에 말이 먼저 튀어나왔다.

"미안하지만 아기가 잠귀가 밝아요. 아주 작은 소리에도 잠이 깨서 아기가 잘 때는 들어가지 않아요."

대체 왜 그런 말을 했는지 모르겠다. 라일라는 경찰차가 사이렌을 울리며 집 앞을 지나가도, 세탁기를 터보 모드로 돌려도, 옆집에서 비행기가 이륙해도 잘 터였다.

정말 이기적이네.

그렇긴 해도 나의 재빠른 반응이 다행스러웠다. 찰스를 만나서 반가웠고, 내 마음을 알아준 것도 고맙지만 그가 라일라 곁에 있는 건 원치 않았다. 위니에게 받은 상처가 아직 너무 컸다.

찰스는 계속 연락하겠다고 약속하며 곧장 떠났다. 라일라가 깨자 나는 아이를 꼭 껴안았다. 딸의 존재에 감사하던 순간들(위니와 찰스 같은 일을 겪지 않아서 다행이라고 느끼면서 사랑하는 아기와 내가 얼마나 더 불행을 속일 수 있을지 의아했다) 덕분에 내 자리를 대신한 매기에게 느끼는 쓸쓸한 감정을 일부 떨쳐낼 수 있음을 깨달았다.

우리 집 파티에서 매기를 본 순간, 매기는 그저 매기일 뿐임을 다시 깨달았다. 어리숙하고 상냥하며, 틀림없이 패션 위크 때 봤던 패션 블로거들에게서 영감을 받은 옷차림으로 나타났다. 적당히 멋지면서 예쁜 옷차림이라는 걸 인정하지 않을 수 없었다. 팀이 관심을 보인 게 당연했다. 재미있게도 파티가 끝나고 닉과 나를 도와 뒤처리를 하던 팀은 내게 청바지 위에 원피스를 입는 게 "유행"인지 물었다.

"나한테 묻지 말아요. 요즘 내가 아는 패션은 레깅스에 카디건을 입는 것뿐이니까."

임신 전에 입은 옷들은 예전 삶만큼이나 멀게 느껴졌다. 고급 실크에 아기 이유식인 고구마 퓌레를 떨어뜨릴까 봐 겁났기 때문만은 아니었다. 여전히 볼록 나온 뱃살과 늘어난 허릿살, 그리고 이제는 걸어 다닐 때마다 뒤에서 덜렁거리는 게 느껴지는 엉덩이 때문에 대부분 옷이 맞지 않을 것 같아서였다.

선택과 집중을 해, 마고. 위니든지 살찐 몸이든지 한 가지로만 너를 괴롭히라고. 둘 다 상대할 에너지는 없어.

예전 친구의 이름이 기억하기 쉬운 노래의 코러스처럼 머릿속에서 계속 울리는 걸 막을 방도가 없어 보여 다이어트는 잠시 미루기로 했다. 나는 늘 걱정이 많아지면 몸무게가 늘었다. 마치 내가 짊어진 마음의 짐이 욕실 저울에도 반영되는 듯이. 학교 다닐 때도 헬렌 덕분에 그랬고, 이제는 수유를 하다 보니 몸이 내가 먹는 음식을 무조건 저장했다. 곧 기근이나 가뭄이 닥칠 거라는 듯이.

지난번 크리스마스 파티 때 매기가 얼마나 날씬해졌는지 한눈에 알아볼 수 있었다. 커피와 아드레날린을 주식으로 삼고, 수면 부족으로 빠진 살이었다. 나도 여덟 시간씩 자진 못했지만 수면 부족이 내 외모에 미친 영향은 매기와는 달랐다.

나는 직장에서 매기와 내가 불가피하게 비교당하리란 걸 알았고, 그로 인한 불안은 철저히 공적인 일로 남겨두려고 최선을 다했는데 이제는 내 대타가 사생활까지 침범했다.

"매기 진짜 재미있어!"

몇 주 전 어느 날 밤, 2층으로 올라가는 계단 맨 아래 칸에 앉아 운동화 끈을 풀면서 닉이 말했다. 닉은 나와 라일라를 남겨두고 팀과 술을 마시러 우리 동네 펍에 다녀온 참인데 거기서 매기를 만났다고 했다.

"매기가 왜 거기 있어?"

나는 날카로운 어조로 남편에게 물었고, 닉은 장난스러운 미소를 지으며 올려다보더니 윙크하며 말했다.

"왜겠어?"

항상 나만 모르지.

"위트가 넘치고, 재미있는 사연이 많더라고. 완전히 분위기 메이커야, 안 그래? 당신들 둘이 아이슬란드에서 얼마나 재미있게 놀았을지 알겠어."

이목구비가 또렷한 닉의 얼굴은 친구가 좋은 여자를 만나서 기뻐하는 기색이 역력했다. 이제 날씬해진 매기의 몸에는 연애 초기의 흥분까지 더해졌을 터였다.

둘이 사귀어서 짜증 나냐고? 물론이다. 팀은 닉의 가장 친한 친구다. 갑자기 매기가 내 삶 곳곳에 존재하고, 닉과 내가 라일라를 제외한 이야기를 나눌 때 거의 등장하니까 짜증이 치밀지 않냐고? 넷이서 함께 브런치를 먹으며 주말을 보내고, 우리 집 저녁 식사에 두 사람을 초대하는 게 짜증 나지 않냐고? 물론이다. 닉처럼 팀에게 여자 친구가 생겨서 진심으로 기뻐해주지 못하는 나를 보며 이것 또한 내 인격적 결함임을 인정했다.

한 번도 분위기 메이커라는 소리를 들어본 적 없는 나는 닉의 말에 움찔하며 기계적으로 대답했다.

"응, 매기는 좋은 사람이야."

내 사무실 책상을 빼앗은 걸로 충분하지 않나? 꼭 펍의 내 자리까지 뺏어야 해?

닉과 내가 처음 사귈 때 팀은 종종 꿈사리를 꼈다. 우리는 평일 저녁 대부분을 펍에서 만나 이야기했고, 카드 게임을 했으며, 유머 감각이 비슷하다는 걸 기뻐하고, 우리끼리만 통하는 농담을 했다. 하지만 라일라가 태어난 뒤로는 예전처럼 셋이서 술을 마신 적이 없었다. 차라리 소파에 앉아 텔레비전을 보는 게 낫지 고작 술을 마시려고 돈을 내고 베이비시터를 부르는 건 미친 짓처럼 느껴졌기 때문이다. 그렇다고 닉 없이 팀과 둘이서만 만나는 것도 나로서는 납득할 수 없었다. 셋이 있을 때 전혀 느끼지 못한 어색한 분위기가 흐를 터였다. 팀은 닉의 친구지 내 친구가 아니었다.

두 남자는 나와 함께할 새로운 방법을 찾아내지 않고 대신 내 대타를 찾아냈군.

나는 잊히고 지워지고 대체된 느낌이 들었다. 인스타그램에서 매기의 사무실 사진을 봤을 때처럼. 내가 쓰던 책상이 나는 한 번도 받아본 적 없는 익살스러운 우정으로 꾸며져 있었다.

넘버원? 그럼 나는 몇 위인데? 10위 안에는 드나?

팀과 매기를 처음으로 저녁 식사에 초대했을 때 나는 찡그린 얼굴 위로 광대의 미소를 장착했다. 그들이 맥주를 마시는 동안 나는 물을 마시며 밤늦게까지 자리를 지켰다. 술을 마셨다가는 새벽에 라일라가 깼을 때 피곤해서 수유할 수 없기 때문이다. 닉은 도와주겠다고 할 테지만 그는 젖을 줄 수 없었고, 우리 둘 다 잠을 설칠 필요도 없었다. 그것이 자연의 섭리였다.

하지만 우는 라일라를 무시할 수 없고 매기의 인스타그램 보는 걸 멈출 수 없듯이, 세 사람만 남겨둔 채 나 먼저 자는 것도 불가능했다. 이 감정이 정확히 뭔지는 알 수 없지만[질투? 위협? 포모 증후군(FOMO, 소외 공포증)이라는 용어가 나오기 전에는 이걸 뭐라고 했지?] 나 대신 내 사무실 책상을 차지한 사람에게 집에서의 내 자리까지 내주고 싶지 않았다. 예전에 헬렌이 있을 때 위니 곁을 잠깐 떠난 적이 있는데 어떻게 됐는가.

매기는 우리 집에 손님이 올 때 내가 주로 앉는 의자에 앉아 이제 나와는 어울리지 않는 멋지고 세련된 장소들, 이제는 나와 대화가 통하지 않을 사람들에 대한 재미있는 이야기로 내 남편과 팀을 즐겁게 해줬다. 또 나는 잘 알지도 못해서 의견조차 나눌 수 없는 뉴스와 시사를 이야기하고 깔깔 웃었다.

세 사람은 끔찍한 일이 벌어지는 저 먼 나라를 이야기했고, 이젠 헤드라인조차 읽을 시간이 없는 나는 과장되게 분노를 표현하며 고개만 끄덕거렸다. 천갈이를 새로 한 빈티지 의자에 앉은, 이 기운 넘치는 세 사람은 세상을 무대로 사는 반면에 나는 그날 가장 멀리 간 곳이 두 블록 떨어진 카페였다. 그 자리에 끼어서 제대로 된 대화도 못 하는 내가 한심하게 느껴졌지만, 아기에게 자장가를 불러줬더니 피곤하고 내일 또 아기를 돌봐야 한다면서 그 자리를 뜨면 한층 더 기분이 나쁠 터였다. 매기는 직장에서처럼 내 집에서도 기꺼이 나를 대신할 준비가 된 듯했다.

 갑자기 매기가 지독하게 싫어졌고 그러자 슬픔이 밀려들었다. 나를 대체하는 직원의 편안한 매력과 뛰어난 친화력, 위니의 비난, 은연중에 나를 평가하고 못마땅하게 여기는 느낌, 이 모두가 머릿속에선 내가 얼마나 이기적이고 결함 있는 성격인지 포괄적으로 보여주는 증거가 됐다. 자만심, 나르시시즘, 경솔함이 쌓여서 끊임없는 죄책감이 됐고, 나는 라일라의 유모차를 끌고 다니듯 늘 이 죄책감을 달고 다녔다. 또한 이 죄책감은 내가 왜 선택받지 못했고, 왜 넘버원이 되지 못했으며, 왜 늘 아웃사이더였는지 상기시켰다. 학교에서 그런 일이 일어난 이유도.
 나는 매기의 디지털 삶을 계속 철저히 감시했다. 더 많은 아침 식사 사진과 셀카, 신발 사진을 봤다. 매기가 번쩍이는 미러 타일을 붙이고 푸른빛이 떨어지는 벽 앞에 서서 홀리, 아마와 함께 춤추는 무한 재생 동영상을 보고 또 봤다. 장소는 내가 닉을 만난 뒤로는 참석하지 않은 인더스트리 파티였다. 왜냐하면 그 파티에는 신입 사원들과 자기 일에 만족하지 못하는, 자기주장이 강한 사람이 많이 오기 때문이다. 당시 나는 〈오트〉 패션 팀장이었고, 그저 새로 사귄 남자 친구와 소파에서 오붓한 시간을 보내고 싶었다.
 입사 초기에는 위니도 나랑 이런 파티에 몇 번 참석했다. 우리는 끝내주게 멋지다고 생각하는 옷을 즉흥적으로 입고 갔다. 싸구려 빈티지, 물려받아 빛바랜 옷, 오래된 티셔츠를 찢고 잘라서 우리가 원하는 대로 꾸몄다. 〈오트〉의 나이 많은 직원들에게 온 초대장으로 계속 행사에 참가했다. 그들에게는 눈이 휘둥그레질 만한 행사 초대장이 수십 개씩 배달됐지만, 늙고 게으르고 아이가 있고 또는 짐작할 수 없는 이유로 모두 거절했기 때문이다.

이젠 내가 딱 그 사람들처럼 됐네. 행사에 가고 싶지 않은 게 낭연해. 하지만 위니 말이 맞아. 나는 어차피 그런 행사에 별로 맞지 않았어.

다시 매기의 피드로 들어간 나는 한 사진을 보고 멈칫했다. 내가 임신했을 때 파리에서 주문했다가 지난번 파티 때 입은, 반짝이는 푸른색 스웨터와 똑같은 디자인에 색깔만 분홍색인 스웨터를 매기가 입고 있었다. 나는 짜증이 났지만 한편으로는 은근히 우월감이 들었다. 매기는 지금도 나를 따라 입고 있었다. 도자기 컵에 담긴 플랫 화이트와 그 옆에 야생화가 담긴 우유병을 찍은 멋진 사진의 배경이 우리 동네에 새로 생긴 카페라는 걸 알고 화가 났다. 사진 아래에는 이렇게 적혀 있었다.

"교외 주택가에서도 좋은 커피를 마실 수 있네!"

나를 따라 하는 주제에 내 삶을 비웃어?

어느 날 밤, 젖을 먹던 라일라가 다시 깊이 잠들었을 때 무릎에 놓여 있던 휴대전화에 불이 들어왔다. "반짝이는 옷은 밤에만 입을 수 있는 게 아니다!"라는 헤드라인과 함께 〈오트〉 웹사이트에 분홍색 스웨터가 올라온 걸 보고 나는 숨을 헉 들이마셨다.

매기가 내 말을 훔쳤다는 게 화가 나는지, 농담으로 한 말을 훔쳤다는 게 더 화가 나는지 모르겠네.

그 밑에 HelenKnows라는 아이디로 딱 하나의 댓글이(잡지사 웹사이트에는 아무도 댓글을 달지 않는다) 달려 있었다.

"매기 비처가 영원하길! 재미없는 마고는 영영 돌아오지 않기를."

나는 무시해버렸다.

1월 말이 되어 육아 휴직의 절반이 지나가버리자 라일라를 두고 출근할 생각에 마음이 아팠다. 내게 시간은 손가락 사이로 빠져나가고 있었지만 매기는 자신의 입지를 다지는 데 이용하고 있었다.

이튿날 나는 인터넷으로 모프에게 문자를 보냈다.

"잘 지내세요?"

회의 중에 자신의 존재를 알리기 위해 하는 괜한 헛기침 같았다. 사흘 뒤에 온 답장을 보고 내 마음은 산산조각이 났다.

"잘 지내. 우린 걱정하지 마. 매기는 정말 재미있어!"

나는 거실 카펫에 누워 있는 라일라 옆으로 휴대전화를 던지고 큰 소리로 울었다. 어찌나 오래 울었는지 위에 달린 모빌을 가지고 놀던 딸이 동작을 멈추고 눈을 동그랗게 뜬 채 걱정스럽다는 듯이 나를 바라봤다.

"아, 아가야, 엄만 괜찮아."

나는 흐느끼며 라일라를 안아 살집이 접힌 아기의 보드라운 목 속으로 파고들었다. 수납장 위에 놓인 이번 달 〈오트〉가 눈에 들어왔다. 배달된 그대로 투명한 셀로판 봉투에 들어 있었다.

예전에는 무슨 내용이 실렸는지 한 페이지도 빠짐없이 다 알고 있었는데.

이번 달에는 표지 모델이 누군지도 몰랐다.

※

모프가 '민간인'이라고 생각하는 집단에서 잡지 표지 모델을 할 정도로 매력적인 사람을 찾아내는 경우는 매우 드물었다. 그녀는 특정한 신체 기준을 정해두고 거기서 조금만 벗어나면 오점으로 치부하는 보디 파시스트였고, 자신의 잡지를 일류로 만들어주는 높은 심미적 기준을 가진 것에 대해 전혀 부끄러워하지 않았다.

내가 잡지에 실릴 내 사진을 처음 찍었을 때 모프는 느닷없이 나중에 포토샵으로 내 볼살을 깎아낼 거라고 말했다. 최종 사진을 받아봤더니 아주 조금이지만 절대 없어지지 않는 턱살과 허벅지 위쪽 살도 함께 사라졌고, 눈꺼풀은 위로 당겨졌다. 모프가 나를 표지 모델 감으로 생각하지 않는다는 확실한 증거였다. 표지 모델이 되기를 바란 적도 없었지만.

이번 달 〈오트〉의 윤기 흐르는 표지 속에서 환하게 빛나는 얼굴은 구릿빛 피부의 할리우드 여배우도 아니고, 어린 팝스타도 아니었다. 지난 주말에 우리 집 식탁 앞에 앉아 라일라에게 토스트 부스러기를 먹인 여자를 표지 속 여자와 동일시하기까지는 몇 분이 걸렸다. 그녀는 한 손으로 허리를 짚은 채 한쪽 엉덩이와 눈썹을 들어 올리고, 몸에 딱 붙는 황금색 쇠사슬 갑

옷 차림에 가슴골을 드러냈으며, 화려하고 매력적이며 세련되고 세속적으로 성공을 거둔 여자의 전형이었다.

표지 모델은 세상 모든 사람의 꿈인데.

싱글 만세. 아기가 없어도 세상 모든 걸 가질 수 있는 이유.

표지에는 이런 헤드라인이 적혀 있었다.

갑자기 내 안에 깊은 구멍이 생기고 그 속으로 떨어지는 듯했다. 관자놀이가 쿵쿵거리고 시야가 흔들렸다. 질투와 분노로 눈물이 핑 돌았다. 이게 공격이 아니라면 대체 뭐란 말인가? 이건 매기가 자기가 이겼다고 분명히 말하는 것이다. 그녀는 아름답고 당당하고 날씬하고 젊어 보이며 무엇보다 패션 에디터라면 으레 그래야 하듯이, 모프가 원하듯이 아기가 없었다. 모프가 직원들에게 원하는 자질은 그런 것이지 축 늘어진 뱃살과 웃어서 생긴 주름이 아니었다. 이제 모프는 매기의 옹호자였다. 내가 아니라.

매기는 잡지사에서 사람들이 가장 탐내는 직책인 패션 에디터로 일하면서 꿈같은 직장생활을 하고 있었다. 지금이 내 인생에서 가장 사랑으로 충만한 시기일지는 몰라도(여러 면에서 라일라와 함께 있는 동안에는 가장 행복하고 만족스러웠다) 이젠 내가 누구인지 잘 기억나지 않았다. 대개는 라일라와 내가 동일인 같았다. 이제 막 부화해 새로운 충격에 극도로 예민한 존재.

다른 직장인들과 함께 붐비는 지하철에 올라타곤 했던 출퇴근 시간, 사람들을 밀치며 패션쇼장 맨 앞줄로 나아갔던 일은 당연히 기억났지만, 두 기억 속의 나와 지금의 내가 같은 몸을 가졌다는 사실은 둘째치고 동일인이라는 사실도 믿기지 않았다. 물론 지금의 내 몸은 그때와 완전히 달랐다. 허벅지와 배에 살이 붙고, 피부는 얼룩덜룩해졌으며, 혈관이 비치는 가슴은 흉곽에 봉긋하게 솟아 있기보다는 갈비뼈까지 늘어졌다.

표지 모델로는 어림도 없지. 이젠 젊다고도 할 수 없어.

나는 욕실 거울에 비친 내 얼굴을 오랫동안 바라봤다. 눈 밑에 다크서클이 있고, 콧날을 따라 터진 실핏줄이 보였으며, 양쪽 뺨 광대뼈 부위가 시뻘겠다. 나는 피곤하고 건강하지 않아 보였으며, 머릿속 불안이 얼굴에 그대로 드러났다. 몰골이 끔찍했다. 패배자 같았다. 매기가 이긴 게 당연했다.

"뭘 이겨?"

나중에 내가 잡지를 보여주자 닉이 말했다.

"표지 모델이 된 건 대단한 일이 맞아. 나중에 당신이 복직해서 그 자리에서 물러나야 할 때 매기의 경력에 큰 도움이 되겠지."

"하지만 이건 날 조롱한 거야! 난 아기도 있고, 더는 싱글도 아니고, 멋지지도 않으니까."

나는 울부짖었다.

"일단 난 당신이 싱글이 아니라서 너무 좋은데."

닉은 나를 끌어당기더니 오랫동안 간질이듯 키스했다. 한때는 이런 키스에 마음이 설레었지만 지금은 초조할 뿐이었다.

"저 기사를 읽어보기는 했어? 전혀 조롱이 아닌 것 같던데? 아기 얘기는 꺼내지도 않았어. 싱글이라고 해서 슬퍼할 필요 없다는 얘기야. 어쨌든 팀은 그렇게 말했어."

"이 일을 알고 있었어?"

닉이 미리 말해주지 않았다는 게 믿기지 않았다. 위니의 문자가 생각났다.

미리 경고해줄 수 있었잖아.

위니도 이런 심정이었을까? 타인의 행복이 심장을 후벼 파는 느낌?

"얼마 전에 매기가 팀에게 얘기했어. 왜냐하면 팀을 만나기 전에 쓴 기사이고 지금은 당연히 싱글이 아니니까. 표지 모델 일은 몰랐어. 이 표지 속 매기는 싱글이고 멋지지만, 현실에서는 사이클링 반바지가 세상에서 가장 멋있다고 생각하는 남자와 사귄다고 생각하면 기분이 좀 나아지지 않아?"

나는 혼란스러운 미소를 지었다. 닉의 말이 맞았다. 이 또한 과민반응이다. 위니와 불쌍한 잭의 악몽이 밤에는 크게 다가왔다가 낮이 되면 물러가면서 터무니없을 정도로 우스꽝스럽게 느껴지듯이, 라일라와 함께 있는 긴 시간 동안 쌓이는 매기에 대한 공포와 불안도 입 밖으로 말하는 것만으로도 사라져버렸다. 나 혼자 있을 때는 너무도 이론의 여지가 없고, 너무도 확실하고 끔찍하게 여겨졌던 공포와 불안이 닉과 함께 있을 때는 와르르 무너져내렸다.

"매기에게 이상한 기분이 드는 건 이해해."

닉은 말을 이으며 내 머리카락을 쓰다듬었다.

"하지만 당분간 매기를 있는 그대로 받아들이려고 해봐. 당신 머릿속에 있는 매기를 미워하지 말고, 한 사람으로서 좋아하려고 해봐. 매기는 당신이 혼자만의 시간을 보낼 수 있도록 몇 시간 동안 라일라를 봐주겠다고까지 했잖아. 한번 맡겨보지 그래? 매기는 라일라를 예뻐하고, 라일라도 매기를 잘 따르니까."

 인정하기는 싫지만 사실이었다. 얼마 전 주말에 브런치를 먹을 때 라일라는 매기의 무릎에서 즐겁게 까르륵거렸고, 나는 나와 똑같은 머리 모양에 나와 똑같이 반짝이는 스웨터를 입고, 내 의자에 앉아 내 커틀러리(서양식 식사에 사용하는 식기인 포크, 나이프, 스푼을 포함한다-옮긴이)와 내 그릇을 쓰고, 이제는 내 아기까지 즐겁게 해주는 여자를 보며 식탁 밑으로 두 주먹을 꼭 쥐었다.

 하지만 내 삶에 완전히 동화되는 듯한 매기를 도저히 미워할 수 없는 유일한 이유는 매기의 품에 안길 때마다 행복해하는 라일라 때문이었다. 그때만큼은 매기가 내 영역을 침범한다는 느낌이 훨씬 덜했다. 매기와 함께 있는 라일라가 정말로 행복해 보였기 때문이다. 이젠 내 성격이 돼버린 의심과 어리석고 이기적인 편집증으로도 희석되지 않는 순수한 기쁨이었다.

 아마 아기들은 사람의 겉모습이 아니라 본성을 볼 거야.

 늘 그렇듯이 닉의 말이 맞았다. 내 꿈속 악마들이 현실로까지 손을 뻗치고 있었다. 끔찍한 추락의 기억과 분노한 위니를 향한 슬픔이 결합해 이젠 거의 매일 밤 공포가 됐다. 그 공포에 지친 나머지 매기는 거기에 속하지 않는다는 걸, 내 불안이 그녀에게 투사됐을 뿐이라는 걸 깨닫지 못했다. 이 병에서 치유되려면 매기를 진심으로 축하해줘야 했다. 긍정적으로 생각하고 매기를 껴안고 나쁜 감정을 몰아내야 했다. 그 정도는 할 수 있었다.

이번 호 〈오트〉와 표지 모델의 정체가 내 동료와 업계 지인들을 한바탕 휩쓸고 가면서 인터넷에는 매기의 팬들이 우후죽순으로 생겨났고, 나는 그걸 보며 올라오는 감정을 삼켰다. 그들은 매기의 페이스북 사진 밑에 진짜 멋져 보인다, 기사가 정말 재미있다고 감탄하는 댓글을 쏟아냈다. 사무실 직원 거의 전부가 '쾅' 터지는 이모티콘, 하트와 불꽃 이모티콘과 함께 매기의 사진을 리포스트했다.

표지 사진이 입소문을 타자(모프는 하늘을 날아갈 듯할 것이다) 매기는 여성 청취자를 대상으로 하는 라디오 프로그램과 텔레비전에 출연해 싱글의 삶에 대한 자신의 논지를 이야기했다. 팀을 만난 뒤로 더는 싱글도 아니면서.

내가 매기와 팀의 교제 사실을 트위터에 올리면 볼만하겠네.

하지만 나는 누군가를 비난하는 건 그럴 만한 가치가 없음을 오래전에 터득했다. 타인을 깎아내려봐야 진흙탕에 남는 건 상대가 아니라 나다. 그 행위의 부당함과 짜증이 아직도 남아 있었고, 나는 그 생각을 떨쳐내려 안간힘을 썼다.

어떤 날은 유독 더 힘들었다.

HelenKnows @HelenKnows: @itsmaggiebetches 표지 사진 끝내주네. 집에서 펑퍼짐한 옷이나 입고 있을 @hautemargot는 기분이 어떨까?

내게 상처를 주려고 하는 말이었고, 정곡을 찔렀다.

"잠깐만."

그날 저녁 퇴근한 닉의 얼굴에 저 댓글을 들이밀자 닉이 이의를 제기했다.

"위니가 했다는 증거는 없잖아. 깊은 슬픔에 빠진 사람이 인터넷에서 단짝 친구를 상대로 트롤 짓을 한다는 게 너무 이상해."

닉은 코트 단추를 풀고 두 팔로 나를 안았다.

"그거야말로 깊은 슬픔에 빠진 사람이 하는 짓 아냐? 자기 아기는…… 그렇게 됐는데 친구는 아기를 낳았다는 사실이 너무 괴로워서."

'죽었다'는 말은 차마 할 수 없었다.

"하지만 당신 지인 중에 헬렌이라는 사람은 없잖아."

닉이 내 머리에 얼굴을 묻은 채 중얼거렸다.

예전에는 있었지.

이번에도 나는 닉의 말이 맞다고 되뇌었다. 내가 육아 휴직 중이고 라일라를 낳았다는 사실은 소셜 미디어에 다 알려져 있었다. 매기와 나의 현실, 다시 말해 시소에 앉은 두 사람처럼 한쪽이 내려가야만 다른 사람이 올라가는 상황은 임신으로 인해 잠시 직장을 떠나는 여자들에게 흔히 있는 일이다. 누구인지 몰라도 이 트위터 트롤은 통찰력 있고 악의에 차 있지만, 내 내면 세상과 가장 흉악한 두려움에는 접근하지 못했다.

왜 내가 진작 이 트롤을 차단하지 않았지?

나는 메뉴로 들어가서 HelenKnows가 보내는 어떤 악담이든 보이지 않게 해줄 옵션을 클릭한 다음, 매기에게 축하 문자를 보냈다. 이후에 팀과 매기가 우리 집에 저녁을 먹으러 왔을 때는(요즘에는 거의 한 달에 두 번꼴이다) 축배까지 들었다. 매기는 레드 와인으로, 나는 물로.

집에 찾아오는 손님이 있다는 건 좋은 일이라고 나는 생각했고 가끔은 정말로 그랬다. 하지만 자꾸 다른 생각에 빠져 대화에 집중하지 못했다. 이제 매기는 우리 집을 자기 집처럼 편안히 여기는 듯했다. 내가 문간에서 지켜보는 동안 마치 이 집에 사는 사람처럼 능숙하게 부엌을 돌아다니며 여러 서랍에서 필요한 물건을 꺼내 식탁을 차렸다.

매기는 그냥 날 도와주는 거야. 그런데 왜 날 제외한 다른 사람을 배려해서 매기가 꺼내놓은 저 와인 잔을 다 박살 내고 싶지?

한번은 매기가 우리 집 부엌에 걸린 달력에, 다 함께 점심을 먹기로 한 다음 달 일요일에 자신과 팀의 이름을 쓰는 걸 봤다.

"우리가 또 만나는 날이에요."

매기는 그렇게 말하며 살짝 충격받은 표정으로 바라보는 내게 미소를 지었다.

그런데도 나는 내가 오후 한나절을 쉴 수 있도록 나 대신 라일라를 돌봐주겠다는 매기의 제안을 받아들였다. 예전에 다니던 비싼 스피닝 수업을 예약했고, 옷장을 뒤져 새로 붙은 살을 가려줄 만한 운동복도 찾아냈다. 놀랍게도 그날을 생각하면 기분이 좋아졌고 라일라가 태어난 뒤로, 아니 엄밀히 말하면 임신한 이후로 처음 보내는 혼자만의 시간을 얼른 맛보고 싶었다.

곧 들을 수업이 있다는 기대감에 더 행복하고 느긋해졌으며 육아에 더 집중하게 된다는 사실을 깨닫자 딸의 존재를 감사히 여기지 않는 것에 늘 남아 있던 죄책감이 서서히 물러갔다.

나는 콧노래를 부르며 햇살 아래서 조각보를 가지고 노는 라일라를 사진 찍어서 하트 여러 개와 함께 인스타그램에 올렸다. 잇몸이 드러날 정도로 환히 웃는 라일라의 둥근 얼굴은 핼러윈 호박 같았고, 가느다란 머리카락은 황금색 덩굴손처럼 마구잡이로 뻗쳐 있었다.

라일라가 낮잠을 자는 동안 부엌에서 빈둥거리고 있는데 내가 올린 사진에 댓글이 달렸다고 알리는 두 번의 땡땡 소리가 들렸다. 나는 무심결에 휴대전화 비밀번호를 누르고 누가 보냈는지 확인했다. 댓글을 확인한 순간 가슴이 철렁 내려앉았고, 나는 액정에서 눈을 떼지 못한 채 찬장에 기대어 아래로 쪼그려 앉았다.

@HelenKnows: 제멋에 빠진 초보 엄마가 여기 또 있네. 당신은 아이를 키울 자격이 없어.

손안에 있던 휴대전화가 다시 진동하며 그 아래 또 다른 댓글이 뜨자 나는 감전이라도 된 듯 부르르 떨었다.

@HelenKnows: 나는 무슨 일이 있었는지 알아, 마고. 네가 한 짓을 안다고.

12

매기

 며칠 뒤에 마고를 만난 매기는 깜짝 놀랐다. 현관문을 열고 그녀를 맞이하며 들어오라고 안내하는 마고의 얼굴은 완전히 달라 보였다. 이제 그녀의 눈 밑에 완전히 정착해버린, 끈질긴 다크서클은 여전했지만 늘 침울해 보이던 예전과 달리 활기가 흘러넘쳤다. 처음에는 정확히 뭐라고 해야 할지 몰랐지만 이내 깨달았다. 마고는 묘하게 흥분한 상태였다.
 라일라를 돌보는 데 필요할지 모를 물건을 이것저것 가리키는 마고의 눈동자는 반짝거렸고 발걸음은 재빨랐다. 라일라가 먹고 자야 할 시간을 기록해둔 쪽지까지 있었다. 그런 마고의 모습은 이상하게도 지난 몇 달간 어느 때보다 더 마고다워 보였다. 매기가 아이슬란드에서 만나 친해진 바로 그 여자로 눈이 덜 슬펐고 덜 내향적이었다. 이상하게도 마고는 철저히 아이에 관한 이야기만 하는데도(라일라가 좋아하는 과자, 라일라의 이유식 끓이는 법 등) 매기의 눈에는 다시 전문가로 보였다. 파워포인트 프레젠테이션으로 이야기를 마무리 지을 것만 같았다.

마고가 혹시 질문이 있냐고 묻자 매기는 불현듯 깨달았다. 이 장면은 업무 인수인계를 위해 그들이 며칠간 사무실에서 함께 일했을 때와 똑같았다. 마고가 매기보다 더 우위에 있던 건 권력이라기보다 전문 지식이었다. 그때처럼 지금도 마고는 그 지식으로 밝게 빛나고 있었다.

매기는 짜증이 났지만 자신이 마고를 도우러 왔다는 사실을 기억해냈다.

지난번에 만났을 때 매기가 죄책감을 전혀 느끼지 않았다고 하면 거짓말이다. 그녀와 팀은 〈오트〉가 출간된 직후에 저녁을 먹으러 마고의 집에 왔다. 마고에게 미리 말하려고 했는데 정말로 깜빡했다. 편리한 건망증이었다. 어떻게 이야기를 꺼내든지 간에 어색할 게 뻔했기 때문이다.

"그건 그렇고 마고, 당신이 다니던 잡지사의 다음 달 표지 모델이 내가 됐어요" 또는 "마고, 표지 모델 한 적 있어요? 없어요? 난 하게 될 것 같아요".

매기는 전임자가 하지 못한 일을 해냈다는 데 살짝 전율을 느꼈다. 하지만 어떤 식으로 표현하든 마고에게는 질책이나 자랑으로 들릴 터였다. 그래서 휴대전화를 옆으로 밀쳐두고 다음에 연락하리라 마음먹고는 결국 짬을 내지 못했다. 그날 저녁 마고를 보자마자 자신이 미리 귀띔하지 않은 것이 얼마나 상처가 됐을지 깨달았다.

미리 알려줘야 했는데.

"매기, 어서 와요."

위층에서 라일라를 재운 뒤에 거실로 내려오며 마고가 말했다. 팀은 닉과 술을 마시는 중이었고, 매기는 식탁을 차리고 있었다. 마고는 살짝 얼룩이 있는 회색 티셔츠를 한때 불룩 나왔던 배 위로 쓸어내렸다. 이제 배는 많이 들어갔지만 예전과 똑같지는 않았다. 시적으로 표현하면 아기가 있다가 사라진 전이 공간이자 초보 엄마들이(딱히 초보가 아닌 엄마들도) 늘 무의식적으로 의식하며 남에게 어떻게 보일지 걱정하는 그곳이었다.

"이번 호 표지에서 정말 근사해 보였어요!"

마고는 미소를 지었지만 눈과 볼은 고사하고 입술마저도 제대로 웃지 않았다. 사실 그녀의 눈은 살짝 눈물이 어려 있었다. 아마 피곤해서일 것이다.

"축하해요. 당신은 〈오트〉의 새로운 스타예요!"

마고는 식탁으로 몸을 내밀어 매기가 물을 따라놓은 유리잔을 집어 들더니 매기의 와인 잔과 건배하려고 내밀었다. 두 잔이 부딪치고 두 여자의 눈이 마주친 순간, 매기는 마고의 눈 깊숙한 곳에서 그녀가 기뻐하려고 얼마나 애쓰는지 볼 수 있었다.

"고마워요, 마고, 그게⋯⋯."

매기는 사과하고 싶은 충동을 온몸으로 꾹꾹 눌렀다. 왜 사과해야 할 것만 같은 기분이 드는지, 뭘 사과해야 하는지도 알 수 없었지만 마고의 존재 자체가 순교자 같아서 상대는 기분이 좋은 것만으로도 죄책감이 든다고 매기는 분노에 차서 생각했다.

자신이 어쩌다 표지 모델이 됐는지 그 전후 사정을 말해주고 싶었다. 매기에게 그녀가 표지 모델로 나온 잡지는 이제 '내 잡지'였다.

당신이 돌아오면 일자리를 돌려줘야 할지 모르지만 그 잡지만큼은 영원히 내 거야.

모프에게 표지 모델이 되라는 말을 들었을 때 매기는 믿을 수가 없었다. 그때 매기는 복사기를 이용하려고 편집장 사무실 앞을 지나는 중이었는데, 모프가 반짝이는 암갈색 매니큐어를 바른 손가락으로 들어오라고 손짓했다. 모프는 늘 저 매니큐어를 칠했는데 홀리 말로는 초콜릿 랩이라는 이름의 색이었다.

"그 싱글에 관한 기사 말이야."

모프가 다시 모니터로 눈을 돌려 이메일 답장을 쓰면서 말했다. 모프의 메일은 늘 길어야 서너 줄이었는데 주로 짧고 날카롭게 자신의 의견을 밝히거나 명령을 내렸다.

"세라 마라 쪽 에이전트에게 실망했어."

모프가 말을 이었다. 세라 마라는 매기의 기사가 실릴 이번 호 표지 모델로 선정된 영화배우였다. 날씬한 금발의 여전사 같은 이미지인데, 만화책을 원작으로 한 영화를 여성 관객의 구미에 맞게 하면서 남성 관객도 끌어들이는 데 탁월한 능력이 있었다.

"이제 와서 촬영을 못 하겠대. 다른 모델을 찾을 시간도 없으니까 네가 대신해."

매기는 처음에는 모프가 자신을 놀린다고 생각했다. 면접에서 매기가 마고의 이름으로 실수를 저질렀을 때 아주 즐거워하던 모프의 얼굴이 아직 기억에 생생했다. 이 여자는 상대의 자존심에 상처 내는 걸 즐기는 사람이었고, 이것은 매기를 놀려먹을 절호의 기회였다. 하지만 책상 맞은편에 앉은 키가 크고 마른 여인은 더할 나위 없이 진지해 보였다.

"네 기사니까 네가 모델을 하는 게 맞아. 싱글이어도 행복하네 어쩌네 백날 떠들어봐야 네가 불행해 보이면 아무 소용 없어. 너 자신이 증거가 돼야 해. 강력한 선언문이 돼야 한다고."

나중에 잡지가 발행된 뒤에야 매기는 모프의 말을 이해하게 됐다. 모프는 이것을 매기와 엄마들 간의 대결로 만들었다. 매기는 그 사실에 약간 진절머리가 났다. 특히나 팀을 만난 뒤로 이제는 다른 편으로 넘어갈 생각이었기 때문이다. 그랬다. 솔직히 말해서 매기는 이미 팀과 아기를 낳아서 키우는 미래를 생각하고 있었다.

30대 초반에 남자를 만나면 무슨 말을 하든 거기에는 "그런데 당신은 아기를 가질 생각이 있어?"라는 무언의 구절이 포함돼 있지 않나? 정말이지, 일단 스물일곱이 넘어가면 첫 데이트 때 소비뇽 블랑이 아닌 진실의 묘약을 마시고 둘의 생각이 일치하는지 확인해야 한다는 규칙을 만들어야 한다.

매기는 하얀색 웨딩드레스와(실제로는 은색을 입을 테지만) 집, 아기를 가지고 싶다는 욕망을 한 번도 부인해본 적이 없다. 다만 그렇게 되리라고 믿은 뒤로 너무 오랜 시간이 흐른 터라 그냥 잊고 살자고 마음먹었을 뿐이다. 이젠 늘 그 생각이 머릿속을 맴도는 듯했다. 특히나 마고 부부와 많은 시간을 보낸 뒤로 더 그랬다. 마고와 닉의 대화는 늘 라일라나 라일라에게 필요할 듯한 물건들로 시작했다.

하지만 그렇다고 해서 일에 대한 관심이 떨어진 것은 아니다. 오히려 더 열심히 하게 됐다. 마고가 복직해 지금 그녀가 맡은 자리를 다시 빼앗아가고, 그래서 어쩔 수 없이 가난한 프리랜서로 돌아가야 한다면 무슨 돈으로 아기를 키운단 말인가.

절대 그런 일이 일어나서는 안 된다.

매일 생활비를 아끼는 상태에서는 미래를 계획하기가 힘들다. 마고의 대타로 들어간 뒤에야 마침내 매기는 장기 계획이라는 뜻밖의 호사를 누리게 됐다. 그리고 이번 호 표지야말로 마고가 복직해도 매기가 계속 필요한 존재라는 사실을 모프에게 증명할 마지막 단계였다.

모프가 매기의 글에 아기가 필요 없다는 문장을 덧붙였을 때 그건 마고를 염두에 두고 쓴 것일까? 아마 아닐 것이다. 모프는 오로지 정곡을 찌르는 좋은 기사를 써서 잡지의 판매 부수를 올리는 데만 관심이 있었다.

매기는 마고에게 절대 그런 의도로 쓴 기사는 아니라고, 그녀와 자신을 염두에 두고 쓰지는 않았다고 설명하고 싶었지만 그 말을 입 밖에 내면 이미 그들 관계 이면에서 몸부림치는 어색한 분위기를 인정하는 셈이므로 아무 말도 하지 않았다.

솔직히 말해서 매기는 이번 달 〈오트〉 표지에 실린 여자를 알아볼 수 없었다. 사실 요즘은 자신이 누구인지 알 수 없었다. 옅은 갈색 머리에 날카로운 턱선, 옷으로 넘쳐나는 옷장, 남자 친구, 얼마나 더 지나야 팀이 동거를 제안할까 궁금해하며 사우스런던에서 보내는 주말. 가끔 캠던에 있는 그녀의 집에서 자지 않으면 팀은 영영 함께 살자고 청하지 않을 것이다.

금요일에는 이튿날 마고의 집에 가기 쉽도록 팀의 집에서 잤다. 팀과 닉은 함께 축구를 보러 축구장에 갈 계획이었다. 매기는 오래전부터 오후 한나절 동안 라일라를 봐주겠다고 제안했지만 마고는 영 내키지 않는 듯했다.

처음에 매기가 마고에게 혼자만의 시간을 갖도록 아기를 봐주겠다고 제안했을 때 마고는 웃으며 고맙다고 했지만, 이후로 다시는 그 이야기를 꺼내지 않았다. 아기를 다른 사람에게 맡기면 이상한 기분이 들 거라는 건(마치 하던 업무를 다른 사람에게 맡기듯이) 매기도 충분히 이해했다. 하지만 라일라는 그녀를 아주 잘 따라서 매기가 라일라를 돌봐도 아무 문제 없다는 걸 마고도 잘 알 터였다.

매기는 계속 아기를 봐주겠다고 제안했지만 마고는 매번 거절했다. 마고가 거절하면 할수록 매기는 어떻게든 피로에 지친 초보 엄마에게 조금이라도 휴식 시간을 주고 싶었다. 회사에서도 마고를 대신하고 있으니 육아도 대신할 수 있지 않을까?

마침내 닉에게 그 이야기를 꺼냈을 때 매기가 웃으며 한 말도 바로 그것이었다. 매기는 마고가 아니라 그녀의 남편에게 잘 보여야 한다는 걸 본능적으로 알고 있었다. 그래야 팀과 관련된 일이나 마고가 복직할 때 닉이 그녀의 편을 들어줄 것이다. 닉이야말로 그녀에게 가장 중요한 두 프로젝트에서 결정적

역할을 했다.

그래서 어느 날 저녁 펍에서 매기는 닉에게 제안했다. 마고가 오후 나절만이라도 혼자만의 시간을 갖도록 그녀가 대신 아기를 봐주면 좋지 않겠냐고. 매기의 제안에 닉은 고마워했다. 그는 아내에 대한 불만이 있어도 절대 말하지 않을 테지만(정말 좋은 남편이다), 아무 이야기도 하지 않는다는 사실 자체가 곧 마고가 남편과의 관계보다 아기에게만 빠져 있음을 암시했다.

더 캐물을 필요도 없이 닉은 마고가 요즘 신경이 약간 날카롭다고 털어놓았고, 매기는 그게 혹시 자신 때문은 아닐까 의심이 들었지만 그냥 밀쳐냈다.

마고의 정신 건강은 내가 알 바 아냐. 내가 할 일은 마고의 일을 하는 거야. 적어도 당분간은.

"회사는 어때요?"

마고가 스웨터와 청바지 위에 직접 맞춘 캐멀 코트를 입으며 물었다. 그러고는 마지막으로 라일라를 껴안았다.

"늘 똑같죠. 아이디어를 찾으려고 혈안이고, 마감은 늘 눈 깜짝할 새에 닥치고요."

매기는 어깨를 으쓱이며 웃었고, 마고가 쿠션 위에 눕혀둔 라일라 앞에 장난감을 흔들어댔다.

"그래도 다들 오늘 오후에 내가 라일라와 찍어서 올릴 사진을 보고 싶어 해요."

그 말에 마고는 약간 굳은 얼굴로 미소를 짓더니 홀스탠드에 놓인 열쇠를 집어 들었다.

마고가 집을 나설 때 매기는 여전히 카펫에서 라일라와 놀고 있었다. 혹시라도 아기가 울까 봐 조용히 나가고 싶었던 마고는 아무 말 없이 운동가방을 집어 들고 현관문을 닫았다.

"자, 라일라, 이모랑 뭐 하고 놀까?"

매기가 말했다. 아기는 까르르 웃으며 나무로 만든 푸른색 블록을 입에 밀어 넣었다. 장미꽃 봉오리 같은 입술이 미소를 짓자 매기의 마음은 완전히 녹아내렸다.

)(

매기는 텔레비전이나 보라고 말할 수 없는 나이의 아기를 일대일로, 제대로 돌본 적은 한 번도 없는 터라 30분 만에 녹초가 됐다. 아니, 정확히 말해서 녹초가 된 건 아니었다. 지루했다. 30분이 지나니 지루해서 죽을 지경이었다. 대체 마고는 어떻게 종일 견디는 걸까?

라일라 탓은 아니었다. 아기는 매우 예뻤다. 솜털 같은 황금색 머리카락은 마치 전기에라도 감전된 듯 사방으로 삐죽삐죽 뻗어 있고, 푸른색 눈은 보석 같고, 웃을 때마다 콧등에 주름이 잡혔는데 아기는 자주 웃었다. 라일라는 어느 모로 보나 사랑스러운 아기였다. 단지 바닥에 앉아 아기 앞에서 장난감을 계속 흔들어대고, 더할 나위 없이 다정한 목소리로 혼자 떠들어대려니 지루했다.

한 시간쯤 지났을 때 매기는 아기를 유모차에 태우고 근처에 있는 카페에 가야겠다고 마음먹었다. 토요일이라서 붐비겠지만 아기를 데려가도 반겨주는 카페였다. 이 동네는 어디든 그럴 테지만.

매기는 멀리 돌아가기로 하고 예전에 팀에게 들은, 빅토리아 시대에 지어진 옛 공동묘지를 지나갔다. 지금은 2월 초라서 길에서 보이는 비석 밑에 설강화가 피었고, 잔디밭에는 크로커스 봉오리가 맺혀 있었다.

유모차에 탄 라일라는 자기만 알아듣는 말을 혼자서 종알거렸고, 매기는 마고가 보냈을 날들을 상상했다. 소중한 아기를 태우고 아기에게서 한시도 눈을 떼지 않지만 마음만은 자유롭게 방황했을 마고의 심정을. 마고는 닉을 어떻게 생각할까? 매기는? 마고는 그녀가 인스타그램에 올리는 사진을 보고 있었다.

포스팅을 올릴 때마다 매기는 매번 양심에 살짝 걸렸지만 그렇다고 중단하지는 않았다. '공유' 버튼을 클릭할 때가 되면 매기는 자신이 마고를 자극하려는 이유 말고 다른 확실한 이유를 찾아낸다는 걸 깨달았다. 포스팅의 대상이 구두든, 그녀가 쓴 기사든, 선물로 받은 작약 꽃다발이든 간에. 이 포스팅들은 마고에 대한 비판이 아니라 그녀의 삶의 정표였다. 요즘에는 다들 SNS를 하는데, 굳이 자신을 저격해서 올렸다고 받아들이는 사람이 이상한 게 아닐까?

라일라와 산책하며 매기는 자신이 해가 뜰 때부터 질 때까지, 이제는 자신의 자리라고 여기게 된 책상에서 회사와 모프를 위해 뼈 빠지게 일하는 동안 신선한 공기를 마시며 자유롭게 산책했을 마고를 생각했다. 육아 휴직에도 좋은 면이 있었다.

매기는 업무가 싫증 나지는 않았지만 힘들기는 했다. 특히 팀과 보내는 시간이 많아지니 더욱 그랬다. 또한 입사 초기처럼 억지로 일찍 잠자리에 들지 않고, 집에서 자지 않고, 모든 걸 통제하지 못하니 더욱 그랬다.

불현듯 매기는 결혼해서 안정된 생활을 하고, 자신이 누구이며 매일 밤 어디에서 자야 하는지 알고 있는 마고가 부러웠다. 일단 결혼하고 나면 자신의 존재에 대해 고민하는 일은 훨씬 줄어들 것이다. 그때쯤이면 많은 것들이 자리를 잡을 테니까. 자리 잡기 전처럼 여러 개의 공을 끊임없이 허공에서 돌려야 할 필요는 없을 것이다.

요즘 매기는 명품 로고가 찍힌 캔버스 백에 여분의 속옷과 신발, 여행용 화장품과 세면도구가 든 가방을 넣어서 다녔다. 회사 옷장에 있던 것을 홀리에게 졸라서 얻어낸 가방인데, 복잡하게 헝클어진 가방 내부가 그녀의 정신 상태를 상징하는 듯했다. 그와 대조적으로 라일라의 유모차에는 내부가 여러 칸으로 나뉜 가방이 걸려 있었다. 그 안에는 기저귀, 물티슈, 우유, 갈아입을 옷, 모자, 타이레놀 한 통이 들어 있었다. 이 가방은 평화롭고 안정된 마음을 대변하는 듯했다. 아니면 사이코패스의 마음일 거라고 매기는 웃음을 참으며 생각했다.

카페에 도착했을 때는 해가 졌고 덩달아 기온도 뚝 떨어졌다. 김이 서린 유리창 너머로 환하게 빛나는 카페를 본 매기는 마치 말을 타고 안개가 자욱한 황야를 돌아다니던 노상강도가 여관을 만난 기분이었다. 라일라와 매기는 피곤하지는 않았지만 아기는 유모차에서 내리고 싶어 했고, 매기는 그만 앉고 싶었다.

계산대에서 멀지 않은 구석의 작고 둥근 탁자에 자리를 잡고 유모차를 세워둔 다음, 주문하는 동안 라일라가 울지 않도록 마고가 챙겨준 쌀과자를 줬다. 줄 서서 기다리는 동안 매기는 유모차 속 아기에게 우스꽝스러운 표정을 지어 보이기도 하고, 몸을 위아래로 흔들기도 하고, 아기를 웃기려고 무릎을 숙인 채 손가락을 움직이기도 했지만 라일라는 과자에 더 관심이 있는 듯했다.

매기는 계산대에서 여직원에게 주문한 뒤 자리로 돌아갔다. 그러고는 라일라를 유모차에서 들어 올려 아기용 의자에 앉혔는데, 그동안 옆자리에 앉은 여자가 앞에 펼쳐놓은 책은 무시한 채 라일라를 유심히 바라봤다.

"아기가 정말 예쁘네요."

여자가 말했다.

여자의 얼굴은 앳돼 보이지만 그래도 어린 나이는 아니었다. 곱슬거리는 적갈색 머리카락은 뒤로 모아 대충 틀어 올렸다. 화장은 진하지 않았고, 오히려 옅은 화장 때문에 한층 어려 보였다. 화장은 투명한 피부와 잘 섞이지 못한 채 한 겹 얹혀 있었다. 마치 서투르지만 열심히 두드려서 바른 듯이. 마치 오늘은 사람들과 어울리고 싶은 마음이 별로 없다는 듯이.

요즘은 낯선 사람에게 성냥이나 라이터를 빌려달라고 청하는 경우가 점점 줄어든 터라 아이만이 낯선 사람과 이야기를 나눌 수 있는 유일한 화젯거리다. 매기는 주로 칭찬하는 쪽이었는데, 이제 칭찬을 받게 되니 자기도 모르게 따뜻한 미소를 지으며 코를 찡그렸다. "알아줘서 고마워요"인 동시에 "당연하죠"로 해석할 수 있는 보편적 신호였다. 라일라는 정말로 예쁜 아기였다.

여자도 매기에게 미소 지었다.

계산대에서 이름을 부르자 매기는 여자와의 짧은 교류를 끝내고 주문한 차를 가지러 갔다.

아기가 있으면 이런 일이 얼마나 자주 있을까?

매기는 궁금했다. 이는 요즘 같은 디지털 시대에 여전히 존재하는 실제 집단인 엄마들의 즉흥적인 커뮤니티에 가입할 기회다. 하지만 다시 생각해보면 한밤중에 빽빽 울어대는 아기와 단둘이 있을 때 카페에서 누군가가 미소를 지어줬다는 게 무슨 소용일까? SNS가 꼭 나쁜 것만은 아니다.

계산대로 가니 직원이 매기가 주문한 허브차를 다른 손님의 주문과 혼동하고 머뭇거렸다. 불과 1분 정도지만 매기는 갑자기 초조해졌다. 라일라에게서 오래 눈을 떼면 안 된다.

하지만 걱정할 필요 없었다. 손에 컵과 케이크 접시를 든 채 두근대는 가슴을 안고 돌아서니 옆자리 여자가 라일라와 놀아주고 있었다. 아이에게 우스꽝스러운 표정을 짓기도 하고, 메뉴판을 들고 까꿍 놀이를 하기도 했다. 매기는 라일라 옆자리에 앉으며 다시 여자에게 미소 지었고, 여자 역시 미소 짓더니 책으로 눈을 돌렸다.

매기가 허브차를 마시고 당근 케이크를 먹는 동안 라일라는 쌀과자를 먹으며 종알거리고 냅킨을 가지고 놀았다. 부모의 만족감이란 이런 걸까? 10분쯤 지나 매기가 접시에 남은 케이크 부스러기를 손끝으로 모으는데 라일라가 초조하게 꼼지락거렸다. 휴대전화를 확인해보니 메시지가 와 있었다. 마고가 약속 시간보다 몇 분 일찍 집에 도착했다는 메시지를 보냈다.

10분 뒤 매기와 아기는 요란하게 회색 현관문을 통과해 푸른 저녁을 벗어나 노란 불이 켜진 집 안으로 들어섰다. 둘의 얼굴에서 그림자가 물러날수록 엄마의 얼굴에 미소가 피어올랐고, 마고는 유모차에서 딸을 획 들어 올려 껴안았다. 라일라는 엄마와 다시 만나 기쁘다는 듯이 종알거렸다. 매기는 눈물이 핑 돌았다. 조금 전까지만 해도 두 사람은 서로를 그렇게 좋아하며 돈독한 유대감을 쌓았는데. 그녀에게도 저렇게 좋아해주는 사람이 생길까?

마고는 깔깔거리며 라일라를 공중으로 던졌다가 다시 잡았고, 매기는 그런 마고를 남겨둔 채 서둘러 위층 화장실로 갔다. 손을 씻는 동안 거울에 비친 얼굴을 봤다. 요즘에는 빨간 립스틱을 안 발랐는데(가끔 바르기는 하지만 주말에는 대체로 바르지 않았다), 바르지 않으니 훨씬 덜 사나워 보였다. 가슴도 예전보다 덜 드러냈다.

매기는 화장실에 온 김에 화장을 살짝 고치기로 했다. 다시 팀의 집으로 돌아갈 참이었고, 비록 팀은 그녀가 씻지 않는다고 해도 개의치 않거니와 알아차리지도 못하는 사람이지만 그래도 연애 초반이라 화장하지 않으면 신경 쓰였다. 라인을 그리고, 입술에 립글로스를 바르고, 색조를 섞고, 얼굴에 파우더를 두드리는 동안 욕조 위쪽 벽에 설치된 목재 선반을 훑어봤다. 알록달록한 장난감이 납작한 유리병, 둥근 단지, 평범한 갈색 실험실 유리병 같은 용기에 담긴 고급 화장품과 뒤섞여 있었다. 회사에서 뷰티 에디터가 이것저것 시험해본 뒤 더는 쓰지 않거나 버리는 화장품을 놓아두는 탁자에서 본 물건들이었다.

물론 마고는 다른 사람들처럼 그 탁자를 뒤질 필요가 없었다. 패션 에디터라는 직책 때문에 뷰티 에디터와 친했고, 이는 다른 사람보다 원하는 물건을 먼저 가져갈 수 있다는 뜻이었다. 매기도 뷰티 에디터 트리나와 그런 관계를 만들려고 노력했지만 트리나는 눈에 띄게 그녀를 냉대했다.

아이가 있는 여자들에게 육아 휴직인 동료를 대신해 들어온 사람은 그저 '그 여자'일 뿐이고, 트리나는 매기를 그렇게 대했다. 하지만 트리나의 어시스턴트가 매기에게 제품 몇 개를 슬쩍 쥐여줬고, 매기는 그 화장품을 욕실에 자랑스럽게 진열해뒀다. 비록 캐스의 저렴한 화장품과 함께 있기는 하지만. 마고는 흔해 빠진 화장품이 피부에 더 잘 맞아서 저 엄청난 고가의 화장품을 쓰지 않는 걸까? 아마 아닐 것이다. 마고의 피부는 비싼 화장품을 좋아하는 것처럼 보였다. 적어도 예전에는 그랬다.

매기는 화장품을 챙겨서 계단참으로 나갔고, 문이 열린 마고와 닉의 침실을 지나쳤다. 불이 꺼진 침실은 아늑해 보였다. 가파른 계단 맨 위 칸에 서자 맨 아래 칸에 선 마고가 보였다. 마고는 한쪽 허리 위로 라일라를 안고 있었다.

마고의 자세를 본 매기는 무슨 일이 생겼음을 단번에 알 수 있었다. 마고는 어깨가 굽었고, 할머니처럼 허리를 숙이고 있었으며, 마치 누구에게 배를 맞은 사람처럼 오른팔로 배를 감싸고 있었다. 라일라는 그녀의 한쪽 허리에 달라붙어 있었다.

하지만 매기를 소름 끼치게 한 것은 몸을 돌려 그녀를 올려다보는 마고의 얼굴이었다. 축 처진 마고의 입은 안쪽이 시커멨고, 침묵의 비명을 지르느라 벌어져 있었다. 날카로운 눈은 경계하는 기색이었고, 푸른색 홍채에는 그늘이 드리워져 깊고 텅 빈 웅덩이가 됐으며, 그 위의 눈썹은 이목구비와 함께 충격으로 벌어진 입을 향해 비스듬히 흘러내렸다.

마고의 목구멍에서 나직하지만 거슬리는 고음이 새어 나왔다. 마고는 백 살 먹은 노파처럼 보였고 뭔가에 홀린 듯했다. 아니다, 뭔가에 쫓기는 듯했다.

13

마고

"오늘 그 애를 봤어."

저 메시지가 지극히 정상으로 느껴지던 때가 있었다. 그때 나는 동네 사람끼리 서로를 잘 아는 마을에서 가족과 함께 만족스러운 삶을 살고 있었다. 당시에는 허공에서 동시에 돌아가던 세 개의 공이 중간에서 만날 때처럼 친구의 친구도 내 친구였다. 하지만 이제는 그런 친분이 동심원이 되어 익사하는 내게서 산소를 쥐어짜내는 듯했다.

나는 네가 무슨 짓을 했는지 알아.

죽마고우가 이렇게 무서운 존재가 될 수 있다는 사실이 어처구니없고 비현실적으로 느껴졌다. 그러다가 허무한 심정이 메스꺼움에 가까운 불안으로 변했다. 이 느낌을 너무 잘 기억했다.

오랜만에 네가 다시 무서워진다, 위니.

어쩌다 위니(묵묵부답에 상처받은 가슴을 안고 슬픔에 잠긴 위니, 잭이 죽은 뒤로 통화한 적도 없고, 나를 꾸짖은 문자를 마지막으로 연락이 끊긴 위니)가 까르륵거리는 라일라와 함께 찍은 사진을 내게 보내게 됐는지 제대로 생각해보기도 전에 계단 위에 다시 매기가 나타났다. 서 있는 각도 때문에 다리와 상체는 잘 보이지 않고, 충격받고 걱정스러워하는 얼굴만 보였다.

매기. 매기는 이 일과 무슨 연관이 있을까?

나는 이미 매기에게 너무도 화가 난 상태여서 그녀에게 라일라를 맡기는 게 영 꺼림칙했다. 교활한 매기는 회사에서나 가정에서나 내 삶 전체에 깊숙이 침투했고, 나는 가끔 매기가 옆에 있으면 숨을 쉬기 힘들었다. 하지만 내가 너무 예민하게 군다고, 호의를 거절하면 매기가 상처받을 거라고 스스로 타일렀다.

닉은 매기가 내 삶을 빼앗으려 한다는 주장이 얼마나 결함투성이인지 열심히 장황하게 설명했고, 그 이야기를 들은 나는 누그러졌다. 그래서 그가 팀과 축구를 보러 간 동안 매기에게 라일라를 맡기기로 했다. 이제 와서 생각해보면 어떻게 반은 좋아하고, 반은 두려워하는 여자에게 그저 예의를 차린답시고 라일라를 맡길 수 있었을까? 그러고서는 어떻게 형편없는 엄마라고 자책할 수 있을까? 닉은 엄마로서의 내 본능보다, 아이의 안전보다 매기의 감정을 더 우선시하는 걸까?

그 결과가 이 사진이다. 이번에도 나를 꼼꼼히 뜯어보는 매기의 시선 아래서 온몸이 창백해지고 부식하는 느낌이 든다. 나는 마치 누군가에게 배를 맞은 사람처럼 상체를 수그리고 있다는 걸 깨닫고 숨을 헉 들이마셨다. 그 사진을 본 뒤로 숨을 쉬기가 힘들었다.

"대체 어디 갔었어요? 라일라를 어디로 데려갔죠? 누구랑 함께 있었던 거예요?"

나도 모르게 매기에게 쏘아붙였다.

거칠고 격렬한 내 목소리는 만화 속 악당을 연상시켰다. 나는 가까스로 감정을 누르고 억지로 웃었다. 내가 지금 얼마나 불안정한 상태인지 매기에게 알리고 싶지 않았다.

그러기에는 좀 늦었지.

"마고, 괜찮아요?"

매기가 계단을 내려오기 시작했다. 그녀의 걱정스러운 눈이 내 창백한 얼굴과 라일라의 발그레한 얼굴을 오갔다. 잇몸을 드러낸 우리 딸의 미소에는 주위 어른들이 괴로워할 때 아이들이 흡수해버리는 듯한 불안이 한 겹 드리워져 있었다.

"무슨 일 있어요, 마고? 휴대전화에서 뭘 봤어요? 또 그 트롤 짓이에요?"

그러니까 HelenKnows를 알고 있다는 말이네. 그게 매기일까?

매기의 갈색 눈동자가 내 얼굴을 훑으며 뭔가를 찾고 있었다. 내가 말하기를 기다렸다.

저 눈. 시선. 벌어진 입.

매기에게 말해야 할 때가 왔다. 위니가 누구이고, 무슨 짓을 했는지 설명해야 했다. 우리가 한 짓을 설명해야 했다. 우리가 오랫동안 친구, 그것도 아주 친한 단짝이었다는 걸. 잭이 죽고 라일라가 태어나기 전까지, 내가 아무 생각 없이 라일라의 사진을 올려서 위니에게 큰 상처를 주기 전까지. 문제는 그게 다가 아니라는 것이다.

그것 말고도 훨씬 더 많은 일이 있었다. 너무 많아서 매기와 편안히 나눌 수준의 의미 없고 중립적인 잡담으로는 도저히 압축할 수 없었다. 게다가 내게 이 기괴한 영향력을 발휘하고, 내 정체성의 근간을 부드럽지만 끈질기게 압박하는 장본인인 매기에게 진실을 말한다면…… 그럼 매기는 내 약점을 알게 되는 셈이다. 닉에게도 말하지 않은 비밀을 알게 되는 것이다. 너무 끔찍해서 아무에게도 말하지 않은 비밀을.

매기는 이미 내 삶에 너무 깊이 파고들었다. 그 핵심까지 도달하게 둘 수는 없었다.

"아뇨, 아무 일도 아니에요."

나는 간신히 말했다. 내 목소리는 좀 더 안정됐고 원래 높낮이로 돌아갔다.

"엄마한테 전혀 예상치 못한 문자를 받았을 뿐이에요. 둘이 어디 갔어요? 라일라가 잘 놀던가요? 카페에 갔어요? 누굴 만났나요?"

그냥 묻는 것이라기에는 또는 합리적이라기에는 너무 많은 질문이었다. 유도신문이나 다름없지만 지난 몇 시간 동안 무슨 일이 있었는지 알아야 했다. 지난 몇 시간 때문에 내 미래의 행복은 또다시 위니 복수심의 제물이 됐다.

나는 억지로 즐거운 척하며 라일라를 들어 올려 거실로 데려간 다음, 카펫에 놓인 장난감들 사이에 앉혔다. 라일라는 자신을 내려다보는 두 여자의 얼굴을 차례로 올려다봤다. 라일라의 표정은 나처럼 진지하면서 매기처럼 어리둥절했다.
"그냥 길가에 있는 카페에 갔어요."
 마침내 매기가 대답했다. 마치 내 얼굴이 한 번도 들어본 적 없는 목적지로 가는 지도라도 되는 양 매기의 눈은 나를 살폈다.
 "멀리 돌아서 산책하다가 카페에서 잠깐 차 한 잔 마셨어요. 다들 라일라가 예쁘다고 난리였죠. 늘 그렇듯이."
 나는 매기에게서 몸을 돌렸다. 틀림없이 위니는 매기가 안 보고 있을 때 사진을 찍었을 것이다. 매기는 라일라를 두고 화장실에 갔을까? 라일라를 얼마나 혼자 뒀을까? 내게 가장 소중한 존재에게 무슨 일이 일어났을 수도 있다고 생각하니 속이 울렁거렸고, 아이를 내 시야에서 사라지게 둔 나 자신에게 거센 분노가 치밀었다.
 "그러다 마고가 보낸 메시지를 보고 곧바로 돌아온 거예요."
 매기는 그렇게 말하며 두 손을 청바지 뒷주머니에 밀어 넣었다. *하이웨이스트에 발목이 드러나는 9부 청바지. 늘 입던 스키니가 아니네.*
 "근데 정말 괜찮아요? 무슨 일이 생겼어요?"
 마음의 짐을 덜어놓을 또 한번의 기회가 왔지만 나는 여전히 거부했다. *그게 바로 그녀가 원하는 거야. 나를 쥐고 흔들 수 있는 뭔가를 얻는 것.*
 매기를 염두에 둔 말인지, 위니를 염두에 둔 말인지조차 알 수 없었지만 어쨌든 나는 입술을 다문 채 얕은 숨을 쉬었다. 그러고는 고개를 저었다.

"괜찮아요, 매기. 고마워요."

나는 부끄러워하는 척하며 거짓말했다.

"라일라와 그렇게 오래 떨어져본 적이 없어서 좀 불안했던 것 같아요. 그게 다예요. 계속 긴장하고 있었어요."

넓은 의미에서 보면 사실이긴 했지만 나는 전형적인 초보 엄마를 연기했다. 사람들은 초보 엄마들이 불안과 비이성적인 패닉을 원동력으로 질주한다고 생각하는 경향이 있어, 만약 내가 진짜 감정(점점 더 차분히 가라앉고 초연해지는 공포와 점점 더 논리적이 돼가는 자기보호의 충동)을 털어놓는다면 매기는 한층 더 걱정할 터였다. 아기가 있는 여자들은 초연하거나 논리적으로 행동할 수 있어서는 안 된다. 그저 길길이 날뛰고, 감정이 오락가락하고, 눈물을 질질 짜야 한다. 나는 몇 주간 울지 않았다. 끊임없는 불안의 열기 속에서 몸 안의 수분이 증발해버린 듯했다.

다시 호피무늬 코트를 입은 매기가 집에서 나가며 현관문을 닫자 나는 즉시 휴대전화를 집어 들고 메시지를 확인했다. 수척하기는 해도 열두 살 때부터 알고 지낸 위니의 얼굴을 알아볼 수 있었다. 위니가 휴대전화 속에서 나를 보고 있었다. 바로 위에는 내가 위니에게 마지막으로 보낸 굽신거리는 사과 문자가 있었다. 그 위에는 우리의 관계를 어떻게든 이어가려고 한 달간 답장도 못 받은 채 내가 일방적으로 보낸 지루한 문자들이 있었다.

위니의 얼굴은 라일라와 같은 높이에 있었고, 둘의 관자놀이가 닿을 정도로 위니가 라일라의 의자 쪽으로 몸을 내밀고 있었다. 한쪽 팔은 사진을 찍기 위해 쭉 뻗고, 다른 쪽 팔로 아기의 통통한 몸을 감싼 채 카메라를 똑바로 보고 있었다. 반면 라일라는 휴대전화 속에 나오는 자신의 모습을 뚫어지게 보면서 그걸 만지려고 주먹 쥔 통통한 손을 내밀었다. 위니의 입술은 미소를 지었고, 라일라의 입술은 감탄하듯 "오" 소리를 내는 모양이었다. 늘 침이 흐르는 턱은 불빛을 받아 번들거렸다.

위니의 미소는 진심인 듯했다. 라일라와 함께 있어서, 외출했다가 우연히 라일라를 만나 즐거운 듯했다. 작고 둥근 라일라의 얼굴도 나를 보며 미소 지었고, 화면 안에 들어오려고 옆으로 기울인 둘의 머리가 만나는 지점에서는 금빛 곱슬머리가 위니의 붉은 머리카락과 섞였다. 나는 몸속이 차가워졌다.

이 사진을 보여주면 닉은 뭐라고 할까?

틀림없이 기뻐할 것이다. 화해의 시작이자 오랫동안 아주 많은 것을 공유하던 우정의 부활로 볼 것이다.

닉은 모르는 게 너무 많아. 내가 무섭다고 말하면 닉은 뭐라고 할까?

닉은 아마 나를 달래서 별일 아니라고 생각하게 할 것이다. 차분하고 이성적인 남편이 늘 내게 주는 일종의 특별한 사면을 갈망하기도 했지만, 지금 내게 필요한 것은 그게 아니었다. 위니가 나와 라일라를 지켜보는 이 상황에서 긴장을 풀고 만족해서는 안 된다. 오히려 정신을 바짝 차려야 했고, 이는 닉이 알아서는 안 된다는 뜻이다. 당분간은.

똑똑한 위니는 이 모든 게 지극히 자연스러워 보이게 꾸며놓았어. 사정을 모르는 사람은 이게 위니의 협박이라는 걸 알 수가 없지.

나는 손목시계를 봤다. 6시 30분. 라일라를 목욕시킬 시간이다. 예전에 연애할 때 닉과 함께 있으면 그랬듯이, 이제는 라일라를 돌보는 동안 다른 일을 차단하는 데 능숙해졌다. 나는 긴장을 풀고 익숙해진 절차를 따랐다.

주전자 물을 끓이고, 이유식을 섞고, 젖병은 차가운 물에 넣어 식혀두고, 목욕물을 받았다. 수돗물이 욕조에 요란하게 떨어지는 소리는 라일라와 내가 좋아하는 백색 소음이었다. 라일라는 누워서 다리를 차고, 나는 기저귀 교환 매트를 욕실 바닥에 깔았다. 그동안 욕조 물은 따끈해졌다.

아이를 키우는 데 큰 그림 따위는 없다. 모든 게 즉각적으로 이뤄져야 한다. 아이의 요구는 절대적이다. 그 외의 다른 일은 기다려야만 한다. 설사 하늘이 무너진다 해도 기쁨으로 가슴이 벅차오르는 느낌은 절대 사라지지 않을 것이다. 아기와 통한다는 느낌이 들지 않는다고, 그래서 사랑이 생길 때까지는 그저 기계적으로 아기를 돌본다는 엄마들도 있지만 나는 아니다. 라일라에게 해주는 내 반응에 어느 하나 기계적인 건 없다. 인간으로서 가장 완벽한 표현이며 환희와 걱정 사이를 오가는 진자였다.

내가 화나는 건 나와 내 아기가 머무는 틀의 틈 사이로 〈고스트 버스터즈〉에 나오는 초록 괴물처럼 스멀스멀 기어들어오는 나머지 세상이다. 지금까지 내가 느껴본 것 중에서 가장 광범위한 이 감정이 이전에 내가 산 삶에 의해 변형되는 건 참을 수 없었다. 회사 일과 매기, 친구들과 위니에 의해. 닉에 의해서도? 아니다. 닉은 다르다. 라일라가 우리에게 온 순간부터 내가 그랬듯이, 닉 역시 자신의 삶에 다른 영역이 생겼음을 알았다.

닉은 나처럼 라일라에게 자신을 맞출 필요가 없어. 자기 생활을 영위하면서도 얼마든지 라일라와 살 수 있지. 하지만 나는 라일라가 들어올 수 있도록 내 삶의 윤곽선을 완전히 바꿔야만 해.

라일라를 내려다보며 평소처럼 더할 나위 없는 행복으로 가슴이 벅찼다. 수건으로 몸을 다 말리고 보송보송한 잠옷을 입은 라일라는 작은 테디베어 같았다. 라일라를 부드럽게 침대에 내려놓으며 현실 세상을 다시 상대하기 전의 마지막 순간을 음미했다.

아기방 문을 닫고 베이비 모니터를 켜자 화면에 누워서 쌔근거리는 작은 형체가 나타났다. 나는 다시 휴대전화를 집어 들고 아래층 소파로 가서 앉았다. 오늘 밤은 와인 한 잔도 함께. 죄책감은 들지 않았다. 주위에 나를 비난할 사람은 아무도 없었다. 어차피 라일라의 다음 수유 전에 체내에서 빠져나갈 것이다.

위니의 메시지에는 느낌표가 없었으니 노골적으로 적대감을 드러낸 것은 아니다. 위니는 우리가 어떤 감정인지는 전혀 드러내지 않은 채 첫수를 뒀다. 아래에 발로 디딜 단단한 땅이 있는지 없는지도 모른 채 어둠 속에서 내디딘 한 걸음이었다.

하지만 그 메시지는 나를 불편하게 했다. 따뜻한 구석은 하나도 없었고, 내 허를 찔러 소름 끼치게 만들려는 의도였다.

내게 그 일을 상기시키려고.

메시지 속 '그 애'는 라일라지만 우리는 오래전에도 다른 사람에게 그 단어를 썼다. 헬렌.

그 메시지를 받았을 때 목덜미와 팔의 털이 곤두섰다.

나는 답장을 고치고 또 고쳤다. 잡지에 실을 기사를 모프에게 허락받을 때보다 훨씬 더 열심히. 내가 준비되기 전에 제멋대로 발신되는 일이 없도록, 또한 내가 답장을 작성 중이라는 걸 위니가 알지 못하도록(나는 늘 이 기능이 기분 나빴다) 메시지창이 아닌 다른 곳에.

메시지는 내일 아침에 보낼 것이다. 그간의 데이트 경력 덕분에(매기에게 들은 그 많은 복잡한 어플이나 데이트와 비교하면 그 시절은 원시시대처럼 느껴지지만) 숙면을 취하고 싶으면 절대 밤에 진지한 메시지를 보내면 안 된다는 걸 알고 있었다. 요즘에는 숙면하는 날이 별로 없지만.

결혼 선물로 받은, 플라스크 모양의 잔에 든 달콤한 가비 와인을 한 모금 마시고 인스타그램에 들어갔다. 거기에도 매기가 있었다. 나무탁자에 놓인 두 잔의 진토닉 사진인데 나는 그 탁자를 알아볼 수 있었다. 우리 동네 펍에 있는 탁자다.

팀과 사귄다는 사실은 언제 밝히려는 거지?

매기에게 사귀는 사람이 있다는 사실을 알려서(당연히 교묘한 방법으로, 그러고는 곧바로 '내 생각이 짧았다'는 식의 사과와 함께) **"싱글이 최고야"** 기사를 읽고 매기를 팔로우하게 된 수많은 사람이 마침내 매기가 사기꾼이라는 걸 깨닫게 할 방법은 없을까? 저 사진 밑에 팀을 언급하며 둘이 좋은 시간 보내라고 쓰는 건?

너무 노골적이야.

매기와 나는 시소 맞은편에 앉은 상황이었다. 둘 중 한 사람이 어떤 일을 하면 상대에게 영향을 미쳤다. 설사 그럴 의도가 없었다 해도. 고의로 상대를 방해하는 행위는 즉시 질투, 시샘, 앙심으로 보일 것이다.

육아 수업을 같이 들은 여자들이 올린 방글거리는 아기 사진과 전생처럼 느껴지는 과거에 알고 지낸 홍보 담당자들이 올린 멋진 칵테일 사진을 획획 넘겼다. 몇몇 동료가 올린 시골 저택 사진과 또 다른 동료들이 올린 세심하게 꾸민 모던하고 미니멀한 인테리어 사진도 그냥 넘겨버렸다. 그들은 족보보다도 런던의 호화 주택을 자신의 신분과 동일시하는 사람들이었다.

그런 다음 아무 생각 없이 페이스북에 들어갔다. 페이스북에는 런던에 사는 지인들보다는 위니와 내 동창들이 더 많았다. 그리고 매기도. 여기에 올라온 매기의 진토닉 사진은 인스타그램에 올린 것과 살짝 달랐다. 잔 앞에 팀과 매기의 손이 포개어져 있고, 그 아래 "행복"이라고 적혀 있었다. 매기가 선수 쳐서 나보다 먼저 사람들에게 알린 걸 보니 실망스러웠다. 내가 쥐고 있던 매기의 아주 작은 약점이 사라져버렸다.

나는 팀을 10년간 알아온 터라 그가 요즘 가장 행복해 보인다는 걸 알 수 있었다. 예전에는 가끔 팀이 나와 남편의 관계를 갈망하는 눈길로 바라보곤 했다. 성적인 갈망이 아니라 자기도 우리 같은 관계를 갖고 싶은 마음이었다. 이제 팀에게도 그런 관계가 생기니 그의 눈에 비친 나는 보잘것없는 존재가 돼버렸다. 그것 역시 매기 때문이다.

나는 감지 않은 머리카락을 부끄러운 마음으로 쓸어내리며 인생에서 가장 중요할 수 있는 관계를 막 시작한 매기에게 두 가지 감정을 동시에 느끼고 있음을 깨달았다. 나는 행복한 매기의 모습에 덩달아 흥분되면서도, 매기가 그걸 SNS에 공유해 알지도 못하는 사람들로부터 응원받고 싶어 한다는 사실은 살짝 경멸했다.

당신이 매일 라일라 사진을 올리는 것도 같은 이유 아닌가요?
매기의 목소리가 나를 조롱했다.

현대인의 삶은 그렇다. 그게 싫으면 위니가 그랬듯이 집 안의 불을 모두 끄고 집에 없는 척해야 한다. 매기가 늘 내 곁을 맴도는 게 더 신경 쓰일까, 아니면 위니가 갑자기 사라진 게 더 신경 쓰일까? 모르겠다.

액정 한쪽 구석에서 아이콘 하나가 나타났고, 나는 아무 생각 없이 그걸 클릭했다. 친구 요청이었다.

다시 그 우스꽝스런 사진이 나타났다. 대문짝만한 선글라스.
"HelenKnows님이 친구 요청을 했습니다."

너무 세게 잔을 내려놓는 바람에 와인이 러그에 떨어졌고, 나는 말 없는 공포 속에서 생각에 잠겼다. 이 여자는 대체 나한테 뭘 원하는 걸까? 그러고 보니 이미 내게서 몇 가지를 빼앗아갔다. 마음의 평화, 자존감, 어린 딸에게 쏟는 마음, 한때 라일라와 나를 감싸던, 절대 터질 것 같지 않던 사랑의 거품. 모두 매기와 위니가 계속 흔들어놓으려고 했던 것들이다.

나는 러그에 떨어진 와인은 무시한 채 트롤의 프로필을 다시 클릭했다. 트롤은 유명한 여성 인사들에게 외모와 자격을 비판하는 독설을 계속 퍼부어댔다. 최근에는 인기 있는 앵커우먼과 온라인 설전을 벌이기도 했는데, 그녀가 헤드라인을 읽을 때 입은 옷 색깔에 관해서였다. 대부분 새벽에(너도 그 시간에 깨어 있었 잖아, 안 그래?) 무더기로 보낸, 악의에 가득 찬 포스팅들을 읽고 있으니 두려움이 가라앉았다. HelenKnows는 골치 아픈 인간이었고, 누구든 걸리기만 하면 증오를 퍼부어댔다. 내게 보낸 댓글들도 개인적인 원한에 찬 것처럼 보이지만 마녀사냥이라기보다는 더 광범위한 십자군 전쟁의 일부였다.

그래도 최근 포스팅을 보고 나니 더 뜨끔했다. 살갗을 따라 작게 웅웅거리는 느낌, 덧문을 꽁꽁 걸어 잠갔는데도 이 트롤이 나를 지켜보고 있다는 느낌을 떨쳐낼 수 없었다. 페이스북을 자주 사용하진 않지만, 그것은 다른 사람들처럼 공개된 계정이 아닌 사적인 계정이었다. 그런 페이스북에서 트롤이 친구 요청을 하니 갑자기 그녀가 우리 집 현관문을 두드린 듯했다.

HelenKnows의 개인 페이지를 들어가봤지만 아무것도 없었다. 다른 친구도, 메시지도, 포스팅도. 나는 신고 버튼을 누르려다 멈칫했다. 이 버튼을 누르는 순간, 트롤이 알게 될 거라는 느낌이 계속 들었기 때문이다. 괜히 신고했다가 트롤을 자극하는 건 아닌지, 이런 모욕에 트롤이 어떤 반응을 보일지 걱정됐다.

하지만 이 여자가 내게 먼저 연락했다는 사실이 떠올랐다. 그녀가 먼저 공격했다. 그녀가 내 기억 속으로 밀치고 들어와 내 위안을 박살 냈다.

그 여자가 뭘 알고 있든 그걸 얘기해줬을 사람은 한 명뿐이야. 위니.

고등학교를 졸업한 뒤로 대놓고 헬렌을 생각한 적은 없었다. 헬렌은 늘 수면 아래 도사리고 있었지만 거기에 주의를 기울이지 않는 법을 배웠다. 불안하고 걱정될 때마다(자주 그랬지만) 수면 아래서 늘 웅웅거리는 그 소리 때문이 아니라 내가 앞두고 있는 일 때문이라고 핑계를 댔다.

그 눈. 그 시선. 벌어진 입. 추락할 때 지르던 비명. 바닥에 떨어질 때 났던 소리.

나는 힘차게 머리를 저었다. 헬렌 생각을 너무 많이 했다.

트롤의 친구 요청을 삭제하고, 페이스북 피드의 '새로 고침'을 클릭했다. 맨 위에 올라온 매기의 최근 사진에 몇 개의 '좋아요'와 댓글이 달렸다.

"우아, 건배!"

"당신은 행복할 자격이 있어요!"

"주말 잘 보내요, 매기!"

사람들이 이렇게 긍정적인 반응만 하면서 호감을 보이는 인생을 살면 어떤 기분일까? SNS에 목매는 매기를 경멸하던 마음이 흔들렸다. 현재 내 인생은 아주 오랫동안 상실과 죽음, 공포 그 자체였다.

미리 경고해줄 수 있었잖아.

이 말이 떠오르면서 내일 아침에 위니에게 보내려고 대기 중인 답장이 생각났다. 마치 몸에 꽂혀 있어서 상처를 치료하려면 일단 뽑아야 하는 칼처럼 얼른 그 답장을 보내버리고 싶었다. 휴대전화 메시지로 들어가 서너 시간 전에(*그것밖에 안 됐나?*) 위니가 보낸 사진 밑에 답장을 썼다.

"넌 늘 나보다 친구를 더 잘 사귀었지."

그러고는 '발송'을 누르고 휴대전화 전원을 완전히 꺼버린 다음, 다른 손에 들고 있던 와인 잔을 비웠다. 몇 달 만에 처음으로 상황을 잘 통제하고 있다는 착각이 들었다. 변한 건 아무것도 없음을 알지만 내가 왜 위니를 화나게 했는지 더는 궁금하지 않았고, 위니의 문자를 기다리지도 않았으며, 더는 멀리서 위니를 보기만 해도 상처받지 않았고, 내가 어쩔 수 없는 상황이 미안하지도 않았다. 한 아이는 죽고 다른 아이는 태어난 상황. 그리고 오래전에 일어난 상황도.

몇 달 동안 느낀 후회와 수치심 대신 이제는 분노가 치밀었다.

위니는 다른 사람에게 죄책감을 느끼게 하는 데 선수다. 자신이 저지른 일을 그렇게 다른 사람에게 넘겨버렸다. 또한 수치심을 조금씩 나눠주는 재능이 있었다. 그러면서 늘 차분하고, 늘 평온하며, 늘 약간은 실망하고 체념한 상태였다. 헬렌과 끝난 뒤로 위니는 늘 자신은 누구와도 가까워질 수 없고, 나는 늘 자신이 의도치 않게 선택한 차선책이라는 점을 분명히 했다.

이젠 내가 선택했어. 이걸로 끝이야.

그때 해야 할 일이 생각나더니 갑자기 기운이 솟아나 허리를 똑바로 폈다. 지난 몇 달간 라일라를 돌보느라 잠도 제대로 못 자고 악몽에 시달려서 내 안에 이런 에너지가 있다는 걸 잊고 있었다. 나는 빈 와인 잔을 내려놓고 자리에서 일어났다.

바깥은 어두워졌다. 황혼이 내린 저녁은 더 어두운 밤으로 바뀌었고, 복도의 그림자는 벽을 따라 더 길어졌다. 어둠에 잠긴 계단 위쪽이 비스듬히 보였다. 내게 필요한 물건이 저기 있었다.

나는 나 자신을 삭제하기로 마음먹었다. 온라인 소통 창구가 휴대전화 액정에서 내 영혼으로 뛰어들어온 듯했고, 그 과정에서 매기와 위니, 이 트위터 트롤에 대한 방어력도 낮아진 터라 내 계정을 모두 지워버릴 작정이었다. 위층의 남는 방에 그 방을 거의 다 차지할 정도로 크고 두둠한 닉의 컴퓨터가 있는데 거기서 지울 것이다. 라일라가 태어나기 전에 닉은 저녁이면 종종 그 방에서 고객에게 의뢰받은 문자와 로고를 작업하곤 했다.

닉이 그 컴퓨터를 사왔을 때 워낙 알뜰하게 살아온 나는 가격표를 보고 겁이 날 지경이었지만 내심 기쁘기도 했다. 컴퓨터는 아주 고급스러웠고, 스크린도 굉장했으며, 디자이너라면 누구든 사고 싶어 할 제품이었다. 내 안의 사춘기 여고생이 가지고 싶어 할 만한 물건이었다. 브러시드 메탈이 그렇게 멋있다는 걸 조금이라도 알았다면.

휴대전화에서 SNS 어플을 지워버릴 수도 있지만, 완전히 끝내고 싶었고 제대로 하고 싶었다. 살짝 취한 나는 온라인에서 나를 죽이는 행위에는 어떤 의식이 있어야만 한다고 판단했다. 회사에서 내가 컴퓨터와 관련해서 뒤떨어진 질문을 할 때면 인턴들이 가끔 킥킥 웃곤 했듯이, 나는 닉의 컴퓨터 같은 데스크톱은 오로지 '비즈니스'용으로만 사용해야 한다고 생각했다.

라일라가 태어난 뒤로 책상에 앉기는 처음이네. 신나는데.

나는 계단 밑에서 깜빡거리는 스위치를 켜고 단호하게 계단을 올라갔다. 뒤쪽 거실의 베이비 모니터에서 나직이 웅웅거리는 소리가 들렸고, 아기방에(그렇다. 이제는 '아기방'이라고 부른다) 놓아둔 카메라가 라일라의 모습을 중계해줬다. 위층으로 올라오니 아기방 문 너머로 종종(내가 흡족할 정도로 자주는 아니지만) 불규칙적으로 숨을 내쉬는 소리와 침대 속에서 조그마한 몸이 움직이는 소리가 들렸다.

방문을 열고 들어가니 닉의 컴퓨터 스크린 밑에서 빨간 불이 깜빡거렸다. 이 컴퓨터는 늘 켜져 있고, 늘 준비돼 있었다. 밤에 겉으로는 꼼짝하지 않고 자는 듯이 보이지만, 라일라가 요구하면 무슨 일이든 해내려고 언제든 깨어날 준비가 되어 있는 내 모습 같았다. 벽의 스위치를 켜고 벌써 2년째 정리하지 않은 이삿짐과 라일라에게 작아서 다른 아이에게 물려줘야 할 옷들이 든 쇼핑백 사이를 지나갔다.

닉은 저 쇼핑백을 "엄마의 가슴 아픈 추억"이라고 부르며 라일라가 태어나서 처음 입은 옷에 내가 감정적 애착을 갖고 있다고 알려줬다. 닉은 늘 라일라의 발달 과정에서 다음 단계에 열광하는 반면에, 나는 라일라가 새로운 것을 배우고 새로운 의식을 치를 때마다 이를 작은 죽음으로 받아들였다. 라일라와 내가 같은 사람이던 시절로부터 한 발짝씩 멀어지는 셈이었다. 임신이 그다지 즐겁지는 않았지만 그게 먼 과거가 된다고 생각하면 견딜 수 없었다.

책상 앞에 놓인 의자에(컴퓨터만큼이나 비싸지만, 저 널찍한 컴퓨터를 보고 기뻐했듯이 우리 둘 다 복고풍 분위기가 물씬 풍기는 의자와 사랑에 빠져버렸다) 앉아 마우스를 흔들어 컴퓨터를 깨웠다. 내 머리 양옆으로 1미터가량 펼쳐진 검은 화면에 빛나는 픽셀들이 나타났다.

그것은 지난번에 나를 놀라게 했던 그 분홍색이었다. 한쪽에 접힌 주름이 보이는가 하면 저쪽에는 얼룩의 옅어지는 끝부분이 보였다. 이내 손톱과 속눈썹이 또렷해지더니 모자 그리고 토끼가 나타났다. 죽은 직후에 찍은 잭의 사진이었고, 아이의 죽음이(닉이 내 휴대전화에서 삭제한 사진이) 그 큰 스크린을 장악했다.

나는 종종 어떤 일이 벌어진 지 한참 뒤에야 놀라는 라일라를 보며 킥킥거리곤 했다. 큰 소리가 나거나 누군가 방에 들어온 뒤 몇 초 지나서 움찔하는 라일라를 보면 웃음이 나왔다. 하지만 내 앞에 보이는 이미지를 이해하려고 안간힘을 쓰는 지금, 나 역시 그와 비슷한 반응을 보였다.

마침내 이해한 뒤에는 마치 의자가 불판이라도 되는 듯이 벌떡 일어났다. 그러고는 놀라서 숨을 헉 들이마시는 소리와 겁에 질려 우는 소리의 중간쯤 되는 비명을 내질렀다.

저 사진은 분명히 지웠다. 닉이 삭제했다.

나는 여전히 어지러운 머리로 이 사진이 여기 있는 합당한 이유를 찾아내려 했지만 도저히 찾을 수 없었다. 이 컴퓨터를 쓰는 사람은 닉뿐이고, 지난 몇 주 동안 나 말고 위층에 올라온 사람 역시 닉뿐이었다.

매기만 제외하고.

매기는 오후 내내 혼자 우리 집에 있었고, 특히 저녁에 라일라를 데려온 뒤에 위층에 올라왔다. 내가 위니에게 메시지를 받은 직후에.

나는 위니에게 사진을 받기 직전의 몇 분을 떠올렸다. 매기는 필요 이상으로 위층에 오래 있었다. 나는 위니의 사진을 받고 너무 놀란 터라 매기가 어떤 방에 들어갔는지 알아차릴 정신이 없었다. 게다가 이 방은 욕실 바로 옆이다.

매기의 짓이다. 내 일자리를 빼앗고, 내 친구들을 빼앗고, 내 삶을 빼앗은 매기가 이제는 내 온전한 정신까지 빼앗으려 하고 있다.

내가 볼 수 있도록 매기가 이 컴퓨터에 사진을 저장한 것이다. 하지만 왜?

위니. 카페에서 매기를 만났고 내 딸, 사랑스럽고 발그레한 뺨을 가진 내 건강한 아기와 사진을 찍은 위니가 매기에게 부탁한 것이다.

2부

위니 클로

1

아이가 없는 세상은 미래가 없는 세상이다.

과거를 잊으려 그렇게 노력했는데 난 이제 어떻게 해야 하나.

잊으려고 노력하며 거리를 걸어 다니는 동안 그런 생각들이 머릿속을 계속 맴돈다. 아니다, 잊으려는 건 아니다. 내 아들의 이미지가 희미해지는 건 허락할 수 없다. 하지만 세세한 부분은 벌써 잊히고 있다.

녹과 캐러멜이 섞인 듯한 아이의 체취는 바람결에 날아가듯 증발하고 있다. 잭이 냈던 소리, 거친 호흡이 시작되기 전에 부드럽게 쿵쿵거리는 듯하던 소리도 잭이 없는 날들이 눈 깜짝할 사이에 지나가는 동안 희미해졌다. 찰스와 내가 그 애를 안을 때의 온전한 느낌은 사라지지 않으리라. 하지만 내 팔에 남아 있는 그 깊은 공허감 역시 사라지지 않을까 걱정이다.

나는 잊기 위해서가 아닌, 나 자신을 무감각하게 하려고 길을 걷는다. 내게 일어난 사건의 무자비한 영향력을 무디게 하려고. 마치 한 발을 다른 발 앞으로 내미는 걸 반복하다 보면 내 감정의 면도날을 마모시킬 수 있다는 듯이.

평일에는 새벽에 일어나 출근하는 직장인들과 함께 지하철을 탄다. 챈서리 레인, 세인트 폴, 알게이트, 뱅크, 캐너리 워프. 잿빛 건물들이 늘어선 잿빛 거리, 출근하려고 그 거리를 오가는 잿빛 사람들. 나는 그저 존재하기 위해 거기로 간다. 사무실이 많은 지역에 가면 유모차와 그 유모차를 밀며 모퉁이마다 나오는 여자들의 공격을 받지 않는다. 이곳은 가는 줄무늬 양복을 입은 회사원들의 집결지다. 남자나 여자 또는 아내는 없다. 엄마도.

아이가 없는 이 거리에서 나는 나를 기억해내려 한다. 잠시 머리에서 아이 얼굴을 몰아낼 수는 있어도 느낌은 사라지지 않는다. 그 외의 다른 어떤 것도 들어올 공간이 없다. 예전에 내가 필요하다고 생각하던 것들, 좋아한다고 생각하던 사람들, 내가 저지른 실수와 간직한 비밀도 들어올 공간이 없다.

그래서 그렇게 오랜 세월이 흘렀는데도 그것들이 다시 수면 밑에서 부글거리나 보다.

주말이면 도망치기가 쉽지 않다. 삶이 견뎌내는 것이라기보다 즐기는 것일 때 가는 곳인 상점과 박물관과 극장으로 향하는 사람들, 온전하고 운 좋은 가족들과 마주칠 위험이 있다.

가끔은 집 주위를 산책하지만 사람들이 가정을 꾸리려고 일부러 이사 오는 동네에 일부러 살고 있을 때는 산책이 힘들다. 나는 흰 신생아 모자를 씌운 아기를 카시트에 태워서 집으로 돌아오는 저들과 내가 다를 거라고는 한순간도 생각해본 적이 없다. 우리도 병원에서 가져온 것이 있기는 했다. 우리의 카시트에는 찰스가 밀어 넣은, 그의 피 묻은 셔츠가 있었다. 우린 그걸 들고 문지방을 넘었다.

갈수록 나아진다는 말은 못 하겠다. 덜 힘들어진다는 말도 못 하겠다. 임신했을 때 나타난 몸의 징후들은 이제 모두 사라졌다. 가슴은 아무도 먹지 않는 모유로 거의 2주 동안 팽팽해졌다. 누군가 가슴을 무릎으로 짓누르는 듯한 그 통증이 오히려 위안이 됐다. 끊임없이 느껴지는 애매한 통증 대신 집중할 수 있는 대상이었기 때문이다. 뱃가죽은 몇 달 동안 축 처져 있었고, 그나마 찰스가 말없이 건네주는 단백질 셰이크로만 그 안을 채울 수 있었다. 나는 그 셰이크를 연료처럼 억지로 먹었다. 다시 임신할 수 있는 몸을 만들고 싶었다.

나는 조금씩 치유됐다. 줄었던 체중이 원래대로 돌아간 뒤 서리가 녹듯이 생리가 다시 시작됐고, 우리 집 앞 나무 밑동 주위에 둥그렇게 자라던 크로커스에 첫 봉오리가 맺혔다.

임신 기간 윤기가 흘렀던 머리카락은 출산 후에 빠지더니 귀 위로 다시 짧게 자라났다. 내가 머리를 뒤로 묶을 때면 사슴의 뿔처럼 바깥쪽으로 뻗치는 이 짧은 머리카락은 다른 엄마들과 나의 유일한 공통점이다. 다른 엄마들이 그 뻗친 머리를 손으로 쓸어내리며 혀를 차고, 흉해 보인다고 호들갑 떠는 모습을 지켜보며 나는 그저 손가락으로 그 머리카락을 하염없이 빙빙 돌릴 뿐이다. 이 머리카락은 잭이 첫 숨을 내쉬는 순간부터 자라기 시작했고, 잭이 존재했다는 증거이며, 그 길이는 찰스와 내가 그 아이 없이 살아온 새로운 삶의 기간을 의미한다.

나는 아기를 낳은 마고를 축하해주고 싶었다. 하지만 마고가 내게 말하지도 않고(경고하지도 않고) SNS에 올린 사진을 봤을 때 그것은 불가능하다는 걸 깨달았다. 나는 마고의 행복을 견딜 수가 없었다. 마고는 자기가 얼마나 운이 좋은지, 하마터면 얼마나 끔찍한 불행을 겪을 뻔했는지 모른다. 아기를 낳는 여자들 모두 마찬가지다. 다들 출산이 이를 뽑는 것처럼 간단하다고 믿기 때문이다. 그렇게 믿는 편이 나을 것이다. 내 안에서 생명이 자란다는 것이 곧 아기 또는 나의 죽음으로 이어질, 매우 현실적인 가능성이 있다는 사실을 알게 되면 미쳐버릴 테니까. 하지만 치과에서 우는 사람들의 이야기는 아무도 듣지 않는 법이다.

극도로 힘든 날에는 나와 마고의 과거를 자주 생각했다. 휴대전화에 있는 잭의 사진을 바라보는 것 말고는 아무것도 할 수 없는 날들이었다. 나는 지쳐 쓰러지거나 휴대전화 배터리가 다 닳을 때까지 사진만 바라봤다.

내가 누군가와 막 새로운 삶을 시작하려는 순간에 그 사람을 빼앗긴 적이 이번이 처음은 아니었다. 그러고도 마고가 아무 일 없다는 듯이 계속 살아간 것도 이번이 처음이 아니었다.

✳

헬렌은 열여섯 살 때 우리 학교로 전학을 왔다. 우리와 같은 학년이지만 몇 달 먼저 태어났고, 마고와 나의 좁은 인간관계 안에서 단번에 가장 세련된 사람으로 등극했다. 갈색 곱슬머리는 늘 바싹 잘랐고, 넥타이는 언제나 당당하게 비뚤어져 있었다. 몇 주가 지나자 나도 넥타이를 비뚤게 매고 다녔다.

마고와 나는 다른 친구를 사귀는 데 익숙지 않았다. 학교에서 우리에게 관심 있는 사람은 아무도 없었다. 그들은 우리의 농담을 듣고 너무 빨리 웃거나, 우리의 재치를 한참 뒤에야 이해했고, 우리는 기회가 되는 대로 떠나기로 마음먹은 이 동네의 전형적인 아이들이었다.

마고는 키가 크고 마른 체형이었다. 나중에 패션 업계 관계자들은 환호할 몸매였지만 당시에는 친구들의 조롱을 받았다. 직설적으로 말하기로 유명한 북부 잉글랜드에서 가슴이 납작한 여학생으로 살아간다는 건 힘든 일이다. 나는 와인오프너에 달린 스크루처럼 꼬불꼬불한 빨강 머리였는데, 이것은 전 세계 어디를 가든 내가 짊어져야 할 십자가였다. 아침마다 머리카락을 뒤로 모아 납작한 자동 핀으로 묶었는데 오후가 되면 핀이 헐거워졌다.

하지만 우리는 부족한 외모를 유머 감각으로 채웠다. 우리 둘의 유머 감각이 어찌나 잘 맞고, 어찌나 미묘한지 가끔은 텔레파시처럼 느껴졌다.

마고처럼 나를 웃게 하는 사람은 없었다. 심지어 찰스도 그렇게는 못 했다. 학교를 졸업한 뒤로는 숨을 꺽꺽 들이쉬고 헉헉거리고 눈물까지 흘리며 웃는 일은 교과서, 필통과 함께 사라졌다. 하지만 당시 마고는 그저 나를 슬쩍 바라보며 한쪽 눈썹을 치켜세우거나 윗입술을 들어 올린 채 눈을 빠르게 깜빡이는 이상한 재주만으로도 나를 그렇게 웃게 했다. 나는 몇 초 만에 숨이 넘어가게 웃었다. 선생님들이 한 학기 동안 수업 시간마다 우리를 떨어져 앉게 할 정도였다.

쉬는 시간에 둘이 함께 말도 안 되는 복잡한 농담을 주고받거나 다른 사람 행세를 하면서 깔깔대고 웃느라 턱이 아프던 기억을 생각하면 애틋하면서도 살짝 불안하다. 그렇게 미친 듯이 웃으면 숨이 가빠지거나 통제력을 상실해서 약간 패닉 상태에 빠지는 위험이 따랐다.

한번은 성가대 콘서트에서 내가 마고를 웃긴 적이 있었다. 어찌나 심하게 웃겼는지 마고의 입에서 갑자기 터져 나온 저음의 가락 없는 고함이 강당에 울려 퍼지며 우리를 둘러싼 고음의 소프라노와 뚜렷한 대조를 이뤘다. 그 일이 있은 뒤로 둘 중 하나가 그 노래 도입부를 콧노래로 부르기만 해도 우리는 미친 듯이 웃어댔다.

쉬는 시간마다 우리는 친구들을 피해 먼지투성이 음악 연습실로 이어지는 노쇠한 나선형 계단을 올라갔다. 브루탈리즘 양식으로 지은 본관 지붕 밑 로프트에는 여러 개의 연습실이 있었다. 학교 클라리넷 밴드에서 성실히 연습하는 몇몇 학생 중에 거기까지 올라가 연습할 영재는 없었으므로 우리는 무너지기 직전의 소파에 너부러졌고, 칠판에 우리만의 언어를 휘갈겨 썼으며, 이 특별한 안식처를 둘러싼 나무 벽에서 벗겨지는 페인트 조각과 썩어 말라비틀어진 부분을 뜯어냈다.

그러다 고장 난 낡은 피아노가 있는 연습실의 한쪽 끝에서 비밀 문 하나를 발견했다. 오래전에 상영된 연극의 배경으로 쓰인, 종이에 그린 초가집 지붕 뒤에 있었는데, 사람 키보다 낮고 작은 문이었다.

연습실은 우중충했지만 이 문을 열고 나가면 눈부신 햇살이 쏟아졌다. 학교 식당의 거대한 채광창 판유리가 우리 머리에서 불과 몇 미터 위에 있었고, 의자 끄는 소리와 셰필드에서 만든 나이프와 포크가 접시 위에서 달그락거리는 소리가 올라왔다. 그곳은 방이 아니라 발코니였다. 식당 위에 설치된 음악가의 갤러리였는데(원래 영주가 성에 초대한 손님들이 식사하는 동안 악사들이 연주하도록 만든 발코니 형태의 공간을 일컫는다―옮긴이), 학교 재정이 악화해 동반자가 필요한 졸업 파티는 고사하고 연주자를 고용할 돈조차 없자 슬프게도 사용하지 않게 됐다.

도망치고 싶어 하는 두 여학생에게 다른 학생들이 맛없는 음식을 입에 밀어 넣는 모습을 보는 것은 기운이 나면서도 우울했다. 우리는 다른 아이들에게 보이지 않도록 발코니 바닥에 엎드려(나무로 만든 난간의 창살은 다 썩어서 대부분 부러졌거나 부서졌다) 아래로 보이는 패거리들에 대해 냉담한 험담을 나눴다.

마고와 나는 나무 창살이 붙어 있는, 난간 아래쪽 버팀대 위로 고개를 내밀고 숨는 법을 배웠다. 나중에는 바닥 어디에 구멍이 뚫려 있고, 그 구멍 사이로 보이지 않게 하려면 어떻게 누워야 하는지도 알게 됐다. 또 마룻널 위로 체중을 분산해서 누워야 한다는 것도 배웠다. 마룻널은 조금만 세게 눌러도 금이 가고 구부러졌기 때문이다.

우리는 그 발코니에 누워서 아이들 사이에 유대감이 형성되고 우정이 해체되는 과정을 내려다봤으며, 특히 식사 예절이 아주 별로인 아이들을 찾아냈다. 그러고는 마치 BBC 야생동물 다큐멘터리를 보듯이 번갈아 가면서 내레이션을 넣었다. 그게 너무 재미있어서 주기적으로 숨을 돌리고 눈물을 닦아야 했다.

우리는 그렇게 처마 밑에 보금자리를 만들었다. 거기서 농담을 나누며 낄낄거렸고 나중에는 도시로 나가겠다는 꿈을 꿨다. 다른 학생들과는 거의 말을 섞지 않았다. 우리는 단둘이 가입한 클럽의 회원이었다. 다른 사람이 그 클럽에 가입하려 한 것은 몇 년 만에 헬렌이 처음이었다.

사실 헬렌은 가입하려고 하지도 않았다. 아마 그래서 매력적으로 느껴졌으리라. 헬렌은 어느 날 그냥 나타났다. 내 기억으로는 수요일이었다. 어찌나 남다른지 전학도 월요일이 아닌 수요일에 왔다. 그러고는 선생님이 소개하는 동안 멀찌감치 앉아 있었다. 얼굴에는 주근깨가 있고 몸이 풍만했다. 덩치가 크다거나 뚱뚱한 게 아니라 마고와 나는 결코 될 수 없는 여성스러운 몸매였다. 헬렌은 우리처럼 키가 크지 않았지만, 허리를 곧게 펴고 턱을 치켜들고 다녔기 때문에 시선을 끌었다. 그러고는 마치 그림 속 인물처럼 교실에 있는 모든 학생과 모든 각도로 눈을 마주쳤다. 갈색 눈동자는 비밀을 파내려는 듯이 반짝거렸고, 얇은 입술은 마치 그런 자신이 재미있다는 듯 미소를 지었다.

헬렌은 학교에 적응하기 위해 얌전하게 행동하지도 않았다. 오히려 전학 첫날부터 생물, 프랑스어, 지리 수업 시간에 선생님의 질문에 능숙하게 대답했다. 다른 학생들이 그녀를 어떻게 생각하든 상관없다는 듯이.

대학에 가서 사립학교 출신의 다른 학생들을 만난 뒤에야 나는 무엇이 헬렌을 성숙하고 자신감 넘치는 아이로 만들었는지 깨달았다. 콘크리트 블록, 대충 지은 조립식 건물, 열등감 많은 학생들로 이뤄진 우리 학교에서 헬렌은 좀처럼 찾아보기 힘든 유형이었다. 헬렌은 자신이 사립학교에 다녔다는 말을 한 적이 없었고, 우리도 물어본 적이 없었다.

우리 반에는 사교성 있는 아이가 아무도 없는 터라 이틀째 되던 날, 마고와 나는 헬렌에게 우리 소개를 했다. 나는 "마고와 나"라고 말했다. 둘 중에서 늘 내가 더 자신감이 넘쳤다. 나는 마치 크리스마스 선물을 간절히 기다리는 아이에게 선물을 건네는 듯한 기대감으로 헬렌에게 우리 이름을 알려줬다. 헬렌은 무덤덤한 표정으로 그 선물을 받았지만, 눈동자에서는 고마워하는 기색과 호기심이 반짝거렸다.

"학교생활은 어때?"

나는 열여섯 살짜리가 할 수 있는 한 최대로 무심하게 물었다. 그러고는 헬렌 혼자 앉아 있는 책상에 몸을 기댔다.

수업 시작을 알리는 종이 울리기를 기다리는 동안 헬렌이 자진해서 책을 읽고 있다는 사실은 그 애가 아웃사이더임을 보여줬다. 마고는 다가가기 쉬워 보이면서도 뭔가 다른 데 정신이 팔린 듯 보였고, 동시에 너무 쉬워 보이지 않으려면 어떻게 서 있어야 할지 몰라서 한쪽에서 어슬렁거렸다. (나중에 마고가 서른 살 때까지 담배를 피운 이유도 그 때문이었다.)

"나쁘지 않아. 그래도 친구가 있으면 좀 낫겠지. 너희들 이따 점심시간에 페퍼콘 갈래?"

그렇게 헬렌은 새 의식을 만들어버렸다. 우리에게 의지해야 하는 취약한 처지인데도 마치 자신이 유명 인사라도 되는 듯 우아하게 우리를 초대하며 너무도 쉽고, 너무도 능숙하게 강자의 위치에 올라섰다. 페퍼콘이 그저 학교 근처에 있는 조잡한 카페라고는 해도. 마고는 그런 헬렌의 처세를 부러워했다.

나 역시도 그때 헬렌의 여유 만만한 태도를 절대 잊지 못할 것이다. 그런 능수능란한 면모야말로 내가 헬렌에게 가장 먼저 끌린 자질이기도 했다. 그 뒤로 나는 종종 궁금했다. 헬렌은 자신이 우리 둘을 조종한다는 걸 알고 있었을까? 아니면 헬렌에게는 그냥 너무 쉬운 일이었을까?

※

이내 헬렌은 연습실까지 우리를 따라왔다.

나는 배낭을 바닥에 내려놓고 쿠션이 납작해진 소파로 몸을 던졌다. 마고는 고물 피아노 앞에 앉아 가장 높은 음을 반복해서 누르며 해머의 소음과 음을 구분하려 했다.

"대체 이렇게 높은 음은 왜 만든 거지?"

마고가 투덜대는 동안 계단으로 이어지는 문 너머에서 와지끈 소리가 났다. 우리는 동시에 움찔했다. 지금까지 여기에 온 사람은 아무도 없었다. 선생님들도 대부분 이 연습실의 존재조차 모르고 있었다.

문이 열리더니 헬렌이 머리에 먼지를 뒤집어쓰고, 초록색 교복 재킷 소매에 거미줄이 붙은 채 뛰어들어왔다. 그 애의 얼굴에서 애써 꾸며낸 지루한 표정이 사라진 것은 그때가 처음이었다.

"여기 엄청 좋다!"

헬렌은 우리가 칠판에 버블체로 적은 글씨를 손끝으로 훑으며 말했다.

"우리를 따라온 거야?"

마고가 연습실 한쪽 끝에서 물어보나 마나 한 질문을 했다. 당연했다.

"응, 미안."

헬렌은 장난스러운 표정으로 어깨를 으쓱였다.

"왜 점심시간만 되면 너희 둘이 사라지는지 궁금했어. 너희가 어디에 숨어 있는지."

헬렌은 여기저기 무대장치가 있고 부러진 악보대가 놓인 칙칙한 실내를 마치 반짝이는 보물로 가득 차 있다는 듯이 둘러봤다.

"여기 또 올라온 사람 있어? 다른 애들은 너희가 사라진 것도 모르던데."

그 질문에는 마고가 대답했고, 나는 다행이라고 생각했다. 이 상황을 어떻게 대처해야 할지 아직 몰랐다. 마고와 내 성격의 많은 부분이 이 연습실에서 형성된 터라 헬렌의 갑작스러운 등장은 그 애가 우리의 우정 속으로 불시착한 것보다 훨씬 더 큰 침입으로 다가왔다.

"사실 이게 다가 아니야."

마고는 그렇게 말하며 피아노 의자에서 일어나 피아노 한쪽에 처진 막을 들어 올렸다. 그러고는 발코니로 이어지는 낮은 문을 열고 나가보라고 손짓했다.

"몸을 낮춰야 해. 다른 사람들이 보지 못하게."

마고와 나는 헬렌을 따라 몸을 웅크린 채 문을 통과했고, 헬렌 위로 우리의 눈이 마주쳤다. 단지 발코니가 아닌 그 이상으로 가는 문을 열었다는 느낌이 들었다.

나는 주위를 둘러보는 헬렌을 지켜봤다. 하늘이 보이는 거대한 전망창, 아래쪽에 학생들로 붐비는 학교 식당. 이곳을 헬렌에게 소개하는 사람이 우리라는 사실에 자부심(또는 아마도 우쭐한 기분이었으리라)이 솟아났다.

"여기. 지이이인짜. 끝내준다."

헬렌이 나직이 말했다.

"맙소사, 여기서 우리끼리 정말 재미있게 놀 수 있겠어."

헬렌 뒤로 풀이 죽은 마고의 얼굴이 보였다.

그런데도 다음번에 그 썩은 계단을 올라 연습실로 갔을 때 우리를 기다리고 있던 헬렌을 보고 마고와 나는 깜짝 놀랐다.

"가구 배치를 좀 다르게 해볼 수 있을 것 같아."

헬렌은 이미 대기실에서 의자를 끌어왔고, 그 의자와 소파 사이에 피아노 의자를 탁자처럼 놓아뒀다.

"새롭게 보이도록 말이야."

"우리가 써놓은 걸 다 지웠네."

마고는 분필로 적은 우리만의 글이 사라진 벽을 보며 입안에 톱밥이 가득 든 듯한 목소리로 말했다.

"넌 그럴 권리 없어."

헬렌은 마고의 말투에 놀란 동시에 살짝 무서워하는 표정이었다.

"아, 미안! 그냥 낙서인 줄 알았어. 화 안 났지?"

대답으로 고개를 끄덕이는 마고의 표정은 그 어느 때보다도 풀이 죽어 보였다. 하지만 마고와 내가 만들어놓은 보금자리의 침입자인 헬렌에게는 그걸로 충분했다.

2

 우리는 점심시간에 연습실 대신 카페에 가기 시작했다. 이제 연습실은 상대적으로 초라하고 지저분해 보였다. 당시에는 카페가 세련된 안식처로 느껴졌고, 연습실은 어린아이들이 모여 노는 아지트 같았다.
 마고와 나는 밀크셰이크를 마셨고, 헬렌은 페퍼민트 차를 마셨다. 마고는 헬렌의 그런 행동을 가식이라고 생각하는 듯했다. 나는 헬렌의 차를 한 모금 마셨다가 된통 기침만 했다.
 "이 차는 피부에 좋아."
 헬렌이 웃으며 말했다.
 헬렌은 마고처럼 웃기지는 않았다. 너무 차분해서 우리처럼 미친 듯이 깔깔거리고 웃지 않았다. 하지만 헬렌이 양쪽 콧구멍으로 날카롭고 회의적인 소리를 내며 웃을 때면, 나는 헬렌에게서 그 웃음을 짜냈다는 사실이 기뻤고, 반복되는 승리감에 점점 집착하면서 마고가 예전처럼 재미있게 느껴지지 않았다.

수업이 끝나면 우리 셋은 함께 숙제한다는 핑계로 셋 중 하나의 집으로 갔지만, 숙제보다는 MTV를 보거나 잡지를 읽는 경우가 더 많았다. 헬렌은 침실 한쪽 구석, 예전에는 벽난로가 있던 자리에 손때 묻은 패션지를 쌓아뒀다. 헬렌의 집은 낡은 창고를 개조한 것이었다. 마고와 내가 사는 집은 2차 대전 후에 지었는데, 한쪽 벽면이 옆집과 붙은 형태로 헬렌의 집처럼 구석지고 아늑한 공간은 찾아볼 수 없었다.

하지만 마고가 소장한 낡은 잡지들(아버지의 치과 대기실에 있던 것들)은 헬렌에게 뒤지지 않았다. 우리는 꽃무늬 침대 커버나 폭신한 푸른색 카펫, 버거 모양 빈백에 누워 아는 척하며 잡지를 뒤적였다. 헬렌은 바리스타가 꿈이었고, 나는 갤러리스트가 되고 싶었다. 그저 그 단어가 세련되게 들려서였다. 마고는 지금껏 자기가 만난 사람들보다 훨씬 더(꼭 집어서 말하지는 않았지만 헬렌보다도 더) 흥미로운 사람들에 대해 쓰고 싶다고 했다.

그런 날 오후가 되면 마고는 내 머리를 묶었던 자동 핀을 풀고, 헬렌의 지시에 따라 내 머리를 꼬아 새로운 스타일로 만들었다. 하루는 마고와 내가 서로의 손에 매니큐어를 발라줬고, 우리의 손가락은 늘 그렇듯이 음양 문양처럼 상대의 손가락 사이로 들어가 있었다. 헬렌은 한동안 말없이 우리를 지켜보더니 셋이서 함께 하자고 우겼다. 그 결과 손가락 관절로 매니큐어가 흘러내렸지만, 마고와 달리 나는 그게 너무 재미있었다.

계절이 바뀌면서 우리 사이도 바뀌었다. 정신을 차려보니 봄이었고, 우리 셋은 떨어질 수 없는 사이가 됐다. 셋이서 쏘다니고, 옷을 바꿔 입고, 서로에게 노래 테이프를 만들어줘서 셋이 동시에 같은 음악을 듣고 다녔다.

내 테이프는 특이하면서 기타 연주가 많이 들어간 노래들로, 마고의 테이프는 들으면서 즉흥적으로 춤출 수 있는 노래들로 가득 찼다. 언니가 마르세유에서 유학 중이던 헬렌은 샹송을 많이 골랐고, 우리는 무슨 뜻인지도 모르면서 따라 불렀다. 멜로디는 별로 마음에 들지 않았지만 그 노래들의 가치가 멜로디에 있는 건 아님을 알고 있었다. 몇 년 뒤 찰스와 사귄 지 얼마 안 돼서 그가 그 노래 중 하나를 언급했을 때 나는 엠씨 솔라르(프랑스의 대표적인 래퍼-옮긴이)를 알고 있어서 다행이라고 생각했다. 그제야 문화적 소양은 우연히, 그리고 냉소적으로도 쌓일 수 있다는 걸 깨달았다.

나는 헬렌이 전학생이고, 한때는 낯선 사람이었다는 걸 잊어버렸다. 그러다 어느 날 내가 아파서 결석하는 바람에 마고와 헬렌, 둘이서만 카페에 가게 됐다. 나는 마고를 너무 잘 아는 터라 보좌관 역할을 하는 내가 없으면 마고가 불편해할 것임을 알았다. 그러자 마고를 보호해줘야 한다는 생각이 들면서도 한편으로 그 애가 한심하게 느껴졌다.

마고는 셋이 다니는 게 자신에게 좋다는 걸 절대 깨닫지 못하리라. 셋이 다녀야 그 진지한 성격이 좀 누그러지고 대화를 계속 주도해야 한다는, 스스로 짊어진 부담을 내려놓을 수 있으며 심지어 수다스러워 보일 수도 있었다. 셋이 다니는 편이 마고에게 훨씬 좋은데도 마고는 다시 우리 둘이서만 다니기를 간절히 바랐다. 하지만 나는 예전에 마고와 내가 공유하던 다소 숨 막히는 우정에 헬렌이 숨통을 틔워줘서 더 좋았다.

나는 늘 무모한 사람이 되고 싶었으나 너무 무서워서 혼자서는 감당할 수 없었는데, 헬렌에게 그런 무모한 면이 있었다. 마고는 안전하면서 조용하고, 따뜻하면서 아늑한 것을 좋아했다. 하지만 나는 아슬아슬한 결정을 내릴 때의 그 서늘함을 느끼고 싶었다. 벼랑 끝에 서서 삶의 돌풍을 맞고 싶었다. 헬렌은 벼랑에서 떨어지면 어쩌나 하는 걱정은 전혀 없는 듯했다.

내가 결석한 날, 둘 사이의 대화는 평소보다 힘들었을 것이다. 나는 안다. 집 소파에 누워 할머니가 털실로 짜준 담요를 덮고서 텔레비전 소리를 배경음악처럼 틀어놓은 채 나는 둘이 이야기하는 모습을 상상했다. 내가 없으면 마고는 헬렌을 의식해서 말이 잘 안 나올 테고, 무슨 말을 해야 할지 몰라서 허둥댈 것이다. 말을 쥐어짜내려 하면 할수록 헬렌의 관심을 끌 만한 이야기를 찾아낼 수 없을 것이다. 우리의 삼자 간 우정은 내가 헬렌의 말을 마고가 이해하고 반응할 수 있는 말로 번역하는 데 바탕을 뒀다. 헬렌이 좋아하는 사람은 나였고, 마고는 어쩔 수 없이 딸려오는 패키지 일부였다.

수업이 끝나고 한 시간 뒤 우리 집 초인종이 울렸을 때 나는 그걸 누른 사람이 헬렌이라는 걸 알고 있었다. 헬렌이 엄마의 안내를 받아 거실로 들어오기도 전에. 헬렌은 배낭을 바닥에 툭 떨구고, 재킷을 벗더니 내 반대편 안락의자로 던졌다.

"마고에게 집에 가서 엄마를 도와드려야 한다고 했어."

헬렌은 그렇게 말하며 나를 똑바로 봤다. 마치 내 뇌가 머리 안쪽에 투사하는 생각들을 보려는 듯이.

"사실 둘이서 별로 할 말도 없었고."

헬렌은 교복 스웨터의 올이 풀린 소매를 바라봤고, 나는 베개를 베고 누운 채 자세를 바꿨다. 체크무늬 파자마를 입고, 감지 않아서 꾀죄죄한 머리에 창백한 얼굴로 코를 훌쩍이는 내가 헬렌의 눈에는 얼마나 아이 같아 보일지 뼈저리게 느껴졌다.

문득 아픈 나를 보러 온 헬렌의 행동이 매우 어른스럽다는 생각이 들었다. 발코니가 딸리고 유리와 강철로 만든 아파트에 혼자 살면서 화초를 키우는 성인 여자들이 서로를 돌보기 위해 할 법한 행동이었다. 그들은 서로를 위해 대신 장을 봐주고, 세탁기도 돌려줄 것이다. 독립적인 성인들이 세심하면서도 배려 있게 상대를 돌보는 방식이었다. 마고와 나는 여전히 엄마들이 학교에 전화해서 오늘은 아파서 결석해야 한다고 설명하고, 우리는 이튿날 학교에서 만나는 걸로 만족하는 단계였다. 반면 헬렌은 우리보다 훨씬 자주적으로 행동하는 듯했고, 나는 헬렌의 그런 면에 한층 더 감탄했다.

"마고는 좀 이상하지 않아?"

헬렌은 스웨터에서 풀려 나온 실을 보는 척했지만, 목소리는 도발적이었고 몸은 긴장한 채 내 대답을 기다렸다. 내게서 마고를 배신하는 말을 끌어내려 한다는 걸 알 수 있었다.

틀림없이 마고는 수업이 끝난 뒤 헬렌과 오래 함께 있을 필요가 없어서 안도했을 것이다. 또한 헬렌이 나를 만나러 온 걸 알면 크게 상심할 터였다.

"마고는 긴장을 많이 해."

나는 심드렁하게 단짝을 두둔했다. 마고에게 천연덕스럽게 거짓말을 하고는 우리 집으로 오는 버스에 올라탄 헬렌을 생각했다. 마고는 죽었다 깨어나도 곧장 집에 가는 것 말고 다른 일은 생각하지 못할 것이다. 그런 생각이 드는 순간, 헬렌이야말로 재빠르면서도 진정으로 나를 염려해줬다는 걸 깨달았다. 여고생처럼 킥킥거리기보다는 진심으로, 농담을 하거나 우스꽝스러운 목소리로 장난을 치기보다는 진지하게.

나는 무심한 태도로 어깨를 으쓱였다. 그런 내 태도가 입고 있던 파자마와 양 갈래로 땋아내린 머리, 엄마가 점심으로 가져다준 쟁반 위의 빈 수프 접시, 소리는 줄여놓았지만 텔레비전에서 방영 중인 어린이 프로그램과 일치하지 않을 정도로 어른스럽기를 바랐다. 그러고는 마치 우리가 하루 근무를 마치고 반질반질한 금속 바 테이블 앞에 앉아 은은하게 반짝이는 스타킹을 신은 다리를 꼰 채 꽃병처럼 생긴 유리그릇에서 이쑤시개로 올리브를 집어먹으면서 할 법한 말을 했다.

"애가 좀 어려."

헬렌은 그 말에 기뻐하는 표정이었고 그 표정을 본 순간, 내 상체에서 온기가 피어나며 무겁고 성가시던 의심이 녹아내렸다. 내가 마고를 실망시켰고, 헬렌에게 마고의 비밀을 말했을지 모른다는 의심이었다. 나중에 마고가 몸은 좀 어떠냐고 전화했을 때 나는 헬렌이 다녀간 일은 말하지 않았다.

3

    한 번의 짧은 휴가로 충분했다. 학기 말에 마고는 일주일간 휴가를 떠났다. 그때 다녀와야 마고의 부모님이 저렴한 가격으로 별장을 빌릴 수 있어서였다. 나는 헬렌의 집 현관에 서서 마고에게 잘 가라고 손을 흔들었고, 헬렌과 나는 현관의 불빛을 등진 검은 실루엣이 됐다. 마고는 진입로를 터벅터벅 내려가며 몇 걸음마다 한 번씩 부지런히 우리를 돌아봤다. 우리가 계속 보고 있는지 확인하려고. 그날은 금요일이었는데, 마고는 짐을 싸러 집에 일찍 가야 했다. 이튿날 해가 뜨기 전에 출발해야 했기 때문이다.
    떠나는 마고는 불안해 보였고, 초조하게 우리 얼굴을 번갈아 바라보며 자기가 없는 동안 꼭 문자 보내라고 당부했다. 마고의 수줍은 성격, 그리고 자신이 없는 동안 일어날 일에 대한 거의 병적인 호기심과 뒤섞인 복잡한 불안 때문에 마고는 여행을 앞두고 우리 셋이 보내는 마지막 몇 주 내내 매우 절박해졌다.

하지만 그게 짜증 나고 질리게 느껴진 적은 처음이었다.

마고가 진입로 끝 모퉁이를 돌아 시야에서 사라지자 헬렌이 나를 돌아봤다. 헬렌의 얼굴에 서서히 미소가 피어올랐다.

"이제부터 진짜 재미있게 놀아볼래? 엄마한테 전화해서 오늘 밤에 여기서 자고 간다고 해."

헬렌이 말했다.

나는 술을 마셔본 적이 없었고, 아마 그날 밤에도 어른의 기준으로 본다면 그다지 많이 마시지 않았을 것이다. 하지만 헬렌이 권해주는 술로 모든 감각이 취하는 듯했다. 우리는 헬렌의 언니가 쓰다 버린 화장품을 이용해 젖살이 통통하게 오른 얼굴에 성숙한 윤곽선을 쓱쓱 그려 넣었다. 헬렌은 은색 아이라이너로 내 눈꺼풀에서 관자놀이까지 이어지는 번개를 그렸고, 적갈색 무광 립라이너로 입술에 윤곽선을 그렸다. 그러고는 서랍에서 선홍색 실크 캐미솔을 꺼냈고, 내게 휴지를 둘둘 말아 브래지어 안에 밀어 넣어 완벽한 반원 모양의 가슴이 올라오게 하는 법을 알려줬다.

헬렌은 아줌마들이 할 법한 내 자동 핀을 빼가더니("이건 압수야!") 침실 벽에 기대둔 거울 앞에서 내 머리를 고대기로 감아줬고, 나는 거울에 비친 우리 둘의 모습을 지켜봤다. 거울 속 나는 딴사람이 되어 있었지만(마고조차도 입을 뾰로통하게 내밀고 있는 저 여자아이를 곧바로 알아보지 못하리라), 어느 때보다도 진정한 내가 된 기분이었다. 왜 저 여자애를 진작 만나지 못했을까? 헬렌이 나 대신 이 애를 찾아냈다.

우리는 헬렌의 집에 있는 술을 조금씩 다 맛봤다. 떡갈나무로 만든 큼직한 책꽂이 중앙에 접이식 보관함이 있었는데, 그 안에 헬렌의 부모님이 사다 놓은 술이 들어 있었다. 또 서로에게 만들어준 믹스 테이프를 틀어놓고 소파에서 춤을 췄다. 그러고는 헬렌의 집이 있는 길 끝에서 버스를 타고 클럽으로 갔다. 나는 그런 클럽이 있는 줄도 몰랐지만 헬렌은 우리를 들여보내줄 거라고 했다.

우리는 클럽에서 좀 더 춤을 췄고, 알코올이 들어간 레몬 맛 탄산과 첨가제의 알싸한 맛이 느껴지는 달콤한 음료를 나눠 마셨다. 클럽 영업이 끝나자 밖으로 나갔고 헬렌은 택시를 잡았다. 그동안 나는 별이 뜬 밤하늘에 하얀 입김을 내뱉으며 이제 새로운 삶이 시작됐다는 생각에 잠겼다.

마고를 생각했냐고? 이튿날 아침 헬렌의 더블 침대에서 입이 바싹 마른 채로 고개를 들면서 제정신이 돌아왔을 때에야 생각났다. 마고와 나는 싱글 침대에서 자는 터라 둘이 함께 잘 때면 늘 한 사람이 거꾸로 누워야 했다. 그날 아침 헬렌 옆에서 깨어난 나는 헬렌의 부인이 된 기분이었다.

나는 어른으로 깨어났고, 어젯밤에 경험한 일들을 다시 하고 싶어서 좀이 쑤셨다. 마고는 절대 그런 일을 하지 않을 터였다.

)(

노르망디에는 비가 와서 부모님과 숙소에만 처박혀 있었다고 나중에 학교에 돌아온 마고가 말해줬다. 집에서 챙겨 간 책은 금세 다 읽었고, 주로 나에게 그리고 헬렌에게도 문자를 보내느라 벽돌처럼 생긴 구형 휴대전화에 충전해둔 돈을 다 써버렸다. 당시에 그룹 채팅이나 소셜 미디어가 있었더라면 상황이 달라졌을까? 나는 그 생각을 수도 없이 했다.

마고는 우리에게 자신의 존재를 계속 심어줘야 한다는 강박감에 시달린 나머지 답이 뻔한 질문을 하고, 쓸데없는 일에 대한 자기 생각을 두서없이 써서 보냈다. 심지어 우리 둘이 재미있어할 만한 가족에 관한 일화를 꾸며내기까지 했는데, 충전액이 바닥나서 마고의 문자가 끊기자 우리도 더는 연락하지 않았다.

마고가 집에 돌아왔을 때 헬렌과 나는 달라져 있었다. 그래봐야 아주 약간이고 다른 사람들은 알아차리지도 못할 정도지만 돌이킬 수 없는 변화였다. 예전에는 나를 킥킥 웃게 하던 마고의 발언은 우리 사이에 감도는 침묵 속으로 가라앉아버렸다. 마고가 질문을 하면 우리는 일단 한숨을 쉰 다음에 대답했다. 마고가 말할 때면 마고의 죽마고우와 새로운 친구는 시선을 교환했다. 마고가 환심을 사려고 하면 할수록 우리는 마고에게 흥미를 잃고 짜증이 났다.

마고가 여행에서 돌아왔을 때 나는 헬렌과 저지른 일탈을 모두 이야기해줬다. 우리 둘만 남게 된 드문 순간에. 그 시간에 헬렌은 마고의 아버지가 하는 치과에서 의자에 누워 입을 벌리고 있었다. 마고는 내 무릎에 머리를 뉘었고, 나는 이미 완벽한 마고의 눈썹을 족집게로 뽑아 한창 유행하는 갈매기 눈썹으로 만들고 있던 터라 마고의 연푸른색 눈동자가 걱정으로 어두워지는 걸 또렷이 볼 수 있었다.

"돈이 어디서 나서? 엄마한테 말씀드렸어? 누가 술에 약이라도 탔으면 어쩌려고?"

나는 마고의 조심스러운 마음이 재미를 가로막는 장애물을 생각해내 쌓아가는 것을 지켜봤다. 헬렌과 함께 정복하는 게 너무도 즐겁던 바로 그 장애물이었다. 그때 알았다. 이제 나는 마고와 나 사이에 있었던 일에 흥미를 잃었다는 사실을.

그렇다고 해서 우리 사이에 무슨 일이 일어난 것은 아니었다. 그러다 마침내 정말로 일이 터졌다.

한번은 내가 쉬는 시간에 헬렌이 만들어준 믹스 테이프를 듣고 있는 걸 마고가 알아차렸다. 마고에게는 만들어주지 않은 테이프로, 헬렌과 내가 클럽에 간 날 우리가 춤을 출 때 나온 노래들이었다. 그날 점심시간에 우리는 교문 앞에서 마고를 기다리지 않고 페퍼콘에 가버렸다. 마고 혼자서 페퍼콘에 왔을 때 나는 페퍼민트 차를 마시고 있었다.

죽은 아이를 둔 엄마가 된 지금은 알고 있다. 아무 이유 없는, 합리적인 원인과 결과의 방정식으로 풀어낼 수 없는 잔인한 사건이 최악이라는 것을. 잭이 죽었을 때 지금까지 살면서 내가 저지른 나쁜 짓들 때문에 이런 벌을 받는 건가 의아했지만, 찰스가 그건 미신이라고 말해줬다. 그의 말이 맞았다.

하루는 마고가 내게 물었다. 자기한테 화난 게 있는지, 왜 헬렌과 내가 더는 자기랑 놀려고 하지 않는지, 왜 자기를 밀어내는지. 나는 그저 어깨를 으쓱였다. 이유는 없었다. 그냥 그럴 수 있으니까 그랬을 뿐이다. 우리는 그렇게 잔인했다. 10대 소녀들은 그럴 수 있다.

우리끼리만 페퍼콘에 간 다음 날, 수업이 끝나고 마고가 정문 앞에 있던 헬렌과 내게 다가오자 나는 반쯤 변명했다.

"네가 없는 동안 우리 둘이 프랑스어 수업에서 짝이 됐어. 그래서 헬렌이 말하기 시험 연습하는 거 도와주기로 했어."

나는 땅을 바라보며 중얼거렸다.

"헬렌이 프랑스어 잘하잖아."

마고의 미소가 흔들렸다.

"그럼! 당연하지. 너희가 연습하는 동안 난 기다릴 수 있어. 그렇게 해……."

하지만 우리의 표정을 보면서 마고도 알았으리라. 우리가 마고의 말을 듣기보다는 어서 마고의 말이 끝나기를 기다리고 있다는 걸. 나는 언덕을 올라가는 우리의 뒷모습을 계속 지켜보고, 그러다 몸을 돌려 버스를 타러 가는 마고를 느낄 수 있었다. 굴욕감에 마고의 얼굴은 시뻘겋게 달아올랐을 테고, 집에 도착할 때까지 간신히 참은 눈물로 목이 멨으리라.

우리 집이 있는 거리보다 진입로가 훨씬 긴 주택들이 늘어서 있고, 녹음이 무성한 거리에 있는 헬렌의 집에 갔더니 헬렌이 계단참에 놓인 컴퓨터로 작성 중이던 편지를 보여줬다. 마고에게 쓴 편지였다. 짧지만 효율적인 인신공격이자 마고의 단점을 적은 목록이었다. 마고가 조금 더 성숙해져서 다시 우리와 놀 수 있도록 돕기 위해 쓴 편지라고 했다.

"……남들이 어떻게 생각할지 너무 걱정함."

스크롤을 내리며 편지를 읽던 나는 메스꺼움이 파도처럼 밀려들었고, 마우스를 잡은 손은 차갑고 축축해졌다.

"수줍음이 많다는 건 핑계가 되지 못함……. 좀 더 충동적으로 행동해야 할 필요가 있음……. 유치함……. 줏대 없음……. 사람을 당혹스럽게 함……. 매사에 농담할 필요가 있을까?"

뭔가 잘못됐다는 느낌이 들기는 했지만 헬렌의 지적은 내 심정을 대변하기도 했다. 마고의 면전에서 대놓고 말한 적은 없지만 나도 마고의 이런 면에 화가 난 적이 많았다. 최근 들어서 더욱 그랬다. 나는 이 편지가 헬렌이 얼마나 성숙한 사람인지 보여주는 증거라고 생각했다. 헬렌이 문제를 덮지 않고 해결하고 싶어 한다고. 헬렌은 마고가 우리랑 절교할 수도 있다는 생각에 정말로 속상해하는 듯 보였다.

"네 생각은 어때?"

헬렌이 한 손으로 짧게 자른 머리카락을 훑어내리더니 손톱을 씹으며 물었다.

"난 그저 마고에게 그 애가 원한다면 우리의 우정을 구제할 기회가 있다는 걸 확실히 알리고 싶을 뿐이야. 너도 그렇지 않아?"

헬렌은 편지를 출력해서 앞면에 사각형 투명창이 있는 봉투에 넣더니 내게 건넸다.

"내일 수학 수업 시간에 네가 마고에게 줘. 원. 네가 주면 더 잘 받아들일 거야."

헬렌이 머뭇거리며 말했다.

그런 다음 우리는 아래층으로 가 오스트레일리아 드라마를 봤다. 조금 전까지 친구의 가슴에 비수를 꽂는 일을 의논하다가 금세 어떤 여배우의 머리 모양이 더 마음에 드는지 이야기하는 우리는 발랄한 사이코패스 여중생이었다.

※

다음에 마고와 함께 수업을 듣게 됐을 때 나는 자리에 앉으며 마고에게 편지를 슬쩍 디밀었다. 마고는 책상 반대편에서 어리둥절한 표정으로 나를 바라봤다. "브루투스, 너마저"라고 말하는 듯했다. 내 옆에서 편지를 읽던 마고는 한 단락을 읽을 때마다 어깨가 움츠러들었고, 손에 잡힌 종이가 떨렸다. 마고가 편지를 읽는 동안 나는 마음이 동요했는데, 그러다 움찔하며 깨달았다. 내가 마고에게 공감하기보다는 이 상황에 흥분하고 있다는 것을.

수업 끝나는 종이 울리자 마고는 말없이 가방을 챙기더니 나보다 앞서서 교실을 나갔다. 내가 복도로 나갔을 때는 마고는 학생들 사이로 사라져버렸고, 헬렌이 나를 기다리고 있었다. 헬렌은 어깨를 으쓱이며 복도를 향해 고갯짓하더니 입술을 뾰로통하게 내밀었다.

"잘 안 된 모양이구나? 그렇지?"

4

 정말이지 타이밍이 나빴다. 오랜 세월이 흐른 뒤에 종종 이런 생각이 들었다. 만약 헬렌이 1년이나 2년 먼저 왔다면 상황이 달라지지 않았을까? 그랬다면 마고도 다른 친구들을 사귈 수 있었을 것이다. 그 일로 상처를 입기는 해도 영원한 흉터가 남지는 않았을 테고, 정상적으로 학교생활을 했을 것이다. 그런데 헬렌은 하필 우리가 11학년일 때 전학을 왔다. 우리 학교에서 11학년은 대부분 대학에 진학하려고 학교에 남기보다는 곧장 졸업해버렸다.
 몇 달만 있으면 학기말 시험이었고, 그래서 다들 시험이 끝나면 놀 생각뿐이었다. 그 시점에서는 아무도 새로운 친구를 사귀는 데 관심이 없었다. 사실 마고는 다른 학생들을 탓할 수도 없었다. 마고 역시 다른 아이들에게 별 관심이 없었으니까.
 편지 사건이 있고 몇 주 동안 마고를 보지 못했다. 편지를 전해준 날 저녁에 마고의 집으로 전화했더니 마고의 엄마가 평상시와 달리 쌀쌀맞은 목소리로 마고는 바빠서 전화 받을 수 없다고 했다.

하루는 내가 헬렌 없이 혼자서만 듣는 수업에 마고가 찾아와 대체 무슨 일이 일어나고 있느냐고 물었다. 마고가 여행에서 돌아오고, 헬렌과 내가 클럽에 다녀오고, 편지를 전해주고, 우리 둘이서 마고를 피해 다니고, 방과 후에 우리끼리만 놀러 다니고, 우리 둘과 대화하려는 마고의 시도를 방해한 지 한 달쯤 됐을 것이다.

처음에는 마고를 따돌리는 데 죄책감이 들었으나 우리 둘과 다시 친해지려는 마고의 절박한 심정에 중독이 됐고, 마고를 만나주지 않는 데서 오는 권력을 즐기게 됐다.

마고는 나를 위해 새로 믹스 테이프를 만들어 왔다. 그런 마고가 너무 애처로워서 그걸 건네주는 마고의 면전에서 웃고 싶었다. 그때 마침 헬렌이 위층 교실에서 나와 계단을 내려오다가 우리를 봤다.

"무슨 일이야, 마고? 위니는 너와 얘기하고 싶어 하지 않아. 우리 둘 다."

헬렌의 목소리는 차가웠지만 차분하고 합리적으로 들렸다. 10대 때는 그런 목소리로 말하면 자신의 끔찍한 행동이 정당화된다고 생각한다. 마치 자신은 그저 사실만을 말한다는 듯이.

"너랑 얘기하러 온 거 아냐."

마고가 바닥을 보며 중얼거렸다. 그 순간 적어도 마고가 헬렌의 눈이라도 똑바로 보기를 바랐다. 조금은 성질을 부리고,

헬렌이 더는 무시하지 못하게 행동하기를 바랐다.

나는 마고가, 친구에게 버림받고 잔뜩 긴장한 이 아이가 부끄러웠다. 친구들이 저렇게 못되게 구는데도 그들이 놀아주지 않는다고 슬퍼하고, 친구들이 계속 상처를 입히는데도 그들을 그리워하는 마고가 부끄러웠다. 동정에 가까운 부끄러움이지만 연민은 없었다. 경멸뿐이었다.

"너한테 할 말 없어, 마고. 그리고 너도 해명할 말이 별로 없어 보이는데. 늘 그렇듯이."

나는 그렇게 말하고는 헬렌을 보며 과장되게 어이없는 표정으로 눈을 치떴다. 헬렌은 공감한다는 듯이 킥킥 웃었다.

"쟨 그럴 가치도 없어, 원."

우리가 소원해진 동안 마고가 몇 번 내게 다가와 대화를 시도하려 할 때마다 헬렌은 늘 옆에서 그렇게 말하곤 했다. 또는 "내버려둬. 신경 꺼", "정말 슬프지 않니?"라고도 했다.

우리는 마고를 괴롭히지 않았고, 조롱하지도 않았고, 욕하지도 않았고, 심지어 겁을 주지도 않았다. 그리고 아마도 그게 가장 나쁜 점이었으리라. 우리는 그저…… 무관심했다. 나는 변명하듯이 어깨를 으쓱했다. 마치 이렇게 말하듯이.

"정말 슬픈 일이야, 헬렌, 맞아. 누군가가 저렇게 한심한 패배자로 추락하고, 아무도 친구가 되고 싶어 하지 않기 때문에 늘 혼자 앉아 있어야 한다는 건 슬픈 일이지."

그 후로 마고는 말이 없어졌다. 아이들과 잡담을 나누는 일이 거의 없었다. 아마도 마고의 머릿속에는 한 가지 생각만 맴돌았을 것이다. 한때는 인생이 이보다 나았고, 한때는 행복했으며 매사가 쉬웠다고. 헬렌이 나타나기 전까지는.

확인해보지 않아도 마고가 다시 연습실에 들락거릴 것임을 알 수 있었다. 마고는 아침 쉬는 시간이면 거기서 워크맨을 들었고, 점심시간에는 독오른 도서관 사서에게 감시의 눈초리를 받기보다는 우리가 함께 쓰던 소파에 앉아 책을 읽었다. 엄마의 서재에서 신중하게 골라 온 책들인데 고통스러운 제목이 달려 있었다. 《투사 손》,《레 미제라블》,《오스카 와일드의 옥중기》. 나중에 마고는 《오스카 와일드의 옥중기》는 적어도 읽는 동안에는 정말로 기분이 나아졌다고 말했다.

수업 종이 울리면 마고는 억지로 자리에서 일어나 다시 계단을 내려갔다. 에셔와 라우리(네덜란드 판화가인 마우리츠 코르넬리스 에셔는 3차원 공간을 주로 그리고, 영국의 화가 L.S. 라우리는 군중을 많이 그렸다-옮긴이)의 그림을 섞어놓은 것처럼 수업을 들으러 이동하는 학생들로 바글거리는 여러 계단이 교차하는 계단참으로.

나는 몇 년이 지난 뒤에야 어쩌면 헬렌도 그런 편지를 쓴 데에 죄책감을 느꼈을지 모른다는 생각이 들었다. 10대 여고생들은 자신이 잘못한 일을 책임지지 않는다. 우리는 마고가 어떤 기분일지 생각하고 싶지 않았고, 그래서 마고를 몰아내버렸다. 나는 마고를 돌보는 건 내가 할 일이 아니라고 되뇌었다. 비록 오랜 친구를 실망시켰다는 느낌은 사라지지 않았지만.

한편으로는 마고에게 화가 나기도 했다. 나는 헬렌과 함께 내 앞에 펼쳐진 미래를 그저 즐기고 싶었다. 왜 마고는 내가 잊고 싶어 하는 어린 시절을 자꾸 상기시키려는 걸까? 나중에는 우리의 뇌리에서 절대 잊히지 않을 판단 착오까지.

그 편지. 우리 셋 사이에는 다시는 그 편지를 언급하지 않겠다는 암묵적 협의가 있었다. 그때도 그 편지를 생각하면 아주 당혹스러웠다. 우리가 얼마나 불친절했는지 알고 있었다. 어차피 헬렌은 마고에게 넌더리가 난 듯했다. 나는 마고가 우리의 무관심에 오히려 안심한다는 인상을 받았다. 우리가 다른 아이들에게 마고의 단점을 떠벌리고 다니지는 않을 테니까.

다른 아이들은 귀를 쫑긋 세운 채 우리를 예의 주시했다. 비록 세인트 도미닉스의 다른 학생들은 우리 둘을(나중에 헬렌이 전학 온 뒤로는 우리 셋을) 자기들끼리만 통하는 농담을 하고, 웃기는 단어를 만들어내는 오만하고 똑똑한 아이들로 치부했지만, 아주 가깝던 우리 사이에 천천히 금이 가는 모습을 열심히 지켜봤다. 생중계되는 막장 드라마이자 전 학생이 코러스 역할을 하는 비극이었다. 복도와 운동장에서는 우리 셋이 나타날 때마다 주위가 조용해졌다. 우리 사이에 오가는 말을 한마디라도 놓치지 않기 위해서였다.

그동안 헬렌은 마치 오랫동안 이 학교에 다닌 사람처럼 행동했다. 마치 이 학교가 자기 소유라도 된다는 듯이 복도와 교실을 활보했다. 나는 나중에 케임브리지로 진학하고, 또 이후에 갤러리에서 근무하며 헬렌과 같은 부류를 상대할 때마다 늘 그 자신감을 떠올렸다. 그들은 가능한 한 자신을 드러내지 말라는 가르침을 받기보다는 자신들이 중요하다고 교육받은, 자기 확신에 넘치고 부유한 사람들이었다.

헬렌 같은 아이가 세인트 도미닉스로 전학 온 건 이상한 일이라는 사실을 상당한 시간이 흐른 뒤에야 깨달았다. 그 뒤로는 변호사인 헬렌의 아버지에게 어떤 문제가 생겼길래 우리 동네로 왔을까 이런저런 상상을 해봤다. 부도를 당했다든가, 사기를 치고 도망쳤다든가, 경찰에게 보호받는 증인이었다든가. 어쨌든 당시 헬렌은 겨우 석 달 다닌 학교에서 마고보다 훨씬 편안해 보였다. 마고는 배낭과 체격이 비슷하고 교복 재킷이 너무 헐렁하던 어린 시절부터 나와 함께 이 학교에 다녔는데도. 마고에게는 졸업할 때까지도 그 재킷과 배낭이 너무 컸다.

마고는 늘 나를 우러러봤지만 나는 누구도 우러러볼 필요가 없었다. 하지만 헬렌 안에는 나보다 세상 물정을 훨씬 잘 아는 사람이 있었다. 그 사람의 의견은 정말로 중요했으며, 또한 그 사람은 내가 간절히 되고 싶던 여자가 되도록 도와줬다.

5.

 2주 뒤 헬렌과 나는 다시 클럽에 갔다. 헬렌의 집에서 자기로 한 날, 나는 옷과 화장품이 잔뜩 든 배낭을 한쪽 어깨에 멘 채 엄마에게는 밤새 영화를 보고 피자를 먹고 탁구를 칠 거라고 했다. 우리는 청소년이 어른에게 거짓말을 하는 단계로 이제 막 진입한 시점이었다. 반은 아이고, 반은 성인인 단계. 아직까지 만화책을 보는 팜므파탈이었다.

 나는 새 친구를 다시 만날 생각에 설레었다. 헬렌이 아니라 지난번에 거울 속에서 나를 바라보던 친구, 관자놀이까지 은색 펄을 칠하고, 입술은 체리처럼 새빨간 친구. 무대에서 춤을 추고, 무대 가장자리에 있던 장벽을 올라가 음악이 몸을 감싸는 동안 관중 위로 몸을 내밀던 친구.

 이번에도 지난번만큼이나 신났다. 가기 전에 준비하는 의식 **부터**(헬렌은 아래층 벽장에서 달콤하고 기포가 올라오는 싸구려 와인 한 병을 슬쩍했다) 추위에 몸을 떨며 클럽 앞에 줄을 서서 경비원이 물어볼 경우를 대비해 가짜 생년월일을 외우는 일까지 모든 것이.

마고랑 함께 있으면 가끔 마고가 나를 어떻게 생각할지 의식하는 경우가 있었는데(마치 어른 행세를 하는 아이처럼), 헬렌과 함께 있을 때는 한 번도 그런 적이 없었다. 헬렌의 성숙한 태도는 연기가 아니었기 때문이다. 덕분에 내 안의 불안한 어른도 진짜가 됐다. 당시에는 헬렌 역시 나처럼 자신이 하는 일에 확신이 없다는 사실을 깨닫지 못했다. 나는 그저 헬렌과 내가 처음 어른 행세를 하던 지난밤처럼 내 눈이 다시 크게 떠지기를 바랐다.

약간 뒤쪽에 시끄러운 여학생 무리가 서 있길래 둘러봤더니 우리 학교 아이들이 섞여 있었다. 처음에는 여기 온 것을 다른 아이들에게 들켰다는 데 짜증이 났지만(그것도 내 반면교사인 아이들에), 내가 이미 이런 밤 외출에 익숙한 것처럼 보인다면 내 명성에 금이 가는 일은 없을 거라고 판단했다.

처음에는 알아보지 못했다. 뒤에 서 있는 여자아이들을 훑어보는데, 가장자리에 있던 은빛이 도는 금발이 눈에 띄었다. 마고가 나의 시선이 일직선으로 향하는 곳에서 무표정하게 나를 바라보며 줄을 서 있었다. 우리의 우정을 기억하는 내 몸은 처음 마고를 보고 반사적으로 기뻐했다. 입가에 미소가 피어오르고, 목에서는 이리 오라는 말이 나올 뻔했다.

"쟤가. 여기서. 뭐. 하는. 거야."

헬렌의 목소리는 냉정했다.

"새 친구라도 사귀었나 보지."

나는 어깨를 으쓱이고는 다시 몸을 돌려 앞을 봤다. 하지만 해방되고, 새로 태어난 듯하고, 막 뭔가…… 다른 것으로 변할 듯한 마법 같은 기분은 모두 증발해버렸다.

이내 그건 마고가 여기 있기 때문임을 깨달았다. 마고는 나를 속속들이 알았고, 나는 마고가 나를 모르는 사람처럼 바라보는 게 싫었다. 내 과거가 나를 바라보고 있는데 내가 어떻게 새로운 여자가 될 수 있겠는가.

마고가 입구에서 퇴짜를 맞은 건 너무도 당연했다. 마고는 경비원에게 거짓말해야 한다는 사실 때문에 겁에 질려서 얼굴이 백지장처럼 창백했고, 얼굴은 갓난아기처럼 속이 빤히 들여다보였다. 코트를 맡기려고 줄을 서 있던 우리는 퇴짜를 맞는 마고를 보며 고소해했다. 마고 앞에 저지선이 쳐질 때 나는 마고와 눈이 마주쳤다. 나는 우는 아이 앞에서 문을 닫아버리는 심정이었다.

예전의 나였다면 다시 밖으로 나가서 마고와 함께 집으로 갔을 것이다. 속이 부글부글 끓기는 해도 명예롭게 행동했을 것이다. 하지만 새로운 나는 필요 이상으로 오랫동안 머뭇거렸는데, 그때 음악 소리를 뚫고 헬렌이 내 귀에 외쳤다.

"마고는 알아서 들어올 거야, 윈! 가자!"

마고를 다시 볼 때까지 그 안에 얼마나 오래 있었는지 모르겠다. 거기서는 시간이 완전히 사라져버리기 때문이다. 아예 시간이 존재하지 않고, 음악이 쾅쾅거리며 흘러나오는 동안에는 시간이 흐르고 있다는 개념도 없다. 우리가 열 번째 또는 열한 번째 노래에 맞춰서 춤추다가 술을 한 잔 더 마시려고 바로 갔더니 반대편에 마고가 서 있었다.

  마고는 주류 판매점에 가서 보드카를 한 병 사서 마신 뒤에 다시 줄을 서 있다가 들어왔다. 옷차림을 바꾸려고 티셔츠 자락을 말아 올려 브래지어 밑으로 밀어 넣기까지 했다. 마고의 배는 2년 전 내가 조잡한 장미 문신 스티커를 붙여주려다 실패했을 때처럼 새하얗고 납작했다. 결국 우리는 문신 붙이는 걸 포기하고 두 시간 동안 테니스공으로 캐치볼을 하며 놀았다.

  마고는 경비원의 눈을 속이려고 다른 사람에게 립스틱도 빌려서 발랐다. 하지만 어차피 경비원은 마고를 못 알아볼 것이다. 또 다른 여자, 또 다른 얼굴, 또 다른 몸이라고 생각했을 것이다. 어둠 속에서 우리는 모두 똑같아 보였다.

  나는 그런 마고에게 감탄했다. 충격을 받기는 했지만 마고가 대단해 보였다. 심지어 안도하기까지 했다. 순간적으로 오늘 밤에는 우리 셋이서 재미있게 놀 수 있겠다고, 마고가 헬렌과 화해하고 어쩌면 우리 셋이서 다시 잘 지낼지도 모른다고 생각했다. 얼마나 어리석은 생각이었는지.

  마고는 몸을 좌우로 살짝 흔들었고, 나는 마고가 취했다는 걸 깨달았다.

  "넌 날 버렸어."

  마고는 혀 풀린 소리로 그렇게 말하더니 조금 토했다.

  나는 마고가 여기저기에 토하고 다닐지도 모른다는 생각에, 시큼한 토사물과 거기서 나는 냄새 때문에 우리에게 어설픈 아마추어라는 낙인이 찍힐지도 모른다는 생각에 부끄러웠다. 그래서 어두운 댄스 플로어 가장자리에 있는 긴 소파 쪽으로 마고를 밀치고 거기에 앉혔다. 인조 가죽을 씌운 소파 위에서 몸이 살짝 튀어 오르는데도 마고는 눈을 감고 있었다.

"애는 괜찮은 거야?"

희뿌연 연기 너머로 남자 목소리가 들렸다.

"춤을 너무 열심히 춰서 좀 쉬는 거예요."

나는 그렇게 말하고 헬렌에게 돌아갔다. 헬렌은 몇 미터 떨어진 곳에서 기타 소리에 맞춰 빙글빙글 돌고 있었다.

나는 마고를 지켜볼 작정이었다. 엄마 닭처럼 감시한다는 의미가 아니라 그저 마고가 토사물 위로 쓰러지진 않는지 가끔 힐끗거릴 생각이었다. 하지만 다음번에 다시 그쪽을 봤을 때는 마고가 없었다. 내가 내뱉은 분노의 신음이 어찌나 컸는지 마치 귀청이 떨어질 듯한 음악을 따라서 부르는 것처럼 들렸으리라. 왜 내가 다시 마고를 책임지게 된 거지?

나는 헬렌에게 화장실에 다녀오겠다고 손짓했고, 헬렌은 어서 가라고 당당하게 손을 흔들었다. 긴 머리에 웃통 벗은 남자의 귀에 대고 농담을 주고받느라 정신이 없었다.

나이트클럽은 눅눅하고 연기가 자욱했다. 드라이아이스와 담배 연기로 공기가 어찌나 탁한지 눈뿐 아니라 손으로도 공기를 헤집는 기분이었다. 헬렌과 재미있게 춤추던 댄스 플로어에서 내려와야만 한 사실에 짜증이 났고, 마음속에 정당한 분노가 쌓여갔다. 마고가 몸도 가누지 못할 정도로 취한 것은 내 탓이 아닌데도 나는 여기서 올바른 일을 하고 있었다. 머릿속으로는 어리석고 미숙한 마고를 발견하면 뭐라고 쏘아붙일지 생각했다. 너 때문에 내 시간만 낭비했다고 따끔하게 나무랄 것이다. 하지만 아마 마고는 그 말조차 제대로 알아듣지 못하는 상태일 것이다.

술병과 어설프게 감춘 비닐봉지 속 하얀 가루(아직 그게 뭔지 몰랐다)를 중심으로 모여 있는 사람들을 밀치고 지나가려니 깊은 숲속에 있는 공주에게 가려고 들장미를 난도질하는 왕자가 된 기분이었다. 안쪽으로 들어갈수록 나는 점점 더 냉정해졌다. 마고는 늘 자신을 제대로 돌보지 못했고, 그 일은 언제나 내 몫이었다. 내가 마고에게 짜증이 나는 것도 당연했다.

나는 화장실 칸을 하나씩 확인해봤다. 지난번에 화장실에 갔을 때 문이 닫힌 칸막이 밑으로 의식을 잃은 여자의 발이 삐죽 나와 있던 기억이 났기 때문이다. 나는 마고를 위해서라기보다 나를 위해서 마고가 불가피한 토사물을 쏟아내기 전에 화장실에 도착했기를 바랐다. 하지만 내가 부르는 소리에 아무런 대답도 없었다. 시끌벅적한 여자들 속에서 금발은 눈에 띄지 않았다. 다들 나보다 나이가 많았고, 화장을 고치면서 아무나 붙잡고 남편이며 자식 이야기를 늘어놓았다.

다음에는 바로 가봤다. 그 시간에는 이미 취했는데도 계속 술을 마시려는 사람들이 바를 에워싸고 있었다. 약에 취한 사람들도 있었는데, 그들은 놀라울 정도로 활기차게 춤추며 마치 몇 주 동안 갈증에 시달렸다는 듯이 물을 벌컥벌컥 들이켰다.

나는 벽 앞에 쌓인 코트 더미도 들춰봤다. 놀랍게도 그리고 혐오스럽게도 어떤 여자가 코트 밑에서 자고 있었다. 눈은 반쯤 감기고 입은 벌어졌는데, 반짝이가 붙은 톱 위로 침이 실처럼 늘어져 있었다. 나는 반짝이가 붙은 옷을 삼베로 바꾸면 중세시대 가난한 소작농의 모습이 저러지 않았을까 생각했다. 거기 누워 있는 사람이 내 친구가 아니라서 안도했지만 이 밤, 나의 밤이 얼마 남지 않았다는 사실에 짜증이 났다.

마침내 나는 다시 밖으로 이어지는 복도에 서서 입술을 씹었다. 마고는 집에 갔을까? 그게 가장 그럴듯한 답이었지만, 내가 마지막으로 마고를 봤을 때는 전혀 집에 가려는 사람의 얼굴이 아니었다. 내가 고민하는 동안 클럽 사무실 문 너머로 웃음소리가 들렸다. 먹이를 앞에 둔 남자들의 신나면서도 비정한 웃음이었다. 그 소리를 들으니 속이 울렁거렸다.

나는 사무실 문을 손톱만큼 열고 그 안을 들여다봤다. 문틈으로 쏟아지는 환한 빛 덕분에 복도의 탁한 공기 속에 있던 먼지 쌓인 형체들이 모습을 드러냈다. 문틈 너머로 두 남자의 넓고 검은 등과 닥터 마틴 신발을 신은 네 개의 튼튼한 발이 눈에 들어왔다. 더 잘 보려고 고개를 숙이고 남자들의 다리 사이를 들여다봤더니 묵직한 부츠를 신은 발, 그리고 그 발 바로 옆에 있는 흰색 캔버스 운동화가 보였다. 운동화에는 클럽 바닥의 오물이 묻어 검은 줄무늬가 생겼다. 불과 몇 주 전에 마고도 저것과 똑같은 운동화를 샀다.

"제대로 영계네."

한 남자가 으르렁거리듯 말하자 셋에서 다 함께 허스키한 웃음을 내뱉었다.

만약 내가 어떻게 행동하는 게 가장 안전할지 조금이라도 생각했다면 그 순간에 당장 해야만 하는 일, 다시 말해 마고를 거기서 빼내지는 못했을 것이다. 나는 아무 생각 없이 문을 밀치며 들어갔고, 환한 불빛 아래서 눈을 깜빡거리며 소리쳤다.

"마고, 이제 갈 시간이야. 밖에서 네 아버지가 기다리셔!"

"너 뭐야, 씨발."

내가 느닷없이 쳐들어가자 남자들이 깜짝 놀라 옆으로 비켜섰고, 나는 처음으로 그들이 구경하고 있던 대상을 보게 됐다.

몸이 축 처진 채 의자에 앉아 있는 마고는 가슴 위로 고개를 숙인 터라 얼굴은 깊은 어둠에 잠긴 반면, 몸은 견디기 힘들 정도로 환한 불빛 아래 드러나 있었다. 티셔츠는 목에서 배꼽까지 찢어졌고, 작고 풋풋한 가슴은 면 브래지어 밖으로 나와 있었다. 청치마는 허리까지 올라갔고, 연분홍색 팬티는 이 상황과 남자들의 의도를 비난하듯이 미숙해 보였다.

그동안 헬렌과 나는 마고가 너무 어리다고 따돌려왔는데, 이 사무실에서는 바로 그 점이 정당한 근거가 됐다. 여기, 남자들의 축 늘어진 얼굴 속 번들거리는 모공과 모공으로 파고드는 수염을 적나라하게 보여주는 형광등 불빛 아래서 마고는 어느 모로 보나 당황한 소녀였고, 열여섯 살에는 얼마든지 그럴 권리가 있었다.

마고 위로 몸을 숙인 채 바지 지퍼를 내렸던 세 번째 남자는 한 손을 바지 속에 집어넣은 자세 그대로 멈춰 서 있었다.

"이게 뭐 하는 짓이야? 넌 여기 들어오면 안 돼."

뒤에서 나직이, 으르렁거리는 듯한 목소리가 말했다.

춤추느라 흘렸던 땀이 갑자기 살갗 위에서 차갑게 식어버렸다. 마고는 그 소리에 고개를 들었고, 나는 마고의 한쪽 콧구멍에서 흘러내리는 코피를 봤다. 우리의 눈이 마주쳤을 때 마고의 눈에서 보이던 공포만큼이나 생존에 필수적이고 반짝거리는 코피였다.

헬렌과 나는 마고가 어리숙하고, 걸핏하면 긴장하고, 우리 둘처럼 세상사를 잘 안다는 듯한 냉소주의의 담요 아래 그걸 숨기지 않았다는 이유로 마고를 경멸했다. 우리의 닳고 닳은 에고가 보기에는 너무나 짜증 나는, 순진한 처녀 놀이를 했다는 이유로 마고를 경멸했다. 그걸 생각하니 수치심과 후회가 밀려들었다.

"아버지가 오셨어, 마고."

나는 마고에게 고집스럽게 말했다. 이 방 안에서 마고 외에 다른 사람과는 말하고 싶지 않았다. 평생 조심하라고 배운 남자들에게 무슨 말을 한단 말인가? 어떻게 그들에게 내가 세상에서 가장 두려워하는 일을 그만두라고 설득할 수 있겠는가?

"이제 그만 가야 해."

내가 덧붙였다.

"그럼 가보셔."

마고 위로 몸을 숙이고 있던 남자가 뒤로 물러나더니 문 쪽으로 고갯짓하며 손을 뻗었다. 주로 누군가가 나를 위해 문을 열어줄 때 하는 몸짓이었지만, 이번에는 아직 반만 추행당한 피투성이 행운의 소녀를 보내주는 몸짓이었다.

그러자 마고는 재빨리 움직였다. 남자 옆을 지나가면서 그의 뒤쪽 책상에서 가방을 낚아채 곧장 내게 넘겼다. 바로 그 순간, 한 남자가 마고의 뒤통수에 침을 뱉었다.

"꺼저라, 이 걸레 같은 년아."

우리가 비틀거리며 사무실에서 나가는 동안 뒤에서 소리가 들렸다.

복도로 나오니 밤이 끝나 있었다. 김이 자욱한 댄스 플로어 위로 환한 불빛이 쏟아졌고, 플로어에는 파티의 잔해가 흩어져 있었다. 경이로운 가능성으로 가득 찼던 클럽은 형광등 불빛 아래서 보니 그저 지친 사람들과 그들이 만들어내는 쓰레기로 가득한, 밀폐된 공간이었다.

마고는 흐느끼면서 바닥에 주저앉았다. 벌어진 티셔츠 자락 아래로 미숙한 브래지어가 보였다. 마고의 코트는 사라지고 없었으며 신뢰도 사라져버렸다. 나와 마고 자신, 클럽을 나서며 우리 주위를 얼쩡거리는 사람들에 대한 신뢰. 사람들은 우리 주위를 맴돌며 가던 길을 멈추고 이 우는 소녀를 도와줘야 할지 말지 생각했다.

"취했네."

한 남자가 말했다.

"영계야."

그 말에 누군가가 낄낄 웃자 나는 아까 사무실에 있던 남자들이 쫓아온 줄 알고 뒤돌아봤지만 다른 사람이었다. 저 단어는 그날 처음 들었는데, 저 말을 자주 쓰는 남자들이 있는 걸 깨달았다.

마고는 나와 함께 헬렌의 집으로 갔다. 다른 방도가 없었다. 마고와 함께 왔던 친구들은 통금 시간이 헬렌보다 일러서 이미 돌아간 뒤였다. 헬렌은 아예 통금 시간이라는 게 없는 듯했다. 우리는 전원풍으로 꾸며진 헬렌의 멋진 부엌으로 들어가 널찍한 나무식탁에 차가 담긴 머그잔을 두고 앉았다. 마고의 눈물에 당황한 내가 물었다.

"무슨 일이 있었는지 얘기해볼래?"

마고는 고개를 저으며 나직이 말했다.

"애 앞에서는 싫어."

헬렌은 어이없다는 표정으로 눈을 치떴다.

6

 이튿날 아침, 마고는 얼굴에 묻은 피를 씻어내고 담배 냄새가 나는 머리를 세 번이나 감은 뒤에야 집으로 갔다. 소지품을 챙기고 찢어진 티셔츠를 가방 깊숙이 밀어 넣는 동안 나나 헬렌과는 거의 말하지 않았다. 마고가 현관문을 닫고 나가자 헬렌과 나는 그때까지 참고 있는 줄도 몰랐던 숨을 내쉬었다.

 내가 전화하고 문자를 여러 번 보냈는데도 주말 내내 마고에게서는 아무 연락이 없었다. 의자 위에서 고개를 끄덕거리던 마고의 모습이 자꾸 생각났다. 가장 덩치 큰 남자가 마고 위로 몸을 숙이던 장면도. 하지만 무엇보다도 앞으로 일어날 일을 그냥 받아들이겠다는 마고의 태도를 머리에서 떨칠 수가 없었다. 그게 무서웠다. 마고가 더 강력히 저항했어야 한다는 뜻이 아니다. 마고의 그런 체념은 우리가 의지하는 문명이라는 허울 아래 남녀가 처한 잔인한 현실을 보여줬다.

 그로부터 몇 년 뒤 여름, 대학생이 되어 슈퍼마켓에서 아르

바이트를 할 때의 일이다. 나보다 나이가 많은 남자 직원이 내가 일하고 있던 창고로 오더니 문을 다 닫고 자신의 페니스를 보여줬다. 마치 그것이 내가 확인해야 하는 새로운 상품이라도 된다는 듯이 천연덕스럽게. 이후로 몇 달 동안 한밤중에 잠이 확 깬 이유는, 또는 그때 일을 생각하면 수치심에 몸이 떨리고 눈을 깜빡거리는 이유는 페니스를 봤다는 사실 때문이 아니라 공포심 때문이었다. 내가 다시 온전히 그 창고에서 나가게 될지, 거기서 일어난 일이 평생 원치 않게 나를 따라다니게 될지 알 수 없던 그 찰나의 순간에 느낀 공포심.

의식적으로 깨닫지 못할지라도 우리는 평생 이런 남자들을 마음에 담고 산다. 몸을 더듬는 손, 너무 가깝게 다가오는 입술, 너무 오래 바라보는 눈동자, 너무 가까워지는 발소리. 그런 것들 때문에 먼 길을 돌아가고, 해가 진 뒤에는 공원에 가지 않고, 열쇠를 무기처럼 손에 꽉 쥐고 다닌다. 비록 남자들은 그날 밤 집에 돌아가 재킷을 벗는 순간에 그 일을 다 잊어버리지만. 필시 그 슈퍼마켓 남자는 나를 기억조차 못 할 것이다. 이제는 자기 아이도 생겼으리라. 하지만 다른 사람의 아기를 상상하기란 내 아기를 다시 살아나게 하는 것보다 더 힘들다.

당시 나는 마고가 클럽에서 그런 일을 당했을 때보다 다섯 살이 많았다. 남자들이 여자를 어떻게 대해야 하고, 어떻게 말해야 하고, 어떻게 만져야 하는지, 그게 얼마나 기분 좋은 일인지 알고 있었다. 하지만 열여섯 살이던 마고에게는 그런 비교 대상이 없었고, 따라서 그 일을 어떻게 받아들여야 할지 몰랐을 것이다. 흔한 폭력, 평범한 남자로 포장된 잔혹행위가 마고에게 발산된 사건은 마고와 나의 여생에 영향을 미칠 터였다.

월요일 수업을 앞둔 일요일 저녁에 마침내 마고에게서 답장이 왔다.

"점심시간에 연습실에서 봐."

나는 한때 헬렌이 마고에게 그랬듯이, 선생님이 수업 끝난 뒤에 남으라고 했다는 거짓말로 헬렌을 따돌렸다. 그리고는 우리의 옛 소굴로 달려갔다. 우리는 사랑하지만 예의를 지키려고 조심스럽게 행동하는, 빅토리아 시대의 불안정한 연인들처럼 한동안 서로를 바라봤다. 평소 어색하던 마고의 태도에는 분노와 슬픔이 한 겹 씌었고, 나는 마고를 냉대한 죄책감에 말이 나오지 않았다. 몇 분간 그저 서로를 바라보다가 나는 마고의 품에 뛰어들었다. 마고가 나를 안아주자 마음이 놓인 나머지 울음을 터뜨렸다.

"정말 미안해, 마고."

나는 마고의 머리카락에 얼굴을 파묻고 흐느꼈다.

"정말, 정말 미안해. 내가 어리석었어. 넌, 넌……."

마고는 나를 안은 채 내가 그리웠다고, 자기를 거기서 데리고 나가줘서 고맙다고 말했다. 그리고는 우리가 숱하게 앉아서 빈둥거리고 함께 웃었던, 스펀지가 튀어나온 소파에 앉아 자초지종을 들려줬다.

마고는 정신을 차려보니 자신이 바닥에 누워 있고, 남자가 위에 올라타 있었다고 했다. 무슨 일이 벌어질까보다는 남자가 너무 무거워서 걱정됐다고, 남자의 무게 때문에 몸 안의 산소가 다 빠져나가고 다시는 숨을 들이쉴 수 없을까 봐 두려웠다고 했다.

결국 남자의 친구가 그를 끌어냈다. 친구는 그들과 함께 기꺼이 집에 가겠다고 나선 여자들을 찾아냈다고 했다. 취해서 얼굴은 잘 안 보이지만 생글생글 웃고, 몸이 잘 반응하는 여자들이라고 했다. 티셔츠는 찢어지고, 치마는 올라간 채 더러운 바닥에 누워 정신을 잃은 열여섯 살짜리 여자아이보다는 그 애들이 더 신나는 상대였다.

그때 한 경비원이 마고를 일으켜주더니 사무실로 데려갔고, 물을 가져다주겠다며 나갔다. 하지만 그는 마고가 본 적이 없는 두 남자와 함께 돌아왔다. 마고가 나가려고 하자 한 남자가 주먹으로 마고를 때렸다. 마고는 의자에 축 늘어진 채 자신은 다른 곳에 있다고 생각하려 했다.

그날 이후로 우리는 다시 친구가 됐다. 이미 아주 오랫동안 우리를 지켜본 연습실에서.

내가 헬렌에게 우리가 화해한 사실만 말하고 나머지는 말하지 않기로 동의하자 마고가 부드럽지만 단호하게 말했다.

"하지만 조건이 있어. 헬렌하고는 함께 다니고 싶지 않아."

그 조건은 동의하기 쉬웠다. 내가 헬렌에게 끌렸던 화려한 매력이나 반항아 기질은 그 대가로 마고와 내가 겪은 일, 지저분하고 무섭고 흉측한 경험으로 더러워졌기 때문이다. 이제 헬렌은 우리보다 어른이 아니었다. 그리고 나는 여고생이 먹이가 되기보다는 보호받는 세상에서 기꺼이 다시 살 준비가 돼 있었다.

"약속해. 내가 헬렌에게 우린 헤어질 수 없다고 설명할게. 우린 아주 어릴 때부터 친구고, 헬렌은 그 사실을 이해해야 해."

나는 마고에게 말했다.

※

우리는 수학 수업이 있는 교실 문간에 앉아 있는 헬렌을 발견했다. 헬렌은 이어폰을 낀 채 껌을 씹고 있었다. 내가 새로운 결심을 밝히려고 몇 마디 하지도 않았는데, 헬렌이 내 옆에 선 마고를 보더니 내 말을 자르고 입을 열었다. 말하는 동안 헬렌의 얼굴은 경멸 어린 표정에서 공허한 눈빛의 권태로운 표정으로 변했다.

"더 말할 필요 없어. 너의 어린 그림자가 돌아왔네. 쟤는 철이 없어서 그런 일을 당한 건데, 갑자기 쟤한테 관심이라도 생긴 거야? 한심하다."

"저기, 헬렌, 마고랑 나는……."

"너도 별다를 바 없어!"

헬렌의 눈이 이글거렸다.

"사감 선생 같은 머리에, 입만 열었다 하면 호들갑이나 떨고. '와, 헬렌, 넌 너무 어른스러워.' '아, 난 집에 일찍 가야 해. 우리 오옴마한테 혼나.'"

헬렌이 내가 싫어하는 곱슬머리와 이 지역 억양을 빈정거리면서 말하니 그 애의 비난이 훨씬 더 아프게 다가왔다. 헬렌이 이 동네 사람들을 어떻게 생각하는지 잘 알고 있던 터라 그 속내를 알고 나니 수치스러웠다. 옆에 있던 마고도 움찔했다. 헬렌은 앉은 채로 우리를 가볍게 제압할 수 있었다.

"맙소사, 너흰 정말 한 쌍의 패배자야!"

헬렌이 내뱉었다.

"이 학교에 진짜로 멋진 애는 없는 거야?"

헬렌은 우리에게 가라고 손짓했는데, 그걸 보니 마고에게 의자에서 일어나도록 '허락'해주며 마고를 향해 손을 뻗던 경비원이 떠올랐다. 헬렌은 이어폰을 다시 귀에 꽂고, 이를 꽉 문 채 시선을 돌렸다. 더는 할 말이 없는 것이다.

나는 적어도 헬렌이 마고와 나랑 셋이서 함께 다니려는 시도는 할 줄 알았다. 헬렌과 마고가 매번 서로 이기려고 작정한 듯이 대화를 나누고, 나는 두 사람을 어색하게 중재하는 날들이 이어지지 않을까 예상했다. 하지만 헬렌이 우리를 차버리니 엄청나게 마음이 놓였다. 비록 우리에게 퍼부은 헬렌의 독설에 아직 크게 동요했지만.

함께 놀러 다니는 동안 헬렌이 나를 내심 촌년으로 무시했다고 생각하니 당혹스러웠다. 헬렌에게 나는 얼마나 유용한 머저리였을까? 헬렌의 제안을 넙죽 받아들여 죽마고우를 홀대하는 나를 지켜보며 헬렌은 얼마나 재미있었을까? 그걸 이제야 깨달았다.

나는 마고보다 헬렌을 싫어할 이유가 훨씬 적었지만, 헬렌을 향한 내 마음은 속았다는 민망함이 더해져 아주 격렬히 타올랐다. 나를 무시하고 이제 막 체계가 갖춰진 내 자신감을 시들게 한 헬렌을 나는 절대 용서하지 않을 터였다.

나중에 헬렌은 말할 상대만 생기면 우리와 절교했다고 떠들어댔다. 우리가 사차원이며 제대로 놀 줄도 모르고, 촌스럽고, 술도 마실 줄 모른다고 했다. 다시 말해 제대로 된 경험이라고는 하나도 없는 감상적인 아이들이라는 소리였다. 우리 학교에서는 명성이 중요한 터라 동급생들은 기꺼이 헬렌의 말을 믿었다.

헬렌이 떠들어댄 이야기 중에서 가장 가슴 아픈 건 우리를 망신 주려고 지어낸, 우리가 비열한 레즈비언 커플이라는 거짓말이 아니었다. 우리가 울타리를 벗어나 이루고픈 꿈과 야망에 대해 말했던 진실이었다. 희망찬 미래를 향해 부글부글 끓어오르던 거품은 그런 야망이 없는 아이들의 발랄한 경멸에 쉽게 터져버렸다. 예전에는 우리의 말에 어리둥절한 아이들을 보며 웃어넘겼고 우리가 늘 우위에 있었지만 이제는 공공연히 조롱당했다.

우리는 점점 더 많은 시간을 연습실에서 보냈다. 시간이 지날수록 천장이 낮은 그 공간은 친구들이 쏘아대는 대포를 피할 벙커처럼 느껴졌다. 우리는 마치 참호에 있는 군인들처럼 발코니 가장자리 너머로 다른 아이들을 내려다봤다. 거기 있으면 헬렌의 경멸하는 눈빛을 피해 긴장을 풀 수 있었다. 우리는 발코니 마룻바닥에 누워 학생 식당에서 식사하는 아이들을 지켜봤다.

보비 데이비스는 짝꿍의 머리카락에 으깬 완두콩을 문질렀고, 맨디 엘튼은 선생님 등 뒤에서 가운뎃손가락을 들어 올렸다. 물론 헬렌도 있었다. 헬렌과 같은 공간에 있을 때면 공기가 서늘하게 느껴질 정도였는데, 여기서 바라보는 헬렌은 슬프고 외로워 보였다. 책으로 얼굴을 가린 채 샌드위치를 재빨리 먹어치우고, 귀에 꽂은 이어폰은 절대 빼지 않는 소녀에 불과했다.

"헬렌이 좀 안됐어."

마고와 화해한 지 한 달쯤 지나서 나는 《호밀밭의 파수꾼》 책 뒤에서 다른 아이들을 지켜보는 헬렌을 바라보며 말했다.

"헬렌은 인생이 완전히 망가져서 우리 인생까지 망가뜨리고 싶어 한 거야."

"난 전혀 안 불쌍해."

마고가 냉정하게 말했다. 클럽에서 그 사건이 있은 뒤로 마고의 얼굴과 목소리는 가끔 너무 차갑고 공허해서 살짝 무서울 정도였다.

"다 본인이 자초한 거야."

7

 슬픔의 밑바닥까지 떨어진 사람을 보는 것은 그의 알몸을 보는 셈이다. 아니, 그 이상이다. 살갗이 벗겨진 채 혈관과 장기가 다 드러난 모습을 보는 듯하다. 그 후에는 힘의 불균형이 일어나 그 모습을 지켜본 사람이 더 큰 힘을 갖게 된다. 거기서 다시 올라오려면 시간이 걸린다. 예전처럼 무슨 차를 마실지 또는 날씨가 어떤지 또는 마음의 상처가 치유됐는지 묻기까지도 시간이 걸린다.

 잭의 작은 가슴이 움직임을 멈추기 전까지 신생아의 자그마한 흉곽이 떨리는 걸 그렇게 가까이서 보기는 처음이었다. 아이는 맞서서 싸우는 게 너무 힘들었는지 숨을 한번씩 내쉴 때마다 기진맥진한 듯했다. 찰스와 나는 인간으로서 우리가 가진 모든 갈망과 절박함을 다 짜냈고, 그 병실 안에 우리의 절망을 다 풀어냈다.

 마치 이 불가피한 일을 향해 일어나지 말라고 명령할 수 있다는 듯 맹렬하게 고개를 저어대는 우리의 움직임과 흐느낌 속에 그 절망이 있었다. 나는 계속 안 돼, 안 돼, 안 돼라고 말했지만 찰스는 끝까지 침묵을 지켰다. 마침내 잭이 우리 곁을 떠났을 때(잭은 찰스가 원하고 나중에는 함께 어떤 일을 할지 계획을 세웠던 아들이자 언젠가 우리에게 꼭 생길 아들을 위해 오래전에 고른 이름이었다), 그가 외친 말은 "가지 마!"였다. 아이가 옆길로 새어 위험한 곳으로 갈 때 어떤 아버지든 버럭 내지를 명령이었으나 이 경우에는 영원히 따를 수 없는 명령이었다.

우리 삶에 드리워진 예의의 베일이 벗겨지면서 그 아래 도사리고 있던 본능적이고 비열한 것들이 샅샅이 까발려지는 순간을 함께하는 데는 뭔가가 있다. 셰익스피어는 그것을 필사의 냄새라고 했다. 그런 일을 함께 겪고 나면 다시 정상적인 상호작용을 하기가 어려워진다. 적어도 당분간은.

헬렌에게 사고가 생긴 뒤에 우리가 그랬다.

)(

나는 단번에 헬렌을 알아봤다. 부스스한 갈색 곱슬머리가 점심을 먹는 학생들로 복잡한 식당을 내려다보며 자기 옆에 없는 두 사람을 찾아 이리저리 훑어보고 있었다. 헬렌은 딱히 숨어 있지 않았다. 그저 나무 난간 뒤에 앉아 있었다. 이는 마고와 내가 함께 식당에 들어선 다음, 오른쪽으로 돌아 계단을 올라가려는데 우리를 지켜보는 헬렌과 0.5초간 눈이 마주쳤다는 뜻이다.

그날 마고는 언덕 위의 페퍼콘으로 가서 샌드위치를 포장해다가 나선형 계단 위에 있는 먼지 쌓인 연습실로 가서 먹자고 제안한 터였다.

헬렌은 너무 멀리 있어서 상처받은 표정인지 아닌지는 알 수 없었지만, 감출 수 없는 분노의 표정만은 아무리 멀어도 희석되지 않았다. 우리가 있을 줄 알았던 연습실에 우리가 없다는 사실, 이젠 우리의 일정을 공유하지 못하고 일상의 리듬도 알지 못한다는 사실에 대한 분노였다.

헬렌은 자리에서 일어나 우리를 노려봤다. 그 순간, 마고가 나와 팔짱 낀 손을 풀더니 헬렌에게 손을 흔들었다. 마고의 얼굴에 능글맞은 미소가 옅게 퍼져나갔다.

나는 당황해서 마고를 돌아봤다.

상황을 깨달았을 때는 온몸이 차가워졌다.

거기까지는 빠르게 진행됐다. 마치 사진을 찍는 동안 재빠르게 열렸다 닫히는 카메라 셔터처럼. 반면 다음 장면은 영원히 계속되는 듯했다. 원래로 되돌릴 시간도 없는데.

내 마음이 안 된다고 소리 지르는데도 헬렌은 앞에 있는 난간에 몸을 기댔다.

그러자 첼로를 튜닝하려고 처음으로 줄에 활을 댈 때처럼 뻣뻣하고 긁는 듯한 소리가 났다. 잠시 정적이 흘렀다. 불과 몇 달 전에 마고가 우리 둘에게 녹음해준 〈블루 선데이〉에서 심벌즈를 친 직후에 흐르던 것과 같은 정적이었다. 채 1초도 되지 않았을 텐데 훨씬 길게 느껴졌다. 손 아래에서 난간이 무너지자 헬렌은 앞으로 고꾸라졌다. 얼굴에서는 대경실색한 표정이 심술궂은 표정을 싹 지워버렸다. 우리가 평소 너무도 매력적이라고 생각하던 헬렌의 태평한 태도와는 거리가 멀었다.

썩은 목재의 신음만으로는 머리 위에서 벌어지는 비극을 인식하지 못한 학생들도 비명이 울려 퍼지자 이내 그쪽으로 집중했다. 비명은 부서진 발코니처럼 우리 위에서 맴돌았다. 우당탕하는 소리가 순식간에 조용해지더니 이내 헬렌이 바닥에 떨어지며 굵은 셀러리가 툭 부러지는 듯한 소리가 났다. 헬렌은 몇 분 전까지만 해도 서 있던 6미터 위에서 추락해 마고와 내가 서 있는 곳 근처에 착지했다.

다들 비명을 질러댔다.

학생들과 선생님은 서둘러 헬렌을 에워싸며 어떻게 도와야 할지 살폈다.

"내 잘못이 아냐."

두려움으로 꼼짝하지 않은 채 마고가 속삭였다.

마고의 신발코를 향해 흘러 내려오는 핏줄기를 바라보며 내가 말했다.

"나는 네가 무슨 짓을 했는지 알아."

8

그날 오후 부모님이 우리를 데리러 오기도 전에 경찰은 우리와 이야기하고 싶어 했다. 초반의 정적과 공포가 지나자 진실을 파헤치는 필연적인 과정이 시작됐다.

"무슨 일이니? 선생님한테 무슨 일이 있었는지 말해줄래?"

파리한 얼굴의 윌슨 선생님은 교장실과 교감실 앞에 있는 계단 위 상단으로 우리를 홱 끌어당겼다.

무슨 일이 있었냐고? 방금 전까지만 해도 마고와 나는 이야기하고 있었는데, 다음 순간에 헬렌이 발을 잘못 내디뎠고, 전율과 패닉이 이어졌고, 방금까지 서 있던 친구가 사라진 자리, 초록색 리놀륨 바닥 위로 흐르는 검은 피만 남았다.

선택지는 하나뿐이었다. 다른 대답을 했다가는 질문 세례가 쏟아질 터였다. 왜, 그리고 어떻게에 대한 질문, 우리가 어디에 갔었고 누가 무엇을 아느냐는 질문.

"우린 헬렌이 거기 있는 걸 전혀 몰랐어요. 그냥 샌드위치를 포장해서 가는 중이었어요."

나는 윌슨 선생님에게 아무런 감정이 드러나지 않은 맑은 눈으로 대답했다.

누워서 떡 먹기였다, 정말로.

우리 집 거실 소파에 앉아 내게 캐묻는 형사에게는 이렇게 말했다. 우리는 그 시간에 헬렌이 연습실에 있는 걸 몰랐으며, 거기에 음악가의 갤러리가 있다는 건 더더욱 몰랐다고.

그 나선형 계단을 올라간 적이 있냐고요? 물론이죠. 다들 한 번씩은 올라가요. 거기 오래 있었냐고요? 아뇨, 거긴 너무 으스스한걸요. 비밀 문이라뇨?

마고도 나와 똑같이 말했다. 이번에도 텔레파시가 통한 것이다. 다만 이번에는 우리 둘 다 웃지 않았다.

형사는 메모하고 더 질문했다. 특정한 순간으로 돌아가기도 하고, 다른 각도에서 보기도 했다. 내 말을 의심하는 것 같지는 않았다. 그의 엄격한 태도는 소파에 앉아 그를 바라보는, 놀라고 충격받은 여학생보다는 천연덕스럽게 거짓말하는 용의자들을 대상으로 연마해온 직업적 습관일 뿐이었다.

조사가 끝날 무렵에는 이가 딱딱 부딪치고 무릎이 흔들릴 정도로 몸이 격렬하게 떨렸다. 강도 높은 조사 때문인지 거짓말인 걸 알면서도 아닌 척하느라 힘들었기 때문인지는 알 수 없었다. 그저 경찰이 얼른 떠나기만 바랐다. 경찰이 가고 나면 긴장을 풀고, 한숨 돌리고, 사지를 덜덜 떨면서 몸 안의 아드레날린이 사라지기를 기다릴 수 있다고 되뇌었다.

엄마는 경찰이 부적절하게 보일 정도로 이번 일을 너무 빨리 마무리 지었다고 말했다. 하지만 학교 측에서는 지역 신문에 부서진 발코니와 금방이라도 무너질 듯한 연습실이 학생들의 건강과 안전에 악영향을 미친다는 기사라도 나기 전에 얼른 해결하고 싶어 했다. 그래서 우리의 이야기가 먹혔고, 삶은 다시 예전으로 돌아가는 듯했다. 거의.

헬렌의 몸이 바닥에 떨어지자마자 마고와 나는 셋에서 다시 둘이 됐다. 예전처럼 우리 둘의 몸은 구석구석 연결됐다. 다만 이번에는 우리가 저지른 짓, 다시 말해 우리가 일어나도록 내버려둔 일과 하지 않은 말에 의해 연결됐다. 예전에는 둘이 함께 있기만 하면 됐지만 이제 상대에게 바라는 건 하나뿐이었다. 침묵.

나는 마고에게 만약 나를 버린다면 즉시 인생을 망쳐놓을 거라는 사실을 분명히 했다. 그저 경찰에 가서 진술을 바꾸기만 하면 된다.

"너는 헬렌을 비웃었어. 나는 네가 무슨 짓을 했는지 알아."

우리 우정에서 늘 주도권을 잡는 사람은 나였다. 토요일에 어디를 가고 뭘 살지 결정하고, 어떤 음악을 좋아할지 결정하고, 머리를 어떻게 자를지, 매니큐어는 무슨 색을 칠할지 내가 결정했는데 이제는 마고의 미래까지 좌우하게 됐다.

지난 몇 년간 찰스가 계속 말했듯이 이제는 나의 그런 행동이 화를 자초했다는 걸 깨달았다. 나의 협박과 내가 언제든 진술을 바꿀 수 있다는 사실 때문에 마고는 한층 더 불안에 시달렸고, 나의 보살핌을 필요로 했다. 결과적으로 나는 성인이 된 뒤 마고가 저지른 실수를 해결하고, 그녀의 두려움을 달래주며 많은 시간을 보냈다. 찰스와 내가 저녁을 먹으려고 식탁 앞에 앉았을 때 전화가 울려서 받거나, 초인종이 울려서 가보면 마고인 경우가 숱하게 많았다. 마고는 하얗게 질린 얼굴에 소처럼 눈을 끔뻑거리며 "정말 미안한데 나 좀 도와줘" 또는 "미안한데 내 얘기 좀 들어줄래?", "미안한데 혼자서는 도저히 해결을 못 하겠어"라고 말했다.

마고가 왜 그렇게 늘 조마조마했는지, 성공한 성인 여성인데도 왜 자신의 판단을 못 믿게 됐는지 생각하고 싶지 않았다. 거기에 내 책임도 있다는 사실은 더더욱 생각하고 싶지 않았다.

※

헬렌이 어디로 갔는지는 끝내 알아내지 못했다. 그저 헬렌의 부상을 가장 잘 치료해줄 재활 센터가 원래 헬렌의 가족이 살던 런던 근교에 있다는 사실만 알게 됐다. 그 사고에 대해 한마디라도 했던, 몇 안 되는 선생님과 우리 부모님의 입에서는 '견인 치료'와 '장기 요양'이라는 말이 나왔다. 한 선생님은 헬렌이 올해 내내 입원해 있을 거라고 했다. 다리뼈가 박살 났고, 척추에 금이 가서 적어도 석 달은 꼼짝 않고 누워 있어야 한다고 했다.

선생님들은 헬렌이 할로 베스트(halo vest, 경추 보조기)를 착용할 거라고 했고, 나는 헬렌이 마고를 그렇게 푸대접하고도 할로 베스트를 착용하다니 블랙 코미디 같은 일이라고 생각했다(할로는 천사 머리 주위에 비치는 후광을 의미한다-옮긴이). 하지만 인터넷에서 할로 베스트를 검색해보고, 그걸 착용하려면 머리에 나사를 네 개나 박아 넣어야 한다는 사실을 알게 된 뒤로는 전혀 웃기지 않았다.

헬렌이 다시 앉을 수 있을 때까지는 몇 달이 걸릴 거라고 했다. 다시 걷기까지는 몇 년이 걸릴 것이다. 하지만 언젠가는 걷게 될 테고, 결국에는 장기적인 손상도 사라질 것이다. 성인이 된 헬렌을 처음 만난 사람이라면 아마 그 애가 어떤 일을 겪었는지 전혀 모를 거라고, 윌슨 선생님은 그 일이 있고 다시 등교한 첫날 내게 말해줬다.

"헬렌에게 편지를 써도 되나요?"

나는 윌슨 선생님에게 물었다.

헬렌에게 뭘 보낼지 이미 알고 있었다. 믹스 테이프와 암호로 쓴 편지, 우편으로 보내는 속삭임, 봉투에 든 웃음이면 우리가 다시 만날 때까지 충분하리라.

"미안하지만 헬렌의 부모님이 새 주소를 알리지 말아 달라고 부탁하셨어, 애야. 헬렌은 지금 있는 곳에서 새롭게 시작하고 싶대."

그걸로 끝이었다.

나중에는 참전용사, 그러니까 자신이 저지른 죄와 그로 인해 당한 보복의 망령에 시달리는 사람과 친구가 된 기분이었다. 동지애는 사라졌고, 기쁨도 사라졌다. 순수도. 더는 웃을 일도 없었다. 마고와 나는 다시는 함께 외출하지 않았다. 그저 대학에 입학하기 전 마지막 2년 동안 붙어 다니기만 했다.

케임브리지는 내 안식처가 되어줬다. 새로운 친구들, 적어도 괴물 같은 현실에 의해 복잡해지지 않은 단순한 친구들을 만날 수 있었다. 그곳에는 오로지 부와 아름다움, 신분에 대한 평범한 불평만 있었다. 몸만 커졌을 뿐 아직 세상에 오염되지 않은 어린 학생들의 단순한 걱정거리였다. 그들과는 재미있게 놀아도 부담되지 않았다. 나는 그들과 함께 마음껏 젊음을 누렸다. 마고, 헬렌과의 일 때문에 열일곱 살 생일이 되기도 전에 몇십 년은 더 늙어버린 기분이었기 때문이다.

헬렌이 왜 추락했는지 그 진실을 아는 사람은 우리뿐이었고, 우리는 상여꾼처럼 그 짐을 함께 짊어졌다. 비록 직접 말한 적은 없지만, 무게는 다를지라도 공동으로 느끼는 죄책감이 우리를 가깝게 해줬다. 우리의 우정이 조심스럽게 균형을 잡고 있는 저울은 헬렌에 관한 비밀로 인해 무겁고 치명적이었으며, 우리 둘 다 서로 약속을 지킬 때만 안전했다.

그래서 지금까지 우리가 계속 연락하고 지낸 것이다. 관심사와 성격이 비슷하고, 또 서로를 좋아하기도 했지만 우리 둘을 붙어 있게 한 것은 심장에 간 금이었다. 나는 가능한 한 마고와 거리를 두려고 했지만 우리 사이에는 패턴이 생겨버렸다. 마고가 나를 필요로 하면 절대 외면할 수 없었다.

내가 임신했다고 말한 뒤 몇 달이 지나 마고가 내게 같은 말을 했을 때는 우리 사이가 완전히 새롭게 시작되는 듯했다. 쓰레깃더미 속에서 꽃이 피어났다. 정보를 교환하고, 함께 쇼핑하고, 계획을 짜면서 우리 둘은 다시 가까워졌다. 서로 비밀을 공유하고, 예전처럼 텔레파시가 통했다. 내가 가진통을 느낀 직후에 마고에게서 전화가 오기도 했다.

하지만 잭이 죽자 하룻밤 사이에 그 모든 게 사라졌다. 나는 마고가 곁에 오는 게 싫었다. 마고가 싫었다. 은근히 우쭐해할 마고가 혐오스러웠다. 마고의 삶은 내가 갔어야 할 길로 계속 나갈 것이고, 마고의 풍만한 몸이 익어가는 동안 내 몸은 오로지 이 끔찍한 상실감만 품은 불임의 껍질이 되어갈 것이다.

잭의 죽음은 내 안에서 멀리 밀쳐놓았던 뭔가를 건드렸다. 호수 수면에 떨어지는 빗방울에 결국은 수면 아래서 모래가 일어나듯이. 학교를 졸업한 뒤로 깊이 눌러놓은 감정들, 익숙한 분노와 내가 기억하는 죄악이 물밀듯이 다시 수면으로 올라왔다. 창밖에 대기 중인 복수의 세 여신처럼.

인스타그램에 올라온 라일라의 사진을 보면서 나는 마고의 경솔한 태도, 건강하고 행복한 아이를 과시하는 배려 없는 행동에 상처받았다고 되뇌었지만 그건 거짓말이었다. 나는 상처를 받은 게 아니라 분노했다.

작은 모직 후드 아래로 왕관을 쓴 듯한, 건초 더미 같은 아이의 노란색 머리카락이 보였다. 얼굴은 닉을 닮았지만, 눈동자는 마고와 똑같았다. 나는 평생 저 눈동자를 보며 살았고, 저 눈동자는 늘 내게서 뭔가를 받아내려 했다. 이제 그 눈은 헌신을 요구했다. 카페에서 라일라를 보자마자 마고의 아이라는 걸 알았고, 그 순간 나는 아이와 영원히 사랑에 빠져버렸다. 솜털이 보송보송한 아이는 한눈에 봐도 비싼 니트를 입고 있었는데, 분명 마고가 아기를 위해 기쁜 마음으로 산 옷일 것이다. 나에게는 거부됐지만 마고에게는 허락된 그런 사소한 기쁨에도 나는 분노가 치솟았다. 마고는 그런 짓까지 저질렀는데도.

사별한 사람들에게는 시간이 가장 큰 약이고, 그 죽음과 거리를 둬야 제대로 볼 수 있게 된다고들 한다. 하지만 자식을 잃은 경우에는 아니다. 자식을 잃은 슬픔은 너무도 커서 시간이 흐르고 거리를 둬봐야 그 불공평한 현실에 분노만 더 치밀고, 얼마나 불필요한 죽음이었는지 생각하게 되고, 아이들이 살았다면 지금쯤 어떻게 됐을지, 어떤 일을 해냈을지만 생각할 뿐이다. 잭이 죽은 직후에 잠깐 아이를 잃은 사람들의 모임에 나가기도 했는데, 거기에는 30년 넘게 참가해온 사람들도 있었다.

아이를 잃은 슬픔을 극복하는 유일한 방법은 다른 아이를 갖는 것뿐이다.

3부

# 1

매기

 매기가 마고의 집을 나와 걸어가는데, 뒤에서 어떤 여자가 부르는 소리가 들렸다. 차가운 저녁 공기를 타고 목이 쉰 듯한 저음에 지방 억양이 들어간 목소리가 실려 왔다.
 "실례합니다! 잠깐만요!"
 매기는 소리가 나는 쪽으로 고개를 돌렸다. 아까 카페에서 본 여자가 그녀를 향해 성큼성큼 걸어오고 있었다. 카키색 야상은 가운데를 더 단단히 여몄고, 미풍에 허리를 살짝 숙였다.
 "만나서 다행이네요. 이걸 카페에 두고 갔어요. 당신을 따라잡을 수 있기를 바랐는데 이렇게 만났네요."
 여자는 그렇게 말하며 오색 광채가 들어간 보라색 빨대컵을 내밀었다. 매기는 유모차 밑에 그 컵을 넣은 줄 알았는데, 라일라와 여러 장비를 황급히 챙기는 동안 깜빡 잊은 모양이었다. 컵이 없다고 마고가 너무 짜증 내지 않아야 할 텐데. 다음 주에 저녁 식사를 하러 마고의 집에 갈 때 가져다주면 될 것이다. 무슨 일이 있는지 몰라도 지금은 마고에게 혼자 있을 시간을 줘야 했다.

"어머, 고마워요! 정말 친절하시네요. 아기 물건을 챙겨서 다니는 데 익숙지 않아서요. 친구 아이를 잠깐 봐주는 거였거든요. 방금 엄마에게 돌려주고 나왔죠."

매기는 애정과 안심을 똑같이 담아 어깨를 으쓱였다.

"사실 이상하다고 생각했어요."

여자가 보도 위에서 발을 조금씩 움직이며 말했다.

"왜냐하면, 기분 나쁘거나 한심하게 들린다면 정말 미안해요. 당신 혹시 이번 달 〈오트〉 표지 모델 아닌가요?"

여자는 사과하듯이 얼굴을 찡그렸다가 미소를 짓고는 빛바랜 야상 위로 끼고 있던 팔짱을 더욱 단단히 조였다.

이런! 매기는 자기를 알아보는 사람을 만났다는 사실에 기쁜 기색을 감출 수가 없었다. 일반인이 그녀를 알아보는 건 처음이었다. 만약 그녀에게 깃털이 있었다면 기쁜 나머지 부리로 다듬고 잔뜩 부풀렸으리라.

"맞아요, 네!"

매기는 따뜻하게 대답하며 오른손을 내밀었다.

"매기 비처예요. 기사는 재미있게 읽으셨어요?"

긴장과 민망함이 몸에서 사라지자 여자는 짧게 웃었다. 그러더니 매기의 손을 잡고 힘차게 흔들었다.

"위니 클로라고 해요. 기사 정말 재미있게 읽었어요. 난 결혼했지만 미혼일 때 깨달았던 사실들이 아주 많이 담겨 있더군요. 게다가 당신은……."

그때 구급차가 고성을 지르며 지나갔고, 위니는 말을 멈추더니 손목시계를 봤다.

"음, 내가 말이 너무 길었네요……."

"만나서 반가웠어요. 그리고 이거, 정말 고마워요."

매기는 그렇게 말하며 빨대컵을 치켜들었다. 두 사람은 몸을 돌려 반대 방향으로 걸어갔다.

솔직히 매기는 팀을 만나 마고 이야기를 하면서 저녁 시간을 보내고 싶지 않았다. 요즘에는 자신의 삶을 마고와 공유하는 듯했고, 그 사실이 지긋지긋했다. 틀림없이 마고도 회사에서뿐 아니라 이제는 육아까지 분담하려는 그녀가 지긋지긋할 것이다.

가끔 매기는 자신이 거의 매 순간 마고를 생각한다는 느낌이 들었다. 마고가 자신을 어떻게 생각할지, 회사에서 과연 선임자의 그림자에서 자유로워질 수 있을지, 마고를 생각하지 않고서 저녁이나 아침을 보낼 수는 없는지, 마고를 생각하지 않고서 커피를 마시거나 점심을 먹거나 라일라를 봐줄 수는 없는지.

사실 매기는 오늘 마고에게, 마고의 행동에 충격을 받았다. 마고는 상태가 아주 나빠 보였고, 입에서 나오는 진부한 핑계는 겁에 질린 그녀의 표정을 전혀 설명하지 못했다. 뭔가 단단히 잘못됐다는 사실을 숨기는 데 본인이 얼마나 소질이 없는지 모르는 듯했다.

매기를 집 밖으로 내몰다시피 한 마고는 분명 자신이 잘해냈다고, 틀림없이 매기는 별일 아니라고 생각할 거라고 확신할 터였다. 매기는 남의 사생활을 캐는 걸 좋아하지 않지만, 요즘 두 사람의 삶은 마치 철책을 휘감고 올라가는 담쟁이넝쿨처럼 서로를 중심으로 돌아가는 터라 이 힘들어 보이는 여자를 보살펴야 한다는 의무감이 들었다.

따라서 그날 저녁 팀을 만났을 때 마고 이야기를 꺼내고 싶지 않았지만 결국 그렇게 됐다.

"사실 마고가 좀 걱정돼."

펍에서 팀을 만나 볼에 키스하고, 자리를 잡은 뒤에 매기는 그렇게 털어놓았다. 팀이 라일라를 돌보는 게 힘들지 않았냐고 물어본 참이었다. 거기에 관해서라면 매기는 아무 걱정도 없었다. 둘은 아주 즐거운 시간을 보냈으니까.

매기는 둘이서 카펫에 앉아 나무 블록을 쌓다가 쓰러뜨리며 놀았다고 말해줬다. 그 일에 금세 싫증이 났다는 말은 하지 않았다. 또 함께 산책하고 매기가 유모차를 미는 동안 라일라가 행복하게 까르륵거린 일, 그러다 카페에 갔고, 위니를 만난 일까지 이야기했다. 하지만 그 무렵에 팀의 눈에 초점이 사라지자 매기는 처음으로 자신을 알아본 독자를 만났다고 말했다. 팀은 그녀에게 생긴 좋은 일을 기뻐해주는 데 아주 능숙했다.

매기는 마고의 상태를 설명하기 위해 신중히 말을 골랐다. 예전에 방 맞은편에 앉아 우는 아기를 몇 시간이고 내버려둔 채 바라보기만 했다는 여자들의 이야기를 읽은 적이 있다. 그들은 잠깐이라도 평화를 누리고 싶은 나머지 목욕시키던 아기를 잠시 수면 아래로 밀어 넣거나 천으로 입을 막아버렸다. 매기는 마고가 산후 우울증에 걸렸다고 단정하고 싶지는 않았지만, 마고의 행동이 얼마나 조마조마하고 거슬리는지 알릴 필요가 있었다.

매기가 원하는 것은 팀이 닉에게 마고의 상태를 전달할 정도로 그녀를 걱정하되, 마고가 정신과 약을 먹거나 극단적인 조치를 취할 정도로 심각한 상태는 아니라고 믿게 하는 것이었다. 사람들은 초보 엄마에 관해서는 속단하는 경향이 있었다. 마고의 대타인 자신이 나서는 건 좋아 보이지 않으리라. 팀이 대신 나서줘야 했다.

그렇다고 해서 그녀가 너무 열성적으로 이야기해서도 안 됐다. 팀이 그녀의 생각을 마치 자기 생각인 양 닉에게 전달하고, 닉을 설득해야 했다. 매기로서는 마고의 뒤에서 이런 말을 하는 것이 정말 힘든 일임을 믿게 해야 했다.

팀의 입에서 자신에게 다 털어놓으라는 말을 끌어내기 위해 매기는 본론으로 들어가기 전에 약간 망설이기도 했고, "신뢰를 깨는 일"이라느니 "우리 사이니까 하는 말"이라는 말을 충분히 했다. 사랑스러운 팀은 마고를 더 걱정해야 할지, 자신의 여자친구를 더 걱정해야 할지 모를 정도였다.

"틀림없이 뭔가가, 누군가가 마고를 괴롭히고 있어."

매기는 일부러 머뭇거리며 말했다. 마치 팀에게 하고 싶은 말을 미리 머릿속으로 연습해둔 게 아니라 즉석에서 말한다는 듯이.

"종종 마고에게 끔찍한 트윗을 보내는 여자가 있어. 나도 그 트윗을 봤어. 그 여자가 나한테도 종종 그 트윗을 보내거든."

그 트롤의 트윗도 마고와 그녀 사이를 어색하게 만드는 또 다른 원천이었다. 둘이 직접 그 트롤을 언급한 적은 한 번도 없었다. 마고를 겨냥한 트윗은 정곡을 찌르는 터라 마고가 직접 인정하기에는 너무 굴욕적일 것이다. 매기는 답장할 수 있을 때는 댓글을 달았다. 트롤에게 진실을 알려주거나 마고를 변호하기 위해서였는데 일종의 의무감 때문이었다. 그리고 남들이 그녀를 어떻게 볼지 의식되기도 했고. 지금 팀에게 속마음을 털어놓는 이유도 바로 그 의무감 때문이었다.

처음에는 그 트롤의 트윗에 약간 우쭐한 기분이 들기도 했다. 하지만 트윗은 점점 더 잔인해지면서 마고의 글과 커리어, 몸매, 얼굴, 심지어는 육아까지 조롱하고 험담했다. 설사 매기가 마고를 대신하는 데 만족감을 느끼던 사람이라도 이내 마고를 동정하게 될 정도였다. 이 헬렌인지 뭔지 하는 여자는 자기가 뭐라고 그런 짓을 하는지 알 수 없었다.

"하지만, 있잖아, 정말로 그거 때문인지는 모르겠어."

매기는 얼른 덧붙였다. 마고의 이상한 행동은 익명의 트위터만으로는 설명되지 않았기 때문이다.

"마고는 늘 너무 긴장해 있어. 마치 나쁜 일이라도 일어날 듯이. 내가 괜찮냐고 물으면 꼬치꼬치 캐묻는다는 듯이 차갑게 대하면서 무슨 일인지 말하지 않아."

팀은 고개를 끄덕이며 주문한 진토닉을 마셨다. 그의 속눈썹이 안경테 밖으로 길게 뻗어 나왔다.

"마고는 예전부터 자기 이야기를 잘 안 했어."

팀이 말했다.

"나도 마고에 대해 아는 게 거의 없어. 닉과 함께 살면서 있었던 일들과 직업에 대해 약간 아는 정도지. 마고는 친구도 많지 않아. 하나 있었는데 이젠 연락 안 할 거야. 가족 이야기도 거의 안 하지만 부모님은 살아 계셔. 한번은 크리스마스에 닉이 마고의 집에 가서 그분들과 함께 보낸 적이 있는데, 스트레스를 많이 받았다고 했어. 부모님과 사이가 좋지 않은 것 같아."

"누군들 부모와 사이가 좋겠어."

매기가 중얼거렸다. 비록 완벽한 마고가 완벽한 가정 출신이 아니라는 사실이 흥미롭기는 했지만. 이번에도 마음 깊은 곳에 억눌러둔 많은 분노 속에서 고소해하는 마음이 뛰어나와 의리 없이 전율을 일으켰다.

매기는 다시 시도했다. 비전문적인 심리학 지식과 함께 조심스럽게 마고의 입장에 공감했다. 따라서 매기의 말은 마고에 대한 불평이라기보다 그녀를 염려하는 것으로 들렸다.

"난 마고의 비밀을 파헤치려는 게 아니야. 가정불화의 원인을 알아내려는 것도 아니고. 그저 마고가 힘든 시간을 보내고 있을까 봐 걱정될 뿐이야. 아기와 온종일 있는 건 힘든 일이야. 마고는 성공 가도를 달리던 사람인데, 지금은 상황이 완전히 바뀌었잖아. 소외감을 느낄 수도 있어."

"맞아."

팀이 부드럽게 동의했다.

"틀림없이 곧 기운을 차릴 거야."

맙소사. 이렇게까지 말했는데도 못 알아듣네.

매기는 남자들이 상대의 감정을 헤아리는 데 젬병인 이유가 혹시라도 흥이 깨질까 봐 심각한 일은 인정하지 않고, 맥주와 축구 경기에만 신경 쓰는 태평한 성격 때문이라고 생각했다. 하지만 팀은 친구들이 잘되기를 진심으로 바라는 다정한 남자였다. 그런 팀마저 마고의 고통을 얼른 넘기려고 하는 걸 보면서 매기는 심각한 상황을 좋은 쪽으로 바꿀 수도 있다는 생각을 남자들이 아예 못 하는 건 아닐까 하는 의문이 들었다.

어쩌면 그래서 남자들이 문제를 이야기하지 않고 해결책을 찾지 않는지 모른다. 그래서 슬플 때 서로 주먹질하는지 모른다. 그러다 누군가가 바닥에 쓰러지면 문제가 해결되고, 더 자세히 설명할 필요 없이 집으로 돌아가는지 모른다. 어쩌면 여자들은 가끔 너무 그 반대로 가기도 하지만(친구들의 결점을 엄격하게 부검한 다음, 그 결론에 따르기로 마음먹고 냉정하게 행동한다), 적어도 상대가 울고 있다는 건 알아차린다.

"닉에게 얘기해줄 수 있겠어?"

매기가 다그쳤다. 팀에게 지시사항을 적어주는 편이 낫겠다.

"마고에게 신경 좀 쓰라고 말이야. 두 사람 사이가 좋은 건 알지만 조심해서 나쁠 건 없잖아. 안 그래?"

팀은 갈색 눈을 크게 떴다. 진심으로 걱정하는 눈빛이었다.

"당연히 말해야지."

팀은 나무탁자에 놓인 매기의 손에 자신의 손을 포갰다.

"우리가 걱정한다는 걸 닉에게 말하고, 마고를 잘 보살피도록 할게."

임무 완수.

매기는 휴대전화를 꺼내 두 개의 잔 아래쪽에 놓인 둘의 포갠 손을 찍었다. 분장한 가부키 배우의 얼굴처럼 핼쑥하고 진이 빠진 채 일그러진 마고의 얼굴을 본 뒤로, 계속 어찌해야 할지 몰랐던 마음이 비로소 평온하게 가라앉았다. 마고가 겪는 부담이 그녀 탓일지 모른다는 느낌을 떨쳐버리고 싶었다. 당연히 그녀 탓이지만.

※

이튿날 아침, 팀이 굽는 베이컨과 함께 먹을 사워도 빵을 사려고 빵집에 간 매기는 전혀 예상 못 한 누군가를 만났다. 그 빵집은 동네 사람들에게 인기 있는 터라 모퉁이를 돌아서까지 긴 줄이 늘어서 있었다. 매기는 몇 주 전에 이 빵집 포스팅과 함께 "가족이 하는 작은 가게"라는 태그를 달고 이렇게 적었다.

"일요일 아침 샌드위치로 이 집 빵만 한 게 없지!"

이 포스팅의 '좋아요'는 수천 개에 달했는데, 그중에는 당연히 마고도 있었다.

"안녕하세요."

매기가 갓 구워 나온 빵 한 꾸러미를 사고 계산을 마치자 위니 클로가 다가왔다.

"이 동네에 사세요?"

캠던에서도 매기가 사는 동네, 즉 그녀의 런던은 시끄럽고 사람들이 쏟아져 나오는 펍 천지였고, 길모퉁이에서는 마리화나 연기가 피어났으며, 밤이면 케밥 가게의 네온사인이 번쩍였고, 어깨를 치고 지나가는 얼굴 없는 군중으로 늘 북적거렸다. 매기가 사는 동네는 그녀와 캐스처럼 별다른 연고 없이 임시로 머무는 세입자가 대다수였다. 반면 팀의 런던은(마고의 런던이기도 하지만) 깨끗한 정원과 도서관, 놀이터가 있으며 안정됐고, 차분하고 잘 계획됐다. 또한 주민 대부분이 여기서 계속 살 작정이기 때문에 동네 사람들과 잡담을 나누거나 호의를 보이는 행동 같은 사회적 투자를 할 가치가 있었다.

그렇다고는 해도 얼마나 좁길래 주말에 같은 사람을 세 번이나 만난단 말인가?

매기는 속으로 낄낄 웃었다. 몇 달 전만 해도 그런 동네는 편협하다고 비웃었을 텐데, 이제는 기꺼이 그 일부가 되고 싶었다. 기꺼이, 그러면서도 아직 자신이 이 동네에서 산다고 공식적으로 말할 수 없다는 사실이 불안할 정도로 아쉬웠다. 매기는 질투로 가슴이 조였다. 여기서 매일 어른스럽게 산다고 생각하면, 5년 뒤에 자신이 여기에서 살 것을 생각하면 초조하면서도 흥분돼 가슴이 두근거렸다.

"그런 셈이죠."

매기는 얼굴을 붉히며 대답했다.

"여기 살고 싶어요. 이 동네에 사는 남자랑 사귀는 중이거든요. 그래서, 어쩌면…… 그렇게 될지도 모르겠어요……. 그렇게 됐으면 좋겠어요. 아직 그런 이야기를 꺼낼 단계는 아니지만요."

"그렇군요."

위니는 웃으며 빵을 가슴에 끌어안더니 양손을 들어 올려 손가락을 꼬았다(행운을 비는 제스처-옮긴이).

"동거에 대한 이야기는 금기죠. 노력하면 좋은 직장에 취직할 수도 있고, 혼자서 세계 일주를 할 수도 있지만, 동거 이야기를 너무 일찍 꺼내는 여자들에게는 화가 닥칠지니라."

매기는 위니의 말에 전적으로 공감했다.

"정말 한심하죠? 행여라도 남자들이 무서워서 도망칠까 봐 여자들이 이렇게 조심하다니."

위니는 어이없다는 듯이 눈을 치떴다.

"그래도 좋은 남자들은 쉽게 도망가지 않아요. 저기, 이 동네 주민이 될 거라면 언제 만나서 술 한잔해요."

"좋죠."

매기는 친절하게 대답하고 장갑을 벗어서 위니의 휴대전화에 자신의 전화번호를 입력했다.

"연락할게요! 샌드위치 맛있게 먹어요."

위니는 그렇게 말하고 몸을 돌려 자리를 떴다.

연락은 금방 왔다. 그날 저녁 띵 소리와 함께 도착한 위니의 메시지는 매기가 맨 마지막에 올린 포스팅(모조 다이아몬드가 장식된, 눈물 나게 비싼 새틴 하이힐 사진인데, 며칠 뒤에 팀과 함께 참석할 공식 행사에서 신으려고 회사 옷장에서 빌려왔다)의 '좋아요'를 알리는 알림 사이에 섞여 있었다.

"이번 주 저녁에 애비스에서 와인 한 병 마실래요?"

그 뒤에는 건배하는 작은 샴페인 잔들이 일렬로 이어졌다.

그들은 수요일에 만나기로 약속했다. 팀의 행사가 있기 전날이었다. 그 전날인 화요일에는 마고와 닉의 집에서 다시 티크 식탁에 둘러앉아 저녁을 먹기로 했다.

매기는 직장에서 곧장 마고의 집으로 갔다. 서둘러 오느라 약간 허둥지둥했다. 온종일 마음 졸이며 기다린 물건을 받느라 회사에 늦게까지 남아 있었기 때문이다. 페니는 매기가 팀과 참석할 행사에 입고 갈 마크 모로의 원피스를 빌려주기로 했다.

사실 그 옷에는 '원피스'보다 '드레스'라는 말이 더 어울렸다. 가장자리에 반짝이는 은구슬이 달린, 연푸른색 실크 칵테일 드레스로 기장은 무릎 밑으로 넉넉히 내려오고, 소매는 길고, 하이넥이었다. 레드 카펫 행사에 입고 갈 정도로 거창하지는 않지만, 들어서자마자 모두 고개를 돌려서 바라볼 옷이었다. 또한 런던의 공인 적산사(도면을 보며 필요한 공사비를 산출하는 사람-옮긴이) 연례 모임에 참석한 사람들이 입은 옷 중에서 가장 비쌀 거라고 매기는 장담했다. 매기는 하룻밤만이라도 이런 옷을 입게 되어 감사하다고 기도했다.

"그 드레스는 다음 날 유명 인사의 표지 촬영을 위해 로스앤젤레스로 보내야 해. 그러니까 아침에 눈 뜨자마자 티끌 하나 없이 깨끗한 상태로 담아서 퀵으로 보내."

페니는 그렇게 경고했다.

매기는 목숨 걸고 이 옷을 지킬 작정이었다.

닉이 현관문을 열자 매기는 짐짓 비틀거리며 집 안으로 들어가 바쁜 하루를 보내고 지쳤다는 듯이 과장된 동작으로 식탁 의자에 털썩 앉았다. 그러고는 얇은 종이로 싼 드레스가 들어 있는, 마크 모로라고 적힌 빳빳한 쇼핑백을 발치에 내려놓았다. 부엌에서는 코코넛 냄새가 진동했고, 마고는 인덕션 앞에 서서 큼직한 냄비를 휘젓고 있었다.

"매기!"

마고가 돌아서서 나무 스푼을 든 손을 흔들더니 부엌을 가로질러 매기를 껴안았다. 그 와중에 그녀의 시선이 식탁 아래에 놓인 쇼핑백으로 향했다.

"어서 와요. 근데 저건 뭐예요? 마크에게 옷이라도 받았어요?"

매기는 마고의 얼굴에 어떤 감정이나 감정을 억누르는 기색이 스치는지 살폈지만 허사였다. 사실 마고의 얼굴에는 아무것도 없었다. 문득 마고의 무표정은 약 때문일지도 모른다는 생각이 들었다. 팀은 닉에게 매기의 걱정을 전했고, 두 사람의 조언에 힘입어 닉은 마고에게 다시 상담을 받도록 설득했다.

"네, 맞아요."

일부러 수줍어하며 매기가 대답했다. 너무 열광하면 자랑하는 것처럼 보일 테고, 어린 딸 때문에 집에 묶여 있는 사람에게 화려한 사교생활을 뽐내고 싶지도 않았다.

"목요일에 있을 팀의 행사에 입고 갈 옷이에요. 하지만 비밀로 해주세요. 모프는 몰라요!"

매기는 모의하듯이 코 옆을 톡톡 쳤다.

"드레스 말이에요, 아니면 행사에 가는 거 말이에요?"

마고는 고개를 갸웃하며 물었다.

"둘 다요. 또 팀에 대해서도요. 모프는 아직도 내가 '싱글이 최고다'라고 생각하는 줄 알아요. 게다가 이 드레스는 표지 촬영을 위해서 토요일까지 할리우드로 가야 해요. 그러니까 이번 주에 가장 신나는 사람은 내가 아니라고요."

"내가 맞혀볼게요."

마고가 쇼핑백을 들여다보며 말했다.

"27번 드레스예요?"

당연히 마고는 매기가 고른 드레스를 알고 있었다. 비록 육아 휴직 중이기는 해도 마고는 메인 컬렉션 패션쇼에서 가장 좋은 옷, 사진에 가장 잘 나오는 옷, 가장 영향력 있는 옷이 무엇인지 정확히 알고 있었다.

딱히 이유는 알 수 없지만 매기의 목구멍에는 실망의 덩어리가 자리 잡았고, 매기는 그걸 꿀꺽 삼켰다. 그녀는 여전히 27번 드레스를 입고 곧 화려한 파티에 갈 것이고, 마고는 여전히 레깅스에 추레한 티셔츠 차림으로 집에서 이유식을 만들고 카레나 요리할 터였다. 그런데도 왜 한 방 먹은 듯한 기분, 마고가 우월한 지식을 과시한 듯한 기분이 들까?

"저녁 먹은 뒤에 살짝 보여줘요. 포장 풀기가 번거롭지 않다면요."

마고는 윙크하며 그렇게 말하고는 다시 인덕션 앞으로 갔다.

하지만 저녁 식사는 늦게 끝났고, 자다가 울면서 깬 라일라는 다시 잠들려 하지 않았다.

팀의 아파트에 돌아와서야 매기는 마고의 나무 스푼에서 쇼핑백 속으로 떨어진, 강황 냄새가 나는 기다랗고 샛노란 자국을 발견했다. 티끌 하나도 묻어서는 안 되는 드레스 한쪽이 얼룩져 있었다.

2

마고

나는 땀에 젖어 숨을 헐떡이고, 입으로는 조용한 비명을 끝없이 지르며 잠에서 깨어났다. 알람시계의 초록색 숫자를 보고 이미 아는 사실을 확인했다. 새벽이 오려면 아직 멀었지만 내게는 아침이 온 셈이었다.

꿈은 무자비했다. 나는 뭔가가 필요했고, 뭔가를 찾고 있었고, 뭔가를 건네줘야 했다. 그게 무엇이든 간에 그 뭔가는 늘 끝없이 펼쳐진 계단 맨 꼭대기에 놓여 있었다. 가끔 내가 계단 꼭대기로 달려가는 동안 라일라가 맨 밑에서 울어댔다. 그런 꿈은 특히 더 힘들었다. 가끔은 토끼 인형을 든 채 코피를 흘리는 잭을 안고 계단을 올라가기도 했는데, 발이 걸려서 넘어질 때면 잭을 떨어뜨릴까 봐 겁이 났다. 이런 꿈은 훨씬 더 괴로웠다.

한동안 꿈을 덜 꿨고, 꿈은 조금 덜 강렬해졌다. 눈꺼풀이 풀로 붙인 듯 떨어지지 않는 느낌도 점점 덜해졌다. 온종일 가슴도 덜 두근거렸다. 하지만 컴퓨터에서 잭의 사진을 발견한 뒤로, 위니에게 라일라와 함께 찍은 사진을 받은 뒤로 다시 악몽이 심해졌다. 내가 위니에게 보낸 메시지에는 아무런 답장도 없었다.

오전 4시 51분.

나는 페이스북과 인스타그램 계정을 지우지 못했다. 컴퓨터에서 잭의 사진을 보고 지독한 충격을 받은 뒤, 와인을 더 마시려고 비틀거리며 아래층으로 내려갔다. SNS 계정을 지우겠다는 결심은 약해졌고 나는 금세 틈만 나면 SNS를 확인했다. 지금도 마찬가지였다. 어둠 속에서 남편은 자고 있었고, 복도 저쪽에 있는 아기방에서는 라일라가 부드럽게 코를 골았다.

요즘에는 매기와 위니가 늘 마음을 맴도는 터라(지난 1년간 거의 그랬다. 두 사람은 나를 교집합으로 해서 자기들도 모르게 얽혀 있는 듯했다) 처음에는 화면 맨 위에 올라온 포스팅을 몇 번이나 읽어도 이해가 되지 않았다.

"이제 매기 비처와 위니 클로는 친구가 됐습니다."

헬렌의 일이 있고 나서, 꽃 브로치가 달린 회색 리넨 셔츠를 입은 실라라는 선생님에게 일주일에 한 번씩 상담을 받은 적이 있는데, 상담 시간을 다 합하면 10년은 되는 듯이 길게 느껴졌다.

"그래서 넌 어떤 기분이 들었니?"

선생님은 내게 그렇게 묻곤 했다. 마치 감정이 색처럼 분류돼 있고, 사인펜처럼 세트에서 하나를 고를 수 있다는 듯이.

슬픔. 의심. 소외감. 공포.

이제는 그렇게 말할 수 있다. 비록 선생님과 상담한 뒤로 오랜 세월이 흘렀지만.

나는 다시 휴대전화 액정에 뜬 문장을 바라봤다. 마치 몸이 가라앉는 듯했다. 보이지 않는 손이 내 어깨에 차갑고 묵직한 강철 재킷을 내려놓은 듯했다.

"인정하고 앞으로 나아가야지."

실라 선생님은 그렇게 말했지만 사실 선생님은 내가 어떤 일을 겪고 있는지 몰랐다. 이해하지 못했다. 물론 나는 목격자로서 힘들기도 했지만 왜 그런 일이 일어났는지 알고 있었다. 마치 내가 밀치기라도 한 듯이 헬렌의 추락에 죄책감을 느꼈다.

나는 다시 휴대전화를 내려놓았다. 그제야 알았다. 내가 온종일 느끼는 피로와 걱정은 라일라 때문이 아니었다. 지난번에 매기와 팀이 저녁을 먹으러 왔을 때 자다가 깬 뒤로 라일라는 이제 밤마다 군말 없이 열두 시간을 내리 잤다.

그날 아침, 늘 똑같은 라일라의 아침 식사-기저귀 갈기-낮잠 재우기-기저귀 갈기 일정을 마친 뒤에 공원을 산책할 작정으로 라일라를 유모차에 태웠다. 우리 둘 모두에게 신선하고 맑은 공기가 필요했다. 햇빛이 비치는 바깥으로 나가자 밝고 차가운 공기 속에서 입김이 보였다.

유모차를 밀어 현관 문턱을 넘은 다음, 계단을 내려와 대문까지 이어진 길로 가자 유모차 고무바퀴 아래서 뭔가가 빠지직 부서지는 소리가 났다. 라일라는 우리가 문턱을 넘을 때마다 유모차가 흔들리는 데 익숙해졌다. 집을 들고나는 과정에서 하루에 몇 번씩 겪는 불편한 일이었다. 하지만 오늘은 바닥에 뭔가가 있었다.

닉과 나는 우리 집 산울타리 옆으로 지나가는 사람들이 주기적으로 던지는 온갖 쓰레기에 익숙해졌다. 아직 정비가 덜 끝난 동네에 살다 보니 겪어야 할 일이었다. 학생들은 가끔 먹다 남은 닭다리를 던졌고, 불운한 도박꾼들은 카지노 칩을 던졌다. 한번은 술집 영업이 끝난 시간에 침실 덧문 너머로 한 남자가 우리 집 담에 앉아 술을 섞어서 마시고, 한동안 노래를 부르는 걸 지켜보기도 했다. 이튿날 나가 보니 남자가 앉았던 자리에 빈 보드카 병이 남아 있었다. 마치 바텐더가 치워주기를 기다리듯이. 이 집에 이사 온 지 얼마 되지 않았을 때는 누군가가 포르노 잡지가 가득 든 가죽 서류가방을 우리 집 화단에 버리기도 했다. 닉과 나는 우리 집 대문이 한 변태에게 닥친 결정적 순간의 배경이었다는 사실을 생각하며 킥킥거렸다.

계단 위에서는 오늘 누군가가 버리고 간 쓰레기가 잘 보이지 않았지만, 뭔지 살펴보려고 유모차를 돌렸더니 바퀴 밑에 깔려 있던 딱딱한 물건이 석판 위에서 끼익 미끄러졌다. 처음에는 거대한 곤충인 줄 알고 겁에 질려 뒷걸음질 쳤다. 유모차 밑에 걸어둔 쇼핑 바구니 아래, 검게 풀어져서 번들거리는 줄이 벌레의 내장인 줄 알았다.

이런 물건을 본 지가 하도 오래돼서 몇 분이 지난 뒤에야 그게 무엇인지 깨달았다. 반짝이는 검은색 창자는 크리스털처럼 투명한 플라스틱 조각에 둘러싸여 있었다. 내가 무심코 낡은 카세트테이프를 부수고 그 검은 내용물을 다 꺼내놓은 것이다.

머릿속에서 카세트 플레이어의 데크가 딸칵 열리는 소리, 카세트테이프를 그 안에 달가닥 밀어 넣는 소리, 다시 데크를 탁 닫는 소리가 들렸고, 그 시절의 향수가 밀려들었다. 요즘에는 더 새롭고 반짝이는 신제품에 의해 밀려나는 구식 제품에 공감이 갔다.

카세트테이프 파편을 주우려고 허리를 숙인 순간, 과거의 향수는 차갑고 두근거리는 무거운 감정으로 바뀌었다. 초승달 스티커, 노란 별, 빨간 기타 그림. 라벨 속 손글씨는 이제 번지고 희미해졌다. 나는 내 손가락을 감싼 마그네틱테이프를 마치 손에 묻은 피라도 되는 양 내려다봤다.

이건 우리의 믹스 테이프였다. 학창 시절에 위니와 헬렌과 내가 서로를 위해 만들어줬던 테이프. 불분명한 푸른색 잉크를 보니 헬렌이 만든 테이프 같았다.

네가 돌아왔니?

나는 다시 학생 식당으로 돌아가, 발코니에 서 있는 헬렌에게 손을 흔들고 있었다.

쪼그리고 앉아 있던 나는 뒤로 비틀거리다 계단에 부딪혔고, 콘크리트 계단 모서리가 등 아래쪽을 아프게 찔렀다. 윗입술과 관자놀이, 손바닥에 식은땀이 맺혔다. 마치 실뜨기 놀이를 하듯 두 손에 걸쳐진 마그네틱테이프를 보려고 눈에 힘을 줬다. 나는 옆으로 몸을 내밀어 입에 고인 쓴물을 뱉어냈다.

헬렌이 아니다. 위니가 한 짓이다.

위니의 경고다.

머리 위로 비행기가 지나가자 라일라가 와 소리를 냈다.

나는 유모차 손잡이를 잡은 라일라의 진푸른색 눈동자와 눈이 마주쳤다. 라일라의 눈은 웃고 있었지만 어리둥절한 눈빛이었다. 나는 얼른 다시 일어나서 소매로 젖은 턱을 닦고, 검은 테이프를 털어낸 다음, 아기를 안심시키고 얼러줬다. 플라스틱 케이스를 다시 바닥으로 던지고 사납게 밟아버렸다. 나중에 닉이 퇴근하기 전에 치울 것이다.

나는 공격당한 기분으로 공원을 향해 나섰다. 내가 그토록 숨겨두려 한 과거가 우리 집 현관에 떡하니 놓여 있었다.

닉이 퇴근하고 돌아오면 매기와 위니 일을 말할 것이다. 위니가 보낸 셀카와 페이스북, 우리 집 컴퓨터에서 본 사진도 말할 것이다. 닉은 아무 말도 하지 않았지만, 틀림없이 그 사진을 봤을 것이다. 믹스 테이프 일은 말하지 않을 것이다. 그걸 이야기하려면 내가 하고 싶지 않은 말까지 다 해야 한다.

매기가 라일라를 봐주는 동안 카페에서 어떤 여자를 만났다는 대목까지 이야기했을 때 닉이 텔레비전에서 눈을 떼지 않은 채 기계적으로 말했다.

"정말 잘된 일이지?"

그러고는 내가 구운 채소를 떠서 입에 밀어 넣었다.

"매기가 이 동네에 점점 익숙해지고 있어. 팀은 매기가 여기서 보내는 시간이 많다고 아주 들떠 있어. 어쩌면 동거하고 싶어 할 수도 있다고 생각하더군."

"하지만 매기는……."

나는 말을 더듬었다.

"내가 하려는 말은 그게 아니라······."

닉은 마지못해 내가 앉아 있는 소파 끝으로 고개를 돌렸다. 애써 무표정한 얼굴이었고, 눈에서는 온기가 사라졌다.

"그러지 마."

닉이 짧게 말하더니 손에 든 포크를 내려다보며 헛기침을 했다.

"제발, 오늘 밤에는 하지 마, 마고."

"왜 당신은 내 편을 들지 않는 거야?"

나는 고음으로 슬프게 투덜거렸다.

"난 항상 당신 편이야, 마고. 하지만 당신이 자신을 괴롭히는 건 원치 않아."

닉은 내 팔에 한 손을 올려놓았지만, 나는 그의 손가락이 팔을 감싸기 전에 얼른 뿌리쳤다.

예전에는 내가 한동안 침묵하면 닉은 늘 무슨 일이냐고 묻곤 했다. 내가 침묵을 벌이자 싸늘한 꾸짖음으로 이용한다는 걸 우리 둘 다 알고 있었다. 말다툼하거나 의견이 엇갈리면 닉은 내가 다시 입을 열도록 달래주곤 했다. 하지만 지금은 닉이 그러지 않으려고 필사적으로 노력하는 게 느껴졌다. 9시 30분이 되자 닉은 기지개를 켜며 눈이 저절로 감긴다고, 그만 자야겠다고 말할 수 있어서 안도하는 기색이 역력했다.

씻고 나와 가볍게 코를 고는 라일라를 들여다보고 나오니 닉은 잠들어 있었다. 적어도 이제 닉은 조용했고, 침대에서 그가 누워 있는 쪽은 어둠에 잠겨 있었다. 닉에게 내 의견을 전달할 다른 방법을 찾아야 했다.

팀의 행사가 끝나고 맞이한 주말에 우리 넷은 공원 옆 카페에서 만나 라일라가 탄 그네를 밀어주느라 언 손을 따뜻한 커피잔에 녹였다. 닉과 팀은 이번 주에 만나기로 자기들끼리 이미 약속한 터였다. 표정을 보아하니 매기는 남자 친구와 둘만의 아침을 보내고 싶어 하는 듯했다.

"그때 가져간 옷은 어떻게 됐어요?"

나는 카페에 도착했을 때 매기에게 윙크하며 물었다. 내가 뭔가 알고 있다고 의심할 만한 낌새는 말끔히 지운 채.

"결국에는 다른 옷을 입었어요."

매기는 짧게 대답했다. 아마 드라이클리닝 비용으로 전문가에게 거금을 지불해야 했으리라.

"그래도 정말 즐거웠어요."

매기는 말을 이었고, 기억을 떠올리며 흥분했다. 나는 내가 매기의 행복을 기뻐한다는 사실과(이 여인은 사랑에 빠져서 행복한 기색이 역력했다) 매기가 밤마다 주기적으로 나를 화나게 한다는 이 두 개의 상반된 사실을 어떻게든 일치시키려 했다.

심지어 탁자 너머로 라일라와 까꿍 놀이를 하는 매기를 보며 웃기까지 했다.

"매기는 라일라와 정말로 잘 놀아줘요. 그렇죠?"

매기가 화장실에 간 동안 나는 그렇게 말했다. 닉과 팀은 둘 다 나를 보며 미소 지었다. 닉은 내가 매기를 칭찬하자 반가워했고, 팀은 자신이 사랑하는 여자의 칭찬을 덥석 받아들이며 우쭐했다. 나는 커피를 한 모금 마시고 말을 이었다.

"요즘 자기도 아기를 갖고 싶다고 계속 말해요. 사실 곧 동거할 거라고 하던데 두 사람 진도가 너무 빠른 거 아니에요?"

그 말에 닉이 양 눈썹을 치켜세웠지만 나는 모른 척했고, 화장실에서 돌아온 매기에게 팀이 약간 거리를 두는 걸 보면서 마음 깊은 곳에서 짜릿한 승리감을 느꼈다.

3

위니

내가 그 사건에 기여한 부분도 있기는 하지만 나는 겨우 열여섯 살이었고 철이 없었다.

잭이 죽은 뒤로 마침내 끝낼 수 있겠다고 생각했다. 지난 몇 년간 내 인간애를 그토록 갉아먹고, 늘 내 인정과 아울러 용서를 절박하게 갈구하는 이 애정 결핍에 신경증 환자인 친구를 떠맡게 한 우정을. 단지 마고가 행복하고 건강한 아기와 함께 있는 모습을 견딜 수 없어서가 아니었다. 내가 저지를 수 있는 나쁜 짓들이 생각나서였다.

만일 옛 사건이 보도되고 마고가 신문을 받기 위해 끌려간다면 저 아기는 어떻게 될까? 오랜 협박이 다시 마고의 정신 상태에 영향을 준다면, 엄마의 오랜 친구보다 그 아이를 키우기에 더 적합한 사람이 누가 있을까?

나는 그 가능성에 취한 나머지 흔들의자에 앉아 정원을 내려다보고, 약물로 인해 멍한 상태(요즘에는 그런 상태로 시간을 보낸다)를 즐기며 온종일 그 생각에 잠겼다.
 마고가 한 짓을 생각하면 나는 그녀에게 아무것도 빚지지 않았다.

4

매기

휴대전화에 닉의 번호가 떴을 때 매기는 호수에서 요가를 하고 있던 터라 받을 수가 없었다.

그녀는 매일 이런 초대를 몇 개씩 받았다. 호수 위의 요가 강습, 마천루 꼭대기에서 저녁 식사, 다른 사람들은 시끄러운 관객들과 함께 봐야 할 블록버스터 영화의 특별 시사회. 매기는 팀을 만나는 데 방해가 되지 않는 한 이런 행사에 다 참석했다. 〈오트〉의 문을 나서는 순간, 다 사라져버릴 기회임을 너무 잘 알고 있었기 때문이다.

계절이 바뀌어 겨울의 혹독한 추위가 물러가고 사람을 만날 수 있을 정도로 따뜻한 날씨가 되자 매기가 〈오트〉에 근무한 지 1년이 되어갔다. 그와 함께 퇴사할 날도 다가왔다. 이제 매기는 늙은 왕의 심정을 이해할 수 있었다. 후계자들이 자기가 죽기만을 기다린다는 사실을 지긋지긋할 정도로 잘 아는 왕.

매기는 순간에만 사는 데 익숙해진 터라 미래는 생각하지 않왔다. 그날 저녁은 처음으로 야외에서 술을 마실 수 있을 정도로 따뜻했다. 근무가 끝나고 술 한잔 마시자고 하면 사무실 직원들이 좋아할 것이다. 동료들과 우정을 다진 지도 오래됐다.

한 달쯤 전에 마지막으로 동료들과 술을 마셨을 때는 얼음 바구니에 와인 병을 넣어두고, 코트는 의자 등받이에 던져둔 채 사무실의 짜증 나는 일은 까맣게 잊고 매기가 이제 출산까지 3개월밖에 남지 않았다고 깔깔거렸다. 이는 매기가 〈오트〉를 떠날 날이 3개월밖에 남지 않았다는 뜻인데, 그들이 이런 비유를 사용한 이유는 마고를 비웃어서가 아니라 경비원 클라이브가 매기를 늘 '임산부(maternity, 육아 휴직을 뜻하는 maternity leave에서 첫 단어만 따왔다. maternity 자체는 임신한 여자를 의미한다—옮긴이)'라고 불렀기 때문이다. '대타'라고 부르는 것보다는 나았다. 입사하고 처음 6개월은 다들 그렇게 불렀다.

"임산부에게 온 물건은 어디에 두죠?"

클라이브는 강한 코크니 억양으로 직원들에게 물었다. 매기가 바로 앞에, 그가 밀고 있는 작은 카트 바로 앞에 앉아 있는데도. 처음에는 그것이 클라이브가 마고를 좋아하고 그녀를 싫어하기 때문인 줄 알았다. 그런 편집증이 매기의 초창기 회사 생활을 망쳐놓았다. 최근에서야 매기는 클라이브가 그저 수줍음이 많은 성격이라는 걸 깨달았다.

홀리와 아마는 매기가 떠난다는 사실에 슬퍼했지만, 철저한 프로이자 회사에 충실한 사원인 터라 마고의 복직이나 매기가 계속 남을지 말지에 대해서는 한마디도 하지 않았다. 당사자인 마고와 매기가 너무 어색해서 둘 사이의 민감한 시소 관계를 인정하지 않았듯이 다른 직원들도 그 이야기를 꺼내는 걸 민망해했다. 물론 가장 불편한 사람은 매기였다. 지금은 여기서 일하고 있지만 그녀는 곧 사라지게 될 것이다. 읽은 뒤에 버려지는 과월호처럼.

홀리나 아마와 달리 그날 밤 매기는 취할 때까지 마시지 않았다. 남자 친구가 생기다 보니 놀랍게도 음주량이 줄었다. 팀이 보는 앞에서 예전에 캐스와 살 때처럼 네 발로 엉금엉금 기어서 현관을 통과하는 모습은 보이고 싶지 않았다. 사실 저녁이 되면 어서 팀의 집으로 가서 그를 만나는 순간이 오기만을 손꼽아 기다렸다.

가끔 사람들을 계속 만나는 이유가 오로지 팀과 함께 시간을 보내는 것보다 더 나은 일이 있는 것처럼 보이려고 그러는 게 아닌가 하는 의문이 들기도 했다. 하지만 위니는 아니었다.

지난주 펍에서 만났을 때 두 사람은 이제 막 친해진 사람들만의 시간을 보내며 오직 이 단계에서만 가능한 대화를 나눴다. 다시 말해 공동의 기준과 관심사를 찾아 어찌나 재빠르게 이것저것 건드려가며 이야기를 나눴는지 문장을 제대로 끝맺지 못했고, 한 주제를 제대로 마무리 짓지도 못했다.

위니는 매력적이고 재미있고 사려 깊은 데다 똑똑하기까지 했다. 고압적이지 않으면서도 사람을 자석처럼 끌어당겼다. 하지만 어딘가 폐쇄적인 구석이 있었다. 대화가 빠르게 흘러가는 동안 매기는 위니에게 질문을 할 수가 없었다. 위니는 자동

차 앞 유리창에서 옆으로 미끄러지는 빗줄기처럼 매기의 질문을 피하고 더 많은 질문을 퍼부었다. 위니는 그날 밤 그들이 앉은 칸막이 좌석에서 분위기 메이커였는지는 몰라도 사적인 질문은 허락하지 않았다.

이튿날 아침 알람이 울리자 전날 밤에 흥분해서 술을 너무 많이 마신 탓에 골치가 지끈거렸고, 입이 바싹 말랐다. 매기는 술김에 자기 이야기를 너무 많이 떠들어대지 않았기를 바랐다. 술에 취하면 자랑을 늘어놓는 경향이 있었다. 위니의 개인사에 대해서는 알아낸 게 거의 없었다. 그녀가 결혼했고 갤러리에서 일하는데 지금은 일종의 안식년이라는 사실 말고는. 어젯밤 매기는 앞으로 둘이서 할 이야기가 너무 많다고 생각하며 자리에서 일어났다.

서펜타인 호수에 검은 물결이 일렁일 때마다 흔들리는 폰툰 보트(부력 통 위에 데크를 올린 평평한 보트-옮긴이)에서 다운독 자세를 하면서(수면 위에서 요가를 하는 이유는 에너지의 흐름을 좋게 하기 위해서다) 매기는 닉이 무슨 말을 하려고 전화했는지 궁금했다. 정말이지 닉에게 마고가 단단히 미쳐가는 것 같다는 이야기는 하고 싶지 않았다. 솔직히 말해서 그 이야기를 자기가 먼저 꺼냈다는 사실조차 닉에게 알리고 싶지 않았다. 괜히 마고가 그녀의 대타에게 공격받는다고 생각할까 봐 걱정스러웠다.

알고 보니 그저 매기가 금요일에 라일라를 봐줄 수 있는지 물어보려고 한 전화였다.

"얼마든지 거절해도 괜찮지만, 마고랑 꼭 외출하고 싶어요."

매기가 다시 전화했을 때 평소 부드럽던 닉의 목소리는 웬일인지 어색하고 긴장해 있었다.

"단둘이 외출해서 예전 기분을 내는 게 우리 둘 다에게 좋을 것 같아요. 라일라는 매기를 잘 따르니까 당신이라면 안심하고 맡길 수 있고요."

금요일, 금요일. 매기는 머릿속으로 〈오트〉에서 받은 첫 월급으로 산, 가장자리에 금박을 입히고 가죽으로 장정한 다이어리의 푸른색 속지를 훑어봤다. 그날은 이미 거물급 명품 브랜드의 초대를 받아 다들 보고 싶어 난리인 새 뮤지컬을 보러 가기로 되어 있었다. 딱히 뮤지컬을 좋아해서라기보다는 표를 구하기가 하늘의 별 따기라서 인스타그램에 표를 찍어서 올리기만 해도 많은 사람의 질투를 사고 '좋아요'가 쏟아질 터였다.

뮤지컬을 보러 가지 않아도 표를 찍어서 올릴 수는 있을 것이다. 닉의 부탁을 들어주면 닉은 계속 그녀의 편이 돼서 마고에게 매기가 위협적인 존재가 아니라고 설득하고, 팀에게는 그녀가 좋은 여자라고 말해줄 것이다. 지난 주말에도 팀의 집에 머물며 동네를 탐색한 결과, 매기는 한층 더 다급하게 여기야말로 자신이 살아야 할 곳이라고 느꼈다.

지난번에 마고가 운동하러 가도록 라일라를 봐주며 마고의 집에 혼자 남았을 때 매기의 그런 욕망은 더욱 커졌다. 혼자 남은 매기는 닉과 마고의 집을 더 자세히 살펴볼 기회를 잡았다. 한쪽 팔로 라일라를 안고, 라일라가 오동통한 손가락으로 매기의 은색 목걸이를 만지작거리는 동안 이 방, 저 방 둘러보던 매기는 이 정도면 실내를 장식했다기보다는 집주인의 정체성을 드러낸 것이라고 결론을 내렸다.

모든 물건이 집주인의 상태를 나타내기 위해 정교하게 계산됐다. 진청색 부엌 벽장에 달린 황동 손잡이, 손뜨개로 만든 화분 걸이에 넣어 천장에 매달아둔 덩굴식물은 예전에는 독일 할머니들의 집에서나 볼 법한 물건인데, 최근에 유행을 선도하는 사람들에 의해 세련된 인테리어 소품이 됐다. 버켄스탁 샌들처럼. 헤링본 무늬가 들어간 금색 마룻널 위에는 크림색 베르베르 러그(모로코의 베르베르 부족이 만든 러그-옮긴이)가 깔려 있었다. 매기는 최근에야 이런 고급 모직 카펫이 있다는 걸 알게 됐는데, 컴퓨터로 가격을 찾아봤다가 불에 덴 사람처럼 펄쩍 물러났다. 무려 3천 파운드였다! 매기는 러그 한쪽에 떨어진 라일라의 쌀과자 부스러기를 찾아내고는 내심 흐뭇해했다.

수수한 흰 벽을 뚫고, 거친 벽돌을 쌓아 만든 벽난로를 보며 매기는 자신의 아파트 뒤쪽에 설치된 벽난로를 생각했다. 그녀의 벽난로 위에는 자랑스럽게 올려둔 꽃과 빳빳한 초대장이 즐비했다. 저렇게 맨틀피스(벽난로의 윗면에 설치한 장식용 선반-옮긴이)를 없애버린 벽난로를 만들 수 있으리란 생각은 한 번도 못 했다.

물론 이곳은 이미 다 봤다. 매기가 정말로 보고 싶은 곳은 위층이었다. 비록 이 집에 몇 번 오기는 했지만 주로 식당에서 식사하고, 부엌 아일랜드 식탁에 기대 잡담을 하거나, 소파에 앉아 와인을 한 잔 마신 게 전부였다. 위층은 마고의 내실이었다. 매기는 그곳을 꼭 둘러보고 싶었다.

위층으로 이어지는 가파른 계단을 오르며 매기는 계단 옆 벽에 걸린 전시회 포스터들을 바라봤다. 무명 사진작가의 전시회, 플랑드르 화파의 전시회, 패션 회고전 사진 등 런던의 평범한 상점에서 샀다기보다는 유럽 갤러리에서 구입한 포스터들이었다. 매기는 팀과 함께 그들의 문화를 공유하고, 그걸 손님들에게 자랑할 날이 어서 오기를 바랐다.

부부가 자는 침실(흰색 리넨 시트를 깐 침대는 깔끔히 정돈돼 있었고, 양쪽 머리맡 탁자에는 책과 아기용품이 쌓여 있었다)과 라일라의 침실은 끝내주게 세련된 회색으로 칠했고, 북유럽 소나무와 흰 래커를 칠한 나무로 악센트를 줬다. 욕실은 회녹색 벽에 변기며 세면대, 샤워기, 욕조가 예전에는 구식으로 치부됐다가 최근에 다시 유행하는 아보카도 색으로 되어 있었고, 거기에 어울리는 화분이 천장에 잔뜩 매달려 있었다.

멋지게 보이려고 색을 통일한 욕실을 보며 매기는 캐스와 자신이 쓰는 초라한 욕실이 떠올라 강한 질투심을 느꼈다. 그들은 곰팡이 낀 샤워실에서 샤워했고, 곰팡이가 더 퍼지지 않도록 늘 샤워실 벽을 닦아야 했다. 세 들어 사는 집에서 멋진 욕실은 꿈도 꿀 수 없었다. 나만의 방은 고사하고, 그저 가족과 친한 친구들만 사용하는 변기라도 갖고 싶었다.

마고의 변기를 질투하는 이 상황이 다른 사람에게 어떻게 보일지 깨닫자 매기는 익숙한 자기혐오를 느꼈다. 한심한 정도가 아니었다. 질투심이 인간의 감정 중에서 가장 매력 없다고는 해도 매기의 경우는 너무 뜬금없었다. 매기는 자신에게 버럭 화를 내며 욕실 문을 닫았다.

내가 SNS에 포스팅을 올릴 때 마고도 이런 기분이었을까?

매기는 궁금했다. 가끔은 마고가 기분이 상했다는 걸 은근히 알리기 위해 '좋아요'를 눌러주지 않기를 바랐다. 그러면 자신이 마고의 신경을 거슬리게 했다는 걸 알 수 있을 텐데. 왜냐고? 그렇게 많은 시간이 흘렀는데도 매기는 마고가 계속 신경에 거슬렸기 때문이다.

마고는 늘 그녀의 포스팅에 '좋아요'를 눌렀다. 누르지 않으면 매기를 비난하는 것처럼 보일 터였다.

매기의 포스팅을 보면 마고도 짜증이 나고, 자신의 인생이 불만족스러울까? 자신이 가지지 못한 것을 생각하며 마음이 쓸쓸하고, 다른 대타를 구했어야 한다는 생각에 짜증이 날까? 매기와 마고의 차이점은 당연히 매기는 일부러 그런 감정을 느끼려고 마고의 집 안을 구석구석 들여다본다는 것이다. 포스팅을 올릴 때마다 매기는 그것이 마고의 편안한 삶 속으로 침투해 의식에 영향을 주리라는 걸 알고 있었다. 마고가 원치 않는다고 해도. 그걸 깨닫자 매기는 기분이 한층 더 나빠졌다.

다행히도 다음 방은 매기의 상처받은 자존심을 조금은 달래 줬다. 높이 쌓인 상자들이 꽉 들어찬 빈방인데 헌 옷으로 보이는 물건이 불룩하게 담긴 쇼핑백이 지저분하게 쌓여 있었고, 책도 아슬아슬할 정도로 높이 쌓여 있었다.

여긴 인테리어를 별로 하지 않았네.

마고도 별수 없는 인간이라는 걸 보여주는 증거를 찾아냈다고 생각하니 매기는 은근히 기분이 좋았다. 비록 방 한쪽 구석에는 '난 창의적이야'라고 말하는 듯한 고급 컴퓨터가 놓인 책상이 있고, 완벽하게 모던한 디자인의 의자가 책상 안으로 단정하게 밀어 넣어져 있었지만. 매기는 컴퓨터와 의자를 탐나는 눈으로 바라봤다.

그래도 매기는 이 지저분한 방이 마고와 닉 역시 다른 사람처럼 실수를 저지를 수 있는 인간이라는 증거라는 사실에 만족했다. 그러고는 라일라를 데리고 다시 아래층으로 내려가 외출할 준비를 했다.

또다시 그 집에서 혼자만의 시간을 보내는 건 딱히 어렵지 않을 것이다. 하룻밤 호텔에서 자는 것과 같았다. 지난번에는 깜빡 잊고 욕실 찬장을 열어보지 않았다.

"어때요, 매기?"

전화기 너머에서 닉이 말하고 있었다.

"또 부탁해서 정말 미안한데 라일라도 당신을 잘 알고, 지난번에 봐주기도 했잖아요. 당신이 본다면 마고도 안심할 거예요."

에라, 모르겠다.

"물론이죠! 몇 시까지 가면 좋을지 알려줘요."

매기는 요가 매트를 챙기며 말했다. 자기 덕분에 두 사람이 오랜만에 둘만의 데이트를 즐긴다니 반가운 일이었다.

통화가 끝날 때쯤 닉의 목소리에는 처음과 같은 살짝 절박하던 기운이 사라졌고, 매기는 그게 자기 때문이라는 사실에 기뻤다. 닉은 정말 좋은 남자다. 마고가 겪는 일이 무엇이든 간에 그로 인해 닉까지 부수적 피해를 입는 건 부당했다.

아침 운동과 자신이 쓸모있는 존재가 됐다는 사실 덕분에 기운이 넘치게 된 매기는 다시 회사로 갔다. 확실히 날씨가 달라졌다. 공기가 덜 차가웠고, 지난주만 해도 살갗을 차갑게 파고들던 햇살이 오늘은 따뜻하게 느껴졌다.

매기가 회사로 돌아가니 직원들은 다음 주로 다가온 마감 때문에 정신없이 일하고 있었다. 각 분야의 에디터와 어시스턴트 에디터가 교정 담당자와 패션 데스크 사이를 오가며 A3 교정지를 나르고, 작은 사이즈의 교정지를 만들어서 보드에 다닥다닥 붙였다. 그러다 오케이 사인이 떨어지면 인쇄소로 보내 잡지가 되고, 마침내 독자의 손으로 들어간다.

"아, 매기, 드디어 왔군."

패션팀 직원들의 책상이 모여 있는 곳 끝에 놓인 서류 캐비닛에 몸을 기댄 채 교정지를 읽고 있던 모프가 고개도 들지 않은 채 말했다. 홀리는 사과라도 하듯이 거의 보이지 않게 어깨를 으쓱이며 매기와 눈을 마주쳤다. 매기가 늦게 출근했다는 사실이 들통났고, 홀리도 거짓말로 둘러댈 수가 없었다.

"내 사무실로 좀 오겠어?"

모프는 읽을 때만 쓰는, 렌즈가 반달 모양인 안경 위로 눈을 들어 매기의 얼굴을 힐끗 바라봤다.

"앞으로 〈오트〉에서의 네 미래에 대해 이야기해야겠어."

5

마고

　이튿날 아침 잠에서 깬 나는 굳은 몸으로 어둠 속에 몇 시간을 더 누워 천장을 바라보며 라일라의 울음소리와 닉의 알람 소리가 들리기를 기다렸다. 마침내 알람이 울리자 간밤에 꿈에서 본 잔혹하고 짜증 나는 영상을 머릿속에서 지워내는 매일의 의식을 시작했다. 내가 마실 커피를 내리고, 라일라가 먹을 바나나를 으깼다. 라일라는 인체 공학 디자인으로 설계된 덴마크산 아기용 식탁 의자에 앉아 바나나를 달라고 이미 열심히 손짓하고 있었다. 나는 심호흡을 한 다음, 으깬 바나나를 보며 입맛을 다시는 아기에게 정신을 집중했다.

　오늘 하루를 또 어떻게 버티지?

　지난 몇 년간 그랬듯이, 그저 생각하지 않는 게 최선이라고 확신하는 것들을 생각하지 않으면서 보낼 것이다. 그렇게 나는 아무 생각 없이 라일라의 입에 으깬 바나나를 넣어줬다. 라일라는 바나나를 먹는 틈틈이 좋아서 환하게 웃었다.

오렌지 플라스틱 그릇에 담긴 바나나를 다 먹인 다음, 아기의 턱을 닦아줬다. 라일라는 씻는 걸 싫어했기 때문에 결코 쉽지 않았다. 라일라는 금세 똥을 쌌고, 나는 기저귀를 갈아줬다. *하나 들어가고, 하나 나왔네.* 그때 액정이 아래로 가게 해서 커피 탁자에 놓아둔 휴대전화에서 메시지 수신음이 울렸다. 라일라와 나는 한창 벽돌을 쌓았다가 부수는 중이었다.

나는 쿠션 두 개로 아이를 한쪽 구석에 앉혀둔 채 휴대전화를 집어 들고 메시지를 확인했다. 모프가 보낸 메시지였다.

"아기 잘 키우고 있지? 앞으로 자기 계획에 대해 이야기해야겠어. 매기에게 칼럼을 맡길 생각이야."

위장이 제왕절개 흉터 자국이 있는 곳까지 툭 떨어지는 듯했다. 혀 뒤쪽이 굳으면서 목구멍에 아릿한 뭔가가 고였다.

매기가 눈을 반짝이며 내 부엌에 서서, 종이에 곱게 싸서 발치에 놓아둔 7천 파운드짜리 드레스 이야기를 했을 때 내 질투심은 절정에 달했다고 생각했다. 몇 달 동안 혼자서 화장실도 못 간 여자에게 금박 입힌 돔이 있는 박물관에서 열릴 파티 이야기를 하다니. 처음부터 작정하지는 않았지만 내 손에 든, 카레 묻은 국자가 훌륭한 무기가 될 수 있다는 걸 깨닫고 그 비싼 쇼핑백 위로 살짝 기울였을 때는 매기의 뺨이라도 때린 듯 속이 시원했다.

하지만 지금 느끼는 이 질투심은 그때와 비교도 되지 않았다. 몸의 모든 인대가 증오로 팽팽해졌고, 맥박이 비명을 질러댔으며, 맥박을 빨리 뛰게 한 심장은 가슴속에서 반으로 쪼개졌다.

칼럼이라니. 이제는 매기의 글이 매번 맨 앞에 실리겠군. 독자들이 가장 먼저 보는 게 매기의 얼굴이 될 거야.

사실이었다. 독자들이 그 내용을 즉시 받아들이도록 칼럼니스트는 잡지 맨 앞에서 웃으며 자신의 의견을 피력했다. 그들은 수다스럽고, 멋지고, 독자들이 되고 싶어 하는 사람이었다. 나나 위니, 헬렌이 늘 오랫동안 동경하던 사람이었다. 기사와 함께 실리는 사진 덕분에(어깨를 으쓱이거나 웃는 얼굴의 사진, 때로는 자신의 칼럼에 기대고 있는 전신사진) 그들은 거의 유명 인사가 됐고, 거리에서 사람들이 알아봤으며, 방송 프로그램에 초대받았다.

칼럼니스트는 모든 언론인이 탐내는 자리였다. 칼럼니스트가 된다는 건 일하는 글쟁이(심지어 패션 에디터도 여기에 들어갔다)라는 카테고리에서 벗어나 사실상 유명 인사라는 훨씬 좁은 영역에 들어가는 것이다. 그뿐만이 아니라. 써야 할 기사는 일주일에(또는 정말로 운이 좋다면 한 달에) 한 개뿐이고, 그것도 집에서 쓰면서 매일 9시에서 5시까지 회사에서 죽어라 일하는 사람과 같은 보수를 받을 수 있다. 나머지 시간에는 그저 인지도를 높이고, 텔레비전과 라디오 방송에 출연해 유명세를 쌓을 수 있다.

칼럼니스트가 된다는 것은 그 잡지의 얼굴이라는 뜻이며, 잡지의 비전을 요약해서 보여준다는 뜻이다.

나는 〈오트〉에서 10년을 일했는데도 한 번도 칼럼을 써보라는 제안을 받지 못했어. 매기는 겨우 열 달 일했고 별로 노력하지도 않았는데.

매기가 나보다 사람들에게 더 호감을 사고, 더 매력적이라는 사실은 나도 얼마든지 인정한다. 매기는 나보다 카리스마도 더 넘친다. 하지만 이번 일은 매기에게 내 역할을 완전히 넘기는 것처럼 모욕적이고 공격적인 정도가 아니었다. 매기가 칼럼니스트가 된다는 것은 나보다 지위가 높아지고, 내가 10년 넘게 쌓아온 명성의 일부를 내 대타로 일한 지 채 1년도 안 된 여자에게 어쩔 수 없이 넘겨야만 하는 거라 훨씬 더 마음이 아팠다.

매기는 신선한 반면, 나는 진부했다. 독자들은 나보다 매기의 이야기를 더 듣고 싶어 했다. 복직해서 사람들 눈을 어떻게 본단 말인가?

헬렌의 눈. 헬렌이 추락하는 동안 그 눈은 나를 찾아내 똑바로 바라봤지.

이제 직원들은 나를 어떻게 대할까? 상사로서? 아니면 예전보다 덩치가 커지고, 한물간 사람으로? 홍보 담당자들은 이제 행사가 있을 때마다 내가 아니라 매기를 찾을 것이다. 지금까지 나 대신 상대한 사람이 그대로 있으니까. 더 젊고 예쁘고 날씬한 여자가. 대하기 더 편한 데다 덜 어색하고, 더 유명하고, 멋지기까지 한 여자가.

내 세상은 끝났다. 꿈에서와 똑같은 기분이 들었다. 누군가에게 쫓기고, 사람들을 실망시키고, 굴욕감과 죄책감을 느끼고, 모든 일이 단단히 틀어진 원인이 되는 기분.

매기, 이게 다 너 때문이야.

하지만……

아니, 내 탓이야. 애초에 내가 매기를 선택했어. 실력이 형편없

는 사람을 뽑아야 했는데. 멍청이를 앉혀야 했어. 근데 모프에게 멍청이가 아니라 칼럼니스트를 줘버렸어.

우리의 전쟁은 언제 시작됐을까? 매기가 면접에서 내(우리) 이름을 두고 실언한 때가 생각났다. 지난 1년간 매기는 치밀하게 계산된 행동으로 내 입지를 약화하고, 미묘하게 나를 깎아내렸는데 그 사건이 시작이었을까?

하지만 여전히 매기를 대놓고 미워할 수는 없었다. 나와 지금 내 책상을 차지한 여자 사이에는 공통점이 많았다. 유머 감각과 취향, 성격이 너무도 비슷해서 몇 년간 알아온 친구 같았다. 처음에는 매기가 유원지에 있는 요술 거울에 비친 내 모습이라고, 나와 정반대라고 생각했다. 나는 키가 크지만 매기는 작았고, 나는 살갗이 희지만 매기는 가무잡잡했으며, 내가 엄격하게 생긴 반면에 매기는 예뻤고, 내가 심각하게 내성적인 반면에 매기는 사교적이었다. 하지만 최근 들어 매기와 함께 있으면 파문이 이는 듯한 느낌, 내 안의 어두운 곳 어딘가에 있던 옛 기억과 익숙한 느낌이 동요하며 표면으로 올라오는 듯했다.

나는 학창 시절의 그 일을 생각하고 싶지 않은 터라 다시 아래로 밀어 넣었고, 모프의 문자를 다시 읽으며 답장을 썼다. 그러고는 마음이 바뀌기 전에 보내버렸다.

"잘됐네요. 새로 생긴 남자 친구에 대해 쓰면 되겠네요!"

치사한 짓이긴 하지만, 모프는 분명 화를 낼 터였다. 남자 친구의 존재뿐 아니라 매기가 그걸 계속 숨겨왔다는 사실에 대해서도.

지난 몇 년간 모프는 내가 필요 이상으로 일찍 아줌마가 됐다는 사실을 두고 자주 농담거리로 삼았지만, 거기에는 부인할 수 없는 진실이 깔려 있었다. 모프는 성공한 여자들이 결혼해서 가정을 꾸리는 건 책임 회피라고 믿는 터라 수많은 남자가 결혼해달라고 애걸해도 절대 결혼하지 않았다. 몇 년 전, 내가 크리스마스 휴가에 닉과 약혼했다고 말했을 때 모프는 나를 가엾다는 듯이 바라봤다.

그날 아침 동네 도서관에서 아이들에게 동시를 읽어주는 수업에 참여하고, 제마와 커피를 마시고, 그네에 탄 라일라를 밀어주고, 라일라가 낮잠을 자도록 노래를 불러주는 내내 마음은 실망감과 질투로 곪아터졌다. 라일라를 보면 기운이 났지만 라일라 생각이 수그러들 때마다 그 감정이 되돌아왔다.

몇 시간이 지나 닉이 퇴근할 때가 되자 다른 감정이 슬그머니 올라왔다. 후회였다. 수치심과 내가 졌다는 더 심한 우울감이었다. 매기에게 남자 친구가 생겼다는 사실을 모프에게 말한 사람이 나라는 걸 매기도 알게 될 것이다. 나는 내 대타에게 그녀가 나를 거슬리게 한다는 사실을 절대 알리지 않는다는 나만의 규칙을 세웠는데, 이젠 그게 깨져버렸다.

매기가 이걸 승리로 생각하게 두지 마. 내가 전혀 개의치 않는다고 생각하게 해야 해. 날 이겼다는 걸 매기가 알아서는 안 돼.

다른 상황에서 만났더라면 우리는 친구가 됐으리라. 하지만 내 밑에 있었다가 동등해지고, 이제는 나보다 한 계단 더 올라간 매기를 용서할 수 없었다.

6

매기

 모프에게서 칼럼을 맡기겠다는 말을 들었을 때 〈오트〉의 현직 패션 에디터인 매기는 기쁜 나머지 하마터면 비명을 지를 뻔했다. 비명이 나오려는 건 간신히 참았지만, 나름 무덤덤하게 보일 거라고 믿는 표정(퍽이나 그랬겠다) 아래로 만족스러운 미소가 실실 새어 나왔다.
 칼럼이라니. 그녀의 페이지가 생기고, 목소리를 낼 수 있고, 사진도 실린다. 매기는 학교 다닐 때 잡지의 칼럼을 읽으며 그들의 존재와 세련된 외모, 유머 감각을 부러워했다. 그들은 벽이 유리로 된 사무실과 독특하고 아름다운 아파트, 다른 사람의 발음을 들은 뒤에야 어떻게 읽는지 알 수 있는, 뜻 모를 외국식 이름으로 된 최신 레스토랑을 오가는 삶을 사는 듯했다. 두말할 나위 없이 학창 시절 매기의 방에는 그런 외국어가 적힌 포스터가 많이 붙어 있지 않았다.
 이것은 그런 사람이 될 수 있는 현실이 끼어들기 전에 매기가 상상하며 꿈꾸던 삶을 살 기회였다. 칼럼을 맡게 되면 황무지와 같은 시절, 여기저기 돌아다니면서 글을 쓰던 시절은 끝난다. 다음은 텔레비전 출연, 책 출간, 영화 출연이겠지? 또 너무 앞서가고 있다.

"당연히 패션 칼럼이야. 그러니까 여전히 마고가 네 담당이 될 거야."

모프는 손가락으로 천천히, 소리 나지 않게 책상을 두드리며 말했다.

"마고에게도 이 소식을 알릴 거야. 다음 호부터 시작해. 아, 그리고 잘했어."

모프가 칭찬하는 방식, 즉 인정한다는 뜻으로 길게 깜빡이는 눈부터 마지못해 고마워한다는 뜻으로 치켜세우는 눈썹에 이르는 미세한 표정의 변화는 절제라는 표현도 과했다. 마지막 문장은 모프가 할 수 있는 최고의 칭찬이었다.

모프의 사무실을 나서며 매기는 발이 허공에 뜬 듯했으나 사실은 런웨이의 회색 카펫 위를 걸어갔다. 누가 가르쳐주지 않았는데도 머리카락은 출렁거리고, 엉덩이는 양쪽으로 힘있게 튕기면서 걷는 동안 이 소식을 가장 먼저 나누고 싶은 사람이 마고라는 걸 깨달았다. 매기의 친구 중에서 이 제안이 어떤 의미인지, 얼마나 큰 기회이고, 야망의 실현이며, 인생의 절정에 올랐다는 뜻인지 이해할 사람은 마고뿐이었다. 모프가 칭찬했다는 걸 알면 마고는 숨을 헉 들이마시며 웃을 것이다. 어쩌면 하이파이브하면서 정말 놀라운 소식이라고 말할지도 모른다.

다른 사람은 이게 얼마나 의미 있는 일인지 이해하지 못했고, 바로 그 이유 때문에 매기는 마고에게 전화해서 이 사실을 알릴 수가 없었다. 마고는 큰 충격을 받을 터였다. 이것은 전혀 예상치 못한 일이었다. 마고가 복직하면 매기는 슬그머니 물러나 마고에게 승진해서 칼럼니스트가 될 기회를 줘야 했다.

그녀가 마고를 실망시켰을까? 약속을 어긴 걸까? 그렇다고 해서 마고도 매기가 그녀를 위해 이 기회를 거절하기를 바라진 않으리라.

책상 앞에 앉아 어떤 문장을 좀 더 미묘하게 고치고, 어떤 이미지 밑에 출처를 넣어야 하는지 표시해둔 교정지를 앞에 둔 매기는 마고를 생각하면 할수록 화가 치밀었다. 마고 때문에 자꾸 죄책감이 들기 때문이다. 그렇다, 그녀를 대타로 추천해준 마고가 고맙기는 하지만, 그 고마운 마음이 매기 자신의 야망과 행복보다 더 중요해야 할까? 언제쯤 돼야 고맙다는 말을 안 해도 될까?

마고는 매기가 팀과 사귀는 것도 달가워하지 않는 듯했는데, 하물며 매기가 칼럼을 쓰는 건 더욱 싫어할 터였다. 하지만 인생이란 가끔은 내가 생각하는 것만큼 고마워하지 않는 사람들 또는 오히려 내가 자기들에게 빚졌다고 생각하는 사람들을 끊임없이 상대하는 것이다. 안 그런가?

그래서 매기는 위니에게 전화해 오늘 밤 만나자고 약속을 잡았다.

7

위니

처음에는 매기에게 잭 이야기를 꺼낼 생각이 없었다. 사람들은 잭에 대해 알고 나면 거기에만 집중하는 경향이 있었다. 갑자기 평범하고 퉁명스럽던 목소리가 부드럽고 상냥해지고, 교회에서 들리는 속삭임처럼 변한다. 그러면 나는 평상시보다 더욱 화가 치밀고, 내가 아직 강하다는 걸 보여주기 위해 그들에게 물건을 집어 던지고 싶어진다.

나는 매기와 즐거운 시간을 보냈다. 좋은 친구가 어떤 것인지, 누군가와 점차로 가까워진다는 게 얼마나 신나는 일인지, 어떤 면에서 같고 어떤 면에서 다르다는 걸 알아가는 게 얼마나 만족스러운지 기억났기 때문이다. 인정하기 싫지만 지난 몇 달간 나는 마고를 그리워했을지도 모르겠다. 무엇보다도 아무런 죄책감 없이 웃을 수 있었다. 우리 집에는 웃음이 별로 없었다.

그런 터라 매기가 펍으로 뛰어들어와 회사에서 있었던 일을 불쑥 털어놓았을 때 나는 기꺼이 축하해줄 수 있었다. 칼럼이라니! 마고가 그런 제안을 받았다면 그게 어떤 의미일지 알고 있었으므로, 또한 마고가 아닌 매기가 그런 제안을 받았다는 게 어떤 의미인지도 알고 있었으므로 나는 열심히 호응해줬다.

매기가 좋은 기회를 얻어 기뻤으나 그 기쁨은 단순히 매기에 대한 호감 때문만은 아니었다. 나는 잔인한 만족감에 전율했다. 지금까지 마고는 순탄하게 살아왔다. 열심히 살기는 했지만 매사를 쉽게 이뤘다. 좋은 직장, 멋진 남자. 마고는 별로 애쓰지도 않고 임신이 된 반면에 나와 찰스는 임신 때문에 마음을 졸였고 그마저도……

따라서 매기의 성공을 축하하며 우리의 잔이 허공에서 한층 더 복잡하고 우스꽝스러운 건배를 했을 때, 나는 새 친구의 성공을 축하하는 만큼 죽마고우의 눈앞에 가운뎃손가락을 치켜세우는 상상을 했다. 꽃길만 걷던 마고의 인생에 마침내 내 인생만큼이나 칙칙한 먹구름이 드리운 것이다.

와인 두 병을 비우고, 매기가 화장실에 간 사이에 나는 의자에 몸을 파묻고 무기력하게 마고를 생각했다. 그리고 늘 그렇듯이 잭도 생각했다. 그 생각에 깊이 빠진 나머지 매기가 자리로 돌아와 앉으며 한 말을 알아듣지 못해 다시 물어야 했다.

"아, 금요일 밤에 베이비시터 노릇을 해야 한다는 말이었어요."

매기가 웃으며 말했다.

"미친 짓이죠. 나도 알아요. 참, 나랑 함께 아기 볼래요?"

참을 새도 없이 눈에 눈물이 고였다. 납덩이 같은 심장은 평소보다 더 무거워지는 듯했다. 캐러멜 냄새 그리고 쉿내와 피비린내 섞인 녹내가 코로 들어오는 듯했다. 나는 어느새 매기에게 태어난 지 겨우 한 시간 만에 내 품에서 떠나버린 아기 이야기를 하고 있었다.

아기의 작은 손가락, 한 꼬투리 안에 든 분홍색 콩처럼 일렬로 쪼르르 늘어선 손톱에 대해. 우리가 씌워준 흰 모자 아래, 정수리에 소용돌이 모양으로 난 검은 머리카락에 대해. 아이의 죽음으로 세상이 바뀌던 순간에 대해. 이전까지 내가 활발하게 참여했던 세상이 이제는 어딘가 높은 곳에서 내려다보는 세상으로 바뀌었다. 마치 우주에서 지구를 바라보는 우주 비행사처럼. 대부분 사람이 이해하기에는 너무 끔찍한 진실을 깨달은 채.

"맙소사, 가여워라."

매기는 그렇게 말하며 내가 말하는 동안 탁자를 가로질러 내 팔에 한 손을 올렸다. 눈물이 코를 타고 흘러내려 매기의 손등에 떨어졌지만, 나는 이제 울어도 울먹이지 않았다. 감정이 복받쳐서 목소리가 갈라지지 않았다. 요즘에는 울면서 거의 모든 일을 할 수 있게 됐다. 울면서 이야기하고, 텔레비전을 보고, 샤워하고, 전화로 은행 업무를 보고, 슈퍼마켓도 갈 수 있었다.

"정말 마음이 아프네요. 빌어먹게 끔찍한 일이에요."

매기가 진지하게 말했다.

욕을 하니 매기가 한층 더 좋아졌다. 집단 상담이나 내게 일어난 일을 돌려서 말하는 전문가들, 잭이 '하늘나라로 갔다'거나 '다음 단계로 나아갔다'고 말하는 사람들은 만나지 않은 지 오래였다. 잭은 그냥 죽었고, 그건 빌어먹게 끔찍한 일이었다.

"그뿐만이 아니에요. 찰스가 걱정이에요. 찰스는 그 일을 절대 입에 올리지 않아요. 내가 원하는 건, 우리 둘 다 원하는 것이기도 하지만, 다른 아이를 갖는 거예요. 하지만, 어떻게 해야 할지 모르겠어요……. 찰스는 그 일을 생각하고 싶어 하지 않아요. 도움이 안 된다면서요. 내가 그 이야기를 하려고 할 때마다 못 하게 해요. 그 일을 잊어야 한대요."

마침내 나는 울먹거렸다.

이것은 누구에게도 말할 수 없는 진실이었다. 누구에게 말한단 말인가? 찰스와 나는 폭발 사고의 생존자나 다름없었고, 결혼생활과 가정, 가슴 한복판에 떨어진 폭탄으로 생겨난 구덩이 반대편에서 비틀거렸다. 나는 잔해 사이를 조심스럽게 걸어가고 폭발의 영향으로 아직까지 비틀거리며 파편에 걸려 넘어지기도 하는 반면에 찰스는 다시 벽을 세우려 했다. 다시 임신해서 아기가 우리를 이어주길 바랐지만, 우리 사이가 이미 너무 멀어져서 과연 그럴 수 있을까 두렵기도 했다.

"위니, 정말 끔찍하네요."

매기가 나를 달래듯이 말했다.

"상담을 받아볼 생각은 없어요? 시간이 약이 될 거예요."

나는 고개를 끄덕이고 나무탁자를 내려다봤다. 탁자 표면에는 이름들이 새겨져 있었고, 우리 잔보다 먼저 놓였던 잔이 남긴 끈끈하고 둥근 자국들이 있었다. 매기에게 이야기하며 마음의 부담을 덜어내니 도움이 됐다. 매기는 무슨 말을 해야 할지 알고 있었다. 비록 해답은 주지 못하더라도.

"그리고 금요일 일은 신경 쓰지 마세요. 아기를 돌보는 건 당신이 가장 하기 싫은 일일 테니까요."

매기가 말했다.

하지만 이 부분에서는 매기가 틀렸다. 라일라를 품에 안고, 달래주고, 자장가를 불러줄 수만 있다면 무엇이든 내줄 것이다. 책에서 봤지만 한 번도 해볼 기회가 없던 방법, 아기의 콧등을 쓰다듬어 눈을 감게 하는 방법을 써볼 수만 있다면.

"그 금발의 귀염둥이를 돌보는 거예요?"

나는 무심하게 말하려고 노력했다. 마치 처음으로 그 아이가 생각났다는 듯이.

"라일라요, 네."

기가 고개를 끄덕이며 말했다.

"라일라 엄마가 사실 육아 휴직 중인 원래 패션 에디터예요. 지금 좀 힘든 시간을 보내는 것 같아요."

매기가 마고를 언급한 것은 처음이었고, 마고의 존재가 우리 사이에 강렬한 감정을 일으켰다. 매기에게서 우리가 공동으로 아는 여자를 향한, 나와 똑같은 분노를 느낄 수 있었다. 지금이 매기에게 사실대로 털어놓고, 마고와 나의 관계를 밝힐 기회였지만 나는 그냥 흘려보냈다. 왜냐하면 이 익명성이 금요일 밤에 매기와 함께 그 집에 들어갈 수 있는 여권이었기 때문이다. 라일라에게 접근하기 위해 내가 사용할 위장술이었다. 아주 잠깐이면 된다. 내가 잭에게 그랬듯이 라일라의 정수리에서 나는 달콤한 아기 냄새를 한 번만 맡아보면 된다.

나는 얼마 전부터 마고를 대신해 〈오트〉에 입사한 여자를 만나고 싶었다. 내 죽마고우를 잘 아는 터라 대타로 누가 들어오든 간에 마고가 위기감을 느끼고, 심하면 큰 혼란에 빠지리라는 걸 알고 있었다. 현실은 예상보다 더 심각한 듯했고 나는 잠시 곁길로 빠져 내가 어떤 역할을 해야 할지 생각했다.

나는 마고와 펍, 파티, 결혼 전 내 집에서 보낸 시간을 떠올렸다. 마고는 자신의 많은 업무량과 그에 비하면 많지 않은 월급, 함께 일하는 권력 있는 여자들, 마고를 평범하다며 무시하는 그들의 퉁명스럽고 부당한 처사에 대해 넋두리했다. 매기는 패션 에디터라는 일을 즐기는 듯 보이는 반면에 마고는 늘 불안한 일들만 이야기했다. 아마도 학창 시절에 그 일이 있고 나서 우리 우정의 패턴이 그렇게 굳어진 것일 수도 있다. 우리는 승리보다 공포를 털어놓고 자문해주는 관계가 돼버렸으니까.

나는 이미 몇 달 동안 매기의 인스타그램을 팔로우하고 있었다. 지난 몇 년간 귀가 아프도록 들어온 패션 에디터라는 역할을 그녀가 어떻게 해내는지 보고 싶었다. 요즘에는 그렇게 우정이 싹튼다. 악수보다는 인터넷을 뒤지면서. 우정은 컴퓨터 속 사이드바에 거주한다. 당신과 잘 지낼 수도 있는 진짜 사람이라기보다 구매해야 할 유용한 물건이라도 되는 듯이 추천 목록으로 뜬다. 데이트할 상대도 그렇게 어플을 통해 찾는데 친구라고 왜 안 되겠는가?

우리는 상대의 목소리를 듣기도 전에 픽셀로 이뤄진 그들의 얼굴을 알고 있다. 결혼사진도 봤고, 휴가 가서 찍은 사진도 다

훑어봤다. 예전에 사귀던 남자가 누군지, 자녀가 몇이나 되는지도 알고 있다. 소개를 받기도 전에 상대가 최근에 부엌 확장 공사한 이야기를 꺼내려다가 그게 알아서는 안 되는 정보임을 깨닫는다. '눈 가리고 아웅'이긴 하다. 당신이 상대의 SNS를 뒤지고 보고 검색하고 엿봤다는 사실을 다들 알기 때문이다. 신비주의도 없고, 상대를 알아가는 과정도 없다. 요즘엔 비밀도 없다. 나와 마고의 비밀만 제외하고.

그런 이유로 카페에서 처음에는 라일라를, 그다음에는 매기를 알아봤을 때 나는 유모차 아래쪽에 있는 바구니에서 아기용 빨대컵을 몰래 빼냈다. 나중에 매기를 뒤따라갈 이유를 만들기 위해서였다. 인스타그램을 통해서 매기가 그 빵집을 다닌다는 걸 알았지만, 그래도 이튿날 거기서 다시 만난 건 순전히 운이었다. 미리 계획했다고 해도 그렇게 만날 수는 없었으리라.

"안됐네요."

나는 생각에 잠기며 말했다.

"어쩌면 잠깐 들를 수 있을 거예요. 언젠가는 아기를 대면해야 하고 그렇다면 조용하고 차분한 곳에서 하고 싶어요. 당신과 함께 있을 때요."

매기는 내 손을 꽉 잡았고, 내 얼굴을 보기 위해 탁자로 몸을 숙이더니 촉촉한 눈을 반짝이며 나를 올려다봤다. 나는 최선을 다해 불안정하지만 용감한 미소를 지어 보였으나, 마음속으로는 내가 아무런 감정이 없는 순수하고 빛나는 강철로 만들어진 기분이었다.

8

마고

@HelenKnows가 @hautemargot에게: 왜 당신은 칼럼을 맡지 못했지?

대체 오늘 밤에 무슨 옷을 입어야 하나 하는 문제와 씨름하려는 찰나, 매기가 마지막에 올린 인스타그램 포스팅 밑에 내게 남긴 댓글이 달렸다는 알림음이 울렸다.

나는 닉에게 화가 난 상태였다. 어떻게 나와 상의도 없이 매기에게 아기를 봐달라고 부탁할 수 있을까? 내가 계획에 없는 일을 싫어한다는 걸 닉도 알고 있다. 그런데도 어느 날 퇴근하더니 희망에 차고 사랑스러운 표정으로 자기가 다 계획을 세워놓았다고 말했다. 나는 닉의 기분을 망치고 싶지 않았다. 지금까지 이미 충분히 망쳤으니까.

그래서 그냥 의심을 삼켰고, 내 마음속에서 의심이 계속 웅웅, 윙윙거리게 내버려뒀다. 그들이 내 머릿속을 나가게 됐다가는 어떻게 들릴지 알기 때문이다.

편집증에 정신 나간 소리로 들리겠지.

그렇다고 해도 이 여자가 또 나타났다. 내 감정 영역에서 가장 약한 부위가 어디인지 정확히 아는 트롤.

위니.

예전에 나와 학교를 함께 다닌 동창이 나를 저격하는 것일 수도 있지만, 당시 내게 원한을 품을 정도로 관심을 가진 사람이 거의 없는 터라 그럴 가능성은 없어 보였다.

이 트롤이 원하는 게 뭔지 알면 좋으련만. 나는 불안과 공포심에 눌린 채 일과를 처리하고 라일라를 돌봤다.

하지만 그게 네가 원하는 거지, 위니? 안 그래?

사실이었다. 내가 겁에 질리면 질릴수록 위니는 늘 안전하다고 느꼈다.

매기가 SNS에 자신이 〈오트〉의 칼럼을 맡게 됐다는 사실을 알린 건 당연한 일인데도 나는 그런 매기에게 화가 났다. 매기는 내게도 메시지를 보냈다. 모든 게 너무 고맙고, 〈오트〉에서 시작할 기회를 줬다는 사실을 잊지 못할 거라는 내용이었다. 내가 모프에게 그녀에 대해 좋은 말을 했기 때문에 그런 놀라운 기회를 얻었다고 생각하는 게 틀림없었다.

나는 레몬을 씹은 기분이었다. 내가 모프에게 한 말을 생각하면 수치심으로 몸속에 경련이 일었다. 모프는 내 메시지에 답장조차 하지 않았는데, 시간이 지날수록 그 사실이 고마울 따름이었다. 나는 매기를 곤경에 빠뜨린 게 후회됐다. 하지만 매기가 인스타그램에 지나치게 포토샵한 셀카와 함께 자신이 "후천적인 노력으로" 작가가 됐으며 〈오트〉의 새 칼럼니스트가 되어 기쁘다고 올린 포스팅을 봤을 때는 매기의 콧대가 꺾이는 걸 볼 수만 있다면 레몬을 한 바구니라도 먹을 듯했다.

내가 휴대전화 암호를 해제하고, 트롤의 댓글을 읽으려는 순간(@HelenKnows의 프로필 페이지는 여전히 비어 있었다) 댓글이 사라져버렸다. 매기가 삭제한 게 틀림없었다. 인정하기는 싫지만 매기가 친절을 베푼 것이다. 그러자 이내 매기의 너그러운 행동에 화가 치밀었다.

"으으으으윽!"

나는 머리카락을 잡아당겼고, 나 자신에게 진절머리를 내며 지친 얼굴을 아래로 잡아당겼다. 내 얼굴은 섬뜩하지만 솔직한 감정이 드러나 있었다. 그때 뒤에 있던 라일라의 걱정스러운 표정이 거울에 비쳤다. 내가 손으로 얼굴을 가렸다가 다시 내밀며 까꿍 소리를 내고 그 자리에서 춤을 추자, 라일라의 둥근 얼굴에서는 구름이 걷히고 환한 미소가 번지며 웃는 이모티콘이 됐다. 잠시뿐이긴 해도 긴장이 풀렸다.

나는 우리 부부가 쓰는 킹사이즈 침대 베개에 라일라를 기대앉힌 뒤, 라일라가 좋아하는 장난감인 플라스틱 달걀 한 상자를 줬다. 아기가 달걀을 가지고 노는 동안 지금은 엄마지만 한때 다른 사람이던 나는 내가 어떤 사람인지, 과거에는 어떤 사람이었는지 기억해내려고 했다. 적어도 금요일 밤에 남자와 함께 저녁을 먹을 정도는 되는 여자이고 싶었다.

청바지는 하나같이 지퍼가 채워지지 않았고, 티셔츠는 배에 달라붙었으며, 셔츠는 가슴이 조여서 입을 수가 없었다. 나는 벌어진 지퍼의 간격에 놀라지 않을 수 없었다. 마치 이제야 알게 됐다는 듯이. 몸집이 불어난 건 알고 있었지만 이 정도일 줄은 몰랐다. 언제 이렇게 살이 찐 거지? 어쩌다? 임신 중반부터 고무줄 바지만 입고 산 터라 내 몸이 이렇게 변한 줄 몰랐다.

사람들이 뒤에서 내 이야기를 했을까? 뒤에서 사람들 입에 오르내리는 그 느낌을 나는 너무 잘 알았다.

모프가 아직 안 본 게 천만다행이네. 매기는 알고 있었을까? 당연히 알고도 남지. 아마 살찐 나를 보며 신이 났을 거야.

부당한 생각이다. 매기는 악의적인 성격이 아니다. 아닌가?

잭의 사진.

나는 패배감을 느끼며 다시 임신부용 청바지를 꿰입고, 배가 불렀던 자리 위로 이제는 헐렁해진 허리를 한 번 접어 내렸다. 엉덩이는 아직도 약간 조였다. 상의로는 크리스마스 파티 때 입었던 반짝이는 재질의 푸른색 스웨터를 입었다.

매기가 색만 바꿔서 산 바로 그 스웨터지.

나는 스펀지에 파운데이션을 묻혀 눈 밑의 다크서클과 볼의 홍조를 가리고, 액체 아이라이너로 눈꺼풀에 아이라인을 그렸다. 예전에는 일주일에 엿새는 아이라인을 그렸지만, 라일라가 태어난 뒤로는 손도 대지 않았다. 뚜껑 주위로 액체가 굳어 있어서 열기가 힘들었다. 추억으로 빠져들어가는 기분이었다.

내가 예전보다 뚱뚱해졌다는 사실에는 신경 쓰지 말자. 닉은 지난 몇 달간 내 민낯만 봤으니 이렇게라도 찍어 바른 내 노력을 고마워할 것이다. 비록 그 노력이 예전보다는 더 힘들게 느껴졌지만.

매기가 현관에 도착했을 때 우리는 링 위의 두 권투선수처럼 서로의 주위를 맴돌았다. 비록 우리가 서로의 감정에 대한 이야기를 피하기는 해도 그걸 완전히 무시할 수는 없었다. 매기를 직접 보니 도저히 내 라이벌을 축하할 수가 없었다. 매기는 너무나 흥분한 상태였고, 싱싱하고 활기에 넘쳤다. 30분 전에 대충 옷을 맞춰 입던 나와 너무 비교돼 바라보는 게 고통스러울 지경이었다.

지금은 안 돼.

귓가에 위니의 목소리가 들렸다. 마음을 가라앉히고 평화를 가져다주는 위니의 옛 충고였다. 내 생각과 약간의 거리를 두라는 뜻이기도 했다.

"다시 한번 고마워요!"

매기가 현관에 개버딘 트렌치코트를 거는 동안 나는 거짓말로 감사 인사를 했다. 매기의 베이지색 트렌치코트는 오래전, 지저분한 회사 옷장에서 내가 찾아낸 것과 비슷했지만 매기의 옷은 티끌 하나 없고 빳빳한 새 옷이었다.

내게 가장 소중한 존재인 아기를 내게 두 번째로 소중했던 내 커리어를 망쳐버린 여자에게 맡겨서는 안 된다고 몸 구석구석이 소리를 질러댔다.

지난번에 꿨던 꿈이 떠올랐다. 끝없이 긴 계단 위에서 누군가 내 머리 위로 라일라를 다른 사람에게 건네줬다. 나는 머리를 흔들어 그 생각을 떨쳐내고 기계적으로 미소 지었다.

"라일라는 침대에 누워 있어요. 아마 거의 잠들었을 거예요."

나는 계단 밑에서 위층을 향해 귀를 곤두세웠다. 희미하게 흥얼거리는 소리가 들렸다. 하나는 높고 하나는 낮은 두 개의 음이 계속 반복됐다.

"잠들기 전에 저렇게 잠깐 노래를 해요."

나는 라일라를 향한 사랑으로 목이 멨다.

매기는 나와 같은 심정이라는 듯이 가슴에 손바닥을 올렸다. 라일라는 우리 둘이서 자리싸움을 할 필요가 없는 유일한 화제였다. 자기 자신에게 자장가를 불러주고, 내가 거실에 설치해둔 작은 모니터 속에서 몸을 앞뒤로 흔들어대는 라일라를 우리 둘 다 사랑했다.

"누가 찾아와도 절대 문을 열어주지 말아요."

내가 불쑥 말했다.

"절대 누구도 집에 들이면······."

"걱정 말아요."

내가 현관 밖에 깔린 테라코타 타일을 내딛자 매기가 한 손으로 현관문을 닫으려 하며 말했다.

"어서 가요! 환상적인 데이트를 즐겨요! 코가 삐뚤어지게 마셔봐요! 고등학생들처럼 진한 키스를 하라고요!"

나는 고등학교 때도 진하게 키스한 적이 없어. 웃음을 참느라 바빴지.

9

매기

 매기는 마고의 등을 떠밀다시피 해서 집 밖으로 쫓아냈다. 외출하는데 저렇게 풀이 죽은 사람은 본 적이 없었다. 매기는 우주 공간에 있거나 수도원에 있거나 코마 상태에 있다고 해도 금요일 밤이 되면 몸의 모든 세포가 그 사실을 알아차릴 터였다. 오로지 그날을 위해서 살기 때문이다. 물론 남의 아이를 봐 주기로 했을 때는 제외하고.
 매기는 집 안에서 보내는 금요일 밤이 밖을 쏘다니고, 새로운 음식을 맛보고, 새로운 장소에 가고, 그 모든 게 너무 재미있어서 킬킬거리는 밤만큼이나 매력적으로 느껴지는 건 자신이 요즘 들어서 성숙해졌기 때문이라고 생각했다. 하지만 사실은 그저 마고의 집에 머무는 게 좋았다. 캐스의 집에서 보내는 금요일 밤은 상대적으로 덜 매력적이었다.
 마고의 집에 들어서면 편안했다. 집 안은 너무도 차분하고 조용했으며, 아주 아늑하고 가구가 잘 갖춰져 있었다. 어른의 집이었다. 통통한 쿠션에서부터 장인이 만든 온갖 종류의 세라믹 접시, 집 곳곳에 설치해둔 에디슨 전구의 따뜻한 노란색 불빛에 이르기까지 이 집은 모든 게 넉넉했다. 반면 매기와 캐스는 보기 싫은 형광등 불빛과 이글거리는 할로겐램프 불빛 아래서 살았다.

지난번에 라일라를 봐줬을 때 매기는 잠시 자신이 이 집의 주인인 양 돌아다녔고, 물건을 집어 들었다가 다시 내려놓기도 했다. 따라서 금요일 밤을 마고의 집에서 보내는 게 전혀 싫지 않았다. 사실 마고와 닉의 침대에 살짝 누워보기도 했다. 침대가 얼마나 푹신한지 보기 위해서였는데 마시멜로 위에 누운 기분이었다.

침대 위에 깃털 이불을 깔고 그 위에 모서리가 고무 밴드로 된 시트를 씌운 터라 구름 위에 누운 그리스 신이 된 것만 같았다. 마고는 대체 어디서 이런 요령을 배웠을까? 매기는 패션 위크에 뉴욕의 세련된 부티크 호텔에 머물면서 그들이 침대를 그렇게 정돈한다는 걸 알게 됐다. 마고도 그렇게 알게 됐을까? 뉴욕 호텔에서 그 사실을 알게 된 순간이 매기에게는 그해에 있었던 놀랄 만한 사건 중 하나였다.

그 뒤로 매기는 특권층들이 삶의 질을 높이기 위해 사용하는 일상의 요령을 많이 알게 됐고, 작은 수첩에 적기 시작했다. 스크램블드에그를 만들 때는 크림을 넣고, 작은 알갱이가 들어간 식물성 손 세정제를 사용하면 비누질을 하는 동안 잠깐 손을 마사지할 수 있고, 새틴으로 만든 베갯잇을 씌우면 자는 동안 머리가 부스스해지지 않는다. 이런 걸 적는 행위는 너무 초라해 보였지만 상류 사회의 세부 사항들을 기록해두는 게 중요했다. 나중에 평범한 삶으로 되돌아갔을 때 잊지 않기 위해서.

매기는 한숨을 쉬었다. 칼럼을 맡은 건 잘된 일이고 기쁜 일이지만, 어쨌든 마고가 복직하면 패션 에디터라는 자리를 빼앗길 터였다.

10

마고

닉과 만나기로 한 술집이 있는 번화가로 10분 만에 갈 수 있는 지름길을 재빠르게 걸어가다 보니 기분이 이상했다. 혼자 외출하는 게 정상으로 느껴지는 날이 올까? 부담 없이 외출하고, 오늘 밤에 집에 들어갈지 새벽에 들어갈지도 모르고, 내가 원하면 언제까지나 밖에 있어도 되는 날이 올까?

예전에 딱 한 번 그런 적이 있었다. 창고를 불법으로 개조해서 만든, 바닥이 맨땅으로 된 클럽에 주말 내내 처박혀 있다가 일요일 아침 8시에 위니의 집으로 찾아갔다. 나는 반복적으로 쿵쿵거리는 베이스 소리에 맞춰 폐쇄된 선로에서 이틀간 춤을 춘 터라 온몸이 흙으로 뒤덮여 있었다. 위니는 내가 겁에 질린 토끼 같아 보인다면서 서둘러 샤워실로 밀어 넣었고, 샤워를 마치고 나온 나를 위로해줬다. 내 두려움이 터무니없다는 걸 설명해주기 위해 찰스와 만나기로 한 오후 약속까지 취소했다. 왜냐하면 위니는 내 두려움을 너무 잘 알았고, 그걸 어떻게 달래야 하는지도 알았기 때문이다.

  하지만 이번 주 일요일 아침 8시에 내가 어디에 있을지 나는 정확히 알고 있었다. 라디오를 틀어둔 채 라일라가 먹을 바나나를 으깨고 있을 것이다. 10년 전, 클럽에서 춤을 추던 내가 오랫동안 거부한 생활이었지만, 모퉁이를 돌아 튀는 색으로 머리를 염색하고 물 빠진 청바지를 입은 깡마른 20대들로 붐비는 보도에 들어선 순간 나는 그 아침이 더 편안하게 느껴졌다.

  남편이 약속 장소로 정한 술집은 내가 마지막으로 밤에 외출했을 때만 해도 없었다. 그러니까 라일라보다 어린 셈이었다. 우리 집 근처는 이런 가게들로 바뀌어갔고, 또 이런 가게가 성업했다. 마르고 똑똑한 젊은 남녀가 운영하는, 새롭고 독특하며 별 장식 없이 벽의 거친 벽돌이 그대로 드러난 가게들. 백색 도료를 발라 예전에 있던 상점 로고는 진작에 사라진 가게 앞면은 피어싱을 하고 커피와 술에 열정이 있는 말라깽이가 말끔히 닦아놓았고, 여러 겹의 벽지와 페인트 밑의 벽은 이 건물이 예전에 무엇으로 쓰였는지 보여줬다.

  페인트와 벽지가 벗겨지는 벽은 내 튼 살을 연상시켰다. 만약 어떤 힙스터가 내 몸에 가게를 짓는다고 한다면, 내가 지금까지 구현해서 쌓아 올린 모습 아래서 진정한 나를 발견할 수 있을까?

  나는 네가 무슨 짓을 했는지 알아.

  뜻밖의 생각이 떠올라 나는 움찔했고, 술집 문을 밀려다가 손을 뗐다.

바보 같은 생각 하지 마. 넌 노파가 아니야. 최근까지 패션지에서 패션 에디터로 일한 사람이라고. 그러니까 그냥 들어가.

닉이 바에 앉아서 나를 기다리고 있었다. 그의 앞에는 로즈메리 가지로 장식한, 이슬 맺힌 유리잔 두 개가 놓여 있었다. 내가 로즈메리 냄새를 좋아한다는 걸 닉은 알고 있었다. 라일라의 이름은 로즈메리가 될 뻔했다. 내가 그의 팔에 손을 올리자 닉이 근심이 가득한 얼굴로 돌아보더니 환하게 웃었다.

"왔어?"

닉은 몸을 앞으로 내밀어 내게 키스하고, 한 팔로 내 허리를 감아 자기 쪽으로 끌어당겼다. 태평한 사람들이 맥주를 홀짝이며 이야기를 나누고 있었다.

"이런 분위기 기억나?"

기억이 났다. 오랫동안 접촉이 없다가 살갗에 느껴지는 감촉이나 몇 년 동안 듣지 않았어도 떠올릴 수 있는 음악처럼 감각을 통해 떠오르는 기억이었다. 큰 소리로 듣지 않아도 위니가 내게 녹음해줬던 믹스 테이프 속 노래들을 다 알고 있듯이.

이 장면은 기억했지만 나도 이 일부라는 느낌은 없었다. 나는 남편 옆 스툴에 가방을 내려놓고 화장실로 가서 오늘 밤을 망치지 않겠다는 주문을 되뇌었다.

자리로 돌아왔을 때 마음속에서 맨 위에 있던 생각이 불쑥 튀어나왔고, 눈에 눈물이 맺혔다.

"모프가 매기에게 칼럼을 맡겼어."

나는 스툴에 앉아 차가운 유리잔에 든 칵테일을 한 모금 마셨다.

"너무 처참한 기분이야. 어쩔 수가 없어. 매기를 위해 기뻐해야 한다는 건 알지만 속상해."

"그거 짜증 나는 일이네."

닉이 한 팔로 나를 감싸며 말했다. 하지만 그의 목소리는 전혀 짜증 나게 들리지 않았다.

"당신은 훌륭한 칼럼니스트가 됐을 텐데. 하지만 매기는 매달 칼럼 하나만 쓰고, 나머지 시간은 프리랜서로 일하는 거잖아. 당신은 매일 그 현장에 있는 거고. 그 자리는 여전히 당신이 꿈에 그리던 직업이야. 기억해? 변한 건 없어."

"매기가 나보다 낫다는 거잖아. 나보다 매기를 더 좋아하는 거야. 매기는 나보다 더 예쁘고 더 멋져."

나는 중얼중얼거렸다.

"마고, 그만해."

닉은 금세 냉담해졌다.

"그런 생각 하지 마. 정신 건강에 좋지 않아. 매기는 그저 당신이 떠나 있는 동안에 그 일을 대신하는 것뿐이야. 당신이 복직하면 그 일은 다시 당신이 하게 될 거고, 그럼 이 분노도 다 사라질 거야. 그래야 해. 왜냐하면 매기가 팀과 잘되고 있으니까 앞으로도 계속 우리 옆에 있을 테니까······."

닉은 자신의 잔에 놓인 로즈메리 가지를 바라보며 정육면체 얼음들 사이에서 가지를 꺼냈다가 다시 술에 넣었다.

"매기에 대한 당신의 집착이 어디서 시작됐는지 모르겠어."

닉은 잠시 말을 멈췄다.

"사실, 짐작은 가. 오늘 밤에 이 얘기는 안 하려고 했는데 이렇게 됐으니…… 위니 소식을 들었어."

갑자기 몸이 차가워지더니 바로 옆자리에 앉은 닉의 목소리가 저 멀리서 들리는 듯했다. 나는 핸드백의 황동 장식을 만지작거렸다.

"찰스가 토요일에 집 근처에서 당신을 봤다고 하더군."

닉은 양팔을 옆으로 벌렸다. 당혹스럽다는 표현이었다.

"그날 스피닝 수업 간 거 아니었어? 그 수업 듣고 싶어 했잖아. 위니네 집에는 왜 간 거야? 두 사람을 염탐하려고?"

나는 숨이 멎었다. 닉이 어디까지 알고 있나 걱정돼 몸이 오그라들었다. 순간적으로, 아주 찰나였지만 위니가 전부 다 말했나 하는 생각까지 들었다. 닉에게 말하겠다던 여러 차례의 협박을 실행에 옮겼을까? 지난 몇 년간 위니가 그런 협박을 할 때마다 나는 울고 불며 그러지 말라고 사정했고, 말하지 않는 조건으로 위니와 협상했다.

맞다, 나는 그 주말에 위니의 집에 갔다. 위니와 말하고 싶지는 않았고, 초인종을 누를 생각도 없었다. 내 마음에서 너무도 큰 자리를 차지하는 위니여서 저절로 발걸음이 향했다. 집 밖에서라도 뭔가 달라진 것은 없는지, 슬픔의 흔적이 드러나지는 않는지 확인하고 싶었다. 집 안에 있는 위니와 찰스를 보면서 그들이 요즘 끈질기게 떠오르는, 분노와 앙심에 가득 찬 캐리커처가 아니라 그냥 평범한 사람이라는 사실을 상기하고 싶었는지도 모른다.

위니의 메시지가 우리의 우정을 끝장낸 뒤로 내가 매일 그 집을 얼쩡거리지 않으려고 얼마나 안간힘을 썼는지 닉은 모른다. 한편으로는 내가 그냥 위니를 찾아가기를 바라기도 했다. 토요일에 그 쓸모없고 무의미한 스피닝 수업을 마친 뒤에도 내 기분은 전혀 나아지지 않았고, 6개월이나 낭비한 끝에 결국은 위니의 집으로 갔다. 나는 가랑비를 맞으며 위니네 집 진입로 끝에 있는, 바퀴 달린 대형 쓰레기통 뒤에 5분간 숨어 있다가(적어도 나는 숨었다고 생각했다) 저 칙칙한 집은 어떤 위로도 줄 수 없다는 걸 깨달았다. 내게든, 저 안에 사는 부부에게든.

"찰스와 연락하고 지낸단 말이야?"

내가 물었다. 통렬한 배신감이 느껴졌다.

왜? 위니가 나와 연락을 끊고, 그 일로 내가 얼마나 화가 났는지 알면서도 어떻게 그럴 수 있지? 그리고 왜 나한테 말 안 한 거야?

"그냥 당신을 봤다는 문자를 보낸 거야. 솔직히 말해서 당신을 걱정한 것 같아. 좀 이상한 행동이잖아. 대체 뭘 하려고 그 집에 간 거야?"

나는 한숨을 쉬며 휴대전화를 꺼냈다.

"그냥 갔어. 나도 몰라. 멍청한 생각이었어. 이제 그만 레스토랑으로 가자. 매기에게 전화해서 별일 없는지 확인해야겠어."

하지만 내가 매기의 전화번호를 찾으려고 휴대전화 화면을 넘기자 닉이 손을 뻗어 말렸다. 그의 눈에는 다시 사랑과 진심이 담겨 있었다.

"아무 문제 없어, 마고. 걱정하지 마. 매기는 감자칩을 먹으면서 텔레비전이나 보고 있을 거야."

그럴 것이다. 매기는 우리 집 소파의 통통한 쿠션에 기대앉는 걸 무척이나 좋아했고, 우리 집이 자기 집보다 훨씬 편하다고 했다. 아마 지금도 가장자리에 짧은 술이 달린 쿠션을 끌어안고 있을 것이다. 지난 일요일에 브런치가 끝난 뒤에 그랬듯이. 내가 매기에게 잠시 애정 비슷한 감정을 느끼는 순간, 닉의 다음 말이 거기에 찬물을 끼얹었다.

"게다가 근처에 친구가 사는데 그 친구가 집에 들러서 함께 있어줄 거라고 했어."

11

매기

마고의 침대는 너무 편해서 문제였다. 매기가 눈을 떠보니 방에서 햇살이 사라졌다. 매기는 일어나 앉아 양 관자놀이를 문질렀다. 무슨 이유에선지 위니가 생각났다. 위니는 매일 아침 잠에서 깨면 잭의 죽음이 가장 먼저 떠오를까?

매기도 슬픔과 사별을 겪었지만 위니가 겪는 아픔과는 비교도 되지 않았다. 조부모님과 나이 많은 친척 어른들, 부모님이 평생 알고 지낸 친구들이 돌아가셨지만 그 죽음은 자연의 이치였다. 슬픔과 종종 강렬한 상실감을 느끼기는 해도 시간이 지나면서 희석됐고, 나이가 들면 죽음을 피할 수밖에 없다는 냉철한 논리가 위로되기도 했다.

대학에 다닐 때 기숙사 같은 층에서 지낸 친구가 1학기 때 교통사고로 죽었다. 18년간 안전하게 지내던 집을 떠난 뒤 한 달 만에 일어난 일이었다. 린지 디즈. 다정한 아이였지만 매기와 친하지는 않았다. 만약 그 애가 여전히 살아 있다면 매기는 과연 그 이름을 기억했을까? 옆으로 탄 가르마며 쪽 고른 하얀 이와 같은 세부 사항을 그렇게 자세히 기억했을까? 이른 나이에 죽은 사람들은 그렇게 강렬하게 뇌리에 남는다. 그 친구의 죽음은 젊은 나이에도 죽을 수 있다는 사실을 매기가 가장 가까이에서 겪은 경험이었다.

위니와 남편이 서로를 이해하기 힘든 게 당연했다. 매기는 그들이 함께 다음 단계로 나아갈 수 있기를 바랐다. 남편에게 많이 의지한다고 말할 때 위니의 표정을 봤기 때문이다. 매기는 오랫동안 혼자 지내며 옆 탁자에 앉은 커플과 손을 잡고 나란히 걷는 커플, 지하철에서 서로의 어깨에 머리를 기댄 커플을 부럽게 바라보던 마음 아픈 경험 덕분에 그런 사랑이 자주 오지 않는다는 걸 알고 있었다. 평생 한 번도 경험하지 못하는 사람도 있다.

매기는 새로운 친구가 이 슬픔을 극복하도록 어떤 식으로든 도울 터였다.

침실의 차가운 공기에 몸을 부르르 떨며 매기는 단단한 매트리스에서 내려왔고, 라일라의 방문을 열고 들여다봤다. 라일라는 부드럽게 코를 골며 자고 있었다. 매기는 흡족한 마음으로 아래층으로 가 모니터가 잘 켜져 있는지 확인하고 위니가 오기를 기다렸다.

12

마고

"친구라고?"

나는 닉에게 물었다. 눈에 보이지 않는 압박붕대로 머리를 감은 듯 양쪽 관자놀이가 조여들면서 피가 머리로 몰리는 것 같았다.

안 돼. 안 돼. 안 돼. 위니가 오려는 거야.

위니가 라일라와 찍어서 보낸 셀카, 위니와 매기가 현재 페이스북 친구라는 사실, 우리 집 현관 앞에 놓인 믹스 테이프. 이 모두가 한 가지 사실을 가리켰다. 위니가 집에 점점 가까워지고 있었다. 나의 집에.

우리 집에서 열린 그 많은 행복한 행사에 숱하게 참여한 위니. 우리가 전 주인에게서 열쇠를 받던 날, 좀이 슨 낡은 카펫과 축축한 자국이 있는 벽 외에는 아무것도 없는 방에서 플라스틱 컵에 싸구려 샴페인을 따라 축배를 들던 위니. 나도 임신했다는 소식을 알리며 죽마고우의 부푼 배 위로 그녀를 끌어안던 날에도 위니는 우리 집에 있었다.

우리 집에 있다 못해 이제는 내 머릿속을 떠나지 않는 위니. 왜냐하면 오래전 위니는 그날, 그 자리에 있었고 우리 둘 다 그 일을 비밀로 하기 위해 서로에게 의지했기 때문이다.

하지만 잭이 죽었을 때 사라졌다가 상처받고 적대적으로 다시 나타난 위니가 먼저 그 유대관계를 깨버렸다. 나는 달라진 위니, 상대를 닦달하고 혐오하는 위니를 잘 알았고, 그런 위니가 무서웠다. 예전에는 나 때문에 무서웠지만 지금은 라일라 생각밖에 할 수 없었다.

라일라, 나의 라일라가 매기와 함께 집에 있었다. 이미 직장에서 나를 망신시키고, 무슨 꿍꿍이인지는 몰라도 이제는 위니를 데려와 내게 해를 입히려는 매기와.

"집에 가야겠어."

나는 자리에서 일어나 코트를 입은 다음, 문에 달린 종이 귀에 거슬리게 딸랑거릴 정도로 문을 벌컥 열어젖히고 밖으로 나갔다.

거리는 내 마음만큼이나 번잡했다. 나는 발걸음을 재촉해 천천히 뛰다시피 했다. 임신 3개월 이후로 이렇게 빨리 걸은 적이 없었다. 임신 3개월이 되면서 입덧과 숨이 차는 증상 때문에 달리기를 그만둬야 했다. 지금은 거의 매일 유모차에 탄 라일라와 산책을 하는 공원에서 규칙적으로 달리기를 하던 터였다. 체력을 키우려고 더 열심히 노력하지 않은 내가 저주스러웠다.

너는 네 아이를 보호할 수 없어. 노력하지 않았으니까.

너무 숨이 차서 다시 빠른 걸음으로 걸어야 했다. 빨리 걸으려다 보니 이상하게 발이 꼬여 더 느려지는 듯했다. 걸어가면서 주기적으로 휴대전화를 확인했다. 혹시 내가 집을 나선 뒤로 매기가 페이스북이나 인스타그램에 뭐라도 올렸을까 싶어서였지만 아무것도 없었다.

출산 초기에, 그것도 아직 동이 트지 않은 새벽이면 이 휴대전화가 매기에 대한 나의 분노를 얼마나 부추겼는지 기억났다. 나는 내가 가장 약하고 무엇이든 잘 흡수할 수 있을 때 매기를 감시하기 위해 온갖 SNS 주소를 외워뒀다.

마치 꿈속에 있는 듯 발은 땅에서 잘 떨어지지 않았고 내가 어디로 향하는지, 거기서 무엇을 보게 될지 알 수 없었.

위니는 절대 라일라를 해치지 않을 거야.

나는 위니가 나도 절대 해치지 않을 거라 믿었다. 하지만 헬렌의 일이 있은 뒤 위니는 나를 부드럽게, 미묘하게, 하지만 끊임없이 협박하고 위협했다.

모퉁이를 돌자 길이 넓어지면서 마을 공터, 그리고 내가 매일 라일라를 태우던 그네가 나왔다. 황혼 속에서 그네는 텅 빈 채 조용히 매달려 있었다. 이제 집까지 5분 남았다.

손에 쥔 휴대전화가 진동하더니 닉의 번호가 떴다. 액정에 뜬 번호에서 나를 위로해주는 그의 얼굴과 나를 끌어안은 그의 강한 팔이 보였다. 마치 그 얼굴과 팔이 숫자로 이뤄졌다는 듯이.

"마고, 지금 대체 뭐 하는 거야?"

내가 전화를 받자 닉이 소리쳤다.

"위니야!"

나는 울먹이며 말했다.

"위니가 매기와 함께 있다고! 매기가 그…… 죽은 잭의 사진을 우리 집에 남겨뒀어. 컴퓨터에. 위니가 부탁한 거야. 근데 이제 위니가 우리 집에 있다고!"

전화기 반대편이 조용했다. 숨을 들이쉬는 소리가 나더니 닉이 무슨 말을 하려다가 멈췄다. 마침내 닉이 말했다.

"마고, 그건 나야."

닉이라고 알아차릴 수 없을 정도로 차갑고 매몰찬 목소리였다.

"내가 컴퓨터에 그 사진을 저장했어."

13

매기

　매기는 자기도 모르게 정돈되지 않은 빈방을 한 번 더 들여다봤다. 마고도 인간이라는 걸 보여주는 그 방 안의 물건에 마음이 끌렸다.

　물건이 담긴 쇼핑백은 여전히 지저분하게 쌓여 있었다. 그 아래 바닥이 거의 보이지 않을 정도였다. 나무로 만든 위풍당당한 책상에는 거대한 컴퓨터 모니터가 있고, 그 옆에 닉의 서류가 쌓여 있었다. 내용물이 가득 들어 불룩해진 폴더와 플라스틱 서류가방에는 손으로 쓴 메모와 포스트잇이 붙어 있었다.

　매기는 방문을 닫고 아래층 부엌으로 갔다.

　지난번에 왔을 때 식탁에 놓을 그릇을 찾다가 작고 예쁜 그릇만으로 채워진 부엌 찬장을 발견했다. 대리석으로 된 그릇이 있는가 하면 손 모양 그릇도 있었다. 뻣뻣하면서 한쪽으로 기울어진 그릇도 있고, 그림과 금박 소용돌이를 그려 넣은 그릇도 있었다. 매기의 마음에서는 그 그릇들이 두 여자의 삶이 얼마나 다른지 상징적으로 보여주는 듯했다. 그녀와 캐스는 과자를 봉지째 먹는 반면에 마고의 과자는 고를 수 있는 그릇이 아주 많았다.

매기는 그릇을 부숴버리고 싶으면서도, 또 한편으로는 몰래 집에 가져가고 싶었다.

그러다 찬장 뒤쪽에서 중간 크기의 투박한 유리그릇을 꺼내 땅콩을 담아 거실로 가져갔다. 텔레비전을 켜고 쿠션이 잔뜩 놓인 소파에 앉으니 마하라자(인도의 왕을 부르는 칭호-옮긴이)가 된 기분이었다. 교외 왕국의 술탄. 셀카 제목을 그렇게 달면 좋겠다. 그걸 스크랩해두자. 나중에 멋진 칼럼이 될 것이다.

매기는 자신이 칼럼니스트가 됐다는 사실을 떠올리며 흐뭇하게 웃었다.

건성으로 보고 있던 시트콤에서 속사포로 내뱉는 대사, 그리고 SNS의 다양한 피드 알림음 소리에 최면이라도 걸린 듯 5분마다 한 번씩 휴대전화를 확인하느라 현관으로 다가오는 발소리를 알아차리지 못했다.

요란한 초인종 소리에 매기의 마음은 다시 마고의 집으로 돌아왔고, 위층에서 자고 있는 라일라가 간간이 몸을 뒤척이는 모습이 베이비 모니터의 흐릿한 화면 속에 비쳤다. 휴대전화의 시간을 확인해보니 마고가 떠난 지 한 시간이 약간 넘었을 뿐이다.

"위니가 왔네!"

매기는 텅 빈 거실에서 그렇게 외쳤다.

14

마고

 학교를 졸업한 뒤로, 헬렌이 추락한 이후로 그런 공포는 느껴본 적이 없었다.
 우리가 변해야 한다고 주장하던 헬렌. 자신이 전학 오기 전까지 우리가 지루한 삶을 살고 있었다는 헬렌의 주장 때문에 우리는 예전과 달라졌지만 사실은 헬렌이 오기 전에도 행복했다.
 닉과 나는 행복하게 살고 있었다. 최근에는 아니었지만. 나는 움찔하며 그 사실을 깨달았다. 이제 마음은 우리 부부가 함께 있던 장면들을 보여주고 또 보여줬다. 부정확하게, 그리고 다른 각도에서.
 잭이 죽은 뒤 나를 위로하고 달래주었던 닉의 모습, 육아에 지친 엄마의 뇌로 닉과 매기, 팀이 나누는 대화를 이해하려고 안간힘 쓰며 끼려고 노력했지만 결국 실패한 일, 내가 얼마나 불안한지 설명하는 동안 나를 바라보았던 분노에 찬, 그러나 분노를 참았던 닉의 얼굴.

내가 육아 휴직으로 회사를 그만두기 직전에 인터넷과 사무실에서 사람들이 자주 쓰던 신조어가 있었다. 요전 날 기사를 읽다가 그 단어를 발견하고 구글에서 검색해야만 했다. 그 말의 뜻이 기억나지 않았기 때문이다. 예전의 나라면 알았으리라.

가스라이팅: 타인의(주로 배우자) 심리나 상황을 교묘하게 조작해 자신의 정신 상태를 의심하게 만드는 행위. 예문: "그 드라마 1회에서 그녀는 남편에게 가스라이팅을 당했다."

닉의 대답을 들은 지금, 나는 그 단어가 생각나서 입술과 턱이 걷잡을 수 없이 떨렸다.

위니가 버린, 부서진 물건이 든 상자를 집 안으로 가져온 사람은 닉이었다. 나는 위니가 나에 대한 분노로 그 물건을 부쒔다고 생각했지만, 내가 미처 보기 전에 닉이 그랬을 수 있다. 닉은 내게 말도 하지 않고 찰스와 연락하고 지냈다. 또 팀과 매기를 우리 집에 자주 불러들인 장본인이기도 했다. 두 사람을 보면 내 기분이 어떨지 알면서도. 사실 넷에서 대화할 때 내가 요즘 따라잡지 못하는 분야로 화제를 돌린 사람도 닉이었다. 무엇보다도 닉은 내가 잡지사 일과 트롤의 공격으로 점점 더 힘들어하는 걸 지켜봤다. 그 트롤도 닉의 짓이었을까?

내가 고민을 털어놓을 때마다 닉은 내가 과민반응하는 거라고 누누이 말했다.

그게 모두 내 망상일까? 아니면 닉이 심어놓았을까?

그런 생각이 들자 나는 소리를 질렀다. 눈물이 흘러내렸다. 가슴이 아팠고 머리가 빙빙 돌았다.

"마고, 듣고 있어?"

잊고 있던 휴대전화에서 닉의 목소리가 들렸다. 나는 그저 송화구에 대고 끅끅대는 것으로 내 존재를 알릴 수밖에 없었다.

"내 말 들어봐."

닉이 화를 내며 말을 이었다.

"몇 주 전에 찰스가 내게 이메일을 보냈어. 그 일이 벌써 1년이 돼가잖아. 자기들이 찍은 잭의 사진으로 뭔가를 만들어달라고 부탁했어. 내가 그걸 컴퓨터로 보다가 제대로 창을 닫지 않은 모양이야. 정말 미안해. 그걸 보면 당신이 큰 충격을 받으리란 걸 알았는데."

닉은 잠시 뜸을 들이더니 다시 입을 열었다.

"그러니까 내가 한 거야. 매기가 아니라. 대단한 음모도 없었고, 비밀 작전도 아니야."

나는 거리에서 걸음을 멈춘 채 꼼짝하지 않았다. 내 남편이자 내가 세상에서 가장 사랑하는(라일라는 제외하고. 어차피 라일라가 일등인 이유는 라일라의 절반은 닉의 피가 흐르기 때문이다) 남자가 여러 가지 복잡한 방법으로 나를 조종해왔다는 건 그저 내 망상이었다.

너 완전히 미쳐가는구나.

"나도 지금 나갈 거야. 금방 가."

닉은 기분이 언짢은 듯했으나 화가 난 것 같지는 않았다. 다만 짜증과 실망감으로 목소리가 날카로웠다.

"빌어먹을 술값은 내야지. 나 좀 기다려줘."

닉이 아니라면……

"안 돼!"

나는 속도를 낸 터라 가쁜 숨을 내쉬며 외쳤다.

"어서 집에 가야 해!"

나는 휴대전화를 귀에서 떼고 달렸다. 집에 가야 했다. 나를 기다리고 있는 게 무엇이든지 간에, 위니가 내게 어떤 벌을 주려고 마음먹었든지 간에.

그렇게 오랜 세월을 미뤄두더니 마침내.

휴대전화가 다시 진동했다. 내 휴대전화에 저장되지 않은 번호가 보낸 문자 메시지였다.

"즐거운 밤 외출이 되기를 @hautemargot."

위니는 내가 집에 없는 걸 알아. 내가 라일라 곁에 없다는 걸 알아. 이런 메시지를 보낼 사람은 위니뿐이야.

나는 몸을 빙글 돌려 어깨 너머로 거리 좌우를 살폈다. 뭘 보는지, 또는 뭘 보리라고 기대하는지도 모른 채. 그러고는 마지막 블록을 달렸다.

15

위니

사람들이 온라인에서 하는 짓은 실생활에서 하는 행동과 아무런 연관이 없다. 온라인에서 말할 때는 상대의 표정을 볼 필요가 없기 때문이다.

16

마고

우리 집이 있는 길에 들어섰을 때 하늘은 완전히 캄캄했고, 길을 따라 늘어선 당당하고 늙은 나무들 가지 사이로 매서운 바람이 불었다. 벽돌을 쌓아 만든 정원 담 근처에 다가간 뒤에야 우리 집 대문이 활짝 열린 채 바람에 흔들리고 있음을 알았다.

내가 문을 안 잠그고 나갔나?

하마터면 보지 못할 뻔했다. 현관 계단에는 갈색과 노란색이 얼룩덜룩하게 뒤섞인 심플한 머리핀이 떨어져 있었다.

나는 곱슬거리는 적갈색 머리카락에 그 핀이 꽂혀 있는 걸 봤다. 손가락 사이로 그 핀의 차가운 감촉을 느끼며 뒤로 묶은 머리를 한 바퀴 돌려 올림머리로 만들기도 하고, 머리를 완벽하게 땋아내리는 동안 저 핀을 이로 물고 있기도 했다. 나도 저런 핀을 수없이 사용했지만 굵고 억센 곱슬머리라서 저 핀만 사용해야 하는 사람을 딱 하나 알고 있다.

저 핀은 마치 모헤어나 푸른색 아이섀도, 구식 옷, 푸른색 스타킹처럼 유행에 뒤처진 물건이었다.

그리고 위니의 물건이지.

위니가 여기에 왔다.

말하기 부끄럽지만, 아주 잠깐 안도감이 들었다. 닉이 틀렸고, 이 모든 게 내 머릿속 망상이 아니라는 사실에 안도했다. 지난 몇 달간 내가 걱정하던 것들, 끝없는 두려움과 늘 마음을 맴도는 협박은 내 머릿속을 벗어난 세상에서는 진지하게 들리지 않았다. 아기가 있는 여성의 감정은 결코 인정받지 못한다. 나는 그저 통제할 수 없는 한 아름의 감정에 시달리는 지친 초보 엄마일 뿐이었다.

하지만 그렇지 않았다. 내가 옳았다.

나는 허리를 숙여 핀을 집어 든 다음, 허리를 폈다. 뒤에서 바람에 대문이 쾅 닫히는 동안 몸이 떨리는 걸 참았다.

마침내 위니가 나를, 그리고 내 아이를 보러 왔다.

17

위니

슬픔은 사람을 미치게 한다. 가차 없는 불행의 끊임없는 자극과 한 방울씩 떨어지는 고통은 꺼버릴 수 없는 광고의 CM송과 같다. 여생 동안 머릿속에서 똑같은 노래가 계속 재생된다고 상상해보라.

18

마고

위니가 왔어. 매기는 어디 있지?

나는 몸을 떨며 조용한 현관으로 들어섰다. 거실 천장에 달린 둥그렇고 하얀 등이 환하게 켜져 있었다. 각도가 조절되는 나무로 만든 플로어 스탠드도 마찬가지였다. 텔레비전에서는 샴푸로 머리를 감는 여자의 광고가 나오고 있었지만 소리는 꺼져 있었다.

나는 두근거리는 가슴을 안고, 아무도 없는 조용한 거실을 지나 복도 끝에 있는 어두컴컴하고 인기척이 없는 부엌으로 향했다. 정원으로 이어지는 유리문에는 나를 바라보는 내 모습만 비쳤다.

"매기?"

아무 대답도 들리지 않았다.

나는 거친 숨을 몰아쉬며 잠시 침묵하다가 다시 불렀다.

"위니?"

다시 정적이 흘렀다.

닉 말이 맞을까? 내가 미쳐가고 있는 걸까?

그때 코를 훌쩍이는 소리가 들렸다. 훌쩍거리는 소리. 저건 라일라가 잠에서 깼을 때 나는 소리다. 하지만 너무 가깝다. 침실이 아니라 계단참에서 나는 소리였다.

계단 꼭대기의 어둠 속에서 한 형체가 떨어져 나왔다.

제발, 안 돼.

나는 다음에 벌어질 일을 알고 있었다. 알다마다. 거의 20년간 그 일을 되새기며 살았으니까.

19

위니

마고의 집에 갈 날이 다가오니 머릿속에서 들리던 소음이 갑자기 잠잠해졌다. 잭이 죽은 뒤 처음으로.

20

마고

 난간 뒤에 위니가 서 있었다. 오래전 헬렌이 나를 내려다봤을 때처럼.
 "라일라……."
 내 목소리는 마치 몇십 년간 말을 하지 않은 사람 같았다.
 나를 똑바로 바라보던 눈동자.
 "마고……."
 위니의 목소리는 다급하고 거칠었다. 위니가 앞으로 발을 내딛자 내게 다가오지 말라는 뜻으로 들어 올린 한쪽 손이 보였다. 나를 향해 뻗은 손가락이 떨리고 있었다.
 위니의 다른 팔에 안긴 작은 물체가 흐릿하게 보였다. 내 얼굴을 잘 알듯이, 저 물체가 부드럽고 따뜻하며 위니의 품에서 숨 쉬고 있으리란 사실도 알고 있었다.
 예전에도 위니에게서 저런 단호한 표정을 본 적이 있었다. 학창 시절에 처음에는 선생님이, 그다음에는 경찰이 우리에게 끝없이 질문을 퍼부었을 때.

추락할 때 들리던 비명. 바닥에 떨어질 때 나던 소리.

계단참은 그 옛날의 발코니처럼 높아 보였다. 한때 내 단짝이던 여자가 난간 너머로 라일라를 떨어뜨리면 설사 뛰어간다 해도 아기를 무사히 받을지 알 수 없었다.

"내 아기……."

나는 계단을 향해 한 발짝 내디뎠다.

"안 돼, 마고."

위니가 나직한 목소리로 최후의 통첩이라는 듯이 말했다. 그 말에 내 혈관 속 피가 차갑게 얼어붙었다.

"이 애는 네 애가 아니야."

위니가 말했다. 위니의 눈은 내게 초점을 맞추지 못하고 이리저리 움직였다. 광기가 번득이는 눈동자, 경련하듯이 실룩거리는 머리. 위니는 부정적인 에너지와 분노로 진동하는 듯했다.

나는 위니가 내게 얼마나 화가 났는지 알고 있었다. 자신은 아이를 잃었는데 아름답고 살아 있는 아이를 가진 나를 절대 용서할 수 없다는 사실도. 나는 조심스럽게 위니에게 다가갔다.

"안 돼!"

나는 겁에 질려 몸을 숙이며 양손을 들어 올렸다. 그저 위니를 달래주고, 내 딸이 괜찮은지 확인하고 싶었다. 라일라를 품에 안고, 쉬쉬 소리를 내며 달래주고, 아이의 콧방울을 입술로 쓸어주고, 아이의 부드러운 볼과 달콤하고 텅 빈 목덜미에 코를 비비고 싶었다.

"너도 아이를 원치 않을 거야."

위니의 목소리가 오싹할 정도로 부드러워졌다.

"우리도 필요 없어. 우린 둘만으로도 괜찮아. 다른 사람은 필요 없다고."

나는 어슴푸레한 복도에 서 있는 위니를 올려다봤다. 예전에 쏟아지는 햇살 사이로 헬렌을 보며 거짓으로 미소 지었듯이.

그 눈. 그 비명.

내가 헬렌에게 한 복수는 심장 박동이 채 한 번도 뛰지 못할 짧은 순간에만 기분이 좋았다. 헬렌이 그 스펀지 같고 썩은 난간 손잡이에 손을 올리자마자 나는 후회에 사로잡혔고, 패닉에 빠졌다. 그 순간은 시간이 그렇게 길어질 거라고 생각할 수 없을 정도로 길어졌다. 심장이 다시 정상으로 뛰었을 때 나는 다른 사람이 되어 있었다. 끔찍한 짓을 저지른 사람.

내 잘못이 아냐.

경찰이 사건을 종결했을 때 나는 모든 게 다시 좋아질 줄 알았다. 어린 내 마음은 미처 몰랐다. 뭔가가 산산이 깨지고 나면, 그 조각을 이어붙인 금은 영원히 남는다는 사실을. 그리고 다시 깨지기 쉽다는 사실도. 나는 헬렌이 전학 오기 전처럼 위니와 재미있게 지내기를 바랐으나 내게 돌아온 것은 순교자와 같은 체념의 태도로, 또 의무감으로 입을 굳게 다문 연민의 눈길이었다. 위니가 나를 참아준 이유는 헬렌의 사고에 죄책감을 느꼈기 때문이다. 위니가 나를 참아준 이유는 나를 보호하기 위해 거짓말을 했기 때문이다. 그리고 나는 위니가 무서워서 그 애를 기쁘게 해주려고 노력했다.

"여기서 뭐 하는 거야, 위니?"

내 귀에 들리는 내 목소리는 고음에 부자연스러웠다. 나는 평소와 똑같이, 태연하게 말하려고 노력 중이었다. 헬렌처럼.

"이제 그만 끝내야 해. 그 일이 너무 오랫동안 우릴 좀먹었어."

위니가 말했다.

"몇 달이나 연락도 없었잖아. 내 연락은 다 무시하고, 내게 물건을 보내고……"

나는 횡설수설했다. 나는 위니에게 라일라를 돌려달라고 애원하며 양팔을 뻗은 채 앞으로 나아갔다.

"오지 마! 더는 한 발짝도 안 돼!"

위니가 내 말을 잘랐다. 목이 졸린 듯한 고음의 목소리였다.

"그 트윗을 보낸 게 너라는 거 알아. 그 협박…… HelenKnows 라는 아이디……"

차분하던 위니의 눈에 광기가 서리고, 얼굴이 창백해졌다.

"제발, 부탁이야, 마고. 정말 미안해."

위니의 목소리는 애처롭게 들렸지만 나는 여전히 위니가 무서웠다. 위니가 저지를지도 모를 일이 무서웠다.

"네가 두려워해야 할 사람은 내가 아니야."

위니가 조심스럽게 말했다. 위니도 겁에 질려 있었다.

그때 인기척이 나더니 위니 뒤에 다른 형체가 보였다.

"내가 도와줄게, 윈. 이젠 힘들어하지 않아도 돼."

어둠 속에서 목소리가 들렸다.

21

매기

 초인종 소리를 들은 매기가 소파에 올려놓은 다리를 너무 빨리 내리는 바람에 옆에 있던 땅콩 그릇이 뒤집혀 땅콩이 사방으로 굴러갔다. 푹신한 소파의 많은 틈 사이로, 그리고 바닥으로.
 "어서 와요. 내가 인스타그램으로 빠져서 사라지기 전에 날 구해주러 왔네요."
 매기가 문을 열며 말했다.
 하지만 초인종을 누른 사람은 위니가 아니었다. 마고나 닉도 아니었다. 검은 머리의 남자가 어색하게 미소 지으며 현관으로 올라오는 계단에 서 있었다.
 1970년대 포르노 영화가 이렇게 시작하지 않나? 집을 잘못 찾아온 남자와 외로운 주부. 포르노 영화 아니면 공포 영화라고 매기는 생각했다가 자신의 지나친 상상력을 나무랐다.
 남자는 고개를 끄덕이더니 주먹 쥔 한쪽 손을 다른 손으로 감쌌다. 마치 차가워진 손을 녹이려는 듯이. 그러더니 입고 있던 검은색 후드 점퍼 주머니에 두 손을 집어넣었다. 후드 점퍼 아래에는 러닝용 짙은 남색 트레이닝 바지를 입고 있었다. 얼굴은 며칠 동안 면도를 안 한 듯 수염이 덥수룩했다.

"누구……?"

22

마고

"내가 도와줄게, 윈."

다시 목소리가 들렸다.

찰스, 다정한 찰스의 목소리였다.

하느님, 감사합니다.

"내가 당신을 도우러 왔어. 이 상황을 개선하려고."

찰스가 위니에게 말했다.

계단 위에서 찰스의 목소리가 들리자 가슴이 벅찼다. 찰스는 위니를 어떻게 달래야 할지, 어떻게 말려야 할지 알 것이다. 아무 잘못도 없는 내 딸을 어떻게 아내의 품에서 데려올지 알 것이다. 찰스는 늘 친절했고 인내심이 넘쳤다.

위니가 자세를 약간 바꿨다. 마치 남편의 말을 듣고 결심이 약해졌다는 듯이. 내가 느낀 공포심의 일부가 소멸됐다.

내 손가락은 라일라를 안고 싶어서 근질거렸고, 라일라가 칭얼거리는 소리가 들렸다.

"이건 옳지 않아, 찰스. 이렇게 해봤자 소용없어."

위니가 슬프게 고개를 저었다.

하지만 위니가 남편 쪽으로 몸을 돌리자 창문에서 떨어지는 한 줄기 달빛이 위니의 팔을 비췄다. 위니가 안고 있는 것은 테디베어였다. 라일라가 태어난 뒤에 우리가 선물로 받은 인형.

라일라가 아니었다.

23

매기

"안녕하세요."

남자가 느릿느릿하게 말했다.

"전 닉의 친구예요. 닉에게서 받을 물건이 있어서 왔습니다."

남자는 살짝 어지럽다는 듯이 미소를 지었고, 매기는 이 남자가 약에 취했나 의심스러웠다. 전에도 이런 디자이너들을 본 적이 있었다.

"아, 그러세요? 무슨 물건인가요? 닉이 두고 간다고 했나요?"

매기는 미소 지으며 문간에서 물러섰다.

매기가 홀스탠드를 돌아보며 닉이 두고 간 물건이 있는지 살피는 동안 남자가 집 안으로 들어와 현관문을 닫았다.

"제가 닉에게 의뢰한 사진을 찾으러 왔습니다. 봉투에 들어 있을 거예요. 제가 좀 가봐도……?"

남자는 후드 점퍼 주머니에서 한 손을 빼 계단 위를 가리키며 질문을 끝맺지 않았다. 매기는 폴더가 기억났다.

"아, 물론이죠. 제가 아까 봤어요. 가져다드릴게요."

하지만 닉의 친구는 이미 계단을 향해 걸어가고 있었다.

"제가 가져오죠. 빠진 게 없는지 확인해야 하거든요."

매기는 망설였다. 안 된다고 하면 무례한 행동이 될 테지만 이 남자가 2층으로 올라가 방을 뒤지게 내버려둬도 되는 걸까? 그러자 채 한 시간도 되기 전에 자기가 똑같은 행동을 했다는 사실이 기억났다.

매기가 뭐라고 대답할지 생각하는 동안 남자는 이미 두세 계단을 올라갔다. 가파른 계단을 재빨리 올라간 남자는 서재로 향하며 모퉁이를 돌아 사라져버렸다.

솔직히 말해서 좀 이상하다는 기분이 들었다. 매기는 고개를 갸웃하고 위층을 향해 귀를 곤두세웠지만 아무 소리도 들리지 않았다. 아직 30초밖에 지나지 않았다.

30초가 지나자 어떤 생각이 떠올랐다. 그 순간 탁자에 놓여 있던 베이비 모니터의 흐릿한 흑백 화면 속에서 뭔가가 움직였다.

마고는 아무에게도 문을 열어주지 말라고 했다. 또 아무도 집에 들이지 말라고 했다.

화면 속에서 아기 침대를 향해 뻗는 팔이 보였다.

너무나 말도 안 되는 일이라서 사실이라고 믿기지 않았다. 그 남자가 라일라의 방에 들어간 데에는 틀림없이 논리적인 이유가 있을 테지만, 매기는 자신이 뭘 하고 있는지 제대로 생각하기도 전에 서둘러 계단을 올라갔다. 아기방 문간으로 들어서

자 아기 침대 위로 몸을 숙인 검은 형체가 보였다.

매기는 최대한 큰 소리로 속삭이는 와중에도 무례하게 보이면 어쩌나 걱정했다. 누가 영국인 아니랄까 봐.

"조심하세요! 아기를 깨우지 마세요! 물건은 찾았나요?"

하지만 매기가 그렇게 속삭이는 동안 남자가 아기에게 불러 주는 노랫소리가 들렸다. 처음에는 자장가인 줄 알았는데 모르는 노래였다.

"아가. 아가."

남자가 부드럽게 노래했다.

매기는 어떻게 해야 할지 몰라서 숨을 죽인 채 서 있었다.

"위니가 널 아주 많이 예뻐해줄 거야."

남자가 노래했다.

위니? 왜 위니가 나오지?

남자가 누구든 간에 남자와 아기 둘 다 방해하지 않으면서 라일라의 상태를 확인하려는 동안 매기의 마음은 동요했다.

닉의 친구라는 이 남자…… 만약 그가 위니를 안다면 틀림없이 위니도 마고를 알 터였다.

매기가 〈오트〉에서 육아 휴직 중인 에디터의 대타로 일한다고 했을 때 위니는 왜 마고에 대해 말하지 않았을까? 매기가 아기를 봐줄 집 주소를 알려줬을 때도 왜 아무 말 하지 않았을까? 위니가 마고와 아는 사이라면 그 주소를 본 즉시 알아차렸을 것이다.

그나저나 위니는 대체 어디 있지? 아직도 안 온 건가?

복잡하게 얽힌 머릿속에서 다른 생각들을 침묵하게 하는 생각이 떠올랐다.

혹시 이 남자가…… 찰스인가?

남자는 허리를 폈고, 매기는 라일라가 계속 자는 걸 보고 안도했다. 아래층에 가서 다 물어볼 것이다.

이 남자는 약간 이상한 것뿐이야.

매기는 그렇게 결론을 내렸다. 지난번 펍에서 만났을 때 위니가 했던 말도 그런 뜻이리라. 비극적인 아들의 죽음에 그녀보다 찰스가 더 큰 영향을 받았다는 말. 매기는 아이를 잃은 저 아빠가 가여워졌다.

찰스는 몸을 돌려 그녀를 바라보더니 걸어 나왔다. 지금 매기에게 따라오라고 손짓하는 걸까? 매기는 계단참에서 이야기하자는 듯이 그쪽을 향해 고갯짓했다. 아래층 현관 불빛이 계단을 비췄다.

찰스는 방문을 나서지 않은 채 손을 뻗어 매기의 턱을 잡더니 회색 회반죽을 바른 뒤쪽 벽에 머리를 세게 박았다. 한 번, 두 번. 마치 그릇 옆쪽에 대고 달걀을 깨듯이 능숙하게.

24

마고

 마침내 찰스의 품에 안긴 라일라를 보자 숨이 막혔다. 달빛이 아기의 조그마한 얼굴, 찡그린 채 어리둥절한 얼굴을 비추자 찰스의 얼굴도 또렷이 보였고, 나는 뭔가 단단히 잘못됐음을 알 수 있었다. 평소 깨끗이 면도하던 그의 얼굴은 지난 며칠간 면도를 하지 않아 수염으로 뒤덮였고, 눈은 빨갛게 부어 있었다.

 "내가 당신을 위해 데려왔어, 윈."

 찰스의 목소리는 고음이었고 울먹이느라 긴장해 있었다. 마치 돌을 씹는 듯 발음이 불분명했다.

 "정말 사랑스럽네."

 위니가 밝게 대답했다. 숨을 헐떡이면서.

 "아기를 나한테 줄래? 그래야 나도 안아보지."

 "당신을 위해 데려왔어."

 찰스가 다시 한번 그렇게 말했다.

"상황을 개선하기 위해서."

찰스가 두 팔을 뻗으며 위니에게 다가가자 나는 작고 소중한 내 딸을 볼 수 있었다. 라일라는 자신이 침대 밖에서 대체 뭘 하고 있는지 의아해하며 몸을 조심스럽게 꿈틀거렸다.

"찰스……."

위니는 다시 찰스에게 천천히 한 발짝 다가갔다.

찰스는 위니를 바라봤다. 마치 자신이 왜 거기 있는지 기억해 내려고 안간힘을 쓰는 사람처럼.

위니는 멈춰 섰고, 그녀가 부드럽게 숨을 들이쉬는 소리가 들렸다.

"난 괜찮아, 찰스. 점점 좋아지고 있어. 이리로 와, 자기야. 라일라를 엄마에게 돌려주자."

찰스는 제자리에 그대로 서 있었다. 더 짙은 어둠을 배경으로 선 어두운 형체가 됐다.

"난 그냥 당신이 다시 행복해지면 좋겠어, 윈. 난 그냥……."

"당신 마음 알아."

위니가 조용하면서도 힘있게 말했다.

"우린 그렇게 될 거야, 자기야. 하지만 라일라는 우리 아기가 아냐, 찰스. 라일라는 마고의 아기야. 마고에게 돌려줘야 해."

위니는 두 팔을 뻗었다.

나는 위니의 저 목소리를 알고 있었다. 나를 보호하려고 거짓말하던 부드럽고 다정한 목소리였다. 동시에 혹시 위니가 나를 배신하진 않을까 하는 두려움을 내 안에 오래도록 심어놓기도 한 바로 그 목소리였다. 이제는 그 목소리에서 라일라의 구원과 내 구원, 심지어 위니의 구원까지 들렸다. 하지만 그 다정함 아래엔 걷잡을 수 없는 걱정이 스며 있었고, 나는 그녀가 아무리 숨기려 해도 알아차릴 수 있었다. 나는 그녀를 너무나 잘 아니까.

라일라와 함께 지내는 동안 나는 신생아를 돌보는 데에는 약과 책뿐 아니라 본능적인 직관도 필요하다는 걸 깨달았다. 성질내는 라일라를 달래줘야 할 때 나는 내 직관이 하는 말에 귀 기울이는 법을 배웠다. 그 직관이 지금 내게 위니의 말을 들으라고 했다.

내 몸의 모든 근육은 내가 소리 지르지 못하도록, 찰스에게 달려들지 못하도록 잔뜩 긴장하고 있었다. 내가 서 있는 곳, 제자리에 붙박여 있는 곳에서는 찰스의 피폐한 얼굴이 보였다. 그는 울고 있었다. 사람들의 선망을 받는 호화 아파트 설계자라는 직업을 가졌으며, 매사에 깔끔하고 정확한 찰스는 평소 모습과 딴판이어서 내 마음속에선 제대로 씻지도 못하고 후줄근한 초보 엄마로 보였다. 그의 뺨을 타고 눈물이 흘러내렸다.

나도 출산 초기에 딱 저런 모습이었다. 전에는 내가 어딘가 부족하다고 생각한 적이 한 번도 없었는데, 별안간 나를 온전하게 해준 뜻밖의 놀라운 선물인 아이가 생긴 뒤로는 아이와 떨어지기가 두려웠다. 잠시라도 이 아이를 내려놓으면 상실감에 빠졌다.

아기가 생기면 완전히 다른 사람이 돼. 다시는 예전으로 돌아갈 수 없어.

나는 임신 기간 내내 요구한 적도 없는데 사람들이 내게 해주던 말을 생각하며 씁쓸한 절망감을 느꼈다.

찰스가 불쌍하냐고? 아니. 찰스가 내 아기를 안고 있는 한 내가 그를 불쌍하게 여길 일은 없다.

위니가 찰스를 향해 다시 한 발짝 내딛는 순간, 내 뒤에서 현관문이 벌컥 열리더니 닉이 뛰어들어왔다.

"마고, 이게 대체……."

닉은 말문을 열었다가 찰스를 발견했다.

"거기 그대로 있어, 친구. 라일라를 데리고 뭐 하는 거야?"

조용히 해, 조용히 해, 조용히 해, 닉…….

남자 목소리가 들리자 찰스가 고개를 번쩍 들었고, 그의 얼굴에 나타난 절망감이 분노로 바뀌었다. 내가 육아 휴직 기간 내내 위니가 나를 향해 품고 있을 거라고 상상하던 미움과 분노, 질투가 모두 그녀의 남편 얼굴에 나타났다. 그제야 분명히 알 수 있었다. 내게 그 악의적인 댓글을 단 사람이 누군지, 우리 집에 믹스 테이프를 가져다 둔 사람이 누군지.

"친구 좋아하네."

찰스가 내뱉듯이 말했다.

"넌 개뿔도 몰라. 안 그래? 집에 있지도 않았잖아. 그저 최소한으로만 있었지. 기껏 3주? 3주가 끝난 뒤에는 다시 복직해버렸어! 넌 라일라를 잘 알지도 못해."

찰스가 내 아기를 안고 있지만 않았다면 나는 아마 손뼉을 쳤으리라. 닉은 뺨을 한 대 맞은 표정이었고, 나도 그랬다. 내가 남편에게 오랫동안, 매우 화가 나 있다는 걸 미처 몰랐다.

"찰스……."

패닉으로 빙글빙글 빠져드는 나를 여러 번 달래야만 했을 때처럼 위니가 나직한 목소리로 말했다.

"찰스, 자기야, 이제 집에 가자, 응?"

찰스는 계단 꼭대기와 현관이 내려다보이는 나무 난간 쪽으로 다가갔다. 그 틈에 위니가 그에게 몇 발짝 더 다가갔다.

"위니를 봐! 위니가 얼마나 힘들었는지 보라고!"

찰스가 흐느끼며 라일라를 난간 위로 휘둘러 위니를 가리켰다. 나는 심장이 오그라들었고, 목구멍 뒤쪽에서 나는 비명이 입술 사이로 튀어나왔다. 그러자 찰스가 다시 내게 주의를 돌렸다.

"당신! 그런 짓을 저지르고도 말이야! 당신은 이 아이를 가질 자격이 없어. 닉이나 당신이나 마찬가지야. 이 아이를 가질 자격이 없어!"

찰스는 아기를 들어 난간 밖으로 내밀었다. 라일라는 차분한 아기였다. 사람을 잘 믿었고 불안해하지 않았다. 닉과 나는 하루에도 몇 번씩 우리를 참아주는 라일라에게 고마워했다. 하지만 처음 보는 사람 손에 들려 있는 지금, 라일라는 마침내 뭔가 잘못됐다는 걸 깨닫고 씰룩거리더니 울기 시작했다.

두 번은 안 돼. 라일라는 안 돼. 제발. 라일라는 절대 안 돼.

25

위니

 나는 내 안전지대에서 한 주일의 근무를 마치고 퇴근하는 회사원들을 바라보며 몇 시간 동안 앉아 있었다. 그들은 그 지역 모퉁이마다 있는, 디킨스 소설에 나올 법한 이름을 달고 있는 술집의 반짝이는 바에 앉기도 전에 자기들이 마실 맥주와 와인에 대한 기대감으로 한껏 취해 있었다.
 학창 시절에 내 오랜 친구를 경찰에 넘길 수 없었듯이 나는 이제 마고의 집을 방문할 수 없었다. 나 자신이 역겨웠고 이런 상황에 지쳤다.
 우리는, 찰스와 나는 미래를 향해 다시 나아가야 했다. 잭이 돌아오지 않은 집, 내가 출산하러 병원에 간 날과 똑같은 상태로 남아 범죄 현장처럼 봉해진 아기방이 있는 집을 떠나 이사를 할 것이다. 어쨌든 헬렌에게는 그 방법이 효과가 있었다. 비록 부러진 뼈는 마음의 상처보다 더 빨리 치유될 테지만.
 집에 돌아와 보니 찰스가 서재 컴퓨터 앞에서 울고 있었다.

10년 전 이 집으로 처음 이사 왔을 때 벼룩시장에서 구입한, 노경관의 책상인데 찰스는 나뭇결이 그대로 드러난 표면에 머리를 대고 있었다. 그의 눈물은 책상 표면의 광택제 안으로 침투해 소금기가 있는 짙은 얼룩을 남겼다.

왜 우냐고 물을 필요도 없었다. 창백한 얼굴로 말없이 흔들의자에 앉아 벽을 멍하니 바라보는 나를 보며 찰스가 내 마음속 사정을 정확히 알듯이, 나 또한 찰스가 다시 그때의 감정에 휘말렸음을 알았다. 가끔은 그 일로 심하게 고통스럽다. 마치 그 사건을 다시 겪는 듯이. 마치 그 일을 받아들이려고 이미 많은 시간 노력하지 않았다는 듯이.

그래도 나는 찰스에게 왜 그러냐고 묻고 싶었다. 왜 컴퓨터 앞에 앉아 알지도 못하고 만난 적도 없는 사람들에게 독설을 퍼부으며 많은 시간을 보내냐고. 그러고 나면 속이 시원하냐고. 마고를 겁주면 기분이 좀 나아지느냐고.

찰스는 울면서 아니라고 인정했다. 그저 자신을 더 미워하게 될 뿐이라고.

찰스를 볼 엄두가 나지 않았다.

그 사건이 있고 나서 나는 억지로 건설적인 시간을 보냈다. 다시 세상으로 돌아오려고 체력을 회복하고, 머릿속을 정리했다. 반면 찰스는 자신을 고립시켰다. 나를 쫓아내고 컴퓨터 앞에만 앉아 인터넷으로 불행을 전파했다. 그 사건과 아무 상관도 없는 사람들을 조금이라도 더 기분 나쁘게 했다. 마치 자신의 고통을 증오의 작은 덩어리로 포장해 결혼식 케이크처럼 사람들에게 하나씩 나눠줄 수 있다는 듯이. 자신에게 아무것도 남지 않을 때까지.

어쩌면 나도 마고에게 비슷한 짓을 하고 있는지 몰랐다.

처음에는 찰스가 일방적으로 끔찍한 공격을 퍼부어 난장판을 만드는 상대 명단에서 마고의 이름을 보지 못했다. 마침내 보게 됐을 때는 찰스에게 비밀번호를 받아낸 뒤, 우리 둘 다 처방받은 진정제 두 알과 함께 그를 침실로 보냈다. 첫아기를 낳고 퇴원할 때 진정제를 받게 될 줄은 꿈에도 몰랐다. 나는 아기 속옷을 넣어 병원에 챙겨 갔던 가방에 장례식 안내서와 함께 진정제를 넣어 왔다.

"왜 염병할 마고는 행복해야 하는데?"

내 위로에도 진정되지 않은 찰스가 울부짖었다.

"왜 그 여자는 무사히 아이를 낳아야 하는 건데? 그럴 만큼 잘한 일도 없잖아. 그런 일이 마고에게 일어났을 수도 있다고."

잭을 잃고 슬픔에 빠졌을 때도 나는 그런 생각은 하고 싶지 않았다. 물론 그런 생각이 종종 들기는 했다. 하지만 철천지원수라고 해도 이런 일은 겪지 않기를 바랄진대 하물며 단짝은 말할 것도 없었다.

나는 찰스가 트위터에서 마고에게 단 댓글을 봤다. 마고의 몸무게, 외모, 잡지사에서 매기가 마고 역할을 얼마나 잘 수행하는지에 관한 내용이었다. 옹졸한 의견이지만 정곡을 찔렀다는 사실은 부인할 수 없었다. 찰스는 마고가 딱 고민할 만한 문제들을 골랐다. 마고는 뜨끔했을 것이다.

슬픔이 찰스에게 사춘기 여학생처럼 잔인해질 수 있는 상상력을 줬다는 사실이 놀라웠다. 사춘기 아이들이 서로를 함부로 대하는 이유가 사실은 모두 슬픔에 빠져 있기 때문이 아닐까? 아무런 위협이 없던 어린 시절과 그 시절의 순수를 잃고 슬퍼하는 것이다.

HelenKnows의 프로필에 내 빨간 머리가 아닌, 터무니없이 큰 선글라스가 떴을 때도 마고는 이 댓글을 내가 썼다고 생각했을까? 아마 마고는 내가 가엾다는 듯이 고개를 끄덕이고 어깨를 으쓱이며 사람들에게 "요즘 위니가 좀 힘들잖아"라고 말했을 것이다. 마치 별일 아니라고 설명하듯이. 그런 생각을 하자 이렇게 돼버린 내 삶에 갑자기 분노가 치밀었다.

나는 찰스가 한 짓과 내가 한 행동을 마고에게 사과해야 했다. 그리고 나면 우리는 영원히 갈라설 수 있으리라. 대학교 방학 때 한잔하거나, 크리스마스에 우연히 둘 다 본가에 내려갔을 때 잠깐 만나는 것 외에는 예의 바르게 멀어졌을 우정으로 남을 것이다. 그러다 아기가 생기면 언젠가 한번은 서로에게 축하한다는 짧은 메시지를 페이스북에 남기고, 다시 각자의 인생을 살아갔을 우정.

아이러니하게도 헬렌이 끝장내려고 안간힘을 썼던 그 우정이 오히려 헬렌 때문에 20년이나 더 지속됐다.

나는 찰스의 컴퓨터 속 탭을 하나씩 닫았고, 매번 쓸데없이 잔인한 그의 댓글을 보며 움찔했다. 내가 간직한 우리 아들에 대한 기억은 오로지 좋기만 하고, 세상에 의해 때 묻지 않았으며, 사람들에게 좋은 영향을 미친다고 생각한 터라 그로 인해 찰스가 이렇게 행동한다는 사실과 심한 부조화를 이뤘다.

잠시 뒤에 나는 일부러 눈을 게슴츠레하게 떴다. 세상에서 내가 가장 사랑하는 남자가 내뱉은 미움과 원망을, 그의 이런 악취미가 잭이 태어나기 훨씬 전부터 시작됐다는 사실을 외면하기 위해서였다. 찰스는 뉴스를 진행하는 여자 아나운서에게 어처구니없는 험담을 퍼부었고, 자신과 다른 정치인을 뽑은 남자에게 시비를 걸었다. 평소에는 부드럽고 친절했으며 지나칠 정도로 사려 깊은 사람이었다. 그가 온라인에서 이렇게 행동할 줄은 꿈에도 몰랐다.

어떻게 해야 찰스를 잘 타이를 수 있을지는 나중에 생각할 것이다. 한번에 하나씩 해결하자.

나는 책상의 튼튼한 중앙 서랍을 열고 마고의 집에 갈 때 필요한 물건을 찾아 뒤적거렸다. 마고가 근처로 이사 왔을 때 내게 준, 그녀의 집 열쇠 꾸러미였다. "비상시에 사용해." 그때 마고는 조금도 망설이지 않고 그렇게 말했다. 마치 우리의 우정이 비상시를 대비해 쌓은 게 아니라는 듯이. 마치 우리가 비상시를 대비해 오랫동안 하나로 묶인 게 아니라는 듯이.

마고에게 받은 물건을 돌려줄 때 이 열쇠도 함께 보낼 수 있었지만 나는 보내지 않았다. 그 이유는 생각하고 싶지 않았다.

나는 현관 옆 탁자에 놓인 세라믹 접시에 열쇠를 놓아두고 손으로 얼굴을 문질렀다. 관자놀이가 지끈거렸고, 머리는 물을 빼줘야 하는 라디에이터처럼 과부하 상태였다. 샤워를 하고 편안한 옷으로 갈아입어야겠다. 그다음, 소파에 앉아 한심한 텔레비전 프로그램으로 나를 씻어내릴 것이다. 마치 오늘이 여느 금요일 저녁이고, 나는 집에 혼자 있는 평범한 30대 여자이며, 위층에는 안정제를 먹은 남편이 아니라 아기가 자고 있다는 듯이.

 따뜻한 물로 샤워하는 동안 마고가 없었으면 내 인생이 얼마나 달라졌을지 생각했다. 마고를 안 본 지 벌써 열 달이 됐지만 마음은 전혀 가벼워지지 않았다. 나는 마고를 생각할 때가 많았다. 물론 잭을 더 많이 생각했지만.

 우리는 서로에게 아주 중요한 친구였다. 그러다가…… 어떻게 됐지? 나는 마고를 외면했다. 비유적으로 말하면 헬렌에게 끌려서였고, 또한 그 어두컴컴한 클럽에서 마고가 나를 필요로 하는 순간에도 말 그대로 그녀를 외면했다. 나는 그런 짓을 한 나를 지금까지도 용서하지 못했다는 걸 깨달았다. 하지만 그뿐만이 아니었다. 나는 그런 일이 일어나게 만든 마고도 용서하지 못했다. 사실 그건 마고의 잘못이 아니었다. 만약 헬렌과 내가 마고를 밖에 남겨두지 않았다면, 우리 모두 함께 집으로 가서 다음에 클럽에 다시 가기로 했다면, 부모님에게 말한 대로 거실에 모여 앉아 영화를 봤더라면 우리 셋은 어떻게 됐을까?

 나는 내일 아침에 마고에게 할 사과를 마음속으로 하나 더 덧붙였다. 내가 다음 단계로 나가고 싶다면 진작 했어야 할 사과였다. 오래전 마고 곁을 떠나고, 마고를 지켜주지 못해서 미안했다. 우리가 헬렌에게 그 발코니가 위험하다는 걸 제때 말하지 않은 게 전부 마고의 탓이자 태만의 죄라고 느끼게 만든 것이 미안했다.

오래전에도 나는 그저 침묵했다.

수도꼭지를 잠근 다음, 팔을 뻗어 선반의 수건을 집어 들었다. 그때 아래층에서 쿵쿵 소리가 났지만 빨래 한 무더기가 돌아가는 중인 세탁기가 기억났다. 이제 보니 저 세탁기 속에 든 찰스의 옷이 그가 트롤 짓을 할 때 입었던 옷이다. 조깅용 바지에 후드 점퍼. 서재에 처박히기 전에 찰스는 늘 그 옷을 입었다.

나는 그가 회사를 쉬는 몇 달 동안 건축 논문을 쓰느라 바쁜 줄 알았다. 예전에 재택근무를 할 때면 찰스는 늘 말끔한 셔츠와 치노 바지를 입을 정도로 매우 깔끔했다. 연애 초반에 나는 옷차림에 신경 쓰는 찰스가 좋았다. 반면 나는 항상 꾀죄죄했고 그나마 찰스 덕분에 신경 써서 입는다고 생각했다.

자식을 잃은 엄마가 됐다는 사실과 그로 인한 상실감에 빠진 나머지 찰스가 바뀌었다는 것을 알아차리지 못했다. 그가 지금 자고 있어서, 기력을 재충전하고 있어서 다행이었다. 이제부터는 우리 둘을 위해 최선을 다할 것이다. 더는 손쓸 수 없는 오래전 일이 드리우는 그림자보다는 우리 앞에 있는 일에 신경 쓸 것이다.

몸을 닦고, 보디로션을 바르고, 긴장 완화와 불면증에 도움이 되는 라벤더 오일을 관자놀이에 발랐다. 깨끗하게 세탁한 파자마 바지를 입고, 머리를 꼬아서 늘 쓰는 핀으로 고정한 다음, 티셔츠를 입고 침대 발치에 두고 온 카디건을 가지러 갔다. 잠든 찰스 옆을 지날 때는 발끝으로 걸어갈 작정이었다.

하지만 그럴 필요가 없었다. 이불이 젖혀져 있었고, 침대는 찰스가 누웠던 흔적만 남은 채 텅 비어 있었다.

나는 다시 계단참으로 나갔다.

"찰스?"

그의 이름을 불렀지만 정적만 흘렀다. 이제 세탁기 돌아가는 소리는 나지 않았다.

계단을 절반쯤 내려간 뒤에야 아침에 돌린 세탁기는 진작에 멈췄으리라는 걸 깨달았다. 아까 욕실에서 들은 쿵 소리는 현관문이 닫히는 소리였다.

처음에는 찰스가 어디로 갔을지보다 대체 어떻게 나갈 수 있었는지 생각했다. 내가 준 약을 먹고 인사불성이 된 상태에서 어딘가로 갔다고 생각하니 가슴이 철렁 내려앉았다. 더군다나 그 상태에서 운전이라도 한다면 하는 생각이 들자 몸 안의 피가 차가워졌다. 그러다 사고라도 나면…… 내 지친 심장과 눈물로 튼 볼은 더 이상의 상실을 감당하지 못할 것이다.

나는 탁자 위 열쇠를 놓아두는 접시로 달려갔고, 낡아빠진 우리 똥차의 땅딸막한 전자키가 그대로 있는 걸 보고 안도했다. 그런데 그 옆에 있던 마고의 집 열쇠, '마고의 집'이라고 쓰인 라벨이 붙어 있고 명품 쇼핑백에서 빼낸 그로그랭(뚜렷한 가로 골이 있는 천-옮긴이) 진청색 끈을 묶어둔 열쇠는 사라지고 없었다. 온몸이 차가워졌다.

이제는 찰스가 어디로 갔는지 알 수 있었다. 무슨 마음으로 거기 갔는지 차마 생각할 수 없었다.

26

마고

아기가 점점 더 내 머리 위로 떨어질 듯한 상황에서 나는 제자리에 붙박인 듯 서 있었다. 꿈에서처럼 몸이 얼어 있었다. 내 눈은 계단참에 서 있는 찰스에게서 떨어지지 않았다. 오래전 발코니에 서 있던 헬렌을 올려다보듯이.

제발.

그때 찰스 뒤에서 인기척이 났고, 양팔을 쭉 뻗고 있던 그가 옆으로 비틀거리며 중심을 잃었다. 마치 뭔가가 그를 들이받은 듯이. 계단참의 어슴푸레한 어둠 속에서 아기방에서 나온 연갈색 머리카락과 키 작은 형체가 보였다.

매기다.

충격으로 찰스의 몸이 뒤틀리자 그의 팔에서 라일라가 기울기 시작했다. 우리가 빨랫바구니에 빨래를 넣을 때처럼. 위니가 찰스를 향해 마지막 몇 발짝을 내디디며 돌진하는 게 보였다.

나는 오래전 남자의 손에 잡혀 자신에게 벌어지려는 일을 거부하지 못했던 한 소녀를 생각했다.

그 소녀도 위니가 구해줬다.

오래전에 위니가 클럽 사무실로 들어오지 않았더라면 어떻게 됐을지 생각하기도 싫다. 나의 오랜 친구인 위니의 피에는 용기가 흘렀고, 의리 있는 심장은 그 피를 몸 전체에 꾸준히 내보냈다. 그제야 위니가 얼마나 야위었는지, 슬픔이 튼튼하던 위니의 몸을 얼마나 망가뜨렸는지 깨달았다. 라일라에게 정신이 팔려 있는데도 나는 그 사실에 마음이 아팠다. 내 마음에는 언제나 위니를 위한 공간이 있었으리라.

아기, 내 아기는 몇 초간 허공에 떠 있다가 내 오랜 친구의 팔에 떨어졌다. 지난 세월 동안 많은 일을 겪으면서도 나를 숱하게 자신의 품으로 끌어안았던, 그 강하고 믿음직스러운 팔.

오래전 헬렌이 오기 전에, 잭이 태어나기 전에 우리가 어떤 사이였는지 기억났다. 우리가 얼마나 잘 맞았는지, 얼마나 즐거운 시간을 보냈는지, 얼마나 서로 믿었는지.

위니는 라일라를 해치러 온 게 아니라 구하러 온 거야. 나를 달랬듯이 찰스도 달래려고.

위니는 나와 잠시 연락을 끊었지만, 이제는 자신을 올려다보는 조그마한 얼굴을 바라보고 있었다. 라일라는 앞으로 몇 년 뒤에는 내 얼굴만큼이나 잘 알게 될 이목구비를 익히고 있었다.

찰스는 당황해서 팔을 휘저으며 중심을 잡으려고 했다. 그제야 아까 그의 목소리가 이상했다는 걸 깨달았다. 찰스는 약에 취해 있었다. 어떤 약인지는 몰라도 그 약 때문에 감각이 둔해지고, 움직임이 느려지면서 균형 감각도 사라진 것이다.

나는 몸이 흔들리고 비틀거리는 저 동작을 알고 있다. 저것은 추락하기 직전의 동작이다. 하지만 추락한 사람은 찰스가 아니었다. 둔탁한 탁 소리와 함께 그의 왼팔이 매기를 잡았고, 방금 전에 찰스를 들이받은 매기는 그에게서 몸을 떼어내려고 했다. 그러다 몸이 균형을 잃고 쓰러지면서 계단 맨 꼭대기에서 굴러떨어졌다. 아래층을 향해. 나를 향해.

맨 먼저 머리가 떨어졌고, 그다음에 어깨, 무릎, 정강이 순서로 떨어지다가 멈췄다. 매기는 닉과 내가 서 있는 계단 맨 아래층을 향해 우당탕탕 굴러 내려왔고, 쩍 소리와 함께 계단에 이마를 부딪혔다.

매기의 이름을 부르며 그녀 옆으로 달려가기 몇 초 전에 나는 잠시 내 손을 빠져나가는 미래를 높은 곳에서 바라보는 듯한 익숙한 느낌이 들었다. 미래가 이제 막 형성되기 시작한 패턴에서 벗어나 다른 방식으로 짜여나가는 느낌이었다.

나는 매기가 내게서 뭘 빼앗아가는지만 오래 골몰한 터라 그 대가로 그녀가 내게 뭘 줬는지는 전혀 알아차리지 못했다.

27

위니

고사리 같은 손이 내 손가락을 잡았다. 예전에 잭이 그랬듯이. 계단참의 어둠 속에서 라일라의 크고 푸른 눈이 나를 올려다봤다.

잭의 눈은 갈색이었다.

나는 다시 잭을 떠나보냈다.

28

매기

 그녀는 사람들 앞에 누워 있었고, 머리 옆으로 검은 웅덩이가 조그맣게 피어났다.
 금요일 밤을 이렇게 보낼 생각은 아니었는데.
 매기 주위로 신발이 모여들었지만 충격으로 인한 침묵 대신 말소리가 들렸다. 나직하고 부드러운 여자 목소리였는데, 그 차분한 권위에는 힘이 넘쳐흘렀다. 두 여자가 매기를 내려다보고 있었다. 한 명은 아기를 안았고, 다른 한 명은 그녀 옆에 무릎을 꿇고 있었다. 매기는 마고의 얼굴을 보려 했지만 고개가 돌아가지 않았다. 그런 매기에게 부드럽고 다정한 목소리가 움직이지 말라고 했다.
 "라일라······."
 매기가 목쉰 소리로 말했다. 목구멍에서 거품이 터졌다.
 "라일라는 여기 있어요. 무사해요."
 마고가 말했다. 그러자 누군가 어둠 속에서 빛으로 나왔고,

옆에서 작게 흐느끼는 소리가 들렸다.

"매기, 당신이 한 일은…… 내가 이 빚을 어떻게……."

다리에서 우르릉거리는 통증이 시작됐다. 곧 이륙할 비행기처럼 그 통증의 소리는 점점 더 요란해질 듯했다.

우는 소리가 들렸다. 남자의 눈물이었다. 슬픔 그리고 무지를 후회하는 눈물.

"정말 미안해, 마고."

닉의 입에서 거칠게 말이 튀어나왔다. 그의 거친 숨결처럼.

"지금은 그럴 때가 아니야."

이제 마고의 목소리는 날카로워졌다.

"찰스를 부엌으로 데려가서 거기에 붙잡아둬."

"구급차가 오고 있어."

또 다른 목소리가 떨면서 말했다. 위니다. 차분하면서도 효율적으로 진행되는 이 상황에서 위니가 처음으로 입을 열었다. 두 여자는 서로를 바라봤다. 아무도 질문하지 않았다. 왜냐하면 어떻게 대답해야 할지 모르기 때문이다.

하지만 매기는 알고 있었다. 자기 것이 아닌 뭔가를 너무도 간절히 원하느라 마음이 아프고, 질투로 눈이 흐려진다는 게 어떤 것인지. 나눌 사람이 없는 삶이 얼마나 차가울 수 있는지.

하지만 1년 동안 다른 사람이 되려고 노력한 끝에 매기는 또 다른 사실도 알게 됐다. 인생은 수없이 많은 지각판이 끊임없이 충돌하는 것과 같고, 그러는 과정에서 때로는 기쁘기도 하고 고통스럽기도 했다. 서로 조금씩 양보하지 않으면 종종 처참하게, 종종 돌이킬 수 없이 파열돼 각자 더 작아지고 약해질 뿐이다.

"난 그냥 계단에서 구른 거예요."

매기는 그렇게 속삭이며 눈을 감았다. 이제는 색만 보였다.

"계단에서 구른 걸로 해요."

29

마고

샤워실에서 나와 수건을 향해 손을 뻗는데 익숙한 두근거림이 느껴졌다. 잠깐 아래로 한없이 추락하는 기분이 들었고, 나는 몸을 떨었다.

침대에는 오늘 입을 옷이 펼쳐져 있었다. 검은 바지와 진청색 실크 셔츠, 낮은 사각 굽이 달린 가죽 부츠, 가벼운 회색 언컨스트럭티드 재킷(구조제 역할을 하는 캔버스나 접착제를 거의 쓰지 않고, 어깨 패드나 라이닝도 없는 재킷-옮긴이). 중요한 날에는 어두운색 옷을 입어야 한다. 이런 옷차림은 나는 중요한 사람이야, 내 말을 들어, 라고 말한다. 나를 믿으라고.

아래층에서 라일라가 아빠와 아침을 먹는 소리가 들렸다. 두 사람은 최근 몇 주 동안 함께 아침을 먹었다. 닉은 은색 모카포트에 고급 커피를 넣어 추출하는 동안 라일라가 먹을 스크램블드에그를 만들었다. 그것도 달랑 달걀 하나로! 우리는 너무 부실한 식사라고 깔깔거렸는데, 사실은 형편없는 부모가 된 것 같아서 마음이 아팠다. 요리가 끝나면 닉은 식탁에 앉아 플라스틱 스푼으로 노란색 커드를 떠서 아기의 입에 넣어줬고, 에스프레소를 홀짝이며 오늘 하루에 대해 라일라와 이야기했다.

"사실은 말이야, 오늘 아주 바쁜 하루야, 라일라."

닉이 유아용 의자에 앉아 있는, 솜털 같은 금발에 달걀을 살짝 묻힌 라일라에게 말하는 소리가 들렸다.

"9시, 10시 그리고 11시까지 일정이 있어!"

몸을 닦고 보디로션을 바르던 나는 미소 지었다. 임신 기간 내내 사용한 보디로션이었다.

피부를 늘 촉촉하게 하면 튼살 자국이 사라질 거야.

내 배에는 호랑이 무늬처럼 가느다란 은색 튼살 자국이 생겼다. 특정한 빛 아래서 특정한 각도로 봐야만 보였다. 목욕탕 저울의 눈금이 괴로울 정도로 천천히 원래 자리로 돌아가는 동안 마치 깊은 곳에서 올라온 듯 이것 말고도 다른 자국이 나올 것이다. 살짝 나온 뱃살은 영원히 빠지지 않을 테지만(그걸 깨닫고 나니 자유로워졌다) 괜찮다. 한때 그곳은 누군가의 집이었다. 지금은 비었지만 나중에 또 누가 살게 될 수 있다.

다시 두근거림이 느껴졌다. 이번에는 신경이다.

아니야, 나는 파운데이션을 얼굴에 톡톡 바르고, 브러시로 볼에 블러셔를 칠하고, 마지막으로 마스카라를 바른 뒤에 검은색 아이라인을 그렸다. 평소보다 진한 화장이지만 이제는 상황이 다르다. 나는 달라졌다. 가끔은 도움이 필요할 때도 있고, 그것 역시 괜찮다.

어쩌면 이 두근거리는 느낌은 설렘에 가까운지도 모른다.

"네가 필요해, 마고."

사정을 알게 된 모프는 그렇게 말했다.

나는 기저귀를 갈고, 음식을 먹이고, 노래를 불러주는 것 외에 다른 일에서도 나를 필요로 한다는 사실에 가슴이 벅찼다. 내가 왜 갑자기 다시 필요한 존재가 됐는지 기억나는 순간, 가슴이 철렁 내려앉았다.

매기.

이제야 깨달았다. 내 대타는 내게 긴장을 풀고 다른 여자가 될 수 있는, 아기가 있는 여자가 될 여유를 줬고 동시에 예전의 나와 계속 연결해줬다. 나는 매기를 통해 사무실에 연결돼 있었다. 육아 휴직 중인 대다수 여자는 회사 업무에서 철저히 차단된다. 자기 일을 대신하는 사람이 누구인지조차 모른다. 하지만 내게는 원한다면 들여다볼 수 있는 창문이 주어졌다.

그런데 나는 분노에 찬 뜨거운 입김으로 그 창을 뿌옇게 만들었고, 마침내 내가 만들어낸 흐릿하고 뒤틀린 망상만 볼 수 있었다. 나는 우리가 같은 일을 한다는 걸 깨닫지 못한 채 매기가 이룬 일들을 내가 라일라를 낳고 이룬 일과 비교했다. 내게는 아기가 있으니 커버스토리를 쓰지 못하는 게 당연했다.

사고가 일어나고 일주일 뒤에 내가 위층 책상에서 서둘러 기사를 써냈다는 사실은 내 안에 주어지기만을 기다리는 예전의 내가 아직 있다는 사실을 보여줬다. 글을 쓰면서도 아기를 키울 수 있다는 사실을 더 일찍 깨달을 정도로 나에 대한 신뢰가 있었더라면 더 행복하게 아이를 키웠으리라.

사실 내가 라일라를 계속 키울 수 있는 건 매기 덕분이다. 매기와 위니. 라일라와 행복하게 보냈어야 할 시기에 가장 두려워하고, 가장 크게 상처를 받고, 가장 많이 생각했던 두 여자. 육아 휴직 중인 여자들은(그리고 아프거나 슬픔에 빠진 사람들도) 몸은 그 어느 때보다도 바쁘지만 마음은 그렇지 않다. 잔인한 진실이다.

그날 저녁, 라일라가 무사하다는 걸 알았을 때 눈물이 걷잡을 수 없이 흘러내렸다. 창틀에 떨어지는 빗방울처럼 눈물이 볼을 타고 흘러내렸고, 위니를 올려다봤을 때는 나를 바라보는 그녀의 볼도 눈물에 젖어 반짝거렸다. 구조된 아기는 오랫동안 하나로 붙어 있던 두 여인을 해방해줬다. 삶이 시작되기도 전에 떠나버린 아기는 이 살아남은 아기를 통해 기억될 것이다.

덧문 틈 사이로 들어오는 환한 햇살 속에 선 나는 고개를 흔들어 몽상을 떨쳐내고, 거울에 비친 내 모습을 다시 한번 확인했다. 이 옷을 입으니 예전에 입었을 때보다 더 나이 들어 보였다. 더 노련하면서 더 다가가기 쉽고, 더 다정하고, 덜 긴장돼 보였다. 어쩌면 매기가 이번 사건의 경위에 대해 우리에게 거짓말해도 된다고 허락하면서 오랫동안 쌓인 긴장이 풀렸기 때문인지 모른다. 매기가 그렇게 넘어가준 것은 찰스를 생각해서였지만 무엇보다도 위니를 위해서였다. 매기는 그저 이 상황을 다 이해했다.

다른 많은 상황을 이해해줬듯이.

구급차가 도착하자 노란색 재킷을 입은 구급 요원들은 즉시 자초지종을 물었다.

"우리가 현관문을 열고 들어섰는데 매기가 계단을 내려오고 있었어요."

나는 아직 입고 있는 코트를 가리키며 거짓말을 술술 늘어놓았다.

"원래 남편과 나는 몇 시간 뒤에 돌아올 예정이었는데, 펍에 가는 길에 우연히 친구를 만났지 뭐예요. 그래서 그냥 집에서 다 함께 모여 놀기로 계획을 바꿨죠. 매기가 우릴 보고 너무 놀라서 미끄러진 것 같아요."

구급대원은 위니와 나를 바라보고는 거실을 들여다봤다. 거실에는 소파와 바닥에 땅콩이 흩어져 있었고, 커피 탁자에 큼직한 와인 잔이 놓여 있었다. 잔은 비어 있었다.

몸싸움이라도 있었던 것처럼 보이나? 그런가?

구급대원은 어이없다는 듯 눈을 치뜨더니 매기에게 물었다.

"술을 많이 마셨나요?"

"그런 셈이죠."

매기는 그렇게 말하고는 기절했다.

구급대원들은 매기를 데리고 떠나기 전에 매기의 다리가 부러졌다고 알려줬다. 보기에는 꽤 심각해 보였으나 깁스해서 안 낫는 건 없다. 그것 말고도 뇌진탕이 있었고, 뒤통수에 혹이 몇 개 있다고도 했다. 마룻바닥으로 퍼지던 피는 끔찍해 보였지만, 관자놀이가 계단 모서리에 찢기면서 생긴 상처에서 흘러나온 것이라고 했다.

"병원까지 누가 함께 가시겠어요?"

여자 구급 요원이 물었다.

"저요."

나는 얼른 그렇게 대답하고는 위니에게 라일라를 안고 있는 닉과 찰스를 부탁했다.

그 일이 있은 뒤로 닉은 계속 라일라를 돌보고 있다. 두 사람을 바라보며 계단을 내려가는 동안 나는 미끄러지지 않도록 조심했다. 내 빳빳한 명품 부츠에 부착된 이탈리아산 밑창은 미끄럽기 때문이다.

"오늘 바쁜가 봐?"

나는 재킷을 입고, 가방에 필요한 물건이 모두 들었는지 확인하며 물었다. 다시 기대감으로 가슴이 두근거렸다.

"늘 바쁘지."

닉이 그렇게 말하며 미소 짓자 눈가에 주름이 잡혔다. 라일라가 미소 지을 때처럼.

"우선 동요 교실에 가야 하고, 그다음에는 공원에서 미팅이 있고, 오리 연못 옆에 있는 카페에서 아주 중요한 비즈니스 런치가 있어."

매기를 따라 병원에 갔던 내가 집에 돌아오자마자 닉은 당분간 휴직하면서 라일라를 돌보겠다고 했다. 나는 팀이 올 때를 제외하고는 늘 매기 옆에 붙어 있었다. 팀은 당황하고 걱정스러운 표정으로 매기가 쓰러질 때 우리가 옆에 있어서 정말 다행이었다며 감사하다고 말했다.

사실을 알게 되면 뭐라고 할지.

나는 매기가 팀에게 사실대로 말해주기를 바란다. 자꾸만 생각나는 뭔가를 머릿속에 담아두는 게 얼마나 괴로운지 나는 안다. 나도 닉에게 전부 다 말한 뒤로 그 일을 덜 생각했다. 닉은 예상과 달리 실망하지도, 나를 비난하지도 않았다. 그저 안타깝게 생각할 뿐이었다. 닉은 내 두 손을 잡고 손등에 키스하더니 내 말을 귀담아듣지 않아서 미안하다, 나를 지지해주지 못해서 미안하다고 했다.

그러고는 내 잘못이 아니라고 말해줬다. 내게 그렇게 말해준 사람은 닉이 처음이었다.

나는 라일라와 함께 있는 닉을 바라봤다. 내가 그랬듯이 닉은 라일라와 보내는 하루하루를 즐기고 있었다. 가슴이 터질 듯한 순수한 기쁨을 느끼면서도 한편으로는 피곤하고, 어린아이와 보내는 짜증 날 정도로 단조로운 시간. 이제 우리는 예전보다 서로를 더 잘 이해하게 됐다. 서로를 짜증 나게 하기도 했지만 그건 별개의 일이고, 그래도 괜찮았다.

위니를 마지막으로 본 건 사고가 일어나고 6주 뒤인 토요일 오후, 팀의 아파트에서였다. 이제 매기는 팀의 집에서 지냈다. 표면상으로는 매기가 다쳤기 때문이지만 사실은 성공적으로 동거에 돌입한 셈이었다. 팀이 닉과 축구를 보기 위해 우리 집에 도착할 시간에 나는 매기에게 갔다. 그렇게 우리는 보초를 교대했다.

팀의 집에 갔더니 위니가 문을 열어주며 나를 껴안았고, 복도를(복도에는 자전거 여러 대와 남자들이 가지고 싶어 하는 희귀한 스포츠용품이 가득했다) 지나 거실로 안내했다. 거실에는 매기가 깁스한 발을 쿠션 더미에 올린 채 소파에 누워 있었다.

지난번에 이 거실에서 우리 셋은, 라일라까지 하면 넷은 화해했다. 라일라는 우리들 틈에 참을성 있게 앉아서 블록과 스키틀즈와 플라스틱 달걀 장난감을 가지고 놀았다. 우리는 화해하고, 옛일을 이야기하고, 비밀을 털어놓고, 과거를 기억했다. 매기는 부러진 다리에 가장 좋은 치료법은 수다 요법이라고 농담했지만, 그녀의 다리뼈가 붙는 동안 우리 세 사람도 다시 이어졌다. 이번에는 비밀도, 그 안에서 누군가를 따돌리는 일도 없었다. 헬렌도 없었다. 우리는 헬렌의 유령을 쫓아내버렸다.

위니와 나의 우정이 앞으로 어떻게 될지 모르겠다. 전과는 다를 것이다. 훨씬 더 좋은 쪽으로 바뀔 것이다.

"나 빼고 둘이서만 재미있게 놀고 있었어?"

내가 말했다.

거실에는 먹던 과자 몇 봉지와 소스에 찍어 먹는 크래커, 찻주전자가 놓여 있었고, 팀의 자랑이자 기쁨인 평면 텔레비전에는 최근에 매기가 꽂혀 있는 드라마가 정지돼 있었다.

"마고가 빨리 왔으면 좋겠다고 말하던 중이었어요. 와인 가져왔죠?"

매기가 말했다.

나는 대답으로 쇼핑백을 들어 올리고, 벽 앞에 있는 장식장으로 가서 술잔 세 개를 가져왔다.

"아, 난 안 마실게."

위니는 그렇게 말하고 얼굴을 붉혔다.

우리 집에서 사고가 있기 전에 임신이 된 것 같다고, 하지만 자기도 몰랐다고 위니는 말했다. 오늘 저녁에 셋이 함께 만나자고 한 사람은 위니였다. 위니는 병원에 입원한 찰스를 만나고 온 길이었는데, 찰스에게도 임신 사실을 알렸다고 했다. 이제 그에게는 회복해야 할 이유가 생겼다고.

찰스는 많이 안정된 상태라고 했다. 찰스가 병원에 입원해서 치료를 받는 것이 그를 감옥에 보내지 않기 위해 우리 모두가 거짓말을 하는 대가였다. 사고가 일어난 다음 날 새벽에 타결된 협상이었다. 나와 위니 사이의 협상이기도 했지만, 찰스와 위니 사이의 협상이기도 했다. 다시 단란한 가정을 이루기 전에 그에게는 제대로 된 치료가 필요하다고 위니는 말했고, 찰스는 울면서 동의했다.

위니의 임신 소식을 들은 우리 셋은 한동안 서로를 바라봤고, 기쁨과 안도감에 눈물을 글썽였다. 요즘 우리는 서로를 어찌나 잘 이해하는지 텔레파시가 통하는 듯했다.

내가 잔 두 개에 와인을 따르는 동안 아늑한 침묵이 내려앉았다. 지난 1년간 내 삶을 가장 많이 차지했던 두 여자는 앞으로도 내 곁에 있을 것이다. 비록 어떤 관계가 될지는 모르지만.

매기는 사무실에서 동료이자 든든한 내 편이 될 것이다. 언제든 미소와 응원을 기대할 수 있는. 그리고 위니는…… 엄마가 될 것이다.

라일라로 인해 내 인생이 얼마나 바뀌었는지 생각해보면, 라일라가 태어나면서 이전의 나는 죽고 새로운 삶을 시작한 듯했다. 같은 사람이 전혀 다른 이야기를 살았다. 위니 역시 나와 비슷한 과정을 겪으리라. 우리의 우정은 이미 너무 변한 터라 나는 위니의 1부가 끝날 때 그리고 2부가 시작될 때도 좋은 사람이 될 거라고 생각했다. 지금으로서는 우리 둘 다 그저 지켜보는 것으로 충분하다.

"모프에게 다음 칼럼 소재로 병원 환자복에 대해 정말 기가 막힌 아이디어가 있다고 전해줘요."

매기는 그렇게 말하고는 모프가 흥분했을 때처럼 안경을 치켜올렸다.

"모프가 좋아할 거야. 아주 멋져."

내가 미소 지으며 말했다.

"근데 농담 아니에요."

매기는 후무스로 손을 뻗었다.

"마고를 다시 보면 모프도 좋아할 거예요. 모프는 내게 잘해줬지만 당신이 복직하기를 손꼽아 기다리고 있었다고요."

매기는 나를 향해 잔을 들어 올리며 경의를 표했다.

"그런 말은 절대 안 할 테지만."

위니가 한쪽 눈썹을 치켜세우며 놀리듯 말했고, 우리는 모두 웃었다. 사실은 그날 저녁 내내 웃었다.

출근을 준비하는 지금, 휴대전화가 울렸다. 매기가 보낸 메시지였다.

"행운을 빌어요(Break a leg)!"

그러더니 깁스한 그녀의 다리 사진이 날아왔다.

끈끈한 우정이 얼마나 좋은 것인지 잊고 있었다.

닉이 라일라가 먹은 달걀과 토스트 부스러기를(라일라의 의자와 식탁, 바닥은 물론 벽에까지 붙어 있었다) 치우는 동안 나는 라일라를 끌어안고 차갑고 보드라운 뺨에 코를 비벼댔다. 라일라는 내게 잠시 머리를 기댔고, 엄지를 빠는 아이의 움직이는 턱이 느껴졌다. 아이의 진푸른색 눈동자가 내 눈 바로 앞에서 나를 바라봤다. 나는 라일라를 다시 닉에게 건네고, 복도를 지나 현관으로 갔다.

"당신은 잘해낼 거야."

닉은 그렇게 말하고 내 볼에 키스했다. 아빠에게 안긴 라일라는 현관 잠금장치를 돌리는 나를 지켜봤다. 닉은 라일라의 왼손을 들어 흔들었다.

"행운을 빌어!"

닉이 외쳤고, 나는 웃었다. 흥분한 나머지 어지러울 지경이었다.

"잘 있어, 아가. 이따 봐!"

나는 남편과 딸에게 외치고는 현관 밖으로 나갔다.

내 팔은 벌써 라일라의 무게가 그리웠지만, 나는 대문을 열고 인도로 나가면서 양팔을 활짝 벌렸다. 따뜻하고 살짝 안개가 낀 아침 러시아워의 공기를 옛 친구처럼 맞이했다.

초조한 40분이 지나고, 유리판과 회전문으로 이뤄진 세계에 도착하니 안내 데스크에 모르는 얼굴이 있었다. 곱슬거리는 갈색 머리카락에 경계하는 눈빛의 여직원은 마치 내가 신입사원이라도 되는 듯이 내게 새로 발급되는 사원증에 대해 자세히 캐물었다.

"내 이름은 마고 존스예요. 〈오트〉의 패션 에디터고, 작년에 육아 휴직으로 회사를 쉬었어요."

나는 휴대전화를 들어 올려 라일라의 사진을 보여줬다. 샛노란 카디건을 입고 솜털 같은 머리카락이 난 라일라의 사진.

그때 손안에서 휴대전화가 진동했고, 나는 전화기를 돌려 화면을 봤다. 위니가 보낸 메시지였다.

"즐거운 복직 첫날이 되길!"

나는 그럴 것임을 이미 알고 있었다.

THE NEW GIRL
뉴 걸

제1판 1쇄 인쇄 | 2025년 8월 20일
제1판 1쇄 발행 | 2025년 8월 27일

지은이 | 해리엇 워커
옮긴이 | 노진선
펴낸이 | 하영춘
펴낸곳 | 한국경제신문 한경BP
출판본부장 | 이선정
편집주간 | 김동욱
책임편집 | 이혜영
교정교열 | 김명재
저작권 | 백상아
홍보마케팅 | 김규형·서은실·이여진·박도현
디자인 | 이승욱·권석중

주　소 | 서울특별시 중구 청파로 463
기획편집부 | 02-360-4556, 4584
홍보마케팅부 | 02-360-4595, 4562　FAX | 02-360-4837
H | http://bp.hankyung.com　E | bp@hankyung.com
F | www.facebook.com/hankyungbp
등　록 | 제 2-315(1967. 5. 15)

ISBN 978-89-475-0185-9　03840

책값은 뒤표지에 있습니다.
잘못 만들어진 책은 구입처에서 바꿔드립니다.